LAS
BESTIAS
DE BRONCE

LAS BESTIAS DE BRONCE

Roshani Chokshi

Traducción de Scheherezade Surià

Editorial Hidra

Primera edición: julio de 2022

Título original: Bronzed Beasts
© Del texto: Roshani Chokshi, 2021

© De esta edición: 2022, Editorial Hidra, S.L.
red@editorialhidra.com
www.editorialhidra.com

Síguenos en las redes sociales:

 EdHidra   editorialhidra  editorialhidra

© De la traducción: Scheherezade Surià, 2022

BIC: YFH

ISBN: 978-84-18002-21-2
Depósito Legal: M-2569-2022

Para mis amigos, que no me detuvieron cuando les dije que quería escribir algo entre La búsqueda *y* Fausto, *aderezado con crisis existenciales…, pero en plan sexi. Me debéis unas copas. Y terapia.*

¿Dónde estabas tú cuando yo fundaba la tierra?
LIBRO DE JOB

PRÓLOGO

Kahina le cantaba al niño mientras este dormía.

Se sentó en el borde de su cama para calmar las pesadillas que le arrugaban la frente. Séverin suspiró un poco, se giró hacia su mano y Kahina sintió que el corazón se le encogía. Solo allí, apartada de los momentos en los que la noche se convertía poco a poco en día y todo el mundo dormía, podía llamarle hijo.

—*Ya omri* —susurró.

«Mi vida».

—*Habib albi* —dijo, esta vez un poco más alto.

«Amor de mi vida».

Séverin parpadeó y la miró. Sonrió adormilado y extendió los brazos.

—*Ummi*.

Kahina se lo acercó y permaneció quieta mientras él volvía a quedarse dormido. Le acarició el pelo, oscuro como el ala de un cuervo, que se le rizaba en las puntas. Percibió el ligero olor mentolado de la piel procedente de las ramas de eucalipto que ella misma insistía en poner en cada uno de los baños nocturnos de Séverin. A veces, odiaba lo poco que su hijo se le parecía. Con los ojos cerrados, era una miniatura de su padre, y Kahina alcanzaba a ver cómo sería en el futuro. La sonrisa de su hijo pronto se convertiría en una sonrisita de superioridad. Las mejillas sonrosadas y voluminosas se le afilarían como cuchillas. Incluso le cambiaría la conducta. Por ahora, era tímido y observador, pero ella había reparado en cómo empezaba a imitar la elegante crueldad del padre. A veces le daba miedo, pero tal vez no fuera más que el instinto de supervivencia de su hijo. El poder no estaba solo en saber cómo moverse por el mundo, sino también en cómo hacer que el mundo se moviera a tu alrededor.

Kahina le acarició las pestañas, sopesando si debía despertarlo o no. Sabía que era egoísta por su parte, pero no podía evitarlo. Solo en los ojos del niño hallaba la única parte de sí misma que no habían borrado. Séverin tenía los ojos del color de los secretos: un tono atardecer impregnado de plata. Tenían el mismo color que los suyos, que los de su madre, e igual que los de su abuelo.

Era el color de los ojos de los bienaventurados, los marcados por las hermanas no adoradas: Al-Lat, Al-'Uzza y Manat. Antiguas diosas cuyos templos rotos ahora pavimentaban las carreteras de la industria. Los mitos habían desaparecido. Los rostros de todas ellas se habían perdido. Solo un mandamiento había pasado desapercibido a través del tiempo, custodiado por el linaje bendecido antaño por las diosas.

«Las puertas de la divinidad están en tus manos. No dejes pasar a nadie».

De niña, cuando su madre le había hablado del deber de cumplir ese mandamiento, Kahina no la había creído. Se había reído, pensando que no era más que una fantasía caprichosa de su madre. Pero el día de su decimotercer cumpleaños, su madre la llevó a un patio abandonado en el desierto que hacía tiempo utilizaban las cabras y los vagabundos. En el medio del patio se encontraban los restos de algo que parecía ser un pozo, pero no tenía agua. En cambio, rebosaba de hojas de palmera polvorientas y arena.

—Dale tu sangre —le exigió la madre.

Kahina se había negado. El capricho había llegado demasiado lejos, pero su madre estaba decidida. Tiró del brazo de Kahina hacia ella y le clavó una piedra afilada en la sangradura. Recordaba haber gritado por el ardor del dolor hasta que la sangre cayó en las viejas piedras.

El mundo tembló. Una luz azul, como si el cielo se hubiese trenzado en una cuerda, brotó de las piedras y luego se dividió en unas hebras brillantes que vallaban el viejo patio.

—Mira en el pozo —le ordenó su madre.

Ya no parecía su voz. Kahina, abrumada, se asomó al borde del pozo. La arena y las hojas de palmera polvorientas habían desaparecido y, en su lugar, una historia lo inundaba. Cerró los ojos parpadeando. Se le llenó la boca con el peso de un centenar de idiomas, se le soltó la lengua y notó que le dolían los dientes en el cráneo. Durante un segundo, más corto que un parpadeo, una percepción diferente se apoderó de ella; una percepción que susurraba para que se desplegaran las raíces y los pájaros alzaran el vuelo, una percepción lo bastante mordaz para cortar la voluntad del caos, esculpir la razón del azar y hacer que las estrellas giraran por los mundos.

Kahina cayó de rodillas.

Al caer, sintió que su perspectiva se elevaba hacia el cielo, de tal modo que el mundo que tenía debajo pudiera caberle en las palmas de las manos. Vio que un trocito de aquella percepción insólita ardía en llamas y se hacía añicos en un mundo joven. Vio cómo el poder impactaba contra la tierra, a grupos de personas que se protegían los ojos con las manos, como si hubieran estallado nuevos colores en su campo de visión. Vio esas astillas de poder fusionándose con la tierra, floreciendo con lianas de luz en todos los puntos de unión, de modo que el mundo parecía garabateado con un lenguaje poético que solo los ángeles podían pronunciar. La tierra floreció sobre aquel entramado de luz. Las plantas brotaron. Los animales pastaron. Las comunidades, pequeñas al principio y, después, cada vez más grandes, empezaron a crearse. Un hombre pasó la mano por la hierba y las hojas se retorcieron despacio hasta convertirse en flautas. Una mujer vestida con abalorios presionó con los dedos las sienes de un niño y la gente que la rodeaba se sobrecogió, presa del asombro. Más tarde, Kahina aprendería que el mundo occidental lo llamaba forjado, tanto de la materia como de la mente, pero ese arte recibía más de un nombre.

Suspendida en aquella inquietante conciencia, Kahina sintió que la perspectiva volvía a cambiar.

En un templo de altos muros, unos hilos de la extraña luz que se había extendido por la tierra flotaban en el aire como rayos de sol endurecidos. Un grupo de mujeres los recogía. Kahina vio que la luz les había inundado los ojos y ahora brillaban de color plata. Uno a uno, colocaron los hilos en un instrumento no mucho más grande que la cabeza de un niño. Una mujer, curiosa, tañó el instrumento. El tiempo se detuvo de repente y, por un terrible instante, las astillas de poder del interior de la tierra crujieron y aquel trazo de luz parpadeó a modo de advertencia. La mujer pegó la mano a las cuerdas y detuvo el sonido al instante.

No obstante, el daño ya estaba hecho.

Kahina observó que en el mundo estallaban los incendios, se derrumbaban las ciudades recién construidas y la gente quedaba aplastada bajo ellas. Ya no se veía a sí misma, pero sintió que se le estremecía el alma del horror. Ese instrumento no se debía tocar.

En las visiones, el tiempo avanzaba.

Kahina vio a los descendientes de las mujeres esparcidos por el mundo. Los reconocía por el tono sobrenatural de los ojos, que era lo bastante extraño como para llamar la atención, pero no tanto como para despertar sospechas. El extraño instrumento pasaba entre ellos, a través de portales que retorcían el tiempo y el espacio, girando a través de las distintas épocas mientras los imperios libraban guerras y los dioses hambrientos exigían sangre y los sacerdotes más ansiosos aún exigían sacrificios y, mientras tanto, el sol se ponía y la luna salía y el instrumento permanecía en un maravilloso silencio.

De repente, las visiones la liberaron.

Kahina volvió a caer, y fue una caída que parecía traspasar vidas completas. Notó el roce de antiguos zigurats en las mejillas, saboreó monedas frías en la lengua y percibió la piel de animales extintos agitándose bajo sus pies. De repente, estaba en el suelo y mirando a su madre. La inmensidad que le había ensanchado el alma había desaparecido y nunca se había sentido tan pequeña ni tan fría.

—Lo sé —le dijo su madre, muy amable.

Cuando Kahina se vio con ánimo de hablar —y tardó más de lo que pensaba, pues parecía que el árabe que dominaba se le escurría de la lengua—, dijo con una voz apurada:

—¿Qué ha sido eso?

—Una visión concedida a los bienaventurados para que entendamos nuestro deber sagrado —le explicó—. Me han dicho que tenemos otros nombres, porque nuestra familia se dispersó hace mucho tiempo. Somos las Musas Perdidas, las Nornas, las hijas de Bathala o las Apsaras Silenciosas. Ese instrumento que has visto tiene muchos nombres en distintas lenguas, aunque siempre tiene la misma función…; cuando se toca, altera lo divino.

—Lo divino —repitió Kahina.

Se le antojaba una palabra demasiado pequeña teniendo en cuenta lo que había visto.

—Mi madre me habló de un lugar construido a partir de las ruinas de una tierra cuyo grupo sagrado abusó de su poder. Si se toca fuera de los límites de ese templo manchado, el instrumento desatará una destrucción que arrasará el mundo —dijo su madre—. Dicen que, si se toca dentro del templo, une todos esos fragmentos de divinidad que has visto. Algunos dicen que puede transformarse en una torre que se puede escalar como un edificio y reclamar la divinidad para una misma. No nos corresponde a nosotras comprobarlo. Nuestra obligación está establecida en una orden...

Su madre le tendió la mano y la ayudó a levantarse.

—Las puertas de la divinidad están en tus manos. No dejes pasar a nadie.

AHORA, KAHINA SE INCLINABA sobre su hijo. Tomó su mano regordeta, la giró y le acarició las venas azules de la muñeca con el dedo. Le besó los nudillos, luego besó cada uno de los dedos y los dobló sobre la palma de la mano. Deseó vivir en aquel momento para siempre: su hijo, durmiendo calentito junto a ella; el sol brillando en otra parte; la luna vigilando; ese rincón del tiempo rodeado por nada más que los sonidos de la respiración de ambos.

Sin embargo, el mundo no funcionaba así.

Ella le había visto los colmillos y había huido de su sombra.

Kahina trató de imaginar que llevaba a su hijo a ese pozo sagrado, pero ese pensamiento no duraba. Fue ese miedo el que la empujó a contarle la verdad a Delphine Desrosiers, la matriarca de la Casa Kore. La otra mujer velaría por él. Comprendía lo que estaba en juego y sabía dónde debía ir él en caso de que les ocurriera lo peor.

Aunque habían pasado años, Kahina no había olvidado lo que había visto aquel día en aquel patio en ruinas. El mundo bajo ella, las líneas de poder garabateadas sin sentido sobre montañas escarpadas y lagos cristalinos, vastos desiertos y junglas humeantes.

Con un solo sonido del instrumento… todo desaparecería.

—Las puertas de la divinidad están en tus manos —le susurró—. No dejes pasar a nadie.

PARTE I

I

SÉVERIN

Venecia, febrero de 1890

Séverin Montagnet-Alarie miró al hombre arrodillado ante él.

Detrás de él, un viento frío rizaba la superficie de las oscuras y relucientes lagunas de Venecia y la proa de una góndola golpeaba con pesar el sombrío muelle. A unos treinta metros había una puerta de madera lisa y clara, cuya entrada estaba flanqueada por una decena de miembros de la Casa Caída. Miraban a Séverin en silencio, con las manos entrelazadas y el rostro oculto tras una máscara *volto* blanca que les ocultaba todo menos los ojos. Tenían mnemoinsectos en forma de abejas doradas sobre los labios y las alas metálicas zumbaban mientras documentaban todos los movimientos de Séverin.

Ruslan, patriarca de la Casa Caída, estaba junto al hombre arrodillado. Le dio unas palmaditas en la cabeza como si fuera un perro y, jugueteando, tiró de las ataduras que lo amordazaban.

—Tú... —le dijo al hombre, dándole unos golpes en el lateral de la cabeza con el puñal dorado de Midas— eres la clave de mi apoteosis. Bueno, no la clave principal, sino un paso necesario. Verás, no puedo abrir la puerta de mi casa sin ti... —Ruslan acarició el cabello del hombre; la luz de las antorchas se le reflejaba en la piel dorada y brillante de la mano—. Deberías sentirte halagado. ¿Cuántos pueden decir que le han abierto el camino a una divinidad, eh?

El hombre arrodillado gimió. Ruslan sonrió todavía más. Días atrás, Séverin habría dicho que el puñal de Midas era el objeto más fascinante que había encontrado. Podía reorganizar la materia humana mediante una alquimia que parecía divina en su elaboración, aunque, como Ruslan había demostrado, al utilizarlo había que pagar el precio de la cordura. Se rumoreaba que la propia hoja había sido labrada a partir de los ladrillos más altos de la Torre de Babel, cuyos fragmentos caídos habían potenciado el arte de la forja en todo el mundo.

Sin embargo, comparado con la lira divina que sostenía Séverin en la mano, el puñal de Midas no era nada.

—¿Qué opina, *monsieur* Montagnet-Alarie? —preguntó Ruslan—. ¿No está de acuerdo en que este hombre debería sentirse más que halagado? ¿Sobrecogido, incluso?

Junto a la fila de miembros de la Casa Caída, Eva Yefremovna, la artista forjadora de sangre y hielo, se puso visiblemente rígida. Los ojos verdes y grandes que tenía no habían perdido el brillo febril en las doce horas transcurridas desde que dejaron atrás el Palacio Durmiente en las aguas heladas del lago Baikal.

«Debes andar con cuidado».

A Séverin le vino a la mente la última conversación que había mantenido con Delphine, la matriarca de la Casa Kore. Habían estado agazapados en el vientre metálico de un leviatán mecánico. En el mnemopanel oculto, Séverin había visto cómo Ruslan se abalanzaba sobre sus amigos, abofeteaba a Laila y le cortaba la oreja a Enrique. Ruslan buscaba algo que solo Séverin podía ofrecerle: el control sobre la lira. Si se tocaba fuera del templo sagrado, la lira no provocaría más que ruina. Si se tocaba dentro de los terrenos sagrados..., la lira podía extraer los poderes de la divinidad.

Para entonces, Séverin sabía exactamente dónde tenía que ir a tocar la lira: a Poveglia, la Isla de la Peste.

Había oído hablar de aquella isla cerca de Venecia hacía años. En el siglo xv, en la isla habían construido un hospital para los enfermos durante la epidemia de la peste y se decía que el suelo contenía más esqueletos que tierra. Años atrás, Séverin había estado a punto de aceptar un proyecto de compra en la isla, antes de que Enrique se opusiera.

—La entrada del templo está bien escondida bajo Poveglia —le había dicho la matriarca la última vez que se habían visto, en el vientre del leviatán metálico—. Hay otras entradas al templo repartidas por el mundo, pero sus mapas se han destruido. Solo queda esta y Ruslan sabrá dónde buscarla.

—Mis amigos... —empezó Séverin, incapaz de apartar los ojos de la pantalla.

—Los enviaré a buscarte —le interrumpió la matriarca agarrándolo por los hombros—. Llevo planeando esto desde que tu madre me rogó que te protegiera. Tendrán todo cuanto necesiten para encontrarte.

Le costó un instante atar cabos.

—Lo sabes —le había dicho, enfadado—. Sabes dónde está el mapa para llegar al templo bajo Poveglia y no me lo quieres decir...

—No puedo. Es demasiado peligroso decirlo en voz alta y lo he camuflado incluso en el piso franco —le había explicado la matriarca—. Si los otros fallan, debes encontrar la respuesta de Ruslan. Y cuando la tengas, deberás encontrar la manera de librarte de él. Hará todo cuanto esté en su mano para seguirte la pista.

—Pero...

La matriarca le había agarrado la barbilla, haciendo que mirara a la pantalla. Laila se había arrodillado y el pelo le caía sobre la cara. Enrique estaba tendido en el hielo, sangrando. Zofia se agarraba el vestido con tanta fuerza que tenía los nudillos blancos. Si Ruslan se salía con la suya, incluso Hypnos, que yacía inconsciente detrás de Séverin, sería destruido. Un nudo frío e inhumano se le retorció en el estómago.

—¿Qué harás para protegerlos? —preguntó la matriarca.

Séverin miró a su familia y se detuvo más de lo necesario en Laila, con su cálida sonrisa y ese cabello que olía a azúcar y a agua de rosas..., el cuerpo que dejaría de albergar su alma dentro de diez días. Ella nunca le había dicho el poco tiempo que le quedaba y ahora...

La matriarca le apretó la barbilla con fuerza.

—¿Qué harás para protegerlos?

La pregunta lo sobrecogió.

—Lo que sea —había afirmado Séverin.

Ahora, en la entrada de mármol de la casa de Ruslan, Séverin controló el gesto para que nada delatara sus pensamientos y miró al hombre arrodillado. Se obligó a responder la pregunta de Ruslan. No sabía qué tenía que ver el hombre arrodillado con la casa de Ruslan, ni cómo entrar en ella, así que debía medir las palabras que pronunciara.

—En efecto —dijo—. Este hombre debería sentirse halagado.

El hombre arrodillado gimió y Séverin se fijó en él por fin. Al observarlo más de cerca, vio que no era un hombre, sino un muchacho que parecía estar al final de la adolescencia, quizá solo unos años más joven que él. Era pálido, con ojos azules y pelo castaño claro. Tenía las extremidades delgadas como las de un potrillo y le asomaba una flor por el botón superior de la camisa. Se le hizo un nudo en la garganta. El pelo, los ojos y la flor... eran un recuerdo tenue, pero por un instante, fue como si Tristan estuviera arrodillado ante él.

—Mi padre poseía un agudo sentido para comprender el mundo —dijo Ruslan.

Cuanto más miraba al niño arrodillado, más empezaba a sospechar que el asombroso parecido con Tristan no era casual. Notaba un hormigueo en los dedos; quería tocar al muchacho, desatarlo y arrojarlo al agua apestosa para que pudiera escapar del plan de Ruslan, fuera cual fuera.

—Y lo más importante aún —prosiguió Ruslan—. Mi padre sabía que nada ocurría sin sacrificio.

Movió la mano tan deprisa que Séverin no tuvo tiempo de reaccionar. Se mordió la lengua y notó el sabor de la sangre. Fue lo único que le impidió lanzarse para atrapar al chico y detener su caída. El muchacho abrió los ojos un segundo antes de desplomarse hacia delante. Le brotaba la sangre de la garganta rebanada, que se extendía con lentitud por toda la entrada de mármol. Ruslan lo miró fijamente, con el puñal en la mano ahora de un color carmesí brillante. Sin mediar palabra, le entregó el puñal a uno de sus secuaces.

—El sacrificio está integrado en el diseño mismo de nuestra casa ancestral —continuó Ruslan con indiferencia—. Padre siempre supo que nuestro destino era convertirnos en dioses..., y todos los dioses requieren de sacrificios. Por eso la llamó Casa d'Oro Rosso.

La Casa del Oro Rojo.

Antes, la casa parecía descolorida y anodina, pero el toque de sangre la había cambiado. Lo que antes era un suelo de mosaico incoloro que daba acceso a la puerta clara había empezado a transformarse. A medida que la sangre se filtraba por el suelo, las piedras traslúcidas cambiaban y el tenue tono carmesí se tornaba rubí. El granate oscuro moteaba las piedras, rodeadas de motivos de cuarzo rosa que formaban un diseño geométrico decorativo. El color se expandió despacio hasta llegar a la puerta. La puerta blanca se tiñó de rosa; unos remolinos de oro oscuro empezaron a trepar desde el mármol y se extendieron por la madera forjada que, al arder, dejó al descubierto las volutas de oro y hierro de una entrada majestuosa. Con un movimiento suave, la puerta se abrió.

—Creo que la mampostería es de un estilo llamado «cosmatesco» —explicó Ruslan, señalando la entrada—. Es hermoso, ¿verdad?

Séverin no dejaba de mirar el cadáver del suelo, con la sangre humeando por el contraste con el aire frío. Se le humedecieron las manos al recordar la sangre caliente de Tristan en su piel al abrazar el cadáver de su hermano contra su pecho. La voz de la matriarca le vino a la cabeza: «Te pondrá a prueba antes de confiar en ti».

Séverin tragó saliva con fuerza y se obligó a pensar en Hypnos, Layla, Enrique y Zofia. Contaban con él para encontrar el mapa del templo bajo Poveglia. Las instrucciones del mnemoinsecto que había dejado junto a una Laila inconsciente eran claras: dentro de tres días se reunirían en el lugar acordado en Venecia. Para entonces, tendrían que haber descifrado los enigmas de la matriarca y haber descubierto dónde estaba el mapa. Si no era así, él tendría que encontrar la solución. Y cuando la tuviera, debería encontrar la manera de deshacerse de Ruslan.

—Es hermoso, sí —afirmó Séverin, enarcando una ceja. Luego arrugó la nariz—. Pero el hedor de la sangre no casa con este apestoso aire veneciano. Venga, vámonos antes de que esto nos quite el apetito. Un día, pronto, exigiremos ofrendas más elegantes que la sangre.

Ruslan sonrió, haciéndole un gesto para que entrara.

A Séverin le tembló la mano. Apretó el pulgar contra las cuerdas duras y cristalinas de la lira divina. Todavía recordaba lo que sentía al tocar esas cuerdas con la mano ensangrentada…, como si el pulso del universo lo hubiera atravesado. Las puertas de la divinidad se encontraban al alcance de su mano.

Y en cuestión de días, Séverin Montagnet-Alarie sería un dios.

2

LAILA

Laila nunca se había sentido tan sola.

En la gruta hacía un frío extremo. Había carámbanos destrozados en el suelo y, a la espeluznante luz azul de las paredes nevadas, las alas destrozadas del mnemoinsecto sangraban en forma de arcoíris aguado. Se le hizo un nudo en la garganta y, apretando el colgante de diamantes que tenía en la mano, hizo una mueca de dolor al notar las aristas.

En la hora transcurrida desde que Séverin se hubiera ido con Ruslan, no se había movido. Ni una sola vez.

En cambio, seguía mirando los cuerpos de Enrique y Zofia tendidos en el hielo, a menos de tres metros de ella. No quería abandonarlos y tampoco quería acercarse. Si los tocaba…, si les cerraba los ojos para que en lugar de muertos parecieran dormidos…, sería como romper la frágil membrana de un sueño. Un simple roce y habría hecho real este horror. Y no podía permitirlo.

Ni siquiera se permitía guardarse aquella verdad en el corazón: que Séverin los había matado a todos.

Les había clavado un cuchillo a Enrique y a Zofia. Tal vez también a Hypnos. «Pobre Hypnos», pensó. Esperaba que, al menos, lo hubiera apuñalado por la espalda para que muriera sin saber que la persona cuyo amor más deseaba lo había traicionado.

Séverin sabía que no era necesario que Laila corriera la misma suerte. No había nada que pudiera hacerle que el propio azar no hubiera planeado ya. Laila parpadeó y vio a Séverin mirándola con aquellos gélidos ojos violeta mientras se limpiaba la daga en la chaqueta, diciendo: «De todos modos, morirá pronto».

La luz se reflejó en el anillo granate de Laila y el número que figuraba en el interior no le pasó desapercibido: «Diez». Solo le quedaban diez días antes de que los mecanismos de la forja, que mantenían su cuerpo unido, se desintegraran y se le escapara el alma.

Tal vez se lo merecía.

Había sido demasiado débil, demasiado indulgente. Incluso después de todo, había dejado —no, había querido— que él la abrazara y la besara al ritmo de los latidos de su corazón. Quizá fuera una bendición que él no hubiera tocado la lira divina, porque ¿cómo iba a vivir consigo misma sabiendo que había incitado a un monstruo?

—Monstruo, no *majnun* —se dijo a sí misma.

Sin embargo, la pizca de egoísmo que tenía se quebró al saber lo cerca que había estado de la vida. Había tocado las mismas cuerdas que podrían haberla salvado, pero por ella no se movían.

Séverin había tenido la crueldad de mostrárselo. ¿Por qué, si no, habría dejado el mnemoinsecto junto a ella y el colgante de diamantes que antaño usaba para llamarla? Laila golpeó las alas del mnemoinsecto una vez más y observó cómo los recuerdos que guardaba se desvanecían en un suspiro. Lo machacó una y otra vez contra el hielo, presa de un feroz deseo de destruir hasta el último rastro de Séverin. Una extraña carcajada le salía ahora de la garganta mientras las columnas de humo de colores se alzaban como una espesa niebla, distorsionando la gruta donde se encontraba.

Pero mientras miraba entre el velo de niebla... una figura en el hielo se revolvió.

Laila dio un paso atrás y le invadió el terror. Tenían que ser imaginaciones suyas. No podía ser otra cosa.

Séverin la habrá enloquecido.

Porque justo delante de ella, Enrique y Zofia empezaban a cobrar vida.

3

ZOFIA

Zofia se despertó con un zumbido estridente en la cabeza. Se notaba la boca seca y le lloraban los ojos. A eso había que sumarle la pegajosa mermelada de frambuesa y cereza que tenía en la camisa; y a ella no le gustaba la mermelada de frambuesa y cereza. Poco a poco, la vista se le acostumbró al lugar. Seguía en la gruta de hielo. Tenía varios carámbanos rotos alrededor de ella. El estanque de forma ovalada donde el leviatán llamado David descansaba antes estaba ahora vacío sin la criatura mecánica y el agua estaba muy tranquila. Una niebla colorida se alzaba en el lugar donde antes se encontraba Laila...

Laila.

El pánico se apoderó de Zofia. ¿Qué le había pasado a Laila?

Recordó la última hora. Ruslan —que les había mentido, fingiendo ser amigo suyo— sacudía a Laila, exigiéndole que tocara la lira divina, para luego descubrir que Séverin era el único que podía hacerlo. Y luego este caminando hacia ella sosteniendo la daga impregnada del veneno paralizador de Goliat. La había agarrado, susurrando:

—Confía en mí, fénix. Voy a arreglar esto.

No le había dado tiempo a asentir antes de que todo se oscureciera.

A través de la colorida niebla, alguien se le acercó corriendo. Las luces de la gruta todavía le molestaban en los ojos y envolvían a la figura en oscuridad. Zofia intentó levantar las manos, pero las tenía atadas con una cuerda. ¿Seguía Enrique a salvo? ¿Dónde había ido Séverin? ¿Se había acordado alguien en París de alimentar a Goliat?

—¡Sigues con vida! —gritó la figura.

La persona se agachó delante de ella: era Laila. Su amiga la abrazó con fuerza, el cuerpo le temblaba por los sollozos y luego, inexplicablemente, por la risa. A Zofia no le gustaba que la abrazaran, pero parecía que Laila lo necesitaba, así que se quedó quieta.

—Estás viva —dijo de nuevo, sonriendo entre lágrimas.

—¿...Sí? —titubeó Zofia. Le salió la voz como un graznido.

Séverin le había dicho que estaría paralizada durante unas horas nada más. Algo así no era mortal.

—Pensé que Séverin te había matado.

—¿Por qué iba a matarme?

Zofia escudriñó el rostro de Laila. Por el rastro de sal en las mejillas, supo que su amiga había estado llorando. Bajó la mirada al anillo granate en la mano de Laila y se paralizó. Séverin se había negado a tocar la lira divina, con la que debería haber salvado la vida de Laila. No había ninguna razón para ello, a menos que la lira no sirviera para salvarle la vida. Pero ¿en qué punto dejaba eso el plan que tenían para salvarla? Solo quedaban diez días antes de que el cuerpo de Laila fallara.

—Me dijo que la parálisis era parte del plan.

A Laila le cambió la expresión: de alivio a dolor y luego... confusión. Un fuerte gemido llamó la atención de Zofia. Le costó un gran esfuerzo girar la cabeza, porque le dolía mucho el cuello. A su derecha, Enrique se estaba incorporando. Al verlo —vivo y con el ceño fruncido—, Zofia notó que la calidez se le extendía por el pecho. Lo miró. Tenía sangre seca por todo el cuello. Le faltaba una oreja. No tenía recuerdos de aquello, aunque sí recordaba muchos gritos descarnados. En ese momento, había tratado de ignorar cuanto la rodeaba. Estaba barajando todas las posibilidades tratando de encontrar una forma de escapar.

—¿Qué te ha pasado en la oreja? —le preguntó.

Enrique se llevó una mano a un lado de la cabeza e hizo una mueca de dolor antes de mirarla.

—Casi me muero ¿y tu primera pregunta es qué me ha pasado en la oreja?

Laila lo abrazó y luego se apartó.

—No lo entiendo. Pensaba que...

Se oyó un murmullo que provenía desde el estanque ovalado. El agua se llenó de espuma y de vapor cuando una cápsula mecánica salió a la superficie y se deslizó por el suelo helado. Zofia la reconoció: era la cápsula de escape que estaba dentro de David, el leviatán, y que había guardado los tesoros de la Casa Caída todos estos años. La cápsula, que tenía forma de pez y tenía varias ventanas y un abanico de aspas por cola, humeaba y siseaba mientras se abría una especie de portezuela.

Hypnos, vestido con el traje de brocado de la Subasta de Medianoche del día anterior, pisó el hielo y los saludó alegremente.

—¡Hola, amigos! —exclamó sonriendo.

Pero luego se detuvo, dirigió la mirada al rostro inexpresivo de Laila y a la sangre en el cuello de Enrique, a las manos atadas de Zofia y, por último, a la niebla colorida en el borde del hielo, donde, por primera vez, Zofia se percató del mecanismo destrozado de un mnemoinsecto.

A Hypnos se le borró la sonrisa de la cara.

HYPNOS NO HABÍA DICHO NADA durante los últimos ochenta y siete segundos..., y así seguía.

Enrique acababa de explicar qué había ocurrido entre ellos y Séverin, que este había cogido la lira divina y se había marchado con Ruslan antes de fingir sus muertes. Hypnos se abrazó a sí mismo mirando al suelo durante otros siete segundos antes de levantar, por fin, la cabeza y mirar directamente a Laila.

Se le quebró la voz.

—¿Te estás muriendo?

—No morirá —contestó Zofia con brusquedad—. Su muerte depende de las variables que cambiemos.

Laila le sonrió antes de asentir ligeramente. No había hablado mucho desde la aparición de Hypnos y apenas le había mirado. Miraba el anillo granate y el mnemoinsecto aplastado en el hielo.

—La lira no funciona como pensábamos —explicó Enrique—. ¿Os acordáis de lo que vimos escrito en la pared de la gruta? «Usar el instrumento divino provocará la destrucción». En este caso, la destrucción es todo lo forjado, a menos que la lira se toque en un lugar específico, pero no sabemos dónde...

Hypnos le interrumpió:

—En algún lugar debajo de Poveglia, una de las islas cerca de Venecia que...

—¿Poveglia? —repitió Enrique, palideciendo.

Zofia frunció el ceño. Conocía ese nombre. Años atrás, Séverin se había referido a ese lugar como la Isla de la Peste.

Estuvieron a punto de aceptar una adquisición allí antes de renunciar. A Enrique le alivió no tener que ir porque los cementerios le resultaban inquietantes. Zofia recordó que Tristan le había gastado una broma a Enrique mientras hablaban del asunto: había hecho que unas lianas rastreras le rodearan los tobillos. A Enrique no le había hecho ninguna gracia.

—Me lo dijo la matriarca —se apresuró a decir Hypnos—. Al parecer, los mapas de las ubicaciones de las demás entradas se habían perdido y ese era el único que quedaba. Conozco las rutas de los Tezcat hacia Italia. Podríamos estar allí esta noche. La matriarca incluso tiene un sitio seguro, un piso franco, esperándonos en Venecia, un lugar que, según ella, alberga todas las respuestas que necesitamos, pero la ubicación está forjada con la mente.

—Entonces, ¿cómo la encontraremos? —preguntó Enrique.

—Me dio una pista sobre dónde encontrar la llave y la dirección —dijo Hypnos—. Cuando estemos instalados, podemos reunirnos con Séverin. Dejó instrucciones en el mnemoinsecto para... —se fijó en el mnemoinsecto que estaba en el hielo— encontrarlo —terminó con los ojos muy abiertos, y luego miró a su alrededor. Miró a Laila—. ¡Sigo sin entender por qué lo has roto!

La chica frunció el ceño y se ruborizó.

—Le clavó un cuchillo a Zofia y luego a Enrique y pensé que él... él...

Hypnos enarcó las cejas.

—¿Cómo pudiste creer que Séverin quería matarnos a todos?

—¿Porque perdió la cabeza y el plan que tiene ahora es convertirse en un dios? —preguntó Enrique.

Hizo una mueca de dolor y se tocó la oreja. Antes, Laila se había rasgado parte del vestido para hacerle una venda que le envolvía la cabeza. La hemorragia había cesado, pero Zofia se fijó en que Enrique había palidecido. Le dolía mucho y ella no sabía cómo ayudarlo; eso la frustraba enormemente.

—Pero si la matriarca habló de un mapa, puede que sepa dónde está —comentó Enrique.

Hypnos torció el gesto y se encogió de hombros.

—Cayó con... con la máquina —dijo.

Laila emitió un grito ahogado y se tapó la boca con ambas manos. Enrique guardó silencio. Zofia agachó la cabeza. Sabía que debía pensar en la matriarca —y le apenaba su muerte—, pero estaba pensando en Hela. Poco a poco, Zofia se tocó el pecho donde la punta afilada y dentada de la carta sin abrir de Hela se le apretaba contra la piel. Había recibido la carta unos días antes, pero no estaba escrita por Hela. Y si ella no podía escribirle una carta por su cuenta, entonces eso aumentaba la probabilidad de que su hermana estuviera muerta. Incluso la posibilidad de que Hela hubiera muerto dolía mucho más que la muerte verdadera de la matriarca. Zofia sintió ese familiar pellizco de pánico en el pecho. Rebuscó en el bolsillo del vestido donde guardaba la caja de cerillas, pero ya no estaba. Miró por la sala, intentando contar cosas y centrar sus pensamientos: doce carámbanos, seis bordes dentados en el hielo, tres escudos, cuatro gotas de sangre en el suelo..., pero Hypnos y Enrique habían empezado a elevar el tono de voz.

—¿Qué vamos a hacer? —preguntó Hypnos—. Sin el mnemoinsecto no sabremos dónde encontrar a Séverin, ¡y así no podremos encontrar el mapa!

—No necesitamos a Séverin —repuso Enrique con frialdad.

Hypnos levantó la cabeza de golpe.

—¿Qué?

—Tú mismo lo has dicho... el piso franco de la matriarca tendrá todas las respuestas que necesitamos —explicó Enrique.

—Pero la lira... —dijo Hypnos mirando a Laila.

—Séverin busca la divinidad —explicó Enrique con un rictus severo—. Con o sin nosotros, llegará a la Isla de la Peste. Allí lo encontraremos. Allí podrá tocar la lira y salvar a Laila. Solo lo necesitamos para eso. Después, ya no tendremos que verlo nunca más.

—Pero ¿qué pensará Séverin? —preguntó Hypnos en voz baja—. Antes de irse me dijo que lo único que quería era protegernos...

Zofia vio que a Enrique se le tensaba la mandíbula. Miró el hielo por un instante y luego otra vez a Hypnos. Enrique tenía el ceño fruncido y eso significaba que estaba enfadado.

—De lo único que tenemos que protegernos es de él —afirmó Enrique.

Proteger. Zofia recordó que Enrique le había contado la etimología de la palabra. Venía del latín *pro*, «delante», y *tegere*, «cubrir». «Cubierto por delante». Proteger era cubrir. Ocultar. Se llevó la mano por encima del corazón, cubriendo el lugar donde tenía la carta no escrita por Hela. Zofia, tras barajar todas las posibilidades, supo que la carta solo podía ser un anuncio formal de la muerte de su hermana. Hela llevaba meses enferma y ya había estado a punto de morir. No había podido proteger a su hermana..., pero todavía tenía una oportunidad con Laila.

Poco a poco, Zofia se obligó a escuchar la conversación de los demás. Hablaban de las rutas secretas de Tezcat que los llevarían a Venecia y de cómo los miembros de la Orden de Babel seguían paralizados por la forja de sangre de Eva y de que solo les quedaban algunas horas para marcharse o se arriesgaban a ser capturados. Le costaba horrores escuchar.

Solo podía mirar el anillo en la mano de Laila: diez días.

Tenía diez días para protegerla. Si Zofia podía proteger a su amiga, tal vez pudiera obligarse también a abrir la carta y conocer el destino de Hela. Hasta entonces, mantendría la carta cerrada. Si no la leía, no tenía por qué saberlo, y si no lo sabía, tal vez hubiese una posibilidad…; una imposibilidad estadística, pero un número ponderado, al fin y al cabo, de que Hela no estuviese muerta. Zofia buscó la seguridad en esos números: diez días para encontrar una solución para Laila, diez días en los que seguiría esperando que Hela estuviera viva.

La esperanza, comprendió, era la única protección que le quedaba.

4

LAILA

aila se abrió camino a través de las sombras de un callejón estrecho y enladrillado mientras apretaba con fuerza la prenda que le cubría el rostro y el pelo. A su alrededor, los gatos callejeros maullaban y siseaban mientras se revolcaban en la basura. Dondequiera que estuviesen —le había perdido la pista a la ruta Tezcat tras el séptimo cambio— acababa de caer la tarde y la brisa marina traía el hedor a peces muertos. Hypnos, delante de ella, apoyó una mano sobre un ladrillo mugriento. Zofia, a su lado, sostenía el colgante Tezcat, que se había arrancado de su propio collar y que era la única herramienta que llevaban encima. Las investigaciones de Enrique, el laboratorio de Zofia, el vestuario de Laila…; todo había quedado atrás en el Palacio Durmiente.

El colgante brillaba con fuerza, lo que indicaba la existencia de una entrada secreta.

—Debe de tratarse de la última ruta Tezcat —declaró Hypnos esbozando una sonrisa forzada—. La matriarca dijo que, desde aquí, el pasadizo se abriría junto al puente Rialto. ¿No os parece fantástico?

—Yo no lo definiría como «fantástico» precisamente —repuso Zofia.

Tenía el moño deshecho y el pelo le envolvía la cabeza como si fuera un halo; sin embargo, el atuendo azul que llevaba parecía calcinado. Junto a ella, Enrique se tocó con cautela el vendaje manchado de sangre que le envolvía la oreja. En ese mismo instante, una enorme cucaracha se paseó por los zapatos embarrados de Laila y esta dio un brinco.

—Lo fantástico sería poder darnos un baño caliente y que un plan infalible nos estuviese esperando al otro lado —se quejó Enrique—. Ni siquiera sabemos dónde encontraremos ese piso franco.

—Tenemos una pista... —le contestó Hypnos antes de recitar las instrucciones de la matriarca—. «En la isla de la muerte, el dios que no tiene una cabeza está presente. Mostradle la suma de lo que veis y, con eso, hasta mí llegaréis».

—¿Y eso qué significa exactamente? —protestó Enrique.

Hypnos apretó los labios en una fina línea.

—Eso es lo único que sé, *mon cher*. Por lo tanto, habrá que conformarse. Voy a comprobar que esta sea la ruta correcta. Zofia, ¿me acompañas? Puede que necesite ese colgante tan bonito que tienes.

Esta asintió e Hypnos presionó un ladrillo en particular con la mano. Su anillo de Babel —una risueña luna creciente que abarcaba tres nudillos— brilló suavemente. Al cabo de un segundo, atravesaron la pared y desaparecieron.

Laila miró la puerta Tezcat y una carcajada desesperada trepó por su garganta.

Cuando abandonaron el Palacio Durmiente por primera vez, casi llegó a pensar que aún se podían arreglar las cosas...

pero en cuanto Hypnos les reveló la «pista» de la matriarca, supo que estaban, sin lugar a duda, perdidos. Incluso si se las apañaban para llegar a la isla de Poveglia, ¿qué? No tenía recursos, ni la información necesaria, ni instrucciones... Ni siquiera un punto de encuentro.

Laila cerró los ojos como si así pudiese invocar lo que fuera que tendría que haber visto en aquel mnemoinsecto. En su mente vio la fría y oscura mirada de Séverin apartándose, dándole la espalda. Recordó haberse fijado en la mancha parcial de colorete que le había dejado justo debajo del cuello de la camisa, cuando lo había besado por la noche. De golpe, abrió los ojos y desterró aquellas imágenes.

Odiaba a Séverin. Él había confiado demasiado en la fe que ella le tenía. Como un necio, había supuesto que ella pensaría que no había situación posible en el que él pudiese hacerle daño a Enrique o Zofia; sin embargo, había infravalorado la capacidad de convicción que tenía al hacerse el indiferente. Laila casi podía imaginárselo diciendo: «Ya me conoces». Pero no era verdad. No lo conocía en absoluto. Y la culpa prevalecía. Cada vez que parpadeaba, veía las alas del mnemoinsecto destrozadas y no sabía lo que ese momento de furia les supondría en la búsqueda.

Apartó a Séverin de sus pensamientos y miró por el callejón hacia donde estaba Enrique. Tenía los brazos cruzados y una mirada distante, rabiosa.

—¿Me culpas? —le preguntó ella.

Este levantó la cabeza, horrorizado.

—Claro que no, Laila —contestó, y se acercó a ella—. ¿Por qué piensas eso?

—Si no hubiese roto el mnemoinsecto...

—Yo hubiese hecho lo mismo —dijo Enrique con la mandíbula tensa—. Sé cómo te sentiste..., sé lo que parecía...

—Aun así...

—Aun así, no nos hemos quedado sin alternativas —la interrumpió con tono firme—. Lo que he dicho va en serio... No lo necesitamos. Encontraremos otra manera.

Enrique le tendió la mano y, juntos, contemplaron el cielo. Por un momento, Laila se olvidó del peso de la muerte sobre sus hombros. Levantó la barbilla y observó las altas paredes de ladrillo. Parecía que formaban parte de una espiral de murallas que separaban a la ciudad del mar. Sobre su cabeza, alcanzaba a oír el bullicio del mercado y los cotilleos en lenguas extranjeras. El olor del pan recién hecho, con un toque de miel y especias, impregnaba el aire y sustituía el hedor a podredumbre que provenía del mar cercano.

—La isla de las plagas —dijo Enrique en voz baja—. ¿Te acuerdas de la broma que me gastó Tristan? Estábamos todos discutiendo sobre si continuar o no la adquisición allí y él sabía que hablar sobre los cadáveres que había en el suelo me tenía un poco inquieto...

—¿Un poco inquieto? —se burló Laila con una sonrisa sutil que le curvó los labios—. Recuerdo que gritaste fortísimo cuando la enredadera forjada de Tristan te envolvió los tobillos; tanto, que los invitados de L'Éden pensaron que habían asesinado a alguien en la sala.

—Es que fue terrorífico —dijo Enrique, estremeciéndose.

Laila sonrió muy a su pesar. Creía que evocar el recuerdo de aquel día le sabría amargo, pero, en cambio, le dejó un regusto inesperadamente dulce. Pensar en Tristan ya no era como tener una herida abierta, sino una magulladura antigua. Conforme pasaban los días, se convertía en un tema menos delicado.

—Me acuerdo —dijo Laila con un hilo de voz.

—Me perturban los camposantos —repuso Enrique mientras se santiguaba—. De hecho...

Se interrumpió a sí mismo de repente y abrió los ojos de par en par. En aquel instante, Hypnos y Zofia cruzaron el portal Tezcat. Tras ellos, Laila vio un largo pasillo de piedra que desembocaba en un mercado. Había un puente blanco a lo lejos. Las gaviotas se lanzaban en picado hacia los puestos de los pescaderos.

—Enrique, ¿qué es eso? —preguntó Laila.

—Creo... creo que ya sé dónde tenemos que buscar la llave del piso franco —contestó él—. «La isla de la muerte...». Es una referencia a la isla de San Michele. Hace casi cien años, Napoleón decretó convertirla en un cementerio por las condiciones insalubres de los entierros en tierra firme. Recuerdo haberlo estudiado en la universidad. Resulta que allí hay una iglesia y un monasterio renacentistas de especial singularidad que...

Hypnos dio una palmada.

—¡Decidido! ¡Vamos al cementerio!

Enrique frunció el ceño.

—¿Y qué pasa con el resto del acertijo? —preguntó Zofia.

Laila repasó las palabras una vez más: «En la isla de la muerte, el dios que no tiene una cabeza está presente. Mostradle la suma de lo que veis y, con eso, hasta mí llegaréis».

—Pues... no lo sé —reconoció Enrique—. En realidad, hay un montón de deidades con varias cabezas, sobre todo en las religiones asiáticas, pero «mostradle la suma de lo que veis» suena a que no lo vamos a saber hasta que lleguemos.

A Hypnos le flaqueó la sonrisa.

—Entonces, ¿no estás seguro de lo que tenemos que buscar dentro del cementerio?

—Pues no, no exactamente —contestó.

—¿Pero sí lo estás sobre la isla de San Michele?

—... No.

El silencio los envolvió. Solía haber un ritmo marcado para determinar a dónde viajar: los cálculos de Zofia, el conocimiento histórico de Enrique, las lecturas de los objetos de Laila y, luego, Séverin, que contextualizaba los hallazgos como una lente que lo enfocaba todo.

«No lo necesitamos», había dicho Enrique, pero ¿se creía sus propias palabras?

Laila escudriñó a su amigo: rubor en las mejillas, mirada desorbitada, postura encorvada. Se había encogido de hombros como si, de repente, quisiese pasar inadvertido.

—Creo que es una idea tan válida como cualquier otra.

Enrique parecía sorprendido. Le sonrió, gesto que se desvaneció en cuanto miró la mano de Laila y vio el anillo escarlata que les devolvía una mirada acusadora. A Laila no le hizo falta mirarlo para saber lo que les decía.

«Nueve días».

Aun así, estaba dispuesta a depositar su confianza en aquellos que la merecían. Se acercó a Enrique y le cogió de la mano; luego, miró a Zofia y a Hypnos a los ojos.

—¿Nos vamos?

EL PRIMER VISTAZO a Venecia dejó a Laila sin aliento y, pese a ser muy poco lo que le quedaba de vida, no le importaba demasiado. Venecia parecía un lugar esculpido a medias por la ensoñación de un niño. Una ciudad flotante, entretejida con puentes de mármol, llena de puertas sumergidas con efigies de dioses de rostro sonriente. Allá donde mirara, la ciudad parecía llena de vida. Instaladas a lo largo de la orilla, las mesas de los mercaderes tenían un encaje forjado que imitaba la forma de una luna creciente y jugaba al escondite con un risueño niño. Una tira de cuentas de vitral voló desde un canapé de terciopelo y se abrochó con aire juguetón alrededor del cuello de una noble señora que reía. Máscaras muy trabajadas, decoradas con pan de oro y perlas, flotaban de manera elegante junto a ellos, impulsadas al aire por los artesanos *mascherari* que trabajaban cerca del agua.

—Vamos a necesitar un barco para llegar a la isla de San Michele —comentó Enrique.

Hypnos les dio la vuelta a los bolsillos con gesto triste.

—¿Y de dónde sacamos el dinero?

—Dejádmelo a mí —dijo Laila.

Caminó con rapidez por los muelles. Primero, cogió un chal negro que alguien había descuidado en un taburete; el recuerdo de unas cálidas manos morenas tejiéndolo le atravesó la mente. «Lo siento», pensó, y se lo puso por encima de su vestido manchado y rasgado. En el cuello tenía la máscara de L'Énigme recogida en un pequeño colgante que pendía de una cinta de seda verde. Le dio un golpecito y la refinada máscara de pavo real se desplegó y se le colocó en el rostro. Si los demás vendedores de *mascherari* que llevaban puestas sus propias obras notaron algo raro, tampoco dijeron nada cuando ella pasó por su lado.

Laila no perdió de vista las aguas. Habían salido por un pasaje de piedra de Istria, que se abría justo al lado del Ponte di Rialto; un puente enorme, cuya forma te hacía pensar que la luna creciente había abandonado el firmamento para poder adornar la ciudad. Ya bien entrada la tarde, las góndolas surcaban con rapidez el río color jade.

Los gondoleros no le prestaron atención, estaban ocupados fumando y jugando al ajedrez en los escalones de piedra. Laila tocó las proas de las barcas, una a una, repasando sus recuerdos:

En la primera, vio a una chica con una flor en el pelo que tenía los ojos cerrados mientras se inclinaba para dar un beso…

En la segunda, escuchó la frustración de un hombre que decía: «*Mi dispiace...*».

En la tercera, observó a un niño agarrado a la mano de su abuelo mientras el olor a puro los envolvía.

Laila siguió y siguió y siguió, hasta que...

Detuvo las manos cuando un ruido estático invadió sus pensamientos, era la clase de ruido que solo podía pertenecer a un objeto forjado.

Sonrío.

UNA HORA MÁS TARDE, Laila iba sentada en la proa de la góndola, observando cómo la luna escarchada se alzaba por encima de una isla distante. El frío viento que le acariciaba la cara era vigorizante y, pese a no poder deshacerse de la pesada carga de la muerte, al menos podía disfrutar de aquellos momentos.

En el otro extremo de la góndola, Enrique y Zofia parecían estar sumidos en sus pensamientos; él miraba fijamente el agua, mientras que ella, al haber perdido su caja de cerillas, se dedicaba a rasgar el bajo chamuscado de su vestido. En el cojín junto a Laila, Hypnos se inclinó y apoyó la cabeza en su hombro.

—Temo que estoy enfermando, *ma chère*.

—¿Por qué?

—Anhelo el aburrimiento. Se me antoja el vino más añejo e insólito de toda la tierra —le dijo—. Es una inmoralidad.

A Laila casi se le escapó la risa. Durante las semanas anteriores, había visto riquezas que competían contra reinos enteros, había sido testigo del embriagador poder que era capaz de desmoronar el mundo con una simple canción..., pero nada se podía comparar con el lujo y el encanto que tenía poder desperdiciar un día entero sin pensar en nada. Si pudiese llenar un cofre con tesoros inimaginables, ese sería el que mejor escondería: malgastar unos días deliciosos, bañados por el sol, y frías noches salpicadas de estrellas, con sus seres queridos.

—Te debo una disculpa —le dijo Hypnos.

Laila frunció el ceño.

—¿Por?

—Reaccioné muy mal cuando vi que habías roto el mnemoinsecto. —Tenía la mirada clavada en su propio regazo—. Aunque Séverin sea de mi confianza, está claro que no se ha ganado la tuya. No sé qué te dijo, pero te juro que no iba en serio. Era puro teatro para protegerte.

Volvió a sentir aquel vacío que le resultaba tan familiar.

—Ahora lo sé.

—También deberías saber que se preocupa por todos vosotros, pero por ti, él...

—Para —lo interrumpió Laila, antes de añadir—: Por favor.

Hypnos levantó las manos a modo de rendición y dejó a Laila con sus pensamientos. Se fijó en el anillo: 9. Nueve días para respirar ese aire, admirar ese cielo. Su mente disfrutaba de todo lo que veía como si fuese un helado; ya fueran las pálidas cúpulas de las catedrales o los nubarrones que manchaban el cielo. Acordarse de Séverin era como mancillar todos aquellos pensamientos con tinta. Le empapaba la mente de oscuridad y apenas era capaz de ver a través de ella. Él no estaba ahí. Todavía. Así que intentó no pensar en él en absoluto.

EN LA ISLA SEPULCRAL de San Michele todo era silencio y quietud, dentro de sus muros de ladrillos rojos y blancos. La iglesia, coronada por una cúpula y construida con aquella pálida piedra veneciana, parecía flotar sobre el oscuro lago. Cuando la góndola se acercó al muelle, la estatua forjada de tres metros de alto del arcángel Miguel extendió las alas y levantó la báscula a modo de saludo. La báscula se tambaleó por el gélido viento de febrero y tuvieron la sensación de que los ojos inanimados del serafín se clavaban en ellos, como si se preparase para sopesar lo bueno y lo malo que habían hecho a lo largo de la vida. Por un sendero de grava blanca, oscilaban unos cipreses majestuosos que montaban guardia en el umbral de los difuntos.

En cuanto Laila puso un pie en tierra firme, la invadió un sentimiento extraño. Un vacío que se fue tan pronto como llegó. Por un instante, no pudo oler la nieve en el viento ni percibir el frío en el cuello. Sentía el cuerpo desarticulado, demasiado sereno, como si fuese algo que debía arrastrar consigo...

—¡Laila!

Hypnos la sujetó por los hombros.

—¿Qué ha pasado? —preguntó Zofia mientras corría hacia ella.

—No... no lo sé —contestó ella.

Se sentía demasiado apacible, demasiado tranquila; notaba el sosegado latido de su corazón luchar contra la viscosa sangre de sus venas.

—Estás herida —le dijo su amiga.

—No lo estoy, no...

Hypnos levantó la enjoyada mano de Laila. Esta se dio cuenta de que tenía un corte en la palma; debía de haber agarrado la estaca de madera del muelle con demasiada fuerza.

—Ten. —Zofia se arrancó un trozo del dobladillo chamuscado del vestido para improvisar una venda.

Laila lo cogió con la mirada vacía.

—Ya has sufrido mucho —dijo Hypnos con tiento—. ¿Por qué no te quedas en la barca? No nos llevará mucho, ¿verdad?

Enrique balbuceó:

—No estoy seguro al cien por cien, pero... —Hypnos debió de hacerle alguna señal, ya que asintió con rapidez—. Quédate y descansa, Laila, estaremos bien.

—¿Te duele? —preguntó Zofia.

—No —dijo ella mientras bajaba la vista a la mano con la mirada perdida.

Laila debió de asentir y hacerles un gesto para que se fueran, pero su mente gritaba continuamente algo que no se atrevía a decir en voz alta. No había mentido a Zofia. No sentía ningún dolor.

En realidad, no había sentido nada en absoluto.

5

ENRIQUE

Enrique Mercado-Lopez sabía muchas cosas.

Sabía sobre historia, lenguas, mitos y leyendas. Sabía besar bien, comer bien y bailar bien, y aunque en ese momento no estuviera seguro de gran cosa, había algo que sabía sin ningún tipo de duda. Que ese no era su lugar.

Y no era el único que lo sabía.

A unos pocos pasos detrás de él, Zofia e Hypnos caminaban en un silencio abrumador. Confiaban en que él supiera qué hacer. Esperaban que tomara el mando, que diera órdenes, que planificara los siguientes pasos…, pero Enrique no era así.

«No encajarás», le susurró una vieja voz dentro del cráneo. «Descubre tu lugar».

Su lugar.

Al parecer, Enrique no era capaz de averiguarlo. Recordó que, de pequeño, había hecho pruebas para el teatro de la escuela. Se pasaba las noches en vela practicando los diálogos del protagonista. Colocaba los juguetes en las sillas, como si fueran su futuro público. Le había dado la lata a su madre hasta que, exasperada, se rindió y le ayudó a practicar el guion leyendo ella las líneas de la coprotagonista. Pero el día de la audición, la monja que dirigía la obra lo detuvo tras decir dos frases.

—*Anak* —rio—. No pretendas ser el protagonista. Demasiado trabajo y demasiadas líneas. Además, estarás al frente del escenario. Ese es un lugar terrorífico, confía en mí… ese no es tu lugar. Pero no te pongas triste, ¡tengo un papel especial para ti!

El papel especial resultó ser un árbol.

De todas formas, su madre se sintió muy orgullosa y Enrique llegó a la conclusión de que los árboles eran bastante importantes a nivel simbólico, así que podría llegar a ser el protagonista la próxima vez.

Pero los siguientes intentos dieron el mismo fruto. Enrique participó en concursos de escritura y acabó descubriendo que sus opiniones no tenían público. También se presentó a concursos de debate en los que, si no rechazaban sus ideas de pleno, echaban un vistazo a su rostro de rasgos españoles mezclados con su herencia bisaya y, al final, la respuesta siempre era la misma: «Este no es tu lugar».

Cuando Enrique encontró trabajo como historiador para Séverin, fue la primera vez que se atrevió a pensar lo contrario. Pensó que ese era su lugar. Séverin era el primero que creía en él, que le dio un empujón… que le ofreció su amistad. Con Séverin, sus opiniones echaron raíces y su erudición se disparó hasta tal punto que incluso los Ilustrados, el grupo nacionalista filipino cuyas ideas podrían transformar su país, le habían dejado formar parte de ellos. A pesar de que no era más que un miembro al margen que escribía artículos históricos, era más de lo que nunca había sido… y eso le hizo tener la esperanza de que vendrían más cosas.

Pero de ilusiones vive el tonto.

Séverin cogió sus sueños y los usó en su contra. Había dado su palabra de que Enrique siempre sería escuchado para luego silenciarlo. Había cogido su amistad y la había adaptado a sus necesidades hasta que la hizo añicos. Luego, Ruslan había recogido los pedacitos y los había convertido en un arma.

Todo aquello había dejado a Enrique así: absolutamente perdido en todos los sentidos y casi seguro de que no estaba en el lugar correcto.

Enrique levantó la mano y tocó con cautela la venda que cubría la que había sido su oreja. Hizo una mueca de dolor. Desde que dejaran el Palacio Durmiente, había tratado de no mirarse la cara, pero su reflejo en los lagos de Venecia lo acabó encontrando. Parecía desequilibrado; marcado, incluso. En el pasado, cuando se encontraba en el lugar equivocado, al menos podía esconderse. Pero su oreja cortada era una declaración: «No encajo. ¿Ves?».

Enrique apartó ese pensamiento. No podía permitirse el lujo de hundirse en su miseria.

«Venga…, piensa».

Miró alrededor del cementerio, frunciendo el ceño. La longitud del cementerio de la isla de San Michele era de poco más de quinientos metros, y para entonces ya habían recorrido el perímetro un par de veces. Esta era la tercera vez que caminaban por el sendero bordeado de cipreses. Justo delante, el camino se curvaba hacia una hilera de estatuas de los arcángeles, que giraban la cabeza esculpida para verlos pasar. En las parcelas del cementerio, las lápidas de granito se elevaban altas e intrincadamente curvas, muchas de ellas coronadas con grandes cruces cubiertas de rosas labradas que nunca perderían su aroma ni su brillo. Mientras, los mausoleos apenas estaban decorados en su exterior, casi nada que hiciera a Enrique pensar en un dios sin cabeza o con múltiples cabezas.

—«En la isla de la muerte, el dios que no tiene una cabeza está presente —recitó Enrique, dándole vueltas a las palabras en su mente—. Mostradle la suma de lo que veis y, con eso, hasta mí llegaréis».

—¿Has dicho algo? —preguntó Hypnos.

—¿Quién, yo? No —le contestó Enrique rápidamente—. Esto... Solo repasaba el acertijo de la matriarca en busca de pistas... otra vez.

—Entonces has dicho algo —señaló Zofia.

—Bueno, sí —dijo Enrique. Notaba que empezaba a ruborizarse—. La interpretación afecta a lo que sea que buscamos y tal. Es una frase bastante ambigua.

—Creía que buscábamos a un dios decapitado —dijo Zofia enarcando las cejas—. Suena bastante específico.

—¡Aun así, nos deja varias interpretaciones! —declaró Enrique—. Por ejemplo, está Xingtian, una deidad china que continuó luchando a pesar de que lo habían decapitado. Luego están los seres celestiales Rahu y Ketu, a quienes también decapitaron, y los demás dioses que tienen más de una cabeza. Así que... ¿cuál es? Parece poco probable que encontremos dioses de religiones orientales enterrados en Venecia, así que debe haber algo más..., algo oculto, incluso...

Hypnos carraspeó.

—Dejemos a nuestro bello historiador trabajar, fénix —dijo—. Estoy seguro de que pronto nos iluminará con sus hallazgos.

El patriarca de la Casa Nyx esbozó una sonrisa. Por un segundo, Enrique se vio tentado de devolvérsela. Había algo embriagador y onírico en la belleza y el brío de Hypnos, la forma en que lo arrullaba a uno para imaginar imposibilidades al alcance de la mano. Solo que ahora, sentía su fuerza como un sueño que se le había escapado de las manos.

—Gracias —dijo Enrique con rigidez, alejándose de ambos.

Intentó concentrarse en el enigma, pero la sonrisa de Hypnos lo había desconcertado. Habían pasado apenas unos pocos días desde que Enrique le había plantado cara sobre el desequilibrio entre sus afectos y el otro muchacho había confesado: «Creo que, con el tiempo, podría aprender a amarte». El recuerdo aún era reciente y le escocía.

Enrique no quería que lo amaran a la fuerza. Quería un amor parecido a una luz, una presencia que expulsara las sombras y refundiera el mundo en algo cálido. Una parte oculta de él siempre había sospechado que no encontraría el amor con el deslumbrante patriarca, y puede que al final fuera eso lo que más le doliera. No la pérdida de amor, sino la falta de ilusión.

Por supuesto, Hypnos no sentía lo mismo que él. Que siguiera sorprendido era una muestra de su optimismo o de su estupidez, y Enrique se inclinaba a pensar que la culpa era de esto último.

DURANTE LA SIGUIENTE media hora, recorrieron el cementerio una vez más hasta que de nuevo llegaron a la entrada. A unos tres metros de allí se hallaba una sepultura a medio excavar. De las pocas lápidas que había, solo una parecía estar terminada, aunque el cantero la había dejado tallada con crestas irregulares. Era el único lugar que no habían explorado aún, pues parecía irrelevante. Seguro que el piso franco de la matriarca existía desde hacía años y, como tal, no había razón para que estuviera en una parcela recién excavada.

—*Mon cher* —dijo Hypnos poniéndole una mano en el hombro—. Me he percatado de lo duro que debes estar trabajando, pero... debo preguntar...: ¿estás cien por cien seguro de que estamos en el lugar indicado?

Enrique notó que le ardía la cara.

—Bueno, todo en la historia es una conjetura, pero parece que este es el único lugar que encaja, ¿no?

Hypnos lo miró con perplejidad y Enrique casi deseó que Séverin estuviera presente. Séverin se las apañaba siempre para disipar las dudas. Daba sentido a los hilos inconexos y dispersos de Enrique y los transformaba en grandes narraciones de búsqueda del tesoro que infundían seguridad en los demás.

—Me explico. En realidad, hay muchas «islas de los muertos»: Tártaro, Naraka, Nav y muchas otras. Pero todas ellas son mitológicas, mientras que este es el único sitio cerca de Poveglia que...

—¡Llevamos caminando más de una hora! —le interrumpió Hypnos—. No hemos encontrado nada.

—Y pronto tampoco seremos capaces de ver nada —informó Zofia.

En el cielo, la luz se iba extinguiendo cada vez más y más rápido. Las sombras bajo las estatuas de los ángeles se volvían largas y afiladas, y los cipreses estaban en una quietud poco natural. Por un momento, Enrique imaginó a unos esbeltos *enkantos* observándolo desde detrás de los árboles, con ojos nocturnos de otro mundo y expresión famélica. Su abuela decía que podían rastrear los sueños con el olfato y hacerlos realidad... por un precio. En aquel momento, Enrique sitió unas punzadas en la herida. «¿No lo he pagado ya?». Se alejó de la arboleda, apartando el pensamiento de las criaturas del más allá que se deslizaban en las sombras.

—Tenemos que seguir buscando —dijo Enrique—, sigue dándole vueltas. Si no encontramos la llave del piso franco, no tendremos a dónde ir. Zofia necesita un lugar para construir sus inventos y necesita una biblioteca, y...

—A lo mejor tendríamos que aprovechar el tiempo buscando a Séverin —sugirió Hypnos vacilante.

Enrique se sintió aturdido.

—¿A Séverin?

—Sabemos que está en algún lugar de Venecia —dijo Hypnos—. Podemos usar el tiempo que nos queda para intentar encontrarlo como sea... ¡si no, Laila habrá destruido al mnemoinsecto para nada! Estoy seguro de que Séverin sabrá qué hacer.

Otra vez la cantinela. «Este no es tu lugar». ¿De verdad creía que podría estar al mando o resolver un acertijo? Ese era el papel de Séverin, no el suyo.

—A lo mejor puedes preguntarle por la isla de los muertos —dijo Hypnos.

Enrique se notó la oreja caliente y le palpitó la herida.

—Claro que sí, ¿por qué no? —le espetó Enrique. Se giró hacia el aire vacío al que daba la espalda y luego fingió sentir sorpresa—. ¿Qué pasa? Ah, sí... ¡Que no está aquí y no lo podemos encontrar sin dar la cara y poner en riesgo todo el asunto, porque la Casa Caída piensa que estamos muertos! Pero supongo que sería mejor arriesgarnos a morir antes que darme una oportunidad.

Hypnos retrocedió.

—Eso no es lo que he dicho...

Pero Enrique ya se había hartado de escucharle. Se alejó enfadado hacia las lápidas inacabadas, con el corazón desbocado y la respiración agitada. Durante un momento, se quedó a la sombra de un ciprés observando cómo la oscuridad engullía las lápidas. Puede que tuvieran razón. Tenía que rendirse y dejar de malgastar el tiempo de los demás... especialmente el de Laila, a la que no le quedaba mucho. ¿Ahora cómo iba a mirarle a la cara? Enrique oyó unos pasos detrás de él y cerró las manos en puños. No quería disculparse con Hypnos.

Sin embargo, no fue Hypnos quien apareció a su lado.

—No me gusta la oscuridad —confesó Zofia.

Parecía pequeña y semejante a una sílfide a la luz del crepúsculo. La luz de la luna creciente resaltaba lo plateado de su cabello rubio platino, y sus enormes ojos daban la sensación de ser de otro planeta. Enrique se puso tenso. ¿También lo culpaba? Pero entonces Zofia alargó la mano para desprender uno de los colgantes de su collar.

—No me quedan muchos —le dijo Zofia—, pero te ayudará a encontrar tu camino en la oscuridad.

El colgante estalló en una explosión de luz cual estrella atrapada entre los dedos de Zofia. Enrique parpadeó ante el repentino haz de luz y, cuando sus ojos se adaptaron al brillo, el mundo se le antojó un tanto distinto. Zofia no sonrió, pero sostuvo el colgante, atenta. En ese momento, la luz la bañó en plata de tal manera que parecía ella la que emitía luz en la oscuridad.

Apenas había tenido un momento para retener aquel pensamiento cuando la luz del colgante iluminó las aristas de una lápida que se alzaba a un metro de altura del suelo y parecía haber sido fusionada a partir de dos piezas individuales. El liquen cubría la superficie, pero en cuanto Enrique dio un paso hacia delante, se percató de que el granito estaba curiosamente en blanco, salvo por una fila de números grabados en relieve: *1, 2, 3, 4, 5*. Se le erizó el vello de la nuca cuando se acercó y tocó el objeto. La tierra a su alrededor estaba ligeramente hundida, y bajo la luz observó que la curiosa forma de la lápida en realidad evocaba dos rostros mirando en direcciones opuestas.

«El dios sin una cabeza».

—¡Mirad! —dijo Enrique—. Creo que... que he encontrado algo.

Hypnos apareció al instante y aplaudió con las manos.

—¡*Mon cher*! ¡Lo has conseguido! No he dudado de ti ni un segundo.

Enrique le lanzó una mirada asesina.

—¡Ven, Zofia! ¡Mira esto!

Pero Zofia se quedó a unos tres metros de distancia, agarrando el colgante que aún emanaba luz. Tenía la mano colocada justo encima del corazón. Se podía detectar inquietud en su pose, como si la tumba y la creciente oscuridad la perturbaran.

—Enhorabuena y todo eso —dijo Hypnos, animado—, pero ¿qué se supone que debo ver? Además, creo oportuno pediros que si me muero con vosotros, lo cual cada día es más probable, por favor…, ponedme una lápida mucho más sofisticada que esa.

—Creía que buscábamos a un dios —añadió Zofia.

—Es un dios —contestó Enrique con una sonrisa—. Se trata de Jano, el dios romano del tiempo…; ve el pasado y el futuro. Es el guardián de las puertas y de los comienzos, los caminos y los umbrales.

—¿Jano? —repitió Hypnos. Arrugó la nariz—. Resulta que también es el nombre de la Casa más indecorosa de la facción italiana. Son los guardianes de la cartografía o algo así, y siempre organizan una fiesta lujosa y secreta para el Carnevale. ¿Me han invitado a una sola reunión? No. Y no es envidia *per se*, pero estoy…

Enrique colocó la palma de la mano sobre la parte delantera de la lápida. No tenía ni idea de lo que ocurriría. A lo mejor, el liquen se despejaría o los rostros escupirían una llave. Pero en lugar de eso, una imagen forjada contorsionó la piedra y dejó al descubierto un cuadrado de quince centímetros con líneas de luz:

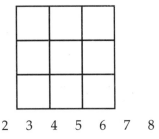

1 2 3 4 5 6 7 8

Unos centímetros por debajo de la cuadrícula, los números grabados en la piedra temblaron y el enigma encajó.

—«Mostradle la suma de lo que veis y, con eso, hasta mí llegaréis» —recitó Enrique—. Parece sencillo..., puede que demasiado sencillo. Si es la llave de una casa protegida, un piso franco, ¿no creéis que la matriarca la habría custodiado mejor?

—¿La suma? —dijo Hypnos—. ¿La suma de qué? ¿De los cuadrados? No se me dan bien las matemáticas, así que os dejo... Esperad.

Agachó la cabeza para mirarse los pies mientras Enrique empezaba a sentir una extraña succión por debajo de las botas. El terreno hundido de la tumba había comenzado a tirar de ellos hacia abajo poquito a poco. Hypnos emitió un chillido e intentó levantar una pierna, pero cuando quiso darse cuenta, ya estaba atrapado. Enrique se aferró a la lápida en un intento por salir, pero solo consiguió que la fuerza de arrastre actuara con mayor rapidez. En cuestión de segundos, se había hundido hasta las rodillas. La luz que los rodeaba saltaba salvajemente, oscilando desde la tumba hasta la lápida y después hacia los ojos planos del dios bicéfalo. Enrique se retorció y vio que Zofia saltaba para alcanzar la rama de un ciprés y así sacarlos, pero las ramas estaban demasiado altas.

—¡Rápido! —dijo Hypnos—. ¡Pon la respuesta! Es nueve, ¿verdad? ¡Hazlo!

Enrique arrastró los dedos por la piedra, y se le cayó el alma a los pies.

—¡El nueve no puede ser! Podría ser el diez porque suman un cuadrado más en su conjunto —respondió.

Pero cuando revisó los números, tampoco había un cero. Lo embargó el pánico.

—¿Seis? —sugirió Hypnos.

—¿¡Cómo va a ser seis?!

—¡No se me dan bien las mates! —gritó Hypnos.

—¡Quién lo diría!

El lodo de la tumba, con un fuerte sonido de chapoteo y succión, se le filtraba por los botones de la camisa y le hizo sentir frío en contacto con la piel. Enrique dio una patada con el pie, pero notó algo duro y suave que le resbalaba por la pantorrilla. Reculó por instinto, pero eso no hizo más que arrastrarlo más abajo. Luchó por aferrarse a la tierra firme, pero esta se volvía blanda y se hundía al tocarla. Hypnos comenzó a sollozar, pero entonces Zofia gritó:

—¡Uno y cuatro!

—¡Eso no tiene sentido! —dijo Hypnos—. Tal vez solo sea un cuadrado grande y todo esto no sea más que una broma de mal gusto...

Enrique analizó la cuadrícula. Nueve cuadrados. Un cuadrado grande que lo abarcaba todo... y cuatro cuadrados formados por cuatro bloques cada uno. *Catorce.*

Con las manos temblorosas, pulsó el número *1* y luego el *4*. Los números se hundieron en la roca al mismo tiempo que la tierra le arrastraba hacia abajo. El barro frío se concentró alrededor de sus hombros cuando una luz centelleó de repente justo delante de sus ojos.

Dejaron de hundirse.

—¡Gracias a los dioses! —exclamó Hypnos, haciendo fuerza con los codos para salir. Enrique cavó parte de la tierra con las manos, liberando así la mitad de su cuerpo. Hypnos y Zofia lo agarraron por los antebrazos y tiraron de él para terminar de sacarlo, hasta que se desplomó en el suelo. Le costaba respirar.

—La... llave... —consiguió pronunciar, mirando hacia la lápida.

La imagen forjada se había retorcido una vez más. Esta vez apareció una dirección: «Calle Tron, 77».

De la piedra surgió una llave grande, como las que abren una casa señorial. Enrique la contempló maravillado. Oyó que Hypnos aplaudía detrás de él, entusiasmado, y que Zofia les pedía marcharse del lugar inmediatamente, y la esperanza brotó en su pecho.

La llave al piso franco no era la solución a todo. Aún tenían que encontrar el mapa que los llevaría al templo debajo de Poveglia y también tenían que tocar la lira y salvarle la vida a Laila. Encima, Enrique aún no sabía cuál era su lugar…, pero se sintió un poco más seguro capitaneando al grupo cuando se giró hacia ellos y dijo:

—De nada.

6

∞

SÉVERIN

Séverin se pasó la noche dando vueltas a la lira divina, contando las horas que faltaban para el amanecer. Oía a los miembros de la Casa Caída en guardia fuera de sus aposentos. Las paredes de la habitación estaban decoradas en color carmín y granate. Una lámpara forjada de cristal de murano rojo se balanceaba ligeramente sobre él. No había ventanas, pero decenas de velas parpadeaban en candeleros de cobre, como si conspirasen para que las paredes de la habitación pareciesen salpicadas de sangre.

En el centro de los aposentos había una cama de oro con patas en forma de garra, un dosel escarlata y sedas a juego. Cada vez que Séverin la miraba, recordaba otra cama, una hecha de hielo y cubierta de gasa y escarcha. Recordaba a Laila sentada a horcajadas sobre él, mirándolo como una diosa contempla a un suplicante.

Aquella noche se preguntó si su tacto era lo contrario de la alquimia. Si con una caricia podía hacer que ya no fuese dorada y lejana como el paraíso, sino humana y terrestre, a su alcance. Cuando la tocó, sintió el latido de su corazón bajo su cálida piel de terciopelo. Cuando se alzó sobre ella vio cómo le cambiaba la mirada, cómo se mordía el labio inferior y lo volvía tan rojo que ardía en deseos de probar a qué sabía. Ese sabor todavía lo perseguía ahora. Sabía a agua de rosas, a azúcar y a un leve rastro de sal ahí donde ella le había mordido y le había salido sangre, tras lo cual se había disculpado con un beso.

Séverin sabía que ella tenía que haber visto la grabación del mnemoinsecto que le había dejado al lado, en el hielo. Apenas había tenido unos segundos para grabarla, lo justo para decirle el lugar donde se encontrarían tres días más tarde. Sin embargo, antes de que acabara la grabación, él dijo algo más:

—No olvides que soy tu *majnun*. Para siempre.

No le hacía falta estar dormido para soñar con ella y con Tristan, Enrique, Zofia e Hypnos. A esas alturas ya se habrían dado cuenta de que los había manipulado. Estarían furiosos por su crueldad y por todas las mentiras que les había contado hasta entonces…, pero lo perdonarían, ¿no? Seguro que entenderían que todo lo que había hecho y todas las monstruosidades que había cometido habían sido por su bien. ¿O había llegado demasiado lejos? Era consciente de los errores imperdonables que había cometido y de que había traicionado su confianza, pero esperaba que la grabación bastara para recuperar parte de la fe que tenían en él. Y cuando se reuniesen, se lo compensaría.

En sus manos, el instrumento divino pesaba como el nido de un pájaro. Las diez cuerdas de la lira brillaban para él como brillan los rayos de luz del sol, como la esperanza de una promesa casi tan real que puede tocarse. Con ayuda de este instrumento no habría nada en el mundo que pudiese hacerle daño a él ni a sus seres queridos nunca más. Con eso, Laila viviría y, tal vez, llegase a amar. Con eso, podría devolverle la vida a Tristan. Podría arreglarlo todo con un solo gesto. Podría hacer que el mismo sol corriese por sus venas o darles alas si quisieran volar. Y lo haría. Solo tenía que llegar al templo bajo Poveglia, entrar y tocar la lira.

—Voy a convertirnos en dioses —prometió Séverin.

Las velas se iban derritiendo mientras Séverin pensaba en sus siguientes pasos. Tenía que deshacerse de Ruslan, pero no podía hacerlo hasta que el patriarca de la Casa Caída le revelase dónde podía encontrar el mapa que lo llevaría a la entrada del templo oculto bajo Poveglia. Mientras, tendría que inventarse algo para irse de la Casa d'Oro...; igual Eva podría serle de ayuda.

Oyó a los miembros de la Casa Caída bajar por el pasillo desde el otro lado de la puerta. Sabía que no le iban a quitar el ojo de encima en todo el tiempo y, si notaban que miraba la casa como si la estuviese inspeccionando, sospecharían.

Ruslan apenas le había dejado tiempo para ver el interior de la Casa d'Oro antes de llevarlo a sus aposentos. Séverin había caminado despacio, fingiendo estar agotado, para poder fijarse en los detalles. Percibió el olor a tierra labrada y oyó algunos aleteos lejanos. ¿Podría ser un patio con jardín? ¿O un corral? Al pasar la entrada vio de refilón unas escaleras imponentes y curvas que llevaban a los balcones superiores y divisó a través de una puerta entreabierta una cocina en la planta principal. No le bastaba para trazar un plan..., pero menos era nada.

Aunque no había ventanas en aquella habitación, se oía el ruido de los botes en el agua y, justo al otro lado de la pared, el correteo de huérfanos que se peleaban. Poco a poco empezó a idear algo.

SÉVERIN SALIÓ DE sus aposentos al amanecer. Dos guardias permanecían inmóviles a menos de dos metros de él. En la penumbra apenas podía vislumbrar la forma de la Casa d'Oro. Su habitación se bifurcaba de un pasillo color rojo sangre decorado con varios arcos; algunos espejos colgaban de las paredes. Localizó la puerta de la cocina a unos seis metros escasos. «Estupendo», pensó. Se giró hacia los guardias y les sonrió.

—¿Está despierto el patriarca Ruslan? —les preguntó.

El miembro de la Casa Caída se negó a contestar. O tal vez no pudiese. La máscara *volto* le tapaba toda la cara salvo los ojos, que tenían un aspecto blanquecino muy curioso, como si el hombre estuviese ciego. O incluso muerto. En lugar de su voz, oyó el zumbido de una mnemoabeja dorada, que Séverin espantó.

—Bueno, si no me quieres contestar, no lo hagas, pero al menos dime dónde puedo encontrar la cocina —dijo Séverin.

Como hecho a propósito, le rugieron las tripas. El hombre no dijo nada, solo se giró y caminó unos metros hasta llegar a la puerta entreabierta que Séverin había visto la noche anterior. En cuanto puso un pie dentro, sintió una ausencia desoladora. Estaba acostumbrado a las cocinas de L'Éden, siempre hasta arriba con los últimos experimentos de repostería de Laila. Se imaginó a Enrique y a Tristan peleándose por el bol con la mezcla del bizcocho y a Zofia comiéndose el glaseado a cucharadas mientras Laila les gritaba a todos que la dejaran tranquila un segundo. Esperaba ver las encimeras llenas de azúcar, mermelada burbujeando en la cocina… Sin embargo, las cocinas de la Casa d'Oro estaban vacías por completo salvo por un bol de manzanas rojas, colocado sobre una mesa baja. Séverin le dio un buen mordisco a una y se guardó otras dos.

—Prefiero esperar al patriarca Ruslan para acabar de desayunar. Mientras, me gustaría ver el amanecer —dijo—. Si no tienes ninguna objeción, puedes quedarte conmigo.

De nuevo, el hombre no dijo ni una palabra. Séverin se dirigió a la puerta principal. Conforme caminaba, otros cuatro miembros de la Casa Caída aparecieron de entre las sombras, como salidos de la nada, apenas un paso por detrás de él.

—¡Un séquito matutino! —exclamó—. Me siento de lo más halagado.

—¡Alto! —gritó alguien.

Séverin se giró y vio a Eva caminando decidida hacia él. Llevaba un batín de seda amarilla que iba arrastrando por las baldosas rojas. Llevaba al cuello el colgante de plata en forma de bailarina que le era tan familiar. Eva era la hija de Mikhail Vasiliev, un aristócrata de San Petersburgo, y de una *prima ballerina* muerta. Séverin se acordó de cómo Laila le había suplicado por su padre…

—Podemos protegerte, no tienes por qué hacerlo…, podemos llevarte con tu padre y te prometemos que Ruslan no podrá hacerle daño —le había dicho.

Recordó cómo había dudado Eva, cómo había agachado la mirada hacia el hielo mientras Laila le suplicaba.

—Sé que lo quieres —continuó Laila—. Lo sé por tu collar. Sé que te arrepientes de haberte ido de su casa…, podemos llevarte otra vez con él.

Así la tenía controlada Ruslan. Si no acataba sus órdenes, su padre pagaría las consecuencias. Séverin tomó nota de esto para más adelante.

—¿Se puede saber qué haces? —exclamó Eva.

—Quiero salir a ver el amanecer —respondió Séverin—. ¿Quieres acompañarme?

Eva entrecerró los ojos antes de clavar la mirada en la lira divina, que Séverin llevaba atada a un costado.

—No puedes salir con eso.

Este se encogió de hombros. Le dio otro mordisco a la manzana, se desató la lira y se la tendió a Eva, que abrió unos ojos como platos al coger la lira con cautela.

—Guárdala bien —dijo él con una sonrisilla—. Aunque, a decir verdad, esperaba algo más seguro que tus brazos. Recuerdo haber estado entre ellos y no haberme sentido precisamente a salvo.

Eva lo fulminó con la mirada. Unos mechones rojizos y rizados le enmarcaban el rostro. Iba a contestar algo, pero entonces su mirada se dirigió como un rayo a los cinco miembros de la Casa Caída que los rodeaban, tan silenciosos como de costumbre.

—Tengo planeadas algunas excursiones, así que necesitaré que me hagas una caja. Una de las que se abren con una gota de mi sangre, para que pueda dejarla con Ruslan —dijo Séverin—. Supongo que no supondrá ningún problema para una artista de tu talla.

Séverin echó a caminar hacia la puerta sin esperar una respuesta por parte de Eva. Tras un instante de vacilación, un miembro de la Casa Caída empezó a caminar tras él y le abrió la puerta, y Séverin salió al muelle.

A VENECIA SE LA TRAÍA sin cuidado el amanecer. Las riquezas no eran nada para la ciudad flotante. El oro goteaba del cielo y caía sobre la albufera. Al otro lado del canal, justo enfrente de donde él estaba, las casas sobrecargadas lo observaban, esculpidas en piedra pálida y sostenidas por las caras de sátiros sonrientes y dioses no venerados. Séverin le dio otro buen bocado a la manzana. Sabía que alguien lo vigilaba desde algún sitio, no solo los guardias. Aguardó unos instantes hasta que el chirrido de unas zapatillas confirmó sus sospechas.

A unos treinta metros descansaban las ruinas de una casa vecina. En su momento debía de haber sido una propiedad imponente, pero ahora estaba llena de andamios. El muelle adyacente estaba medio podrido. Entre las miserables sombras, un niño huérfano de no más de ocho años lo miraba con recelo. El niño tenía el pelo oscuro y grasiento y unos ojos verdes enormes que resaltaban sobre su piel pálida. A Séverin le recorrió un escalofrío raro por todo el cuerpo. Laila solía reírse de él por rehuir siempre de los niños.

—Ni que te fuesen a morder —le decía siempre—. Parece que te dan pánico.

«Pues sí», pensó Séverin. Ya no eran solo sus rabietas épicas, que ya habían provocado que en una ocasión casi echase a una familia de L'Éden solo porque no eran capaces de controlar el llanto del niño. Además, los niños no tenían más remedio que depender de los cuidados de los demás, y cuando alguien usaba tus necesidades en tu contra…, estabas indefenso. Mirar a un niño era ver el feo reflejo de su pasado, cosa que Séverin no tenía intención de hacer.

Se llevó la mano al bolsillo, sacó con cuidado otra manzana y se la ofreció al niño.

—Si la quieres, es tuya —le dijo.

Detrás de él, ocultas tras la marquesina de la Casa d'Oro Rosso, las alas de las mnemoabejas empezaron a chirriar más deprisa. Ruslan lo estaba viendo todo. «Mejor», pensó. «Que me vea».

El niño, pequeño y delgado, avanzó unos pasos y frunció el ceño.

—*Prendi il primo morso* —le dijo con voz aguda.

Séverin no tenía muchas nociones de italiano, pero entendió lo que le había dicho: «Dale el primer mordisco». Estuvo a punto de reír. El niño no se fiaba de él.

«Haces bien», pensó.

Le dio un mordisco y después se la ofreció al niño, que apenas esperó un segundo antes de correr hacia él como un rayo, con aquellas piernecitas tan delgadas, para quitarle la manzana de las manos.

—*Ora è mia* —rugió el niño.

«Ahora es mía».

Séverin levantó las manos haciendo como que se rendía. El niño volvió corriendo a la casa en ruinas sin mirar atrás. Séverin se quedó algo confuso cuando lo vio marchar. No actuó como pensaba que actuaría. Por un segundo se preguntó cómo había acabado en una casa abandonada. ¿Estaría solo? ¿Tendría a alguien?

—*Monsieur* Montagnet-Alarie —lo llamó Eva—. El patriarca Ruslan desea su presencia para el desayuno.

Eva estaba en la entrada y le tendía la lira, ahora sobre un cojín rojo. Tenía a un par miembros de la Casa Caída a cada lado. Al volver sobre sus pasos, se dio cuenta de que el color rojo sangre de la puerta empezaba a perder brillo. Los muelles parecían fregados a conciencia, sin rastro alguno del asesinato de la noche anterior. Séverin no quería pensar en los días que tardarían en renovar la entrada de la Casa d'Oro.

Si todo salía según lo planeado, él ya estaría lejos para entonces.

EVA LO LLEVÓ EN SILENCIO por los pasillos de paneles escarlata de la Casa d'Oro. Sobre el umbral de cada corredor se cernía una estrella de seis puntas rodeada por un círculo dorado. Era el símbolo de la Casa Caída, y cada vez que Séverin lo veía, se acordaba de los años que había pasado dando vueltas al uróboros dorado, el sello de la Casa Vanth. Durante muchos años pensó que era el heredero de la Casa, pero resultó que su derecho de nacimiento era mucho mayor de lo que imaginaba. Séverin pasó el pulgar por las cuerdas destellantes de la lira. A veces, cuando la tocaba, imaginaba una voz femenina que le susurraba al oído..., le murmuraba algo entre una advertencia y una canción.

Eva se detuvo frente al cuarto corredor. El aroma a tierra labrada que percibió la noche anterior era aquí más intenso y los aleteos se oían con mayor claridad.

—¿Se puede saber qué haces? —le espetó Eva en voz baja.

Séverin enarcó una ceja.

—Supongo que «sentarme a esperar con ansia mi apoteosis» no es lo que quieres oír.

—Tus amigos —dijo ella—. No... no entiendo.

—Ah, ¿no? —contestó él—. Deberíamos preguntarle al patriarca Ruslan. Seguro que a él le parece de lo más interesante que preguntes por mis amigos muertos.

El dolor se apoderó de la mirada de Eva durante apenas un segundo. Se llevó la mano al colgante de forma instintiva antes de retirarla con brusquedad. Séverin se mantuvo impasible. Al ver que no decía nada, Eva se apartó y retiró la cortina con los ojos llenos de rabia.

—Estará contigo enseguida —dijo con un tono neutral—. Me pondré a trabajar en la caja fuerte para la lira ya mismo.

—Estupendo —contestó Séverin con una sonrisa.

Justo antes de dejar caer la cortina, interceptó su mirada.

—Espero que sepas tocarla.

Cuando se fue, Séverin se dio cuenta de que Eva lo había dejado en un invernadero. Se quedó petrificado, le faltaba el aire. Ni siquiera recordaba la última vez que había puesto un pie voluntariamente en un invernadero. Incluso en L'Éden había arrancado los rosales de los que solía cuidar Tristan y había echado sal a la tierra para que no volviesen a crecer. Ligado a este pensamiento le vino el recuerdo de su hermano acercándose a él con una flor radiante en la mano y con su tarántula, Goliat, encaramada al hombro. Séverin agarró con fuerza la lira divina, a pesar de que las cuerdas de metal se le clavaban en la palma de la mano. Aquel era el instrumento de lo divino, y lo tenía él… Solo podía usarlo él, solo él podía rediseñar el mundo como considerase oportuno.

«Puedo arreglarlo», se dijo Séverin. «Puedo arreglar todo esto».

Al cabo de unos minutos, abrió los ojos. Seguía dando vueltas a las últimas palabras de Eva. «Espero que sepas tocarla». El chico al que asesinaron delante de él ayer… y ahora el invernadero. Ruslan lo estaba provocando con recuerdos de Tristan.

Séverin apretó la mandíbula al mirar el resto de la estancia. Era la mitad de grande que el vestíbulo principal de L'Éden. Las pareces estaban cubiertas de hiedra y el techo en forma de bóveda era de cristal para dejar entrar la luz del sol. Un sendero de gravilla blanca llevaba a una puerta color rojo sangre al otro extremo de aquella sala, donde con toda seguridad lo estaría esperando Ruslan.

El invernadero tenía algo extraño. Reconoció algunas plantas de cuando su hermano las plantaba: daturas blancas como la leche y belladonas del color de un moratón reciente. Un enrejado de escutelarias color lavanda florecía a su izquierda. A su derecha había dedaleras rosadas y, cerca de la entrada de la otra sala, un majestuoso castaño de indias cubría con su sombra la estancia. Por el ligero dolor que sentía en la parte de atrás de la cabeza supo dónde estaba.

Un jardín de plantas venenosas.

Hace años Tristan tenía uno, pero mucho más pequeño. Tuvo que dejarlo por culpa de unos decretos de las autoridades francesas, que prohibían cultivar flora letal en las instalaciones del hotel. Séverin recordó lo mucho que se enfadó Tristan cuando le dijeron que tenía que arrancar las plantas.

—¡Pero si ni siquiera son letales! —había dicho con una mueca—. ¡Muchas de estas plantas tienen unas propiedades medicinales maravillosas! ¡Todo el mundo usa aceite de ricino y a nadie parece importarle que venga del *Ricinus communis*, que es sumamente venenoso! Incluso tú has tomado escutelaria y estabas como si nada.

—Tampoco me habías dicho que me habías dado una flor venenosa —le había respondido Séverin.

Tristan esbozó una sonrisita avergonzada.

Séverin miró las flores de escutelaria. Hace unos años tuvo que esconderse en un armario pequeño y, para que ninguna criatura forjada rastreadora lo detectase, Tristan le dio una infusión de escutelaria.

«Espero que sepas tocarla».

Sin pensar, Séverin arrancó una de las flores de escutelaria y se la guardó en el bolsillo. Puede que Ruslan estuviese loco, pero eso no quitaba que fuese listo, y si había puesto veneno en el exterior de la sala donde se iban a encontrar, no quería imaginar qué clase de veneno le esperaba dentro.

Justo entonces se abrió la puerta y entró Ruslan. Llevaba un traje negro liso e iba arremangado, sin intención alguna de ocultar la piel quemada del brazo izquierdo.

—Pasa, amigo mío, pasa —dijo con una sonrisa—. Debes de estar hambriento.

Séverin le hizo caso. Al entrar, entendió de dónde venían los aleteos que había oído la noche anterior: el comedor estaba lleno de creaciones forjadas con forma de animales. Había cuervos de vidrio posados en la lámpara. Colibríes de cristal tintado pasaban volando por su campo visual. Un pavo real maravilloso arrastraba su plumaje de granates y esmeraldas, mientras sus plumas transparentes repiqueteaban. La mesa era de cristal ahumado y estaba repleta de platos humeantes: huevos cocidos con tomates asados, *frittata* moteada con chile, *fette biscottate* y tazas doradas con café.

—Esta era la sala de interrogatorios favorita de mi padre —dijo Ruslan, mientras daba una palmadita cariñosa a la silla de cristal—. Aquí nadie podía ocultarle nada.

—Qué interesante —respondió Séverin, intentando mantener un tono neutral—. ¿Y eso?

En cuanto tocó su silla la notó...: una corriente eléctrica muy sutil a través del cristal. Notó lo mismo cuando tocó la mesa. Los muebles lo estaban leyendo, pero... ¿por qué?

—La sala tiene su forma de hacerlo —dijo Ruslan sonriendo.

Séverin recordó la escutelaria que llevaba en el bolsillo. No sabía si la mesa forjada se parecía en algo a las criaturas forjadas rastreadoras que compró hace unos años, pero era su única opción. Mientras Ruslan se servía café y comida, Séverin arrancó dos pétalos, hizo como que tosía y se los tragó tal cual.

—Te he visto dar de comer a un mocosillo callejero hoy —dijo Ruslan—. ¿Te gusta el crío? Si quieres te lo puedes quedar. Nunca he tenido una mascota, pero supongo que será prácticamente lo mismo... Igual es demasiado testarudo, pero seguro que lo podemos arreglar.

Ruslan se sacó el puñal de Midas de debajo de la manga y se dio un par de golpecitos en la sien, sonriendo.

—Debo decir que es más bien una superstición —respondió Séverin—. Da de comer a otro antes que a ti y nunca pasarás hambre. Además, quiero ser un dios benevolente.

Ruslan bajó el puñal, pensando en lo que acababa de escuchar.

—Me gusta esa idea... benevolencia. Seremos unas deidades excelentes, ¿no crees?

Ruslan le tendió su taza de café y brindó con la de Séverin. Este esperó un momento y luego carraspeó.

—La verdad es que espero con ansia mi apoteosis, ¿tú no? —preguntó Séverin, mientras se inclinaba para coger un trozo de pastel—. Podríamos coger el mapa para ir a Poveglia cuando quieras. Esta misma noche, incluso.

Séverin supo que había cometido un error en el mismo instante en el que lo dijo. Ruslan dejó de beber y lo miró por encima de la taza de café. Cuando bajó la taza, esbozó una sonrisa increíblemente astuta.

—Yo estoy la mar de bien aquí —dijo Ruslan con un ligero gimoteo—. A mí aún no me apetece pisar barro… Podemos jugar, relajarnos y demás.

Ruslan pinchó un trozo de huevo. Un gorrión de cuarzo negro y blanco se posó junto a su plato piando. Ruslan bajó el tenedor y extendió la mano, sobre la que se subió el pájaro de cristal.

—¿Y si esperamos unos diez días, mmm? —dijo Ruslan.

Séverin notó una punzada gélida en el corazón. Diez días… A Laila ya solo le quedaban nueve.

—Pobre Laila —dijo Ruslan, canturreándole al pájaro—. No paraba de decir que solo le quedaban diez días…; tanto lo repitió que se me ha pegado el número. Supongo que no tendrás problema.

Séverin sintió otra vez la corriente que le pasaba sutilmente por el brazo. Ruslan andaba buscando algo…, puede que alguna señal de que a Séverin le importaba más de lo que decía. Respiró hondo y trató de bajar pulsaciones. De calmarse.

—En absoluto —respondió Séverin—. La espera hará que nuestra apoteosis sepa aún mejor.

Ruslan acarició la cabeza de cristal del pájaro con sus dedos de oro.

—Estoy de acuerdo. Además, ya sé que es imposible que Laila nos encuentre, pero me quedaré mucho más tranquilo cuando sepa que está definitivamente…

Dio un golpetazo con la mano. El pájaro de cristal explotó contra la mesa. Una parte del ala aún se movía, como si la máquina no lo hubiese visto venir.

—Muerta —dijo Ruslan con una sonrisa.

7

ZOFIA

Zofia encendió la cerilla y observó cómo la pequeña llama consumía la madera con gran voracidad. El olor a azufre que impregnaba el aire la tranquilizó cuando acercó la llama a la vela y examinó su última creación: una alargada pieza de metal que había martillado finamente hasta conseguir la flexibilidad de una tela que podría arder cuando quisiera.

Se sentía muy segura en la casa de la matriarca, pero sabía que llegaría el momento en el que tendría que salir. Y cuando ese momento llegara, estaría lista.

La Casa Caída los daba por muertos, pero como los encontraran a ella y a sus amigos, harían de esa suposición una realidad. Y no solo estaban ante el peligro de la Casa Caída. El contacto secreto de Hypnos con la Casa Nyx corroboró que la Orden estaba indagando e investigando los acontecimientos que habían tenido lugar tras el Cónclave de invierno. Si una autoridad de las esfinges se hacía con ellos, podrían arrestarlos y, como a Laila solo le quedaba una semana de vida, todos sus planes serían en vano.

Hacía dos días que habían encontrado la dirección y la llave del piso franco de la matriarca.

—Más vale que la casa sea bonita porque no me pienso ir de aquí bajo ningún concepto —había declarado Hypnos.

Cuando abrieron la puerta de madera descascarillada que marcaba «Calle Tron, 77», se encontraron con una casa pequeñita, aunque perfectamente equipada. Hypnos los había dejado en el umbral y la había examinado primero. Al no encontrar trampas ocultas ni adversarios al acecho, esbozó una amplia sonrisa, con un gran brillo en los ojos.

—Es justo como nos había prometido la matriarca —afirmó.

En el interior había unos cuantos dormitorios; un salón con un elegante piano, que Hypnos tocó nada más llegar; una cocina, que Laila examinó sin demora en busca de ingredientes; una biblioteca inmensa con las paredes repletas de extraños artilugios entre las cuales Enrique había desaparecido y, justo enfrente de la biblioteca, una habitación pequeñita en la que Zofia podría forjar.

Era la habitación más pequeña. Tenía paredes encaladas, un pequeño tragaluz y un largo banco de trabajo hecho de acero. Las herramientas que cubrían una de las paredes estaban obsoletas, pero aun así le serían útiles. Sin dudar ni un segundo, Zofia recorrió con las manos el torno de vidrio, los alicates, los frascos polvorientos de salitre y nitrato, los viales de cloruro de potasio y amoníaco, las cajas de cerillas apiladas y la chatarra que cubría las paredes. Al tocar las láminas de hierro y aluminio, sintió cómo el metal de dentro intentaba cobrar vida y acercarse a ella para leer sus intenciones… ¿Quería doblarlo? ¿Afilarlo? ¿Albergar fuego en su interior?

Ese contacto con el metal alivió aquella sensación de tirantez que se le había ido acumulando dentro desde que se marcharan del lago Baikal. Durante todo este tiempo, se sintió como si hubiera estado caminando en la oscuridad, sabiendo que tenía los ojos bien abiertos y siendo consciente de que no cambiaría nada. Cada paso la adentraba más en un territorio desconocido, así que no podía ni siquiera intuir o confiar en lo que tenía ante ella.

Ese era el problema de la oscuridad.

Una vez, Zofia se había encerrado por accidente en el sótano de su familia. Hela y sus padres habían ido al mercado y Zofia, asustada, se había aferrado a lo primero que palpó: un trozo de piel sedosa. Hasta que Hela no la encontró e iluminó con la linterna las paredes de madera al completo, Zofia no vio lo que había estado agarrando: el pellejo sin piel de lo que quedaba de una criatura que aún tenía la cabeza y las patas colgando.

Zofia lo lanzó y se deshizo de él de inmediato, pero nunca olvidaría cómo le había jugado una mala pasada la oscuridad. Odiaba cómo la oscuridad hacía que incluso lo desconocido se volviera familiar y lo familiar, desconocido. De pequeña, a veces le daba tanto miedo que hasta se metía en la cama junto a Hela.

—Le tienes miedo a nada, Zofia —le solía murmurar su hermana, medio dormida—. No te puede hacer daño.

Desde un punto de vista científico, Zofia lo entendía. La oscuridad no era más que la ausencia de luz. Pero estas últimas semanas, también se había enfrentado a otro tipo de ausencia: la de conocimiento.

La carcomía a cada instante. El único momento en el que no lo sentía era cuando forjaba, por eso se volcó de lleno en el trabajo. Mientras los otros buscaban pistas sobre el mapa que los llevaría al templo bajo Poveglia, Zofia creaba un invento tras otro. Había contado, al menos, una decena de miembros de la Casa Caída en el Palacio Durmiente. Cada uno iba armado con dos explosivos de corto alcance y dos cuchillos arrojadizos. No podía comprobar si tenían otro tipo de pertenencias consigo, por lo que sabía que sus invenciones debían tener en cuenta lo desconocido. Durante el último día, Zofia había fabricado siete miniexplosivos, había creado cuatro cuerdas enrolladas que podrían esconderse en el tacón de un zapato y había terminado con cinco cajas de cerillas por el camino.

Estaba dando los últimos toques a la tela forjada cuando Laila llamó a la puerta.

—Por muy fénix que seas, debes subsistir con algo más que las llamas —dijo Laila, mientras le colocaba una bandeja delante.

Zofia examinó su contenido: había diferentes tipos de carnes y quesos espaciados entre sí y una hilera de tomates que dividía el plato cuidadosamente por la mitad. En un plato aparte, había otro recipiente con aceite de oliva y rebanadas de pan. Le rugió con fuerza el estómago y fue a por el pan.

—¡Tch! —Laila chasqueó la lengua y añadió—: Esos modales.

Zofia frunció el ceño y extendió la mano. Su amiga le pasó una servilleta. No le sirvió para quitarse las manchas de grasa de las manos, pero sabía que a Laila le gustaba todo aquel protocolo.

—No tienes por qué comer aquí —dijo Laila con delicadeza.

—Pero quiero —respondió Zofia mientras partía el pan—. Así optimizo mi eficiencia.

—¿Tan malo sería salir fuera para que te diera un poco la luz del sol? —preguntó Laila.

—No hace falta porque no soy una planta y no necesito hacer la fotosíntesis para sobrevivir.

—Bueno, pues por si te apetece unirte, puede que esta tarde me anime a hacer un poco la fotosíntesis.

—No —señaló Zofia antes de añadir—: Gracias.

A ella le importaban más otras cosas, como preparar los útiles para lo que fuera que les esperara en Poveglia.

—Como quieras —dijo Laila, con una sonrisa.

Zofia se dio cuenta de que la sonrisa de su amiga no le llegaba a los ojos. Desde que habían llegado aquí de la isla de San Michele, Laila se había mostrado más apagada. La noche anterior, cuando se acostó, la vio de pie en el salón, frotándose el pulgar contra la palma de la mano sin parar. Por las mañanas, cuando desayunaban, Laila se quedaba mirando el anillo que llevaba en la mano. Zofia lo miró en ese momento: *8.*

Aunque estaba sentada, Zofia se sentía como si se acabara de tropezar.

Quedaban ocho días y demasiadas cuestiones sin resolver.

—Tengo que ponerme a trabajar —dijo Zofia.

Señaló con las manos el banco de trabajo mientras, por dentro, su respiración se volvía más rápida y agitada.

—¿Fénix? —dijo Laila en voz baja.

Zofia levantó la vista y vio que su amiga la escudriñaba con aquella cálida mirada de ojos marrones.

—Gracias. Te agradezco todo lo que estás haciendo.

Zofia comió a toda prisa y reanudó el trabajo, pero hiciera lo que hiciera, seguía teniendo aquella sensación de haberse tropezado. Como si estuviera buscando su camino a ciegas en la más profunda oscuridad. La cuenta atrás de los cada vez menos días de Laila no era lo único que oprimía sus pensamientos. Sentía a todas horas la carta de Hela contra su piel. Zofia se permitía sacar la carta siete veces al día y alisar el sobre arrugado con las manos. Estaba desgastado y suave al tacto, no muy distinto a aquel espeluznante pellejo del sótano. La única diferencia era que esta vez prefería no saber si entrañaba la muerte.

—¿Por qué no te da miedo la oscuridad? —le había preguntado Zofia a su hermana en una ocasión.

Hela se había girado hacia ella en mitad de la noche. Aunque no veía los ojos grises de su hermana, Zofia sabía que estaban abiertos.

—Porque sé que solo tengo que esperar un poquito y la luz volverá —le había respondido Hela, estirando la mano para acariciarle el pelo—. Siempre vuelve.

—¿Y si te pierdes en la oscuridad? —había preguntado Zofia, mientras se arrimaba más a ella.

No le gustaba que la tocaran, pero Hela era suave, estaba calentita y sabía que no debía abrazarla con demasiada fuerza.

—Haría lo mismo, hermana… Esperaría a que la luz me mostrara los caminos ante mí. Y entonces no estaría tan perdida.

Zofia, sola esta vez, se llevó las manos al corazón al pensar en Hela y Laila. Lo que hubiera dentro del sobre constituía una variable que era imposible de cambiar. Pero el destino de Laila dependía de factores que aún podía controlar. No era diferente a estar perdida en la oscuridad. Solo tenía que trabajar y esperar y, al final, cuando se hiciera la luz…, podría ver el camino ante ella.

—FÉNIX.

Con los ojos hinchados, Zofia levantó la mirada del banco de trabajo y vio a Enrique plantado bajo el arco de la puerta. Un ligero y cálido hormigueo le recorrió la tripa cuando lo vio. Había perdido una oreja, pero el efecto que tenía sobre ella cuando estaba desprevenida seguía siendo el mismo. Zofia lo analizó, molesta. ¿Era por el curioso brillo iridiscente de su pelo negro? ¿Era por la profunda intensidad de sus ojos oscuros o por la prominencia de sus pómulos?

Durante los últimos dos días, había vislumbrado a Enrique trabajando en la biblioteca. Nunca estaba quieto. Canturreaba. Daba golpecitos con el pie. Y tamborileaba con los dedos sobre los lomos de los libros. Todo eso debería haberla alterado, pero en lugar de eso, la hacía sentirse menos sola.

—Fénix… ¿te he molestado? —preguntó Enrique al entrar. Observó el banco de trabajo y se le abrieron los ojos de par en par—. Aquí tienes suficiente material para un pequeño ejército.

Zofia miró sus inventos y respondió:

—Tengo suficiente para quizás quince personas.

—No sé si eres consciente de que somos un grupo de cinco personas.

Zofia frunció el ceño y añadió:

—No sabemos lo que nos espera en Poveglia.

Enrique sonrió y apuntó:

—Precisamente de eso quería yo hablaros. ¿Te importaría esperar en la biblioteca? Voy a buscar a Laila y ahora nos vemos.

Zofia asintió mientras empujaba la silla. Al salir del laboratorio escasamente iluminado y cruzar el pasillo hacia la biblioteca, le dolía la espalda y le ardían los ojos. Hypnos la recibió arrancándose a cantar.

—¡Ah, mi bella y brava musa! —cantó antes de preguntar—: ¿Cómo va tu cultivo de destrucción?

Zofia recordó a Enrique ojiplático.

—Productivo —respondió—. Posiblemente en exceso.

Se dio cuenta de que estaba sonriendo mientras se sentaba en un taburete alto junto a él. Hypnos siempre le sacaba una sonrisa a la gente. Aunque, últimamente, Enrique no parecía sonreírle. Era distinto a como habían estado en el Palacio Durmiente, cosa que solo agravaba la confusa oscuridad de sus pensamientos. Recordaba haber visto cómo se besaban y la forma en la que se habían fundido el uno con el otro. Había momentos en los que se imaginaba a sí misma en el lugar de Hypnos. Pero el hecho de que ya no estuvieran juntos no implicaba que Enrique quisiera besarla a ella. Aquellas ideas no tenían un peso físico, pero aquel pensamiento le sentó como un pedrusco en el estómago.

—Enrique y tú habéis estado muy preocupados —dijo Hypnos—. Mientras tanto, yo he afinado un piano y he cantado canciones subiditas de tono a las sombras. Menudo público más frío. No me han aplaudido nada.

Zofia recorrió la biblioteca con la mirada. Era una sala pequeña con techos bajos, cuatro sillas para sentarse y dos mesas largas. La única iluminación que había provenía de ocho apliques en forma de rosa colocados en las juntas donde se unía el techo con la pared. Por todas las paredes había estanterías repletas de libros o cuadros, bustos de esculturas y mapas. En una pared había un espejo dorado enorme. Zofia bajó la mirada para mirarse el collar, pero los dos colgantes Tezcat que le quedaban no se iluminaron, lo que significaba que quizá no fuera más que un simple espejo. En una de las mesas había una inestable pila de papeles que solo podía pertenecer a Enrique. Una pluma que aún goteaba yacía de forma equilibrada sobre un botecito de tinta sin tapar. Al lado, había un pequeño busto de marfil de un dios con dos cabezas que miraban en direcciones opuestas. Zofia recordó a la deidad del cementerio. Se llamaba Jano. Era el dios del tiempo.

—Muy bien —dijo Enrique al entrar en la habitación con Laila del brazo—. Ya estamos todos.

Laila permaneció extrañamente en silencio mientras se acomodaba en una silla cercana. Tenía las cejas caídas y la boca se le había empequeñecido. Zofia se dio cuenta de que estaba intranquila.

—¿Cuáles son las buenas noticias, *mon cher*? —preguntó Hypnos.

Zofia notó que la voz de su amigo era un pelín más aguda. Este se sentó con la espalda recta y le lanzó una amplia sonrisa a Enrique, quien, en cambio, no reaccionó ni le devolvió la sonrisa.

—Buenas... y malas —dijo Enrique, paseándose. Caminó hasta el centro de la habitación y se colocó de cara a ellos—. Creo que sé dónde se custodia el mapa que lleva al templo de Poveglia.

Laila abrió los ojos de par en par y preguntó:

—¿Dónde?

—Durante algún tiempo, pensé que estaría aquí... en algún sitio... escondido entre todos estos libros e investigaciones —dijo Enrique, al tiempo que señalaba la biblioteca—. Se trata de información delicada, por lo que la matriarca podría haber ocultado su paradero en algún lugar de estas instalaciones. Pero ahora creo que el mapa está en poder de la Casa Jano.

—¿La Casa Jano? —preguntó Laila, con el ceño fruncido—. No los conozco.

—Yo sí —refunfuñó Hypnos. Se cruzó de brazos—. Como ya he dicho... si alguien se molestara en escucharme, claro... son una facción de la Orden italiana que organiza una fiesta excepcional para el Carnevale y que no me ha invitado ni una sola vez...

—Son conocidos —dijo Enrique en voz alta— por su colección de objetos cartográficos y náuticos forjados que, según los documentos de esta biblioteca, tienen formas muy inusuales.

Por ejemplo, muchos de ellos tienen un valor incalculable y están forjados con afinidad mental.

—¿Un mapa forjado con afinidad mental? —repitió Laila.

Zofia estaba familiarizada con la idea de esta modalidad, pero era un arte muy temporal y peligroso. La idea de que un objeto pudiera conservar la memoria implantada de su artista a lo largo de los siglos era un nivel de destreza que se había considerado perdido durante mucho tiempo.

—No conozco los detalles específicos de su ubicación —dijo Enrique—. Pero creo que ahí es donde lo encontraremos.

—¿Cómo? —preguntó Hypnos—. Se supone que la ubicación de la Casa Jano cambia cada año. El único momento en el que alguien ha podido ver a esa solitaria Casa ha sido durante un Carnevale secreto. Por lo demás, se consideran guardianes de su tesoro y nunca se han molestado en subastarlo ni en relacionarse con las demás Casas.

—El Carnevale es dentro de dos días.

—¿Qué es el Carnevale? —preguntó Zofia.

—Es una celebración —respondió Enrique.

—Anda, nunca lo habría sabido —dijo Hypnos con amargura.

Enrique carraspeó y dijo:

—Todo empezó en el siglo xii.

—Ya empieza… —murmuró Hypnos.

Los demás pensaban que Enrique se enrollaba como una persiana, pero a ella le gustaba escucharlo. Él veía el mundo de otra manera y, a veces, cuando le enseñaba algo nuevo, era como si el mundo hubiera cambiado ligeramente.

—Dicen que surgió como una celebración contra el enemigo de Venecia, los Aquilios —explicó Enrique—. La gente solía juntarse en las calles con máscaras muy sofisticadas, diseñadas para ocultar la clase y el rango de las personas, de modo que todos pudieran unirse a las juergas. Con el tiempo, pasó a formar parte de las celebraciones de la Cuaresma, pero el emperador del Sacro Imperio Romano Germánico lo prohibió hace unos cien años, por lo que solo se puede celebrar fuera de temporada y en secreto. Y el lugar al que hay que ir es...

—La Casa Jano —dijo Hypnos—. Pero se necesita una...

—Máscara especial —terminó Enrique.

Alcanzó los papeles de la mesa larga y levantó dos ilustraciones de una máscara veneciana. Tenía un diseño extraño; la nariz era larga y aguileña, como el pico de un pájaro. Los agujeros para los ojos eran redondos. El otro boceto mostraba una máscara a cuadros blancos y negros, con un contorno de purpurina, que se ataba con dos cintas largas y negras.

—Así es como conseguiremos una invitación al Carnevale de la Casa Jano —dijo Enrique—. ¿Hypnos? ¿Lo explicas tú?

—Se supone que hay un lugar en el que se recibe esta invitación —dijo Hypnos, mientras hurgaba una mota invisible en los pantalones—. Un salón de *mascherari*, según me han comentado. Una vez dentro, cada uno puede elegir su máscara particular y, al ponérsela en el rostro, le revela la ubicación de la fiesta mediante el forjado mental. Después, tienes que ir a dicha ubicación con tus mejores galas, beber y bailar toda la noche, etcétera, etcétera.

Zofia frunció el ceño.

—Demasiadas instrucciones para ir a una fiesta.

—Lo sé —suspiró Hypnos—. Es todo tan terriblemente enigmático que no puedo evitar que me atraiga. Tanta exclusividad me estimula.

—Pero has dicho que el Carnevale es dentro de dos días —comentó Laila, a la vez que giraba lentamente el anillo que llevaba en la mano—. Y no tenemos ni idea de por dónde empezar a buscar el salón de los *mascherari*.

—No —añadió Enrique, antes de mirar alrededor de la habitación—. Pero creo que la información se oculta aquí. La matriarca le dijo a Hypnos que el piso franco tendría todo lo que necesitamos para encontrar el mapa.

—¿Y qué hay de Séverin? —preguntó Hypnos.

Enrique se pellizcó los labios y dijo:

—¿Qué pasa?

—Se suponía que íbamos a reunirnos para ver qué hacer después. ¿Cómo va a saber lo que estamos haciendo si ni siquiera sabemos dónde encontrarnos con él?

—Séverin tiene que encontrar el mapa por sí mismo —dijo Enrique, frunciendo el ceño—. Lo hará con o sin nosotros y nuestros caminos se cruzarán en el Carnevale o en Poveglia. Creedme. No perderá la oportunidad de hacerse con el poder.

Hypnos frunció el ceño, pero se quedó en silencio. Zofia miró a Laila. Su amiga parecía ausente mientras apretaba la mano enjoyada contra el pecho. Cuanto más la miraba Zofia, más se daba cuenta de que no era la única que estaba atrapada en la oscuridad. A pesar de que Laila sonriera, también la atravesaba. Séverin, dondequiera que estuviese, no tenía ni idea de que habían perdido el punto de encuentro. Las expresiones de Hypnos sugerían confusión y hasta los planes de Enrique presentaban grandes incógnitas.

En aquel segundo, Zofia recordó a su madre sentada junto al fuego. Había levantado la barbilla de Zofia mientras a esta le brillaban los llorosos ojos azules. «Sé una luz en este mundo, mi Zofia, porque puede ser muy oscuro». Zofia no había olvidado las palabras de su madre y estaba decidida a hacerlas realidad.

—Encontraremos el mapa —afirmó ella—. Resolver un problema requiere un enfoque por pasos y eso es lo que estamos haciendo.

Laila levantó la vista hacia ella y dejó que una suave sonrisa curvara sus labios. Hypnos asintió. Incluso Enrique esbozó una pequeña sonrisa. Un extraño sentimiento de calma se apoderó de Zofia. Por sus amigos... por ella misma..., Zofia encontraría una forma de salir de la oscuridad.

8

SÉVERIN

Al amanecer, Séverin se encontraba en los muelles mientras le daba vueltas a una manzana. En la sala de astrología de L'Éden, tenía un cuenco lleno de manzanas sobre la mesita. En una ocasión, cuando Enrique había pedido comida durante la charla de una nueva adquisición, Séverin le señaló el cuenco de manzanas y le dijo:

—Sírvete tú mismo.

Enrique había puesto cara de asombro.

—Las manzanas son muy aburridas, o demasiado dulces o demasiado ácidas.

—Te saciará durante un rato.

—O me tentará a abandonar por completo este esfuerzo intelectual en busca de comida de verdad —dijo Enrique—. A fin de cuentas, es el fruto de la tentación. Con una, Eva tentó a Adán a pecar.

Como si quisiera demostrárselo, Enrique se había llevado una manzana roja a la boca y había enarcado las cejas de forma sugerente en dirección a Laila, Zofia, Tristan y Séverin, que estaban sentados frente a él. Tristan hizo una mueca. Laila se aguantó la risa y Zofia inclinó la cabeza.

—Vi una pose similar ayer en la mesa del banquete.

Enrique escupió la manzana.

—¡Eso era un cerdo asado!

Zofia se encogió de hombros.

—La pose es idéntica.

—Centraos —les había dicho Séverin—. Tenemos que pensar en esta próxima adquisición...

—Pensar requiere un incentivo mejor que una manzana.

—¿Una tarta, por ejemplo? —sugirió Laila.

Séverin recordaba cómo, en aquel momento, ella se había recostado en su sofá verde favorito. Había sacado una manzana del cuenco y le había acariciado la brillante piel... y, al instante, a él se le había secado la boca al verla.

—Una tarta, sin lugar a dudas —dijo Enrique.

—Y galletas —añadió Zofia.

Séverin se había rendido. Negó con la cabeza, y así comenzó la tradición repostera de Laila: cada vez que empezaban a planear un proyecto, aparecía con un carrito lleno de dulces.

Ahora, Séverin miraba la manzana, desconcertado. Quería incordiar a Enrique con la fruta. Quería ponerla al lado de los labios de Laila y comparar su color. «Tentadora, sin duda», pensó bajando la manzana. Tras la muerte de Tristan, Séverin había intentado aislarse de sus amigos, e incluso había llegado a pensar que lo había conseguido.

Pero se equivocaba.

Aunque fuese cruel, aunque fuese frío..., al menos ellos estaban cerca. Al menos creía percibir el perfume de Laila en los pasillos, oía el sonido metálico de la forja de Zofia, olía la tinta de las interminables cartas que Enrique enviaba a los

Ilustrados, contemplaba los jardines por los que antaño había caminado Tristan.

«Queda un día», pensó.

Un día para poder verlos de nuevo... ¿y decirles qué?

Había cometido un error con Ruslan y lo estaba pagando con tiempo..., un tiempo que Laila no podía permitirse perder. Séverin sentía la pérdida de cada hora como si se la hubieran arrancado a la fuerza.

Sin el mapa forjado, podían deambular por Poveglia y no encontrar jamás la entrada oculta al templo. Y aunque hubiera otra manera de descubrirla, Séverin no había hallado la manera de librarse de él. El patriarca de la Casa Caída nunca estaba solo. Ningún alimento llegaba a sus labios sin que un miembro de la Casa Caída hubiera confirmado que era seguro. Las extracciones diarias de Eva le hacían inmune a la sangre forjada.

Séverin estaba reflexionando sobre eso mismo cuando oyó a cierta distancia los pasos de unos pies pequeños. El huérfano de ayer salió de entre las sombras. Tras él, había un niño más pequeño y harapiento. Tenía el pelo rubio ceniza y unos ojos de color avellana que parecían faroles tenues en su rostro. El primer chico extendió un brazo, como si estuviera protegiendo al otro.

—*Un' altra* —dijo el primer niño, tendiendo la mano.

«Otra más».

Séverin sonrió. Le lanzó una manzana al muchacho, que la cogió con una mano, luego se sacó otra del bolsillo y también se la dio. El primer niño la mordió al momento, antes de ofrecerle la segunda a su acompañante. Tras mirar con recelo a Séverin durante un rato desde las sombras, murmuró un rápido «*grazie*» y huyó.

Séverin los vio marcharse antes de volver a la Casa d'Oro.

Dentro, Eva esperaba junto a la puerta con un vestido de cuello alto de color escarlata como la sangre. Se había escondido la bailarina de plata en el escote. Alrededor de la cintura llevaba un puñal con joyas incrustadas. Había tres miembros de la Casa Caída con sus máscaras *volto* apoyados en las paredes; sus mnemoabejas zumbaban y observaban.

—Toma —dijo Eva mientras le pasaba una caja—. Pero antes de poder usarlo, falta algo.

—¿El qué? —preguntó Séverin.

Eva le cogió la mano. El anillo de su dedo meñique con forma de garra centelleó antes de que se lo clavara en la parte superior de la mano. Séverin cogió aire bruscamente y le lanzó una mirada asesina, pero Eva no pareció darse cuenta. Trazó un enrevesado emblema con sangre sobre la caja al tiempo que susurraba algo.

A simple vista, la caja parecía delicada, como sacada de un libro infantil. Forjada con rosas de hielo y vides entrelazadas. Una espina sobresalía del cierre. De la base surgía un tenue tinte de rubor.

—Ahora te reconocerá por tu sangre —dijo Eva—. Pruébalo.

Séverin cogió la caja. Tiró de los bordes, pero no se abrió. Sobre el cierre había una pequeña espina. Al pasar el pulgar por encima, notó un pinchazo cuando el metal le perforó la piel y le hizo sangrar. Solo hizo falta una gota. La espina la absorbió al momento y ese tenue rubor se extendió por toda la caja mientras se abría de golpe y dejaba al descubierto la lira divina, que descansaba en una almohada de terciopelo azul.

Séverin sacó la lira con cuidado. El plan al que llevaba dándole vueltas toda la noche por fin tomaba forma. Miró a Eva a los ojos.

—Hoy estás muy guapa.

Eva se sorprendió. Tras ella, las mnemoabejas de las máscaras zumbaron más alto. Perfecto. Había llamado la atención de Ruslan. El rostro de Eva estaba oculto, pero Séverin era totalmente visible.

Miró los ojos verdes de Eva imaginando que eran negros como los de la cría de un cisne. Cuando esta apretó los labios, a Séverin le vino una imagen distinta: una boca exuberante capaz de distraer a cualquier poeta. Eva se tocó ligeramente el pelo rojo y Séverin fingió que era tinta salpicada de azúcar.

Extendió la mano y le rozó la mandíbula con los nudillos.

—Sí, muy guapa.

ANTES DE QUE SÉVERIN entrase al comedor formal, mordisqueó el borde de la flor de la escutelaria que había robado del jardín del veneno. Después del desayuno de ayer, Ruslan lo había evitado por completo. Sabía el motivo. Sus propias ansias lo habían traicionado. Ruslan podía ser inestable, pero no era tonto y quizá sospechaba que, incluso en aquel momento, Séverin actuaba solo en función de los intereses de sus amigos. Tenía que andarse con ojo y ser cauteloso. Debía ocultar sus intenciones y cambiar el ridículo programa de Ruslan para poder actuar en diez días… De lo contrario, Laila moriría.

Séverin respiró hondo y atravesó la puerta Tezcat camuflada como un cuadro de un antiguo dios con la cara derretida. Al otro lado, el comedor formal era todo sangre y miel. Una larga mesa de mármol negro se alzaba como un bloque macizo en el centro de la estancia. Las paredes eran un entramado de estrellas doradas entrelazadas sobre una tela de terciopelo rojo. Unas velas con forma de rosas negras de tallo largo ardían y se fundían sobre la mesa. En el centro, había un decantador de vino tinto junto a una bandeja de frutas cortadas y finas lonchas de carne entreverada. Normalmente, los platos dorados ya estaban llenos de comida, pero esta vez estaban vacíos. En el centro de la mesa vio un delgado frasco de cristal no más largo que su meñique. Séverin lo cogió. Dentro del cristal, una sustancia humeante y turbia se movía libremente.

—Una experiencia sensorial añadida para nuestra cena —dijo Ruslan, que justo entraba al salón. Llevaba un traje oscuro que hacía resplandecer todavía más la piel dorada de su brazo—. Pruébalo.

Séverin vaciló. Era obvio que estaba forjado con la mente, pero ¿con qué propósito? Provocarle pesadillas para sacarle la verdad a la fuerza o...

—¡Por favor! —Ruslan hizo un mohín—. Somos amigos. Y la amistad requiere confianza. Porque confías en mí, ¿no?

Séverin esbozó una sonrisa forzada y destapó el frasco. Salieron unas volutas de humo que se disolvieron en el aire. Se preparó, pero aun así no estaba listo para lo que le esperaba. Era una forma artística de forja mental que no había visto nunca. Estaba familiarizado con ilusiones exquisitas, pero aquel lugar era real. Y antiguo. Apenas era consciente de que estaba en un comedor de Venecia...

Pero sus sentidos aseguraban lo contrario.

Ante él, vio el exuberante follaje de una antigua selva. El suelo bajo sus pies se agitaba. A su alrededor, la selva alardeaba de flores exóticas del color de las joyas fundidas y revoloteaban polillas con alas moteadas del tamaño de un plato. El penetrante olor de la hierba le llenaba los pulmones y lo envolvía el arrullo de los pájaros brillantes como joyas. Séverin extendió el brazo para tocar una flor. Alcanzaba a ver el rocío que se formaba en la hoja. Casi podía sentir el pétalo satinado contra su piel cuando se desvaneció la ilusión...

Cuando pestañeó, no era un pétalo lo que estaba a punto de acariciar, sino la cara de Ruslan, ahora a escasos centímetros de la suya.

—Bu. —Sonrió.

Séverin se tambaleó hacia atrás.

—¡Ay, amigo mío, el asombro que asoma en tus ojos...! —dijo Ruslan, aplaudiendo—. Parecías el héroe de un poema. Todo elegante y afligido...

—¿Qué ha sido eso? —preguntó Séverin, a quien le salió la voz más brusca de lo que pretendía.

—Forja de la mente, como bien sabes —contestó Ruslan mientras se sentaba en su sitio.

—Eso no se parece en nada a las forjas mentales que he conocido —añadió Séverin.

Incluso las más bellas ilusiones de forja mental siempre tenían una pista..., una cierta inconsistencia en los bordes o una fragancia que no terminaba de encajar. Sin embargo, eso había sido tan perfecto como el conocimiento. De hecho, tuvo la extraña sensación de que, si cruzaba el océano varios cientos de kilómetros, sabría exactamente dónde encontraría ese paraíso.

—Es un lugar real —dijo Ruslan tomando un largo sorbo de su vino— y acabas de presenciar su exquisito mapa.

La mente de Séverin se detuvo en esa palabra: «mapa». Era una pista, estaba seguro. ¿Era posible que el mapa para encontrar el templo bajo Poveglia pudiera aparecer de aquella forma? ¿Era una señal de que Ruslan por fin se disponía a decirle dónde tenía que ir? ¿O era otro juego?

Séverin se hundió en su asiento y fue a coger la copa de vino, cuando Ruslan le agarró la mano con brusquedad y le dio la vuelta.

—Sabes... cuando me hice pasar por el patriarca de la Casa Dazbog, le corté el brazo y funcionó perfectamente —dijo Ruslan, pensativo—. Quizá podría hacer lo mismo contigo y así me respondería la lira divina. Tan solo necesito tu mano. El resto no me sirve.

Séverin no movió la mano. La mente de Ruslan no funcionaba como la de los demás. ¿Qué quería? Recordó todas las veces que Ruslan le había mostrado una nueva herramienta de forja o había intentado llamar su atención. «Quiere jugar», comprendió. Séverin sonrió y meneó los dedos.

—¿Probamos?

Ruslan cogió su cuchillo de Midas, dando golpecitos con la punta en la palma de Séverin.

—Podríamos.

—Pero sería una satisfacción aburrida —dijo Séverin. Tuvo cuidado de que no lo delatase el temblor de los dedos.

—¿Aburrida? —repitió Ruslan.

—Ya te has fijado en el asombro plasmado en mi rostro —señaló Séverin—. ¿No te gustaría volver a verlo cuando te contemple en tus divinos atuendos y en plena gloria? ¿No preferirías que conversáramos nosotros en vez de con los aburridos miembros de tu Casa, que son más parecidos a una propiedad que a una compañía? Si no, entonces no eres tan interesante como esperaba. Qué decepción. Si es así, toma mi brazo, córtame la garganta y ahórrame el aburrimiento.

—Eso ha sido muy maleducado por tu parte, Séverin —se quejó Ruslan mientras retiraba el cuchillo—. Has herido mis sentimientos.

Séverin apartó la mano poco a poco, sin dejar de mirar al patriarca. Al llamarlo aburrido, el semblante de Ruslan había cambiado. Pinchó un trozo de queso y se lo metió con rabia en la boca.

—Disculpa mi pequeña chanza —dijo Séverin—. Hablar contigo es infinitamente entretenido, como siempre. Sin embargo, los días se me antojan un tanto tediosos. ¿No sería…?

Ruslan volvió la cabeza despacio. Sonrió, pero era una sonrisa con la boca cerrada, como un niño a punto de negar que se había atiborrado a dulces. Un destello de pánico embargó a Séverin.

—Diez días —decretó Ruslan con solemnidad—. Y no lo olvides, *monsieur* Montagnet-Alarie... Yo también me aburro y quizá no siempre te agrade lo que me parezca divertido.

Séverin fingió indiferencia. Justo en aquel momento, se abrió una puerta próxima al fondo de la sala. Entró Eva sosteniendo un vial con un líquido para forjar sangre. Ruslan aplaudió con entusiasmo.

—Mío mío mío —canturreó para después relamerse los labios—. Jugosa y dulce protección, aunque detesto tanta regularidad. Con una vez al día se mantienen a los mentirosos en la lejanía...

Ruslan ofreció la muñeca. Una leve mueca de desprecio se dibujó en los labios de Eva al pasar la garra del anillo por su piel. La sangre brotó de la herida y la recogió en el vial. Lo agarró fuerte durante unos instantes. La sangre se oscureció unos tonos. Cuando Eva vació el vial, las moléculas se elevaron en el aire, retorciéndose como una imagen de tinta derramada a centímetros de la nariz de Ruslan. Este ladeó la cabeza y luego se inclinó hacia delante, mordiendo la sangre forjada como una criatura que come algo que hay en el aire.

Las salpicaduras de sangre le mancharon la boca.

Sonrió, pasándose la lengua por la comisura de los labios y las mejillas.

—No hará falta cuando seamos dioses, ¿verdad? No habrá que protegerse del engaño... Me aseguraré de ello. —Ruslan le sonrió a Eva—. Aunque no sé qué haré contigo. Puede que te coma.

Eva palideció mientras colocaba el vial de vuelta en la bandeja. Temblaba en sus manos. Séverin esperó a que la mujer estuviera casi en la puerta antes de hablar.

—Ruslan, espero que no te ofendas si te digo que últimamente me he visto privado de belleza.

Ruslan se quejó y se golpeó la coronilla calva.

—No me engaño respecto a mi aspecto, por desgracia.

—Había pensado en llevarme a la encantadora Eva a pasear en góndola esta noche.

Eva se quedó quieta, posando la mirada en Ruslan y luego en Séverin. El patriarca mordisqueó un trozo de fruta con aire pensativo antes de encogerse de hombros.

—No tengo nada que objetar —dijo.

—Yo sí —replicó Eva en voz alta—. No quiero ir a ningún lado con él.

Ruslan se rio.

—Estúpida Eva. Sabes que tus arrebatos me parecen encantadores, pero como vuelvas a hacer algo semejante, traeré a tu padre y lo mataré frente a ti —dijo en un tono tranquilo y sereno. Cálido, incluso, de un modo que a Séverin le puso la piel de gallina—. Y después de eso, te llenaré la boca de brasas ardientes para escaldar todos esos fogosos arrebatos.

Eva se puso pálida. Se volvió hacia Séverin.

—Sería un honor acompañarte esta noche.

A Séverin se le revolvió la tripa al ser testigo de aquella conversación. Cierto, Eva los había traicionado, pero ella también estaba atrapada.

«¿Acaso tú eres diferente?», siseó una voz dentro de su cabeza. «Las cosas que les has hecho a las personas que decías querer...».

Séverin apartó aquella voz de sus pensamientos y sonrió.

—Perfecto.

AL CABO DE UNA HORA, Séverin estaba sentado en la góndola de la Casa Caída, una barca forjada lacada en negro que no necesitaba gondolero. El emblema de la Casa Caída podía verse en uno de los lados. En la proa, una abeja chasqueaba sus alas metálicas. El insecto podía observarlos, pero no oírlos. Aun así, Séverin se mantuvo de espaldas a ella. Desde el muelle, un miembro de la Casa Caída lo observaba en silencio. Sujetaba en las manos la lira dentro de su caja forjada con sangre.

—Había pensado que podíamos ir a ver el famoso Ponte dei Sospiri —dijo Séverin mientras la barca se adentraba en el agua.

Eva no dijo nada. Acarició la funda donde guardaba su puñal enjoyado.

—He prometido acompañarte, pero...

—Solo espero tu compañía —aclaró Séverin—. La conversación es opcional.

Pasaron la siguiente media hora en silencio. Las vías acuáticas de Venecia estaban vivas esa noche. Los enamorados se acurrucaban, sumidos el uno en el otro. Cuando se besaban, sus barcos forjados —tallados en forma de rosas flotantes o de manos hábilmente esculpidas— se cerraban a su alrededor, ocultándolos por completo de la vista.

Más adelante, un intrincado puente se alzaba sobre las aguas del río di Palazzo. La piedra blanca era una maravilla en sí misma: se formaban como olas unas espirales a lo largo de la parte superior del puente, completamente cerrado, y en el arco inferior había diez rostros con expresiones de horror y miedo. Solo una cara sonreía. Dos pequeñas ventanas, ambas recubiertas de mármol, los miraban solemnemente mientras pasaban por debajo.

—Tiene un nombre muy apropiado, ¿no crees? —preguntó Séverin, señalando hacia el puente y los edificios palaciegos que conectaba.

Eva no parecía impresionada.

—No sé italiano.

—Ponte dei Sospiri significa «Puente de los Suspiros» —dijo Séverin—. Conecta la nueva prisión a nuestra izquierda con las salas de interrogatorios del Palacio Ducal a nuestra derecha. Para un hombre condenado que atravesase por el puente hacia la prisión, esas ventanas guardaban sus últimas vistas. Y menudas vistas debían de ser…, definitivamente merecedoras de uno o dos suspiros.

—¿Qué es lo que quieres? —le preguntó ella, cortante.

Séverin la tomó de la mano. A su espalda, el mnemoinsecto solo vería a dos jóvenes muy juntos y cogidos de la mano.

—Puedo ayudarte —susurró.

A Eva se le encendió la mirada.

—No permitiré que me arrastren de la misericordia de un hombre para empujarme a la de otro. Y mucho menos tú. ¿Esperas que confíe en ti después de haberlos matado? Eran… buenas… personas.

Séverin le sostuvo la mirada.

—¿Y si te dijese que están a salvo?

Eva se quedó inmóvil.

—¿Cómo?

—¿Importa mientras sea verdad?

Eva le soltó la mano.

—Solo si puedes demostrarlo.

—Mañana —dijo él—. Uno, o todos ellos, no lo sé, se reunirán conmigo en el Puente de los Suspiros a medianoche. Está todo planeado. Podemos sacarte.

Eva torció el gesto.

—¿Y cómo sabes que vendrán a por ti, *monsieur*? Puede que no los hayas matado, pero incluso yo me daba cuenta de que la forma en que los tratabas era una muerte en sí misma.

Séverin se recostó, sopesando aquellas palabras. Eva se equivocaba. Ellos lo entenderían…, le darían otra oportunidad. ¿Verdad?

Mientras la góndola se deslizaba por el agua, Séverin contemplaba la laguna oscura bajo ellos. Parecía viva. Como un ente hambriento que se tragaba los reflejos de las catedrales y los *palazzi*, lamía los arcos de piedra y masticaba los rostros de los ángeles esculpidos en las estructuras.

El agua se alimentaba de la ciudad.

Séverin se apartó de su reflejo en la superficie negra. Por un instante, el canal parecía burlarse de él, como si le susurrara en la oscuridad:

«Mi vientre alberga los huesos de imperios. He consumido suspiros y me he alimentado de ángeles…, y algún día te devoraré a ti también».

9

ENRIQUE

Enrique se tocó la venda con cuidado. Tres días después de haber perdido la oreja, el dolor se había convertido en una leve molestia. Se recorrió la extraña forma nueva y plana del cráneo, la pequeña costra de la cicatriz allí donde antes tenía la oreja pegada. De pequeño, estaba dispuesto a deshacerse de la oreja. Podría decirse que hasta lo deseaba, porque creía que eso haría realidad sus sueños. A los nueve años, llegó a ponerse un cuchillo en el lóbulo de la oreja, hasta que su madre lo sorprendió y empezó a gritar.

—¿Cómo se te ocurre hacer algo así? —preguntó.

—¡Para el intercambio! —respondió Enrique—. ¡Para los *enkantos*!

A su madre no le sorprendió y, enseguida, regañó a la abuela de Enrique, que se limitó a reírse. Después de eso, le prohibió a su *lola* que le contara más cuentos, pero, al día siguiente, Enrique fue arrastrándose hasta ella, se sentó a sus pies y tiró de su largo y blanco *baro*.

—Cuéntame una historia —le suplicó.

Y ella accedió. Su *lola* solía contarle cuentos sobre los *enkantos* en los bananales, los largos dedos con los que separaban las hojas brillantes y los grandes ojos que refulgían en la oscuridad. A pesar de llevar una cruz colgada en el cuello y no faltar a la misa del domingo, su abuela nunca se olvidaba de los *enkantos* que había fuera. Cada semana, dejaba un bol de arroz con sal en la puerta. Cuando salían de paseo y pasaban por debajo de los árboles, ella inclinaba la cabeza y susurraba: «*Tabi tabi po*».

—¿Por qué haces eso? —preguntó Enrique en una ocasión—. ¿Por qué pides permiso si aquí no hay nadie?

—¿Y eso cómo lo sabes, *anak*? —le respondió su abuela, guiñándole un ojo—. Llevan aquí mucho más tiempo que nosotros y es de buena educación preguntar si nos permiten cruzar su territorio. Los *enkantos* y los *diwatas* son pueblos muy orgullosos. No querrás ofenderlos, ¿verdad?

Enrique negó con la cabeza. No quería ofenderlos. Además, deseaba conocer a las criaturas de las historias de su abuela. Tal vez, si era muy educado, aparecerían y lo saludarían. Ya había intentado verlas. Un día, se quedó toda la noche despierto mirando al pasillo, convencido de que, si esperaba el tiempo suficiente, aparecería un enanito entre las sombras y le preguntaría qué quería. Enrique pensaba regalarle al enanito tortas de arroz, que había robado de la mesa del desayuno de su familia y, después, le pediría que lo llevase al bosquecillo en el que vivían los *enkantos*. Allí, llegaría a un acuerdo con ellos.

—A los *enkantos* les gusta hacer buenos tratos, *anak* —solía decirle su abuela, en un susurro, como si le confiara un secreto—. Por tu recuerdo más preciado, te darían un saco de oro. Por el largo cabello de una novia joven, le concederían un año de belleza inmortal.

A los pies de su abuela, Enrique estaba fascinado. Recordaba el modo en que ella se agachaba un poquito y le daba un tironcillo en la oreja.

—Un día oí que un granjero le dio la oreja a un *enkanto* y que, a cambio, pudo ver el futuro —dijo Enrique entusiasmado—. Si yo le doy una oreja al *enkanto*, ¿también podré ver el futuro?

—¿Y para qué quieres ver el futuro, *anak*? —La anciana rio—. Sería una carga horrible.

Enrique no estaba de acuerdo. Si pudiera ver el futuro, sabría cuándo Marcos, su hermano mayor, pensaba burlarse de él. Sabría, antes que nadie, cuándo traería su madre pastelitos bumbong a casa y podría quedarse con la mejor parte. Y lo más importante, sabría en qué se convertiría. Tal vez, en un pirata con un cocodrilo letal como mascota, que lo adorase y se comiese a todos sus enemigos...

Enrique conocería su futuro y lo único que debía hacer era renunciar a una pequeña parte de él.

Pero ahora, Enrique ya había hecho ese sacrificio. Mejor dicho, alguien lo había hecho por él. Se miró en el espejo dorado que había en la otra punta de la biblioteca, moviendo la cabeza de un lado a otro, antes de revisar las notas dispersas de su investigación. Había renunciado a la oreja, pero su futuro seguía sin estar claro.

Formaba parte de la historia y, aun así, no sabía qué lugar ocupaba dentro de ella. Estaba perdido. Con lo mucho que había deseado dejar una huella en el mundo, había sido el mundo el que había terminado dejando huella en él y, después, había seguido su curso.

Un ruido en la entrada lo sobresaltó. Alzó la mirada y vio a Zofia con su delantal negro. Tenía las pálidas mejillas manchadas de hollín, pero, por alguna razón, eso resaltaba el azul de sus ojos y el rojo navideño de sus mejillas. Se le habían salido de la trenza algunos mechones de pelo brillante y, por un segundo, Enrique tuvo el extraño impulso de sostenerlo entre sus dedos... para ver si era como sentir luz en su piel.

Se levantó de golpe y estuvo a punto de tirar algunos de los documentos de la mesa que había tras él.

—Fénix —dijo—. ¿Qué estás haciendo aquí?

—Ya he terminado de trabajar —respondió ella.

—Ah... ¿y bien?

Ella echó un vistazo a la habitación.

—Aún no has encontrado lo que andabas buscando.

Enrique se desanimó un poco. Desde que se habían reunido la noche anterior, había estado buscando pistas sobre la ubicación de la Casa Jano y la fiesta de Carnevale, en el piso franco de la matriarca. Pero, hasta la fecha, no había encontrado nada. En otra habitación, Laila se afanaba en leer todos los objetos que podía para dar con alguna pista. Hypnos, de incógnito, había ido a Venecia a investigar sobre el salón de los *mascherari* en el que se creaban las invitaciones. Hasta ese momento, Enrique solo había conseguido sacar todos los libros y las fotos enmarcadas de la pared de la biblioteca.

—Necesitas ayuda —dijo Zofia.

Enrique se molestó un poco, pero ya se había acostumbrado al modo en que ella procesaba el mundo que la rodeaba. Nunca lo decía como un insulto, sino como una simple observación.

—Sí —dijo con un suspiro.

Solo quedaban tres días para Carnevale. Hypnos había dejado claro que si no encontraba pronto alguna pista sobre la Casa Jano o el salón de los *mascherari*, el único modo que tendrían de llegar al templo que había bajo Poveglia sería encontrando a Séverin.

—Tenemos que aceptarlo, *mon cher* —dijo Hypnos, antes de salir de la casa—. Él siempre sabe qué hacer y dónde buscar.

Puede que en el pasado eso fuera cierto, pero ¿ahora? Enrique no confiaba en el nuevo Séverin ni en sus intenciones. Una parte perversa de él se imaginaba como este los esperaba en el punto de encuentro y ellos no se presentaban. ¿Se sentiría abandonado? ¿Pensaría en todas las cosas que había hecho y se sentiría culpable? ¿Se sorprendería? Quería creer que sí. Quizás entonces Séverin entendería lo que habían sentido ellos.

—¿Qué puedo hacer? —preguntó Zofia.

—Pues... no tengo ni idea —respondió él, señalando las dos mesas repletas de papeles y objetos—. He colocado casi todos los elementos sobre las mesas. Pensé que sería útil echarles un vistazo. La Casa Jano se llama así por el dios romano de las transiciones y el cambio y, normalmente, se representa con dos cabezas. Por lo general, se lo relaciona con puertas, así que, ¿y si buscamos una llave o algo que cambie de forma?

Zofia asintió y se acercó a la primera mesa. A Enrique le daba mucha vergüenza decirle que ya había examinado todos los objetos del piso franco. Y, sobre todo, le avergonzaba reconocer que la opinión que más le interesaba era la de alguien al que no quería volver a ver.

Casi podía ver a Séverin tal y como era en el pasado... con ropa impecable y a medida, y masticando un clavo de olor mientras examinaba una habitación. Tenía la asombrosa habilidad de saber dónde se escondían los tesoros. Algo que admiraba, muy a su pesar, era que Séverin podía contextualizar un objeto y construir una historia en torno a él.

—Un tesoro es como una mujer hermosa —le había dicho Séverin una vez—. Le gusta saber que te has tomado las molestias de entenderlo antes de mostrarse.

Enrique había fingido una arcada.

—Si yo fuera un tesoro y te oyese decir eso, me hundiría en el fondo del océano para que no pudieras encontrarme jamás.

Después, acabó repitiendo la frase, sin parar, durante seis meses.

A Séverin no le hizo ninguna gracia.

Al recordarlo ahora, Enrique esbozó una sonrisa, pero el movimiento hizo que le molestara la cicatriz de la oreja. Dejó de sonreír.

—¿Qué es esto? —preguntó Zofia.

Al girarse, vio que la chica sostenía un marquito de metal. En su interior había cinco fragmentos de arcilla con la superficie cubierta por una inscripción cuneiforme. En cualquier otro momento, él lo habría estrechado —casi con reverencia— contra su corazón. Habría pasado la mano sobre los surcos, imaginando la caña roma que había tomado una idea y la había plasmado con esa forma. Sin embargo, en esta ocasión, apartó la mirada.

—Es escritura cuneiforme asiria, creo —contestó. Zofia lo miró expectante y él se lo tomó como una invitación a explicarlo. Zofia no siempre quería escucharle. En más de una ocasión, se había ido en mitad de alguna explicación, así que había aprendido a esperar y dejar que decidiera—. Hace unos diez años, la Sociedad de Arqueología Bíblica quiso autentificar que algunos eventos de la Biblia habían sucedido en realidad, sobre todo el diluvio.

—¿Diluvio? —preguntó Zofia.

—También conocido como el Diluvio Universal —dijo él—. El arca de Noé.

Zofia asintió al entender la referencia.

—Un artículo publicado en 1872 hablaba del descubrimiento de tablillas cuneiformes en la Biblioteca de Asurbanipal, cerca de Nínive... —dijo Enrique, mirando el marco—. Al traducir las tablillas, encontraron otra mención del diluvio. Esa fue la primera vez que la gente se dio cuenta de que un «gran diluvio», con formas distintas, había ocurrido en todo el mundo..., en distintas culturas y tradiciones. Como si este gran acontecimiento no le perteneciera a un solo pueblo. Fue algo revolucionario y muy revelador, a pesar de que la Orden de Babel ha tratado de impedir que se investiguen y traduzcan las tablillas desde entonces.

—Así que, ¿ya no quieren comprobarlo? —preguntó Zofia, con el ceño fruncido—. Cuanta mayor sea la frecuencia con la que se registra un acontecimiento, mayor será la probabilidad de que haya sucedido de verdad.

—No si se contradice con la visión que tienen de ellos mismos, supongo —dijo Enrique.

No pudo disimular el tono amargo de su voz. En el pasado, hubiera estado furioso. Recordó un ensayo que escribió en la universidad alegando que tales prácticas eran un intento de pintar y recortar la historia; un acto que nadie tenía derecho a cometer. Por aquel entonces, le inundaba la ira y hacía que su escritura se volviera áspera y febril.

Sin embargo, ahora se sentía extrañamente tranquilo. ¿De qué le servía frustrarse? ¿Y escribir ensayos y planificar grandes discursos? ¿Acaso eso cambiaría algo en el mundo? ¿O el derecho a cambiar las cosas estaba solo en manos de unos pocos privilegiados?

La Orden de Babel hurgó en la historia como si fuera un cajón. Para ellos, la cultura era algo más que una cinta atractiva o un adorno brillante. Luego estaba la gente como Séverin y Ruslan..., que podían cambiar el curso de la historia, pero solo si sus necesidades estaban en el núcleo. Y por otro lado, estaba Enrique, en medio, como una joya inútil colgada entre ambos... una joya que solo quieren por su apariencia.

—La visión que tienen de ellos mismos... —repitió Zofia despacio—. Quizás no sepan ver.

—Tal vez —dijo Enrique.

Dirigió la mirada al espejo en el extremo de la pared. No entendía por qué la matriarca lo había puesto ahí. No encajaba entre aquellos libros y objetos. Ni siquiera parecía estar de cara al resto de la habitación. Desde ese ángulo, estaba torcido de tal forma que dejaba ver la entrada de la biblioteca. ¿Podía ser para llevar la cuenta de la gente que entrara en la sala? Al principio les pareció que podía tratarse de una puerta Tezcat, pero Zofia les dijo que no lo era.

«¿Cómo se revela un tesoro?», solía decir Séverin cuando había que encontrar algo. «¿Qué es lo que quiere que veas?».

Enrique se sacó ese pensamiento de la cabeza. Lo último que quería hacer era pensar como Séverin.

—No he encontrado nada —anunció Zofia—. Ni llave ni objeto que cambie.

Enrique resopló.

—Lo suponía.

—En la isla de San Michele dijiste que Jano era un dios del tiempo.

—¿Y?

—Pues que el tiempo no tiene las mismas características que una llave —dijo ella.

—La llave era más bien una representación del entorno que dirige Jano —dijo Enrique moviendo las manos—. El arte es algo muy autorreferencial y tan...

Hundió el cuerpo en la silla más cercana y dejó caer la cabeza sobre las manos. Hypnos volvería dentro de una hora y él iba a tener que reconocer que se equivocaba, que allí no había ninguna pista sobre la Casa Jano. Tendría que ver cómo la sonrisa de Hypnos se volvía burlona y oírle decir que Séverin sí habría sabido qué hacer...

—Háblame sobre lo del entorno que dirige Jano —dijo Zofia en alto.

Enrique la miró, indeciso entre la molestia y una pequeña chispa de entusiasmo ante la idea de explicar algo relacionado con mitos y símbolos. Nadie le había preguntado nunca sobre el papel particular que desempeñaba Jano en el Panteón Romano. Bastaba con que él no quisiera comentar nada más para que Zofia lo interrogara.

—Se dice que protegía escritos de todo tipo —empezó Enrique—. Era un dios de las dualidades y transiciones, a menudo admirado al mismo nivel que Zeus, al que llamaban Iupiter. Jano, también era conocido como Ianus, que derivó en el nombre de Ianuarius, y de ahí el mes de enero. Como primer mes del año, es el momento en que miramos al pasado y al futuro al mismo tiempo. Por eso aparece Jano representado delante de arcos y puertas. Y por lo que, además, puerta en latín se dice *ianus*...

Enrique se detuvo. Un suave hormigueo le recorrió la columna. Se levantó despacio y se giró hacia el espejo. Se vio el sucio vendaje y un bulto justo donde tenía la oreja antes de que Ruslan se la cortara. Pero más allá de eso —más allá del modo en que el mundo le había marcado— vio la entrada de la biblioteca.

No se había dado cuenta hasta ese momento: la madera estaba tallada con formas complejas y decorada con unas cenefas doradas. Parecía un simple detalle decorativo y bonito en una casa llena de ornamentos bonitos y decorativos. Pero en aquel momento tenía la mirada fija en un punto especialmente brillante de la madera. A primera vista, parecía un mero efecto de la luz; el reflejo de la llama de una vela o de un candelabro que rebotaba en el espejo de plata. Estaba en lo alto, entre la repisa de la chimenea y el marco de la puerta. Un lugar en el que nadie repararía de forma consciente.

—Zofia —dijo Enrique—. Estoy empezando a pensar que eres un genio de verdad.

—¿Y te sorprende? —dijo Zofia—. ¿Por qué lo dices?

Enrique sonrió al pasar por su lado, con la mano extendida hacia la puerta: la tradicional guarida del dios de las dos caras.

—¿Hay algún taburete por aquí? —preguntó mientras buscaba.

Zofia encontró uno y se lo acercó. Enrique se subió de rodillas, tocó el punto de luz que había en la madera y, entonces, afloró una especie de astilla inofensiva. La pellizcó y tiró de ella despacito.

La madera que había alrededor de la brillante astilla cedió e hizo un sonido que le recordó al de pasar rápido las páginas de un libro. Contuvo la respiración. Fuera lo que fuese aquella cosa, salió sin apenas mostrar resistencia. Un destello de luz cruzó su campo de visión y algo se cayó; esta vez, el ruido fue como el de un plato al romperse contra el suelo.

—¿Qué es eso? —preguntó Zofia mientras se acercaba.

Era un antifaz de plata. Puede que en algún momento llevara cintas prendidas en el lateral, pero hacía tiempo que se habían desintegrado. La máscara en sí parecía sosa y sin acabar; en algunas zonas, se había desconchado la pintura metálica. Y aun así, cuando Enrique la tocó, sintió que una presencia invadía sus pensamientos… Un vistazo al interior de un salón, máscaras colgadas del techo, la suave luz de los candelabros. Solo podía ser un lugar, el salón de los *mascherari* en el que se ocultaba la ubicación de la Casa Jano.

Quizás solo se tratara de su imaginación, pero, en aquel momento, Enrique se preguntó si algo de aquel antiguo dios romano podía haberse movido por la sala. A fin de cuentas, Jano era el dios del cambio y los inicios. Y justo en ese instante, Enrique casi pudo saborear el cambio del ambiente. Le sabía a plata y a fantasmas; como si volviera a la vida la resurrección de una esperanza abandonada.

IO

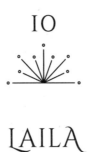

LAILA

L aila observó que un grupo que celebraba unos esponsales se acercaba al puente. Detrás de ellos, una luna tan pálida como el cuello de la novia se alzaba sobre los techos inclinados de la catedral. Las tenues estrellas centelleaban en el cielo y eran testigos de los amantes. A Laila se le hizo un nudo en la garganta. Se prometió a sí misma que no miraría, pero no podía evitarlo. Miró ansiosa hasta el último detalle del novio y la novia.

Se movían en tándem, como si se tratara de una canción que sonara solo para sus oídos. La novia arrastraba su vestido azul sobre los escalones blancos como la nieve del Puente de los Suspiros. Tenía el cabello de color castaño claro recogido bajo un velo y su frente estaba envuelta en perlas. El novio, un hombre de mentón pequeño y ojos grandes que era casi apuesto cuando sonreía, la contemplaba como si hasta ese momento solo hubiera visto en blanco y negro. Detrás de los novios, sus amigos y familiares vitoreaban y se reían mientras lanzaban arroz y pétalos al aire.

Laila se puso contra la barandilla para dejarlos pasar. No tenía pensado pasar por el Puente de los Suspiros, pero había empezado a llover mientras se alejaba paseando de la *piazza* San Marcos y más allá del Palacio Ducal, y este era el camino más rápido de vuelta al piso franco. A sus pies, las piedras blancas seguían resbaladizas por la lluvia. La novia, ajena a todo por la alegría, resbaló, y habría caído al suelo de no ser por su marido, que la cogió antes. Mientras se le caía el ramo de campanillas de invierno de las manos, Laila, sin pensarlo, extendió la mano para atraparlo y lo cogió por la cinta azul que sujetaba las flores. Los invitados de la boda la aclamaron y ella se ruborizó sin saber muy bien por qué.

—Se te ha caído esto —dijo mientras intentaba devolvérselo a la novia. Pero la chica negó con la cabeza y respondió con una sonrisa:

—*No, sua buona fortuna per te.*

Laila sabía muy poco italiano, pero entendió *buona fortuna*. La novia le estaba deseando buena suerte. Entre risas, la novia rodeó el ramo con las manos de Laila.

—*È tuo* —dijo.

«Es tuyo».

Las memorias del ramo atravesaron a Laila. Vio las campanillas de invierno atadas por una cinta azul que una vez había adornado la mantita de la novia cuando era niña. En las flores, vio a la madre de la novia sollozando; en los pétalos, la vio susurrando plegarias. Oyó las risas de la novia mientras se lo quitaba a su hermana...

Laila volvió en sí. Cuando bajó la vista, su anillo granate parecía una gran gota de sangre. 5. Solo le quedaban cinco días.

Miró fijamente las campanillas de invierno que sujetaba.

Intentó imaginarse un futuro donde ella fuese una novia. Se imaginaba a su madre, aún viva, enredándole jazmines en el pelo. Se imaginaba a tías que nunca había conocido colocándole brazaletes dorados en las muñecas. Pensaba en el aroma de la henna, como el heno bajo la lluvia, adornando las manos y los pies con el nombre de su novio escondido en el diseño como una invitación secreta a tocarle la piel por primera vez. Laila se imaginaba la cortina *antarpat* que los separaba cayendo y el rostro del novio oculto por un *sehra* de perlas. En su fantasía, un par de ojos violeta se cruzaban con los suyos y, en su mirada, Laila se sentía lo más maravilloso y colorido del mundo.

Casi se le cayeron las flores.

—Tonterías —se dijo a sí misma.

Nunca sería una novia. Con cada hora que pasaba, se daba cuenta de que el anillo granate sería el único anillo que llevaría. Se aferró a su esperanza, pero cada día notaba que la perdía cada vez más. Cada minuto, sentía que se desdibujaba el espacio entre su consciencia y las aguas oscuras del olvido. A veces, era como si esas aguas oscuras le susurraran, tratando de convencerla para que se dejara llevar. Para que se ahogara.

El tañido de una campana la despertó de su ensimismamiento. Era casi medianoche y los demás se estarían preguntando dónde se había metido. Tenía trabajo por hacer. Objetos que necesitaban lectura y planes que debían cerrarse.

Pero en ese momento, Laila ansiaba poder soltarse. Quería dejar entrar a las nubes y la luna, los techos de la catedral y las tenues estrellas... y dejar que todo se quemara y se hiciera trizas dentro de ella.

A su alrededor, el cielo se extendía entre sombras y terciopelo. Su madre le decía que la noche que se avecinaba era la diosa Krishna abrazándolas, porque su piel era el color de la medianoche. A Laila le encantaba escuchar historias de Krishna, el dios de la preservación renacido como un niño humano y travieso.

Un día, la madre humana de Krishna sospechaba que el chiquillo había comido algo que no debía, y le pidió que abriera la boca. Al final pudo convencerlo. Detrás de los dientes de Krishna, en lo más profundo de su garganta, había soles y lunas en llamas, estrellas moribundas y planetas cubiertos de hielo. Su madre nunca le volvió a pedir que abriera la boca.

Laila sabía que algunas personas podían albergar esas cosas en su interior.

Algunas personas podían caminar con galaxias en el corazón, con planetas machacándoles las costillas y mundos enteros arrastrándolos tras de sí sin entorpecer su equilibrio.

Su madre decía que Laila era una de esas personas. Que nació para soportar más que a ella misma. Podía retener y valorar el peso de otros: sus preocupaciones, sus errores, sus esperanzas en quién podrían ser.

Había intentado no pensar en Séverin todo este tiempo, pero esa fantasía estúpida hizo que pensara en su rostro. Ahora tenía claro que él era la única persona que nunca podría abrazar.

No ponía en duda que él se preocupaba por sus amigos a su manera. Ni siquiera ponía en duda que sentía pena por ella o que debía haberle dolido abandonarla y fingir que había matado a los otros solo para mantenerlos a salvo.

Pero siempre querrían futuros distintos y ya no podía seguir ocultándoselo a ella misma.

Ella buscaba seguridad. Un hogar. Una mesa repleta de comida, siempre dispuesta para amigos y familiares.

¿Y Séverin? Séverin buscaba divinidad. Aferrarse a él sería como intentar tumbar a la luna. La muerte de Laila ya era una sensación plomiza y agobiante, tan pesada que parecía que cargaba con las estrellas de la noche. Una sensación de inexistencia, ese vacío que había sentido en la isla de San Michele, se propagó por su cuerpo.

No había hueco para Séverin.

Ya no.

A lo lejos, una elegante góndola surcaba el agua ónice, como si se dirigiera directamente al Puente de los Susurros. Laila echó un último vistazo al ramo de campanillas de invierno y lo dejó caer. Se deshizo el nudo de la cinta y las campanas marcaron la medianoche. Los pétalos blancos que se dispersaban por el lago parecían una estrella rota.

II

SÉVERIN

Antaño, Séverin pensaba que los dioses no tenían ninguna debilidad, pero ahora sabía que estaba equivocado. Hasta los dioses tenían un punto flaco. Para hacerles daño, no debías adorarlos, sino darles la espalda y reírte de sus riquezas. El rechazo era un arma de doble filo que siempre hallaría la recompensa.

Desde la proa de la góndola, la dura esfera del reloj de la torre que anunciaba que eran las doce y media de la noche le confirmó lo que ya suponía: no vendrían.

Al principio, se dijo a sí mismo que algo había salido mal. Sin embargo, eso era imposible, ya que había dejado el mnemoinsecto al lado de Laila. Era imposible que se pudiera haber perdido. Entonces se preguntó si habrían tenido algún contratiempo; si la Orden los había descubierto de alguna manera…, pero seguramente Ruslan se habría jactado de tal descubrimiento. Durante casi veinte minutos, Séverin había permanecido en la góndola contemplando el Puente de los

Suspiros. No paraba de imaginárselos en cada carcajada ocasional, en cada ruido de pasos a lo lejos. Cuando se acercó por primera vez al punto de encuentro, hasta se convenció a sí mismo de que había visto una figura esbelta entre las sombras.

No lo necesitaban.

Habían decidido no presentarse.

De alguna manera, sabía que tenía que regresar.

Si permanecía fuera durante más tiempo, Ruslan lo castigaría por ello.

Séverin sentía que no podía respirar. Se dejó caer en el asiento acolchado de la góndola; una extraña presión le oprimía el pecho mientras las palabras de Eva volvían a flotar en su mente: «¿Y cómo sabes que vendrán a por ti, *monsieur*? Puede que no los hayas matado, pero hasta yo me daba cuenta de que la forma en que los tratabas era una muerte en sí misma».

Séverin se encontraba mal. Azotado por las náuseas, se agarró al borde de la góndola. Se lo había buscado él mismo. Se apoyó en la embarcación, a punto de vomitar, y fue entonces cuando vio pétalos blancos flotar junto a él.

Por primera vez en años, oyó la voz de su madre. Había evitado su sonido desde hacía tiempo, pero ahora lo había encontrado. Recordó una de las últimas veces que la había visto; la había llamado a gritos después de una pesadilla y su padre dejó que Kahina durmiera a su lado, aunque se quejó de que Séverin se ablandaría si lo consentían tanto.

—Escúchame, *habibi*, y te contaré el cuento del rey rico y la flor más hermosa del mundo —le había dicho Kahina, apartándole el pelo de la frente.

—¿Y la flor era muy bonita? —preguntó Séverin, pues le había parecido muy importante si la flor era digna de un rey.

Kahina sonrió.

—Los pétalos de la flor eran blancos como la leche y su fragancia era como de una planta robada del paraíso. El rey le preguntó a la flor si podía llevársela a su reino y la flor accedió, pero solo si este prometía cuidarla.

Séverin había fruncido el ceño al oír aquella parte. Ninguna de las flores de la finca de su padre le había hablado jamás. Tal vez no se lo imaginaban como rey. Mañana mismo tendría que ponerse sus mejores galas e informarles de lo contrario.

—La flor pidió la luz del sol; el rey le dijo que tenía algo mejor que el sol y le ofreció monedas de oro enjuagadas con leche y miel. La flor gritó, pues las duras monedas de oro le arañaban los pétalos. Entonces pidió agua y el rey le dijo que tenía algo mejor que el agua; y derramó en ella todos los vinos más excepcionales de los confines de su reino —dijo Kahina—. La flor gritó, pues el vino era amargo y sus raíces se marchitaban al tocarlo. Poco a poco, empezó a morir. El rey se puso furioso y exigió una explicación: «Pero si te he dado las mejores cosas del mundo para que florezcas». A lo que la flor respondió: «Nunca he necesitado nada de eso», y entonces le plantó cara al rey muriéndose.

A Séverin no le agradó la historia. ¿Acaso el tonto del rey no entendía que lo único que la flor quería era agua y sol?

—¿Por qué no le hizo caso? —había preguntado Séverin.

Kahina se quedó callada con las manos quietas en la frente de su hijo.

—A veces, los que tienen demasiado poder creen saberlo todo... y olvidan escuchar. Pero tú no serás así, ¿verdad, *habibi*?

Séverin negó con la cabeza.

—Bien —dijo su madre. Le cogió las manos y le besó los nudillos uno a uno—. Porque eres mucho más poderoso que cualquier rey.

Ahora, Séverin estaba absorto en los pétalos blancos que flotaban a su lado.

«Mira lo que has hecho. Les has hecho daño. No hiciste caso y ahora estás solo».

Era un necio. Todos sus poderes, toda su riqueza... no significaban nada.

Séverin se volvió a sentar en la góndola y cayó en la cuenta de algo.

Laila, Enrique, Hypnos y Zofia no lo necesitaban para llegar a Poveglia, pero sí para tocar la lira. Si llegaba a ellos lo bastante rápido, quizá pudiera disculparse. Podría pedirles otra oportunidad...

Todo este tiempo, había estado esquivando con maestría los caprichos de Ruslan. Pero ya no quedaba nada que el patriarca de la Casa Caída pudiera arrebatarle. Había perdido todo lo que le importaba y, de aquella manera, era todo lo poderoso que podía ser. Sin nada que perder, podría obligar al patriarca a actuar al fin. No esperarían diez días para llegar a Poveglia. Partirían de inmediato.

SÉVERIN ABRIÓ DE PAR EN PAR las puertas de la Casa d'Oro, pasando por delante de la decena de miembros de la Casa de los Caídos.

En cuanto entró, las mnemoabejas zumbaron con intensidad.

—¿Dónde está mi lira? —preguntó en voz baja.

Un guardia salió de la habitación con la caja de hielo y cristal. En las sombras del pasillo, Séverin distinguió el cabello rojo de Eva. Debía de estar esperándolo, esperando la confirmación de que los demás estaban vivos. Pero no tenía pruebas, lo que significaba que ella ya no le era de ayuda. Séverin apretó el pulgar contra la espina para sacar la lira.

—Traed a vuestro maestro —les dijo a los guardias—. Ya.

—*Monsieur* Montagnet-Alarie… —comenzó Eva, acercándose a él.

Él fue hacia ella con paso decidido. Se percibía el pánico en sus ojos verdes y ella quiso echar a correr, pero él fue demasiado rápido. La agarró por la cintura y la atrajo hacia su pecho. Esta le golpeó, arañándolo, pero a él no le importó. Solo buscaba una cosa. Al cabo de un instante, le había quitado el cuchillo enjoyado que Eva llevaba en la cintura. La chica se apartó de él, respirando con dificultad.

—¿Dónde está Ruslan? —gritó él.

Eva se amedrentó y se pegó a la pared.

—¿Qué haces? —Y luego, con un susurro—: ¿Qué les ha pasado? Me prometiste que…

—Aléjate de mí —refunfuñó—. Esto ya no tiene que ver contigo.

Eva se puso pálida. La furia se apoderó de su rostro y se llevó la mano al cuello en busca del colgante que llevaba puesto antes de huir hacia el pasillo.

Los miembros de la Casa Caída se acercaban a él. Ahora estaban a menos de tres metros de él. Como si fueran uno, se sacaron un par de cuchillos de las mangas negras. Séverin se rio. Aquel nuevo poder era embriagador.

Se puso el cuchillo enjoyado en el cuello, sonriendo con pereza a todos ellos.

—Ruslan me ha aburrido. Ya no deseo encontrar la divinidad con él.

Observó cómo las palabras cuajaban en el ambiente.

—De hecho, preferiría estar muerto —dijo Séverin. Se apretó más el cuchillo contra la piel—. Que use mis extremidades después, no me importa…

Alguien había empezado a aplaudir. Séverin levantó la vista y vio a Ruslan salir de la pared de brocado rojo que al parecer era una puerta Tezcat oculta. Se le dibujó una amplia sonrisa en el rostro.

—¡Lo sabía! —exclamó Ruslan—. ¡Ya sabía yo que no eras tan soso!

Séverin giró la cabeza hacia donde estaba el patriarca. El movimiento hizo que el filo del cuchillo le hiriera la piel.

—Ay, no. No no no —suplicó Ruslan—. Para, amigo mío, ya has dejado claro tu punto de vista.

—¿Y qué punto es ese? —preguntó Séverin con frialdad.

—Que he sido un mal anfitrión —dijo Ruslan—. Perdóname... Quería ver quién eras si quitaba esa apariencia apacible que tienes. Quería ver lo afilados que podían ser tus dientes. Y no... no me has decepcionado.

Séverin no movió la mano.

—Ven, amigo mío —dijo Ruslan caminando hacia él—. Es hora de prepararse para celebrar el Carnevale.

—No tengo ganas de fiestas —dijo Séverin.

—La celebración es en un lugar donde se encuentra el mapa del templo que hay debajo de Poveglia —explicó Ruslan con rapidez.

Despacio, Séverin bajó el cuchillo. Notó que le bajaba un hilillo de sangre caliente por la garganta. En la otra mano, parecía que la lira vibraba.

Ruslan sonrió. La luz se reflejó en su mano de oro.

—Una noche más debemos celebrar lo que significa ser mortal. Será un pequeño recuerdo que guardaremos para siempre cuando nos convirtamos en dioses.

PARTE II

12

SÉVERIN

Cuando Séverin tocaba la lira, oía lo imposible. Oía cómo su alma se revolvía bajo sus huesos. Oía cómo las estrellas crepitaban en lo alto.

Pero no la podía oír a ella, la voz de la mujer a la que no le habían dejado llamar «madre». Su voz le hacía recordar que no toda la esperanza estaba perdida.

Se miró las manos. Estaban en carne viva e irritadas tras pasar horas deslizando los dedos por el instrumento, tratando de ejercer la presión necesaria para poder oír el débil pulso del universo en su cabeza, pero sin llegar a sangrar.

—¿Dónde estás? —preguntó—. Dime algo.

Ya le había estado pidiendo alguna señal a la lira durante dos días seguidos, desde que regresara del Puente de los Suspiros y Ruslan empezara por fin los preparativos para ir Poveglia: explosivos y gafas de protección, restos de otras investigaciones y planos para buscar una máscara forjada por la mente. Séverin debería estar contento con esos trámites; sin embargo, sus pensamientos seguían estancados en el vacío Puente de los Suspiros.

Lo habían abandonado. Había tocado fondo, según ellos. Tampoco los culpaba.

Enrique, Hypnos, Zofia... Laila. Estaba roto por dentro. En sus nuevas grietas pensaba que oía a la lira susurrándole. A veces, la voz era oscura y sensual. Otras, era una voz de advertencia. Se sentía roto y hecho trizas y se preguntaba si así era como se había sentido Tristan todos estos años: como si tratara de apartar la marea de algo terrible que siempre acechaba en su interior. Tal vez Séverin fuera igual. Quizá tuviera una especie de mal inexorable que alejaba a todos aquellos que lo amaban, hiciera lo que hiciera.

Sus amigos le habían brindado gracia y amabilidad y él se lo había devuelto con crueldad y sabotaje. Se convencía a sí mismo de que lo que estaba persiguiendo justificaba cualquier tipo de daño, pero se equivocaba. Había seguido sus planes sin dejar que sus amigos participasen y, al final, tendría el poder que tanto ansiaba. Pero ¿a qué precio?

Séverin se acordó del mito del rey Midas, cuya sed por el oro provocó que todo lo que tocara se convirtiese en este metal. Su comida se convirtió en oro. Después, su bebida. Finalmente, su hija. Al final, cuando fue al río para deshacerse de su maldición y tras salirle orejas de burro, el reflejo le reveló lo que era en realidad: un idiota integral.

Comprendía cómo debía de haberse sentido el rey. Con todo ese poder y, aun así, había terminado más solo que la una.

Tras la puerta de su habitación oyó el ruido de unas botas y unas voces amortiguadas. No había ventanas en su cuarto, pero sabía que se le había hecho tarde. Eva pasaría a por él dentro de poco.

No podía moverse. Por un momento, se le pasó por la cabeza lanzar la lira contra la pared, pero no le respondían las manos. ¿Era un regalo de los dioses... o una maldición de Midas, condenada a destruirle?

—Te lo ruego —le susurró a la lira—. Dame una señal. Enséñame que este poder es real. Dime si voy por el buen camino..., dime lo que sea.

Y, por centésima vez aquel día, Séverin arrastró el pulgar hacia la brillante cuerda. E hizo una mueca de dolor.

«Solo una última vez», se dijo a sí mismo.

Un débil latido de advertencia del universo le recorrió por la nuca. «Para ya», le ordenó. «Para». Séverin tocó más fuerte. En el Palacio Durmiente ya se había hecho un corte en la mano y derramado sangre en las cuerdas antes. Esa simple vibración de las cuerdas había bastado para sentir el toque divino en su interior.

Ahora...

Ahora era distinto.

Sentía que la cuerda le laceraba la piel. El cráneo le palpitaba. La música de la lira se despertaba en su interior, sedienta de libertad. Esa música no era de este mundo. Era el gemido de las estrellas fugaces y el deseo sonoro de las raíces de los árboles, la exhalación del mar antes de alzarse y engullir un pueblo entero...

«Séverin».

Detuvo el pulgar sobre el instrumento. La frenética melodía cesó. Era como si hubiera alcanzado el umbral de algo, porque ahí, por fin, oyó la voz que tanto ansiaba.

Por primera vez tras haberse enfrentado a Ruslan y haberle tirado la lira por la noche, oyó la voz de su madre. Le había dicho algo, algo que iluminaba los pensamientos, algo que le daba esperanza. Comenzaba a pensar que eran imaginaciones suyas.

«*Habibi*…, escúchame… Escúchame bien».

La voz de Kahina era la luz de miles de velas brotando de la oscuridad y Séverin sentía que cada halo de luz era un paso que lo apartaba del mal.

—Te estoy escuchando, *ummi* —contestó tembloroso—. Te oigo.

El tiempo se detuvo a su alrededor. Por un momento, volvía a ser un niño acurrucado en su camita. Recordó cuando Kahina le cerraba sus puñitos rechonchos y les daba dos besos.

«Las puertas de la divinidad están en tus manos», susurró ella. «No dejes pasar a nadie».

Un fuerte golpe en la puerta lo sobresaltó. Séverin abrió mucho los ojos. Respiraba deprisa, le temblaban las manos y le corrían varias gotas de sudor por la espalda.

—¿Estás listo, *monsieur* Montagnet-Alarie? —preguntó Eva con frialdad.

¿Listo?

Poco a poco iba volviendo a la realidad. Séverin parpadeó y miró a su alrededor: una habitación roja, una cama roja. Le vinieron a la mente los dos últimos días: el Puente de los Suspiros vacío, el cuchillo en la garganta, los planes de Ruslan para esa noche.

—¿Hola? —insistió Eva.

—Sí —respondió él, tragando saliva—. Ya… ya casi estoy.

Oía a Eva quieta tras la puerta, pero luego la chica se dio la vuelta y se fue. Lentamente, Séverin levantó el pulgar de la cuerda, con cuidado para que no temblase. Tenía el dedo morado. Se llevó la lira divina a la frente como si fuera la mano fría de un sacerdote.

—Gracias —dijo él con vehemencia—. Gracias.

Esa era la señal por la que había rogado. Era la prueba que necesitaba para saber que no era una broma cósmica. Había una razón para todo y la voz de su madre lo demostraba:

«Las puertas de la divinidad están en tus manos…».

Había fallado a sus amigos estrepitosamente, pero aún no estaba todo perdido, ya que se encontraba en el camino a la grandeza. Igual había sido un idiota por la forma de luchar por sus sueños, pero no acabaría como el rey Midas. Compartiría su riqueza con los demás.

Séverin cerró los ojos a la vez que se imaginaba el momento en que volviese a ver a Enrique, Hypnos, Zofia y Laila. Sintió un fuerte dolor en el pecho. Estaban furiosos con él y con razón, pero les demostraría que él era merecedor de su amistad. Repararía el daño causado. Nunca volvería a dejarlos solos en la oscuridad.

Y seguro que, cuando presenciaran el poder de la lira…, cuando vieran que lo único que había intentado era compartir su don…, lo perdonarían. Durante un instante, se imaginó los ojos grises de Tristan recuperando su brillo. Vio a Tante Feefee, la matriarca de la Casa Kore, descansando la cálida mano sobre su mejilla. Le diría que había encontrado la forma de hacer que su amor fuera más hermoso. Habría estado muy orgullosa de él, pensó.

Cuando Séverin se incorporó, esbozó una sonrisa.

La voz de su madre recorría su cuerpo como el despertar del amanecer. Aquel era el tipo de luz capaz de reconstruir el mundo y ese calor en la piel se le antojó una promesa.

—QUÉ CAMBIADO ESTÁS, *monsieur* Montagnet-Alarie —dijo Ruslan.

—¿Por qué? —preguntó Séverin mientras se alisaba la chaqueta de brocado color púrpura y plata, y salía de sus aposentos. Al momento se le plantaron al lado dos miembros de la Casa Caída. Oyó un chirrido de la bisagra de la caja de hielo y cristal que le resultaba familiar. Aún estaba abierta de cuando había cogido la lira. Pasó un segundo. Si quería deshacerse del patriarca y robarle la lira, la caja forjada de sangre suponía un problema. Quizá Eva pudiera haber sido la solución, pero mirar a aquella chica de ojos fríos junto a Ruslan no le inspiraba mucha confianza.

—Parece que... has recuperado fuerzas —siguió Ruslan, ladeando la cabeza—. ¿Qué estabas haciendo ahí solo en tu cuarto? ¿Planeando, quizá, cómo conseguir el mapa a Poveglia?

Eva se le acercó y le puso una mano en el brazo. Podría ser un gesto de confianza o intimidad, pero llevaba un anillo nuevo de ónix en la mano. Y cuando le tocó la piel, Séverin sintió una presencia extraña en el pulso que se parecía a la de la mesa de interrogatorios del comedor de Ruslan.

Estaban comprobando si decía la verdad.

Séverin enarcó una ceja y después dejó la lira en la caja.

—Por si os lo estabais preguntando, tenía mucho miedo de tocar sin querer el instrumento.

La presencia que notaba en la piel se quedó inmóvil.

Las miradas entre Eva y Ruslan hablaron por sí solas. Él echó la cabeza hacia atrás y comenzó a reírse.

—Ah, ¡qué bien me caes! —exclamó Ruslan a la vez que estiraba el brazo y le alborotaba el pelo—. Ahora date prisa, Eva.

Ella asintió y le quitó la mano de encima. Esa noche llevaba un vestido de color melocotón de cuello cerrado. Ya no llevaba el cuchillo enjoyado alrededor de la cintura.

Ruslan chaqueó los dedos.

Un miembro de la Casa Caída dio un paso hacia delante con un largo trozo de tela negra en las manos. Séverin frunció el ceño.

—¿Qué es esto?

—Es para ti, mi querido amigo —contestó Ruslan—. ¡Para que el lugar al que te diriges sea una grata sorpresa!

Séverin se quedó petrificado. Ruslan se olía algo y no confiaba en él. ¿Qué habría descubierto?

—Muy bien —respondió este tratando de mantener la voz calmada.

Le taparon los ojos con la tela negra. Por supuesto, estaba forjada, y en cuanto parpadeó se vio sumido en la más absoluta oscuridad. Sus sentidos se agudizaron. Podía oler la podredumbre de la albufera desde donde estaba.

—Elegirás dos máscaras de la sala de los *mascherari* —anunció Ruslan—. Cuando las tengas, sabrás cómo llegar a la fiesta del Carnevale de la Casa Jano.

«La Casa Jano». Hasta ese momento, Ruslan solo le había contado vagos detalles imprecisos sobre sus planes. Séverin ya sabía que el lugar donde se celebraría la fiesta del Carnevale albergaba el mapa secreto al templo de Poveglia, pero la información de la Casa Jano era nueva. Sabía muy poco sobre la facción italiana, pero recordaba que se especializaban en tesoros cartográficos y que se consideraban a sí mismos guardianes de sus adquisiciones, que permanecían intactas.

—¿Dos máscaras? —preguntó Séverin—. ¿No vas a venir con nosotros?

—Soy una *persona non grata* en este tipo de eventos —comentó Ruslan con un resoplido desdeñoso—. La Orden piensa que estoy en algún lugar de Dinamarca y, de hecho, anda por ahí persiguiéndome. No puedo arriesgarme a que vean mi rostro, no después de las discrepancias por las que se me acusa.

El pulso de Séverin se aceleró.

—¿Qué discrepancias?

—El recuento de cadáveres tras abandonar el Palacio Durmiente no es el que debería ser —confesó Ruslan—. Según mis contactos, la Orden de Babel no encuentra los restos del patriarca de la Casa Nyx. Sin embargo, han localizado a la matriarca de la Casa Kore en el fondo del lago.

Séverin sintió una punzada en el pecho. Recordaba la mirada azul y feroz de Delphine Desrosier y la manera en que había apretado la mandíbula al decirle que se sacrificaría.

—Qué pena —contestó Séverin, esforzándose por mantener cualquier emoción alejada de su voz.

—Y tampoco encuentran los cadáveres de *monsieur* Mercado-Lopez, *mademoiselle* Boguska ni *mademoiselle* Laila.

Se hizo un largo silencio. Incluso a pesar de la oscuridad, aún sentía a Eva nerviosa a su lado.

—Laila los quería mucho —dijo sosegadamente—. Igual los ha enterrado ella misma o, si no, estará vigilando los cadáveres hasta que llegue su propia muerte. Es así de... patética.

—Puede ser —dijo Ruslan en voz baja.

Séverin intentó contener el escalofrío que sintió cuando la mano fría y dorada de Ruslan le acarició las mejillas.

—Pero ¿y si están vivos? ¿Y si están tratando de quitarte todo lo que tanto te mereces? No podemos arriesgarnos.

—Pues menudo espectáculo sería, teniendo en cuenta que me viste matarlos.

—Este mundo está lleno de sorpresas, tanto maravillosas como terribles, *monsieur* —comentó Ruslan. Le acercó los labios a la oreja—. Solo mantengo la mente abierta, nada más.

—TE MATARÁ COMO INTENTES traicionarle, ¿sabes? —dijo Eva.

Séverin se giró hacia el sonido de su voz. A pesar de que la góndola se balanceaba bajo sus pies, la venda no se le había movido. Hasta donde él sabía, cualquiera le podía estar grabando..., registrando sus movimientos y hasta percatándose de su tono de voz.

—¿Y por qué iba a traicionarle?

Eva se quedó callada unos segundos; después, respondió en un susurro:

—Dijo que había discrepancias... y la prueba de vida que me prometiste aún no me ha llegado. ¿Cómo quieres que confíe en ti?

Séverin no dijo nada. «¿Y cómo quieres que yo confíe en ti?», pensó él.

Pasaron unos veinte minutos hasta que se detuvo la góndola forjada. Séverin oyó el frufrú de la seda cuando Eva salió. No sabía a qué *sestieri*, o barrio, lo había llevado, pero oyó el bufido de unos gatos en un callejón y, a lo lejos, la triste melodía de un violín solitario.

Le retiró la tela negra y vio una calle tenuemente iluminada en el borde del agua. Parecía abandonada. No se movía nada, salvo una máscara colombina de porcelana sin pintar. Si la llevase alguien puesta, solo le cubriría la mitad del rostro. Pero esa máscara no era para personas. Colgaba de un gancho de hierro en una pared debajo de la cual había una ventana desvencijada e iluminada solo por la luz de una vela casi extinta. Esta brillaba a través de los ojos de la máscara y, en la pared de yeso contraria, la figura de un rostro sonriente titilaba dentro y fuera de la luz, no muy por encima de las calles adoquinadas. Ahí, justo bajo las sombras desiguales, el contorno desdibujado de una puerta los invitaba a entrar al salón de los *mascherari*.

Dentro había una estancia del tamaño de un salón de baile enorme. Decenas de clientes con máscaras de tigres sonrientes o de expresiones humanas en rictus rígidos de alegría y terror bailaban alrededor de la sala. Bandejas forjadas llenas de amaro en copas de cristal al lado de cuencos de hielo flotaban entre la multitud, dejando a su paso una fragancia de anís amargo y mirto. Cerca de Séverin, la voz de una cantante de ópera que no alcanzaba a ver apenas se oía con el frufrú de las sedas y las risas amortiguadas de los clientes agrupados en las esquinas. En la entrada del salón, una persona con una máscara alargada, negra y ovalada con una sonrisa pintada que enseñaba los dientes hizo una gran reverencia a Séverin y Eva.

—Aquí nos olvidamos de los rostros que enseñamos al mundo en el día a día y nos encomendamos a algo mejor —dijo el individuo—. Bienvenidos, amigos..., que encontréis todo lo que buscáis. Que dejéis nuestro santuario puesto a punto para enfrentarse al nuevo mundo.

Mientras examinaba la sala, Séverin pensó que se trataba de una especie de refugio un tanto extraño. Por encima de él, decenas de barras de metal giraban lentamente en el aire. Sobre ellas, había una constelación de hilos de seda de los cuales colgaban cientos de rostros esculpidos. Algunos estaban sin acabar, solo eran un trozo de yeso con una voluptuosa sonrisa pintada. Otros eran muy realistas: el yeso forjado podía incluso sonreír y parpadear con sus largas pestañas encima de unos ojos huecos. Entre ellos se encontraban también las máscaras tradicionales venecianas: la *bauta*, con su barbilla prominente y los contornos de los ojos decorados con líneas diagonales doradas, y la colombina, un antifaz que dejaba medio rostro al descubierto y estaba adornado con una cenefa de perlitas por los bordes. En los balcones empotrados de la sala, los *mascherari* trabajaban con ahínco. Sobre su rostro llevaban unos originales escudos que parecían espejos líquidos pegados a sus facciones para que todo aquel que intentara descubrir su identidad, solo viera su propio reflejo.

A Séverin le llamó la atención algo en la pared del fondo. A primera vista, parecía simplemente una cortina pesada de color esmeralda que colgaba del techo al suelo. Pero al fijarse más detenidamente, vio al menos una decena de manos asomando por las cortinas.

Algunos clientes ignoraban las manos al pasar por delante. Otros les tiraban monedas, cartas y cintas. Un invitado con una máscara felina tocó suavemente una mano extendida. Parecía una invitación. Unos segundos más tarde, alguien oculto tras los cortinajes tiró del enmascarado, que no dejaba de reír, hacia el interior.

Aún estaba absorto en la cortina cuando Eva le tocó el brazo.

—Espérame aquí. Voy yo a por las máscaras.

Séverin protestó, pero Eva levantó la mano.

—Puede que Ruslan nos haya mandado a los dos aquí, pero a quien busca la Orden es a ti. Igual incluso alguno de estos *mascherari* está en el ajo. Estarás más a salvo... aquí.

Eva tenía razón, aunque no entendía por qué lo protegía cuando minutos antes había dicho que no se fiaba de él. Quizá, en el fondo, fuera como él... y esperara haber depositado su confianza en la persona correcta.

—Gracias —contestó él.

—No tardaré en encontrarte —dijo Eva—. No creo que me lleve más de media hora.

Y con eso, desapareció entre la multitud. Séverin la vio irse. Mentalmente, empezó a trazar un plan, pero no tenía gran cosa a la que aferrarse y, encima, aún tenía que solucionar el tema de la lira. Ruslan no había ido con ellos, lo que significaba que esperaría que la lira se quedara con él. Tal vez Séverin pudiera cambiar el instrumento por un objeto del mismo peso, pero ¿cómo iba a hacerlo sin la ayuda de Eva?

—¿Le gustaría probar un destino distinto, *signore*? —le interrumpió una voz a su lado.

Séverin se giró y vio a un hombre bajito y pálido que le hablaba tras una gran máscara muy realista de una rana con ojos saltones y vidriosos.

—Aquí puede ser quién desee —prosiguió el hombre, haciendo gestos hacia la pared trasera y la cortina llena de manos sin cuerpos—. Solo tiene que coger un rostro del mismo aire... o quizá prefiera tenderle la mano al destino y ver lo que le depara el amor y la fortuna...

Séverin estaba a punto de quitarse a aquel hombre de encima cuando, de repente, una figura esbelta le llamó la atención. Era una mujer. Estaba muy lejos para poder verle bien las facciones, pero se movía de una forma especial. Lo hacía como se imaginaba a una diosa esculpida por las estrellas adentrándose en la noche, consciente de que solo con un roce de tobillo o un movimiento de cadera podría cambiar el rumbo del destino de cualquier hombre.

—¿*Signore*? —volvió a preguntar el hombre bajito.

—Sí —contestó Séverin distraído—. Me gustaría tenderle la mano al destino.

Notó un ligero zumbido en los oídos mientras el hombre lo acompañaba hasta las cortinas brocadas. La mujer había desaparecido por el otro lado, dirigiéndose hacia una especie de portal Tezcat oculto en la pared de espejos. Séverin sintió un fuerte dolor tras su ausencia. Ante él, los clientes enmascarados iban de un lado a otro, pasando por la cortina de manos. Vio que una persona se detenía delante de una mano abierta y le daba un beso en la palma antes de marcharse. La manó se cerró alrededor del beso y se retiró de inmediato.

Séverin caminó por la hilera de manos extendidas. Ante él se extendía, por lo menos, una decena de ellas, pero solo una lo atraía cual canto de sirena.

Cerca del final de la fila, se detuvo ante la muñeca de bronce de una mujer. Se quedó sin aliento al verle el dedo índice. En aquel momento, una mancha familiar que se había convertido en una cálida cicatriz le llamó la atención. Reconocía esa marca. Había estado ahí cuando había ocurrido, a su lado en las cocinas de L'Éden, rabioso por que una olla se hubiera atrevido a quemarle la mano.

«No soporto verte sufrir».

Sin pensárselo dos veces, Séverin le agarró la muñeca a la mujer. Notó que tenía el pulso tan acelerado como el suyo. Y puede que fuera eso, la más simple insinuación de que tal vez ella sentía el mismo temor que él, lo que lo llevó a hacer lo que hizo después. Séverin se acercó la mano a los labios y puso la boca en aquel lugar donde su pulso palpitaba como un pájaro atrapado.

Un mecanismo interno de la tarima hizo que atravesara las cortinas Tezcat y lo llevó hasta una pequeña habitación forrada de seda. Varias velas forjadas flotantes goteaban charcos de luz dorada.

Laila estaba delante de él, perpleja, con los ojos muy abiertos.

Hacía tan solo unos días, había memorizado la poesía de sus facciones. Encontrarse con ellas de una forma tan inesperada fue como si lo alcanzara un rayo. Sabía que ella había tenido todo el derecho del mundo a dejarlo plantado debajo del Puente de los Suspiros. Sabía que debía arrodillarse y postrarse ante ella desde el momento en que se fijó en ella, pero en aquel momento no podía. La alegría lo había paralizado.

Séverin sonrió.

Y en ese mismo instante, Laila le asestó una bofetada.

13

LAILA

No era la primera vez que Laila le había roto el corazón a un hombre aquella noche.

Una hora antes, Hypnos había montado una escena antes de que ella saliera del piso franco de la matriarca.

—Ya he dicho que lo siento —dijo Laila con la mano apoyada sobre el pomo de la puerta—. Sabes que, si las circunstancias fueran otras, no tendría ningún problema con que fueras tú en mi lugar.

Hypnos estaba tendido bocabajo en el piso. Se había negado a moverse durante los últimos dos minutos y ahí seguía. Enrique suspiró y se cruzó de brazos. Zofia mordía un palillo mientras miraba a Hypnos con curiosidad.

—Entonces..., ¿no ha podido soportar el peso de su tristeza y por eso está en el suelo? —preguntó Zofia.

—El peso de la injusticia —se lamentó Hypnos desde la alfombra—. Llevo casi cinco años queriendo ir al salón de los *mascherari* y ahora no puedo solo porque la Orden está vigilando. Todo el mundo quiere hacerme daño y no sé por qué.

—Sí, es una paranoia totalmente injustificada por parte de la Orden —dijo Enrique—. No hay nada alarmante en ir a un Cónclave de invierno y luego encontrarte paralizado durante varias horas en una casa, resucitar y vértelas con un psicópata que, con solo mirarte una vez, sabrá que el resto de nosotros estamos vivos y lo más probable es que nos mate a todos...

—Vale, lo entiendo —dijo Hypnos poniéndose boca arriba—. Pero no puedo pasar por alto lo injusto que es.

Zofia le tocó el brazo con la punta del pie y este se movió un par de centímetros.

—¡Mira!

—Estoy curado —dijo Hypnos sin rastro de emoción.

—Yo me tengo que ir —dijo Laila mientras contenía la risa.

En la mano llevaba un antifaz de plata que atrapaba la luz menguante. La primera vez que se la puso, sintió la fuerza de la forja de la mente como si alguien le hubiera perforado los pensamientos. No solo era la ubicación del salón, sino una orden: enseña la máscara de plata a los artesanos, y cada máscara que hacían era una especie de entrada.

Hypnos hizo un sonido de indignación. Laila le ofreció la mano y, después de un suspiro más de dolor, Hypnos la agarró por la muñeca y se levantó.

—Por favor, escógeme una máscara que destaque mis mejores atributos —dijo.

—¿Qué atributos? —preguntó Zofia—. Te tapará la cara.

La sonrisa de Hypnos se volvió traviesa.

—Ay, *ma chère*, me halagas, pero se podría decir que mi mejor atributo en realidad es...

—Por favor, no elijas nada amarillo —dijo Enrique más alto que Hypnos—. Me hace parecer enfermo.

Hypnos parecía ofendido. Laila enarcó una ceja y miró a Zofia.

—¿Alguna petición estética?

—La estética no importa —dijo Zofia.

Detrás de ella, Enrique e Hypnos parecían profundamente humillados.

—La utilidad es lo que más importa —dijo Zofia—. Necesitamos algo que pueda esconder herramientas.

—¿Qué tipo de herramientas? —preguntó Enrique algo desconfiado.

—Herramientas útiles.

—Fénix...

—¿Qué?

—No estarás pensando en esconder algún explosivo grande cerca de la cara, ¿no? —preguntó este.

—No —dijo Zofia.

—Vale...

—Es un explosivo muy pequeño. Poco más de seis centímetros.

—No —dijeron Hypnos y Enrique a la vez.

Y ese fue el mejor momento para que Laila se fuera.

CASI UNA HORA DESPUÉS, por fin tomó una decisión.

A su alrededor, el salón de los *mascherari* estaba lleno de vida y Laila sintió una morriña repentina por el Palais des Rêves. Echaba de menos el olor de la cera en la pista de baile, la manera en que danzaban las motitas de polvo a través de la luz de la lámpara de araña, el crujido de un collar de perlas rompiéndose bajo su tacón. Hacía unas semanas, le prometió al director de escena que L'Énigme volvería «a tiempo para el nuevo año». Pero, obviamente, no había vuelto. Laila se preguntaba qué pensarían que le había pasado. ¿La darían por muerta? ¿Creerían que había desaparecido sin más? Los otros bailarines siempre decían en broma que estaba destinada a escaparse con algún príncipe ruso en uno de sus viajes.

Ojalá creyeran que ese era su destino.

—¿*Signora*? —preguntó el artesano forjador.

Laila se giró y vio la mesa de trabajo de los *mascherari*, que estaba colocada al fondo y a la derecha de lo que parecía un gran salón de baile dividido en secciones separadas por cortinas. Este lado de la estancia tenía una apariencia un tanto inquietante. El lugar era tranquilo y silencioso gracias a un velo forjado que bloqueaba el sonido.

—Las cuatro máscaras que me ha pedido —dijo el artesano.

Mirar al hombre resultaba difícil. La máscara que llevaba era como un espejo derretido que se adhería a sus rasgos —ojos incluidos— y lo volvía reflectante.

—*Grazie* —dijo ella inclinándose sobre la mesa.

Al final, había escogido lo mismo para los cuatro.

—*Il medico della peste* —dijo el artesano con un cierto deje incómodo.

La máscara del médico de la peste.

Eran unas máscaras que ocultaban el rostro entero. Los orificios oculares, colocados muy cerca, estaban cubiertos de un cristal brillante y, en lugar de tener un agujero para la nariz y la boca, la máscara acababa con un pico alargado. Las cuatro estaban pintadas en un tono blanco hueso e iban recubiertas de una partitura.

—*È perfetto* —dijo Laila con amabilidad.

Y es que, a su manera, eran perfectas. Zofia había pedido una máscara en la que poder esconder herramientas y esta era lo bastante grande para hacerlo. Además, evocaba su parada final: la Isla de la Peste.

El artesano sonrió. Incluso sus dientes eran plateados. En cuatro hábiles movimientos, dobló las máscaras hasta que se quedaron tan finas como un pañuelo y cupieron sin esfuerzo en su bolsito de mano.

Laila acababa de darse la vuelta para marcharse cuando lo notó.

El vacío.

La empapó como un chaparrón repentino. Las fosas nasales le ardían por el humo del cigarrillo, en sus oídos sonaba la risa ronca de una mujer y con las yemas de los dedos rozó las ásperas perlas de su bolsito.

Y, un instante después, Laila notó como si la envolviera una sombra. Las texturas se desvanecieron. Los sonidos se extinguieron. Los colores se apagaron.

«No», suplicó. «Ahora no... todavía no».

El vacío no se había apoderado de ella desde la visita a la isla de San Michele. Casi se había convencido de que soñaba despierta hasta ese momento. Bajó la mirada.

4.

Cuatro días más para vivir.

Intentó llenarse los pulmones de aire. No sentía cómo se le expandían las costillas ni el aire perfumado que le irritaba la nariz. Lo debía de haber logrado, de lo contrario, ya se habría desmayado..., aunque quizá no estuviera hecha de esa pasta.

Esa idea la asqueó.

Levantó la mirada hacia las caras esculpidas que giraban. Por un momento, recordó su pueblo en Puducherry, la India. ¿Esto era lo que el *jaadugar* había hecho por sus padres? ¿Se había limitado a pasar la mano arrugada por un techo lleno de cintas antes de encontrar el rostro que ella llevaría durante los siguientes diecinueve años?

—*Signora*, parece que quiere empezar de cero.

Laila se giró, como a cámara lenta, hacia la mujer que le estaba hablando. Era alta y de piel oscura; casi no se le veían los ojos dorados detrás de la máscara *moretta* de terciopelo. La mujer señaló una parte de la sala a la que Laila no había prestado mucha atención al entrar. Entre las cortinas salían unas manos abiertas y extendidas; los clientes que pasaban frente a ellas dejaban caer de todo, desde monedas hasta caramelos.

—Déjese guiar por el destino —le dijo la mujer—. Traiga un poco de dulzura al mundo y vuelva a empezar…

—Yo… —Laila intentó hablar, pero se notaba la lengua densa y pesada.

—Vamos, venga —le dijo la mujer—. Es una costumbre muy apreciada por aquellos que visitan nuestro refugio. Solo aquí podrá liberarse del rostro que muestra al mundo. Solo aquí puede tentar al amor de una forma distinta o convocar un destino totalmente nuevo.

«Un nuevo destino».

Siguió a la mujer despacio. Seguía algo entumecida; de hecho, la sensación era todavía más fuerte. El mundo había adquirido un brillo borroso. Tenía el pulso débil y lento.

—Aquí, *signora* —dijo la señora de forma amable—. Basta con pedir lo que desee y ver lo que le depara el destino.

Dicho esto, la mujer cerró las cortinas. Laila se quedó ahí plantada. Todo a su alrededor daba vueltas. La seda que tenía frente a ella parecía el velo a un mundo nuevo. Introdujo la mano entre las telas. No notó el peso ni la aspereza de la seda en la muñeca. El vacío la envolvía. Se sentía desvinculada del mundo, como si fuera un hilo de conciencia a punto de desaparecer en la oscuridad.

Laila carraspeó y susurró:

—Deseo vivir.

Aguardó unos minutos. Estaba a punto de quitar la mano cuando notó una caricia en la muñeca. Se quedó petrificada.

Por el otro lado, alguien le levantó la mano. Ligeramente, notó la dureza de la cortina y captó el humo de los puros adherido a las cortinas. El desconocido acercó los labios a su muñeca y Laila sintió el calor del beso como una flor abriéndose. Los colores de la sala se volvieron más vivos y nítidos. El ruido de fondo, que antes había pasado por alto, rompió el silencio de repente. Si antes había sentido el alma endeble, ahora parecía volver a amarrarse con fuerza a sus huesos.

A su alrededor, el mundo mostraba su elocuencia en perfumes y lámparas de araña, la pelusilla del terciopelo al abrirse las cortinas, los nudos de la madera que asomaban entre sus zapatos. Todo la saturaba. Aun así, solo había una persona que le hubiera hecho sentir la intensidad del mundo de esa manera y, como si lo hubiera invocado con la mente, la estancia absorbió al desconocido...

Por un momento, Laila olvidó dónde estaba. Cuando lo vio, la pequeña sala forrada de seda y llena de velas forjadas se desdibujó a su alrededor. Séverin siempre le había parecido una advertencia...; el lobo de caperucita. La manzana de la bruja.

Pero era mucho más peligroso que un personaje sacado de un cuento de hadas.

Era alguien que se los creía.

Alguien que creía que la magia había hecho una excepción con él.

Séverin le miró la muñeca, luego el rostro y después... sonrió. Era una mueca de placer, como si supiera que era él quien la había hecho sentir viva otra vez, como si eso significara que ella le pertenecía.

Y lo odió por ello. En aquel momento, su mano se movió sola.

Séverin hizo un gesto de dolor por la bofetada y se llevó la mano a la marca rojiza de la mejilla.

—Sin duda, me la merecía —dijo él levantando la vista.

Por primera vez en lo que parecían años, Laila lo miró detenidamente. Había cambiado en los últimos días. Sus rasgos estaban más marcados. Parecía una espada bien forjada; la línea que separaba el peligro y la belleza era demasiado borrosa. Había algo febril en sus hermosas facciones que parecía abrasar el aire de alrededor. El pelo negro —ahora demasiado largo— le caía por la frente y resaltaba sus singulares ojos del color del sueño.

—Laila... —dijo con los ojos abiertos en una mirada frenética—. Sé que he cometido errores. Sé que dije cosas imperdonables y la tristeza no era ninguna excusa. Sé que me arrepentiré de esos momentos el resto de mi vida, pero os lo puedo compensar. Lo prometo. ¿Están aquí? —Miró por toda la sala con una sonrisa esperanzada—. ¿Están bien? ¿Puedo verlos?

Laila consiguió negar con la cabeza.

—Por favor, Laila, puedo ocuparme de todo...

Y por fin le salieron las palabras.

—Pero no lo hiciste —repuso ella con frialdad.

Séverin se quedó inmóvil.

—Sé que mis actos en el lago Baikal parecían increíblemente crueles...

—La verdad es que no —dijo ella como pudo; se notaba la garganta en carne viva. Todo lo que deseaba decirle salió de golpe—: Ojalá pudiera decir que me sorprendió, pero no. Ya habías cambiado mucho. Todo... todos... Para ti éramos solo de usar y tirar. —Avanzó hacia él con las manos temblorosas—. Todo este tiempo creías que podrías salirte con la tuya y los destrozos que provocas, justificándolos con tus cálculos absurdos. ¿Y ahora te disculpas porque tus actos parecieran «increíblemente crueles»? —Laila se rio—. Lo que hiciste se ajusta tanto a lo que eres que, cuando caí en la cuenta, ya no quería tener nada que ver contigo. Destrocé aquel mnemoinsecto porque sabía que no había nada que pudieras enseñarme que yo quisiera ver. Nada que pudieras dejarme que yo quisiera alcanzar.

A Séverin se le borró la sonrisa.

—¿Lo rompiste?

Ella asintió. Vio como Séverin enarcaba las cejas. Podría haberlo interpretado como de sorpresa, pero conocía esa mirada. No era de sorpresa, sino de cautela.

—¿Qué puedo hacer, Laila? —preguntó al fin—. Ódiame hasta el día de tu muerte si quieres, pero déjame hacer de ese día tu elección. Déjame usar la lira para ayudarte…, para ayudarnos a todos.

Laila se sentía anclada al suelo. Séverin dio un paso hacia ella. Acercó la boca a su oreja.

—Nombra el castigo que prefieras y lo cumpliré de rodillas.

Estaba tan cerca que ella captó el olor a menta y humo que desprendía. Antes, pensaba que Séverin quemaba cualquier camino a su paso y que el olor ahumado del fuego iba dondequiera que fuera. Pero ahora ella era más lista y su mente reconocía lo que su cuerpo no podía. Se acordaba del olor a menta y humo de las fogatas funerarias que ardían a lo largo de la orilla del río cuando era pequeña. Incluso la fragancia que él desprendía era funesta.

—¿Y cómo piensas hacerlo? —preguntó ella— ¿Convirtiéndote en algún tipo de dios?

Séverin abrió los ojos y dijo:

—Si es necesario…

Pero lo dijo con una voz reprimida y, cuando Laila intentó mirarle a los ojos de nuevo, encontró la respuesta de lo que antes no había podido descifrar:

Él ansiaba la divinidad.

Y, más que eso, pensaba que la conseguiría. Se lo veía en los ojos. Esa frialdad en su mirada se había convertido en algo brillante y ferviente.

—Estás loco, Séverin.

—He visto y sentido algo que no entenderías —dijo con vehemencia—. Y sé que hay poder al final del camino. Suficiente como para prolongar tu vida. Para arreglar las cosas que he destruido. Y tal vez incluso traer de vuelta lo que se ha perdido. Pero nunca volveré a dejarte en la oscuridad. Quiero que vayamos hacia la luz juntos.

Laila se quedó mirándolo.

—¿Cómo puedes creerte semejantes cosas?

Los ojos de Séverin adoptaron un místico brillo bajo la luz de la vela.

—Laila, tiene que haber un motivo para todo esto... una explicación de por qué tengo esta habilidad, por qué se cruzaron nuestros caminos o incluso de cómo hemos acabado aquí. ¿De qué otra manera lo explicas? ¿De qué otra manera explicas que yo estuviera al otro lado de la cortina? ¿Cómo iba a saber que eras tú solo por ver algo tan pequeño como tu mano?

—Basta —dijo ella en voz alta.

Séverin se quedó paralizado. La luz que se había asomado a sus ojos se apagó y, al hablar, su voz sonó entrecortada, casi como si fuera una máquina:

—Sabes igual que yo que dependemos el uno del otro para llegar a Poveglia. Supongo que mañana estarás en el Carnevale. Reunámonos allí, encontraremos el mapa y pongamos rumbo a Poveglia juntos. Así... te demostraré que ya no soy un incauto, que digo la verdad.

Laila entrecerró los ojos.

—¿Y Ruslan?

A Séverin le crujió la mandíbula como si masticara algo invisible. A Laila le entraron ganas de ponerle una caja de clavos en las manos.

—Mañana al amanecer enviaré a alguien con un plan a la *piazza* —dijo Séverin.

Laila asintió. La famosa *piazza* de Venecia le era familiar.

—¿Y mañana?

—Estaré ahí a medianoche.

—¿Cómo nos encontrarás?

Séverin esbozó una sonrisa triste.

—Te encontraría en cualquier parte.

Esas palabras la conmovieron. Séverin podía ser muy cariñoso cuando quería. De repente, le vino el recuerdo de cuando se quemó la mano con una sartén caliente y él se había asustado tanto de que le doliera que ella se pasó casi veinte minutos intentando convencerlo de que no necesitaba ir al médico. Laila se apartó, pero él le agarró la muñeca.

—Sabes que no podemos irnos así —dijo Séverin susurrándole en la oreja—. Llevamos aquí..., en este sitio para citas amorosas o manipulaciones del destino, como lo quieras llamar, casi media hora. Si salimos como hemos entrado, levantaremos sospechas seguro.

—Qué inconsciente por mi parte...

Laila se apretó la mano contra los labios. Después, con poca delicadeza, deslizó la mano por la boca de Séverin. El pintalabios le manchó los labios y la barbilla. Le abrió la camisa de un tirón, disfrutando del ruido que hacían los botones al caer al suelo. Se le había girado el anillo hacia la palma de la mano y, cuando le acarició el pecho, vio que él hacía un gesto de dolor porque los bordes de la joya le arañaban la piel y le dejaban una marca roja.

Por último, le tiró del pelo. Sus propios gestos le resultaban de una familiaridad muy cruel. Solo habían pasado unos cuantos días desde aquella noche en el palacio de hielo cuando sus latidos se habían sincronizado y todo había parecido estar inundado de esperanza. Pero cuando apartó la mano, vio los pocos días que le quedaban. Sufría por ese nudo que le presionaba sus costillas y decía: «No, no puedo más».

—¿Así es como me quieres, Laila? —preguntó Séverin. No lo decía en broma, sino con un atisbo de esperanza—. ¿Sangrando por tu culpa?

—No —dijo ella alargando la mano hacia las cortinas—. No te quiero de ninguna forma.

14

ENRIQUE

Al amanecer, Enrique analizó su aspecto en el largo espejo de la biblioteca. Llevaba un traje negro y un pañuelo negro al cuello. Se había cambiado el vendaje para que fuera oscuro como el hollín y casi, prácticamente, se confundía con su pelo. La costra le palpitó un poco mientras se calaba un sombrero negro y se colocaba el ala sobre la herida hinchada. Se miró en el espejo. El ala del sombrero llegaba tan abajo que no se le veía el ojo izquierdo.

Parecía el villano incompetente de una comedia musical.

—Arrgh —dijo mientras se calaba más el sombrero.

Desde que Laila llegara a casa la noche anterior con la noticia de que Séverin se uniría a ellos en el Carnevale y enviaría un mensaje al amanecer a la *piazza* San Marcos, Enrique no había podido dejar de pensar en qué debería ponerse. Aunque solo habían pasado unos pocos días, no era el mismo Enrique que Séverin había dado por muerto. Quería que Séverin lo viese nada más llegar. Quería impresionarlo con su pátina de...

¿masculinidad? No. Independencia. Una independencia que lo envolvería como un aura. Y las palomas saldrían volando por detrás de él en una vorágine de plumas.

Quizás eso fuese demasiado.

Además, ningún tipo de forja mental había podido acorralar a las palomas de Venecia.

Enrique no pudo pegar ojo en toda la noche. Se lustró los zapatos. Se lavó el pelo y se lo peinó con cera. Quitó hasta la última mota de polvo que encontró en su traje. Quería grabar las palabras «No te necesito» en todas las costuras de sus chaquetas y pantalones.

En un primer momento, se había negado a que le adjudicasen la tarea de reunirse con él a solas el día siguiente.

—¿Por qué tengo que verlo? —había preguntado—. Nos vamos a encontrar en el Carnevale de todos modos.

Laila dudó. Dirigió la mirada una y otra vez a su oreja herida.

—Es por Ruslan —dijo—. No podemos partir hacia Poveglia con la Casa Caída siguiéndonos la pista. Tenemos que ocuparnos de ellos y Séverin dijo que pensaría un plan. Entonces... ¿quién irá mañana a la *piazza*?

—¡Yo! —dijo Hypnos, levantando la mano.

—¿Y arriesgarnos a que una autoridad de la esfinge vea al patriarca de la Casa Nyx? —preguntó Laila.

Hypnos bajó la mano lentamente.

—... Yo no.

—Yo tengo trabajo —dijo Zofia, mirando las máscaras forjadas dobladas que había traído Laila.

—Yo ya me ocupé de él anoche después de conseguir las máscaras —dijo Laila con frialdad. Hizo girar el anillo en su mano.

Enrique sintió que un escalofrío le recorría la espalda al pensar en esas cuatro máscaras forjadas por la mente y de aspecto cruel. Cuando Laila había vuelto y las había sacado, había sentido curiosidad. Cada máscara parecía una calavera monstruosa. Cuando se colocó una sobre la cara, no había estado preparado para la fuerza de su poder. Era como si le hubiesen arrancado la conciencia; le venían imágenes de caminos a través de callejones y antiguos muelles que le resultaban familiares, como un recuerdo... y sin embargo, no era algo que hubiese experimentado antes. Las visiones forjadas por la mente terminaban ante el mosaico de una pared en un callejón, que Enrique supuso sería la entrada al Carnevale del día siguiente.

—Y todavía tengo cosas que quiero leer por aquí —dijo Laila—. Quiero asegurarme de que no nos perdemos nada.

Así pues, solo quedaba Enrique.

Cuando todos llegaron a un acuerdo, este miró a Laila, que se quedó atrás mientras los demás salían de la habitación.

—¿Qué pasa? —preguntó ella.

—No nos has contado cómo estaba cuando lo viste. ¿De verdad debemos confiar en él?

Laila levantó la barbilla. Una indiferencia imperial se extendió sobre sus facciones.

—Estaba... arrepentido —dijo—. Y creo de verdad que quiere ayudarnos, pero parece poseído por una idea. Como si estuviese medio loco. Y, sin embargo, mostraba destellos de...

Laila se calló y negó con la cabeza. Enrique sabía lo que había estado a punto de decir.

«Destellos de cómo era antes».

Pero ambos sabían que esos indicios de esperanza eran peligrosos. Y aunque Séverin hubiese encontrado la forma de volver a ser quien era, Enrique se negaba a ser la persona que era antes, el ingenuo historiador ojiplático cuya confianza se compraba fácilmente solo con consentirlo un poco. No quería ser ese ingenuo. Y tampoco quería parecerlo.

Dentro de unos minutos tendría que salir hacia la *piazza*. Enrique observó su aspecto una vez más, moviendo la barbilla de un lado a otro.

—¿Sabes? —dijo una voz desde la entrada—. Puede que seas la única persona que conozco que está arrebatadora con una oreja menos.

Enrique sintió una leve punzada de calor cuando Hypnos, tan guapo e inmaculadamente vestido como siempre, entró en la habitación. Durante los últimos días, habían estado dando vueltas el uno alrededor del otro con cautela. Ni siquiera en las noches que Hypnos intentaba animar al grupo con algo de música, Enrique permitía que una sonrisa se asomase a sus labios.

—Primero, no te rías de mí —dijo Enrique—. Segundo... ¿desde cuándo te despiertas antes del amanecer?

Hypnos no le respondió. Se limitó a caminar lentamente hacia él. Cuanto más se acercaba, más sentía Enrique que le estaba palpando un moratón. ¿Le dolía? ¿Y ahora? Una parte de él se estremeció ante la cercanía del chico, pero ya no era una herida abierta.

En realidad, Hypnos siempre había sido sincero con él. Era Enrique quien no había sido honesto consigo mismo, lo que hizo que todo fuese de lo más confuso cuando Hypnos levantó la mano para tocarle la cara y recorrió el borde de las vendas con los dedos.

Enrique se quedó quieto.

—¿Qué estás haciendo?

—No estoy seguro todavía —dijo Hypnos, pensativo—. Creo que se llama «consuelo», aunque tal esfuerzo emocional resulta extenuante. Si lo que necesitas es una distracción, sabes que me encanta distraerte.

Un destello de algo que había muerto hacía tiempo se agitó débilmente en el corazón de Enrique. Apartó la mano de Hypnos. Eso no era lo que quería de él.

—Sé que me he portado mal —dijo Hypnos.

A su alrededor, la casa estaba en silencio. Las velas de los candeleros titilaban. Parecía que allí el tiempo no podía tocarlos, y tal vez fue eso lo que lo impulsó a decir la verdad.

—Y yo sé que solo he visto lo que quería ver —dijo Enrique.

Hypnos lo miró. Sus ojos, del color de la escarcha, parecían inesperadamente cálidos.

—Cuando dije que podía aprender a quererte... me refería a que... alguien como yo necesita tiempo.

Enrique lo miró fijamente. Días antes, cuando Hypnos había dicho esas palabras, no las había interpretado de aquel modo. Esas palabras le habían impactado como un rechazo, como si fuera alguien difícil de querer. Ahora, un calor confuso se extendía por su pecho.

—Yo...

Hypnos negó con la cabeza.

—Sé que no es el momento, *mon cher*. Solo quería que entendieses lo que quería decir... —El chico extendió la mano y le acarició las vendas suavemente con el dorso de la mano—. No he venido a hacerte daño. No estoy aquí para decirte cómo podría ser un futuro como el nuestro. Solo quería que supieras que, como mínimo, puedo ser tu amigo. Puedo guardar tus secretos, si me dejas.

Enrique soltó un suspiro. No se apartó cuando Hypnos le acarició la cara. Sintió el alivio de un dolor que no sabía que llevaba a cuestas.

—Gracias —dijo.

—¿Eso significa que al menos somos amigos? —preguntó Hypnos, esperanzado.

«Al menos». Su cabeza tendría que desentrañar eso... más tarde. Tal vez días más tarde.

Enrique suspiró.

—Supongo.

—Excelente —dijo Hypnos—. Ahora, como amigo tuyo, es mi deber decirte que el traje que llevas es abominable y que, como ya me lo esperaba, tengo otro ya vaporizado, planchado y listo para que te lo pongas.

DIEZ MINUTOS Y ALGUNAS PALABROTAS después, Enrique, con un atuendo totalmente distinto, esperaba en la *piazza* San Marcos.

Normalmente, la plaza estaba abarrotada de gente, pero ese día hacía mucho frío y el amanecer era poco más que una brizna de oro en las lagunas. Así pues, durante los últimos veinte minutos, no había compartido las vistas con nadie más que las palomas. Finalmente, estas se dieron cuenta de que no llevaba comida encima y le abandonaron con un arrullo y un bufido y huyeron hacia los aleros de oro de la basílica de San Marcos que coronaba la plaza pública.

Durante un buen rato, Enrique no pudo hacer nada más que observar la *piazza*. A esas horas, la plaza estaba llena de magia. La pálida basílica parecía tallada en luz de luna antigua y nieve vieja. Sus arcos con forma de media luna mostraban escenas de san Marcos llegando a Venecia. En lo alto de las preciosas columnas de mármol pórfido, los cuatro caballos de bronce robados en el saqueo a Constantinopla del siglo XIII parecían dispuestos a salir de la fachada de la iglesia y echar a volar. Enrique había estado antes en la *piazza*, pero nunca la había vivido así, como si la historia lo hubiese anclado en un lugar.

A un lado de la basílica se alzaba el Palacio Ducal, con cientos de columnas y arcos que parecían encaje congelado, y al otro la torre del campanario, de color rojizo. A su alrededor, la plaza parecía susurrar en miles de idiomas y tradiciones. Justo al lado de la basílica había farolillos islámicos abovedados y arcos norteafricanos con incrustaciones de joyas en los alfices. En su interior, la brillante decoración bizantina recubierta de oro incitaba a uno a imaginar que la iglesia había cortado en recuadros la luz del sol y había fijado las piezas una a una para formar los cuerpos relucientes de las cúpulas. Allí, el tiempo había difuminado las líneas de la historia y las había convertido en una única historia colectiva de la humanidad.

En ese momento, Enrique sintió que los edificios le observaban.

—*Tabi tabi po* —susurró.

«Por favor, disculpadme».

Tenía la esperanza de que las palabras de su *lola* funcionasen y que los espíritus de los edificios no lo consideraran un intruso, sino un humilde visitante. O quizá un peregrino. Alguien que busca su lugar en el mundo.

La oreja le palpitó con el aire invernal y se la tocó con cuidado.

—¿Podríais hacerme una señal? —preguntó a los edificios silenciosos—. ¿Por favor?

Enrique cerró los ojos. Sintió el viento en el rostro y el sobrio sol de febrero que se alejaba de la niebla…

Algo tiró de su chaqueta. Abrió los ojos de golpe. Por un segundo, casi se imaginó a un *enkanto* mirándolo… y ofreciéndole un premio con sus largos dedos. «Aceptamos el trato», diría, mientras observaba la oreja que había perdido.

Sin embargo, no era un *enkanto* quien lo miraba fijamente, sino un niño. Un niño de no más de ocho años que llevaba los pantalones sucios. Tenía el pelo rebelde escondido bajo una gorra.

—*Per te* —dijo el niño, y le puso una manzana en la mano.

Enrique frunció el ceño e intentó devolverle la manzana al niño.

—No, *grazie…*

El chico dio un paso atrás con el ceño fruncido.

—*L'uomo ha detto che questo è per te.*

Sin siquiera volver a mirarlo, el chavalín salió corriendo de la plaza y dejó a Enrique con la manzana. El italiano de Enrique era bastante decente, pero tardó unos segundos en descifrar las palabras: «El hombre ha dicho que esto es para ti».

Todo ese tiempo había estado esperando a Séverin, pero no había aparecido. Por un lado, habría sido demasiado difícil hacerlo de otro modo y, sin embargo, se sintió un poco tonto al mirar la ropa tan cuidadosamente elegida y los zapatos pulidos. En cierto modo, se había puesto toda esa armadura para nada. Y, aun así, cuando miraba los edificios se sentía extrañamente observado, como si hubiera llamado la atención de algo más grande que él mismo, así que quizá sus galas no fuesen un completo desperdicio.

Giró la manzana en la palma de la mano y notó una pequeña hendidura en la piel de la fruta. Presionó con los dedos los lados de la grieta y la fruta se abrió: había una notita doblada:

Puerto 7.
El fuego del fénix debe aguantar hasta la medianoche.
Quedamos allí dentro de tres horas.

15

❧

ZOFIA

A primera hora de la mañana, Zofia sostenía las dos mitades de un corazón roto, ambas de cristal y del ancho y largo de su dedo meñique.

Las piezas pertenecían al ciervo de cristal del Palacio Durmiente. Zofia sabía que no estaba vivo, pero le había cogido cariño a la intrincada máquina cuyo forjado no se parecía a nada que hubiese visto antes, gracias a la Casa Caída. Las criaturas de hielo podían comunicarse —en el más básico de los sentidos— entre sí. Podían detectar la luz y perseguirla; sentir el peso y soportarlo; y, dependiendo de la configuración, también percibir a un intruso y atacarlo.

Antes de salir del Palacio Durmiente, le había quitado el corazón al ciervo y se lo había llevado con ella, pensando que podría estudiarlo un poco más en profundidad. En ese momento, habiéndole añadido cierto forjado metalúrgico por su cuenta, había creado un par de explosivos vinculados capaces de comunicarse entre sí. Cuando uno explotase, lo haría el otro.

No estaba segura de que fuera a ser útil, pero por lo menos abordaba una incógnita. Observó el laboratorio y se preguntó si había hecho suficiente. Había forjado artefactos explosivos en miniatura, herramientas capaces de amortiguar el sonido y metros de cuerda y cuchillas retráctiles. Y eso sin contar con las herramientas que en ese momento estaban escondidas en las largas túnicas que se pondrían para el Carnevale aquella noche.

«Incógnita a incógnita», se dijo Zofia.

Quedaban tres días para que el número del anillo granate de Laila marcase cero. Tres días para encontrar la luz que la sacaría de la oscuridad. Tres días para que Zofia se enfrentase a la incógnita del contenido de la carta de Hela. Incluso en ese momento, sentía contra la piel los bordes suavizados del sobre de su hermana. Ese día había sacado dos veces la carta y la había estirado sobre la mesa de trabajo. Pero no podía abrirla, no hasta que tuviese menos incógnitas por delante. Era tal y como le había dicho Hela hacía tantos años:

«Esperaría a que la luz me mostrase los caminos ante mí... y entonces no estaría tan perdida».

Cada día, Zofia sentía como si estuviese esforzándose para acercarse más a la luz.

Estaba a punto de dejar las dos mitades del corazón del ciervo en una caja ignífuga cuando Enrique irrumpió en el laboratorio. Tenía la respiración alterada, las mejillas coloradas y el pelo revuelto.

—¡Suelta lo que tengas entre manos! —gritó.

Zofia frunció el ceño.

—No sé si sería muy inteligente, es una bomba.

Enrique abrió los ojos de par en par y agitó la mano.

—Olvídalo, no sueltes eso.

En la habitación contigua, Hypnos había estado cantando en voz alta y tocando el piano, pero en ese momento la música se detuvo de repente.

—¿No es demasiado pronto para jugar con explosivos? —preguntó en voz alta.

Zofia miró la mesa ante ella.

—Para mí no.

—¿Cómo estaba Séverin? —dijo Hypnos desde la puerta.

—No estaba allí —respondió Enrique, y levantó la manzana—. Pero un niño me dio esto.

Zofia recordó a Enrique quejándose de las manzanas de L'Éden hacía años.

—Pensaba que no te gustaban las manzanas.

—No me gustan, pero...

—¿No te gustan las manzanas? —preguntó Hypnos—. ¡Pero si la tarta Tatin es un regalo de los dioses!

—La tarta Tatin es diferente...

—Pero está hecha con manzanas...

—¡Vale ya con las manzanas! —dijo Enrique con un ademán—. Es un mensaje de Séverin.

Zofia dejó con cuidado las dos mitades del explosivo en su caja y se puso de pie.

—«El puerto número siete... El fuego del fénix debe aguantar hasta la medianoche» —leyó Hypnos en voz alta—. ¿Qué se supone que significa eso?

—El puerto número siete debe de ser donde guardan las góndolas de la Casa Caída. Séverin necesitaba un plan para deshacernos de Ruslan, así que debe de ser este.

Enrique miró a Zofia y sonrió.

—La referencia al fuego del fénix es un guiño obvio al don de Zofia.

—¿Don? —dijo Hypnos, mirando a Zofia—. No sabía de ningún don aparte de la capacidad de hacer afirmaciones morbosas con una afectividad excepcionalmente escasa. Ah, y un pelo maravilloso.

Hypnos sonreía, así que Zofia supo que era una broma y le devolvió la sonrisa.

Una pequeña sonrisa se dibujó en los labios de Enrique y su mirada voló hacia la de ella. Una vez había mirado de la misma forma a Séverin al finalizar con éxito una adquisición. Era... orgullo, se dio cuenta Zofia. Enrique estaba orgulloso de ella. Y ese pensamiento hizo que sintiera el rostro extrañamente cálido.

—Ruslan puede ser un demonio, pero volar su góndola por los aires me parece... macabro —dijo Hypnos.

Enrique frunció el ceño y se tocó la oreja.

—Si fuese al revés, no creo que él tuviese las mismas dudas.

Zofia estuvo de acuerdo con Enrique.

—¿Y el resto de las instrucciones? —preguntó Hypnos, antes de recitar—: «El fuego debe aguantar hasta la medianoche». ¿Qué significa eso?

—Ya ha utilizado ese código en el pasado —dijo Zofia. Hypnos frunció el ceño, lo que significaba que no sabía a qué se refería, por lo que Zofia se lo explicó—: Séverin usaba esa frase como código para una explosión que no debía detonar hasta una hora determinada.

Enrique suspiró y se tiró del pelo.

—¿Así que tenemos que acercarnos lo suficiente a la góndola de la Casa Caída para ponerle un explosivo y luego pensar en una forma de detonarla desde la distancia?

—¿Qué puede hacer que algo explote desde la distancia? —preguntó Hypnos con el ceño fruncido.

Zofia miró su mesa de trabajo y el par de explosivos vinculados.

—Un corazón roto —dijo Zofia.

UNA HORA MÁS TARDE, Zofia, Enrique e Hypnos observaban las góndolas que cruzaban el Gran Canal desde la sombra de un arco del puente Rialto. Zofia no había salido del piso franco desde que habían llegado y de repente se dio cuenta de que estaban en Venecia. Estaba muy lejos de París y Polonia, muy lejos de todas las cosas que siempre le habían sido familiares y, sin embargo, incluso allí, el sol salía y el cielo era azul. Cuando eran niñas, Hela decía que el amanecer era en realidad un huevo roto y que su yema goteaba por el cielo. También decía que, si fuesen lo bastante altas, podrían recoger la luz pegajosa del sol con las manos, bebérsela y convertirse en ángeles.

A Zofia no le resultaba una idea particularmente atrayente.

No le gustaba el olor de los huevos crudos, ni la viscosidad de la yema. Lo que le gustaba era la voz de su hermana susurrándole historias en la oscuridad. Y fue ese pensamiento el que calentó a Zofia a pesar del aire de febrero, que convertía cada una de sus exhalaciones en vaho.

A su lado, Enrique bajó los prismáticos.

—Tenemos un problema.

—¿Solo uno? —preguntó Hypnos.

Enrique lo fulminó con la mirada.

—¿Veis eso? —Señaló los postes de madera a los que estaban atadas las góndolas—. Han puesto mnemoinsectos. Si intentamos llegar a la góndola desde la calle, lo sabrán y nos encontrarán.

—Entonces tenemos suerte de que esté yo aquí —dijo Hypnos.

—Yo no lo llamaría suerte si la Casa de los Caídos se da cuenta de que estás vivo y justo aquí —dijo Enrique—. Además, Laila se pondrá furiosa cuando descubra que has salido del piso franco.

Laila había salido poco después que Enrique para explorar los alrededores de la Casa Jano. Estaba segura de que encontraría algo que les diese una pista sobre dónde encontrar el mapa para ir al templo de Poveglia.

—Estoy tomando precauciones —dijo Hypnos—. Hasta me he puesto este disfraz espantoso.

Zofia no creía que fuese disfrazado; simplemente se había puesto ropa corriente por primera vez. Dicho esto, su anillo de Babel, una media luna que se extendía por tres nudillos, estaba oculto bajo unos guantes gordos.

—Si no podemos llegar a la góndola por la calle, entonces iremos por el agua —dijo Hypnos.

—¿Cómo? —preguntó Enrique—. Si nos subimos a una góndola, nos reconocerán al momento.

Hypnos señaló al canal. Incluso tan temprano, el río tenía mucho tráfico. Zofia observó cómo tres embarcaciones con cargamentos de fruta de invierno pasaban por delante de las góndolas forjadas, que iban más lentas por la pesada decoración que llevaban y anunciaban obras de teatro y restaurantes. Cerca de la curva, vieron una embarcación distinta. Era más ancha y menos larga que una góndola, y en ella solo cabían tres personas. Sus anchas alas de madera se arrastraban por la superficie del lago. La proa del barco se curvaba como un cisne con la cabeza inclinada. En el interior de la embarcación, había un hombre y una mujer con las manos entrelazadas. Se miraban fijamente y sonreían. Había una tercera persona sentada en la parte delantera, que pedaleaba con las piernas para hacer avanzar a la embarcación. Pasaron por delante de los botes a menos de treinta centímetros de distancia.

—¿Tu solución es un barco con forma de pájaro? —preguntó Enrique.

No parecía muy impresionado.

—*Non*, mira, *mon cher* —dijo Hypnos—. Tiene que estar a punto de hacerlo.

—¿Hacer el qué? —preguntó Enrique.

—Shhh.

En el barco con forma de cisne, el hombre y la mujer se inclinaron hacia delante y sus bocas se tocaron. Zofia se sonrojó al verlos y hubiese mirado hacia otro lado si el beso no hubiese hecho que el barco se transformase de repente. Las alas blancas del cisne se plegaron y los ocultaron por completo.

Zofia empezó a contar los segundos: catorce, treinta y siete, setenta y dos y ciento veinte. De repente, las alas se desplegaron y la pareja volvió a aparecer. Tenían la cara roja y parecían más despeinados que antes. Se sonrieron con complicidad.

—Nos mantiene lejos de la vigilancia de los mnemoinsectos, nos acerca a la góndola... —dijo Hypnos—. Y a esta hora del día sale bastante barato. Creedme, he utilizado muchos barcos del amor en mis viajes a Venecia.

Enrique se puso rojo.

—Yo..., eh...

—No es mala idea —dijo Zofia.

—¿Lo veis? —dijo Hypnos—. Soy más que una cara bonita.

—Por supuesto que eres más que eso —dijo Zofia.

Hypnos se llevó las manos al corazón.

—Oh, *ma chère*, qué amable eres...

—Tienes hombros, pies, un cuello... Aunque no sé si se pueden considerar bonitos.

Hypnos frunció el ceño.

—Pero ¿quiénes serán la pareja? —preguntó Enrique—. ¿Y quién va a pedalear?

Zofia los miró a los dos. Los había visto besarse más de una vez y parecían disfrutarlo, así que no entendía la duda de Enrique.

—Ah —dijo Enrique, y se puso todavía más rojo—. No somos...

Se quedó callado y señaló entre Hypnos y él.

—Ahora mismo somos amigos —dijo Hypnos, sin mirar a Enrique.

—¿Y no sabéis cuánto tiempo vais a ser amigos? —preguntó ella.

—Ah, siempre seremos amigos, pero si habrá algo más..., ¿quién sabe? —dijo Hypnos—. Así que tendrá que ser entre tú y uno de nosotros, Zofia. ¿Con cuál? Yo voto por mí. —Hizo una reverencia—. Primero, soy excepcionalmente atractivo. Segundo, soy mucho más atractivo que nuestro historiador...

Enrique arrugó la frente.

—¿Qué tiene eso que ver con...?

—Y tercero —dijo Hypnos, hablando por encima de Enrique—, mis besos son increíbles.

Hypnos guiñó un ojo, lo que hizo reír a Zofia porque eso indicaba que lo decía en plan amistoso y bromista, pero, al mismo tiempo, que Hypnos mencionase un beso provocó una extraña laguna en su plan que no había tenido en consideración.

Con las adquisiciones de Séverin en el pasado, había habido veces en las que era necesario actuar. Eso a Zofia no le importaba. Le gustaba que le dijesen las reglas de cómo debía comportarse y qué tenía que decir y qué no. Le tranquilizaba conocer todas las reglas con antelación. Pero nunca había actuado de forma romántica. Nunca la habían besado. Era algo de lo que Hela se había burlado antes de que se marchase a París:

—Te vas a París, ¡y todavía no has besado a un chico! ¿No quieres besar a nadie, Zofia?

En realidad, había habido muy pocos chicos a los que Zofia hubiera querido besar. Sabía cómo era sentir deseo... un latido intenso en el vientre, los latidos acelerados de su corazón… Normalmente, solo pensar en poner su boca sobre la de otra persona se le antojaba extraño y ligeramente desagradable, pero la idea de hacerlo con la boca de ciertas personas la hacía sentir en cierto modo atrapada. Como si hubiera estado corriendo hacia un sitio, la hubiesen detenido en contra de su voluntad y ahora lo único que quisiese fuese llegar a ese lugar. La primera vez que le ocurrió fue con un profesor joven que era muy amable y tenía el pelo castaño claro, pero ella no se había atrevido a hablar con él. En ese momento tenía las mismas sensaciones con Enrique, pero más intensas. A su lado, sentía un calor y unos pinchazos inquietantes, y el corazón le daba unos saltitos extraños que la dejaban gratamente mareada cuando Enrique la miraba durante demasiado tiempo. Le gustaba estar con él. Y cuando se marchaba, a veces se sentía triste. Eso era atracción, pero ¿cuál era la culminación? ¿Qué pasaba después? ¿Y si esas sensaciones se intensificaban tanto que se desmayaba? ¿Y si ella quería más que un beso? ¿Entonces qué?

—Debería ser yo —dijo Enrique.

Lo dijo en voz baja, pero con una fuerza que hizo que Zofia sintiera que perdía el equilibrio, y no de una forma desagradable.

Enrique carraspeó.

—Quiero decir que puedo ayudar si hay que descifrar algo… Además, no deberían ver a Hypnos. Así no llamará la atención. Puede mantener la cabeza agachada y pedalear.

Hypnos se quejó.

—Odio cuando combates el placer con la razón.

Enrique no le hizo ni caso.

—Si lo hacemos deprisa, no deberíamos tener ningún problema.

TENÍAN UN PROBLEMA.

En el puerto número siete no se mecía una embarcación..., sino dos. En pocos minutos, ambas estarían al alcance de Zofia, que arrugó la nariz mientras se acercaban a ellas. Hypnos pedaleaba deprisa y salpicaba de agua las alas de madera del cisne.

Las góndolas eran casi idénticas: barniz negro, un *risso* decorativo con forma de cola de escorpión, cojines idénticos de terciopelo púrpura... En la parte trasera de la primera embarcación, Zofia reconoció —como ya esperaba— el emblema de la Casa Caída: un hexagrama, es decir, una estrella plateada de seis puntas. Lo que no se esperaba era que la segunda embarcación llevase el mismo emblema, pero en dorado.

—¿A cuál le ponemos el dispositivo? —preguntó Hypnos—. Puedo ir más despacio, pero no podemos detenernos delante de la embarcación, llamaríamos mucho la atención.

—Esto... eh... —dijo Enrique, mientras se tiraba del pelo—. Tiene que haber alguna diferencia entre los símbolos. O en los colores, quizás, pero ¿cuál?

—¡El historiador eres tú! —dijo Hypnos, pedaleando más despacio—. ¿A mí qué me cuentas?

Zofia se inclinó hacia delante y preparó el dispositivo. Notó la carta de Hela en el bolsillo de su chaqueta. Arrugó la nariz por la cercanía de las aguas residuales.

—Es un símbolo antiguo, pero parece estar vinculado más recientemente a la identidad judía —dijo Enrique.

—Nosotros la llamamos Magen David—dijo Zofia.

La estrella de David, aunque su hermana le había dicho que no era una estrella de verdad, sino el símbolo del escudo de un antiguo rey.

A su lado, Enrique se revolvía el pelo de forma nerviosa y farfullaba para sí mismo:

—¿Qué dice el símbolo? —preguntó, mientras se mecía hacia delante y hacia atrás y murmuraba para sí la historia del símbolo—. Rodeado con un círculo, el hexagrama representa el Sello de Salomón, que tiene raíces judías e islámicas. Los hindúes lo llamaban shatkona, pero eso es una representación de los lados masculino y femenino de lo divino, no tiene ninguna conexión con lo que sabemos sobre la Casa Caída. Quizá si supiésemos su nombre verdadero, tendríamos alguna pista, pero lo único que sabemos es que les gusta el oro y eso podría ser una trampa y…

—Ay, dioses —dijo Hypnos bajito.

Zofia levantó la vista y oyó a Enrique dar un grito ahogado. Ruslan apareció en un puente a menos de quince metros; les daba la espalda a ellos y a la laguna. Iban con él dos guardias encapuchados, uno a cada lado. Un atisbo de oro brillaba bajo el puño de su abrigo y Zofia sintió un escalofrío al recordar aquella mano de oro apretándole el brazo.

—¡Tenemos que irnos! —siseó Hypnos, mientras pedaleaba hacia delante.

—¡No antes de resolver lo de la góndola! —dijo Enrique.

El barco con forma de cisne giró en círculo y por poco no chocó contra otra góndola.

Zofia extendió el brazo para mantener el equilibrio y rozó con la mano la superficie de la góndola decorada con la estrella dorada. En cuanto la tocó, oyó un susurro metálico desde las profundidades del barco: «…oro. Puedo someterme a tu voluntad».

—¡Para! —gritó.

—Zofia, ¿qué estás haciendo? —preguntó Enrique.

Ella se agachó hacia delante y apoyó las dos manos contra las distintas góndolas. Forzó sus sentidos y notó el escalofrío del metal a través de la piel. En cuestión de segundos, lo supo. La góndola de la estrella plateada estaba en realidad hecha de oro forjado para distribuir el peso de manera diferente, mientras que la de la derecha, con la estrella dorada, estaba hecha de madera sólida.

—Es esta —dijo mientras señalaba a la plateada.

—Ruslan podría girarse en cualquier momento —dijo Hypnos—. Tenemos que irnos ya.

Zofia agarró con torpeza el dispositivo y se inclinó más cerca de la góndola. El bajo de su abrigo rozó el agua de la laguna y contuvo las náuseas. Introdujo toda su voluntad en el artilugio: «Quieres estar aquí; quieres ser parte de este objeto». Una y otra vez, se lo repitió hasta que...

El artefacto explosivo se integró a la perfección con la embarcación.

—¡Ahora aléjate de ella! —dijo Hypnos—. ¡Estamos llamando la atención!

Zofia intentó echarse hacia atrás, pero se le había quedado la mano atascada.

Volvió a moverse, pero era como si el metal quisiera acercarla a él. «A mí no, no me quieres a mí», le dijo al metal. Este aflojó un poco el agarre, pero Zofia no era lo bastante fuerte para despegarse.

—Empieza a pedalear —dijo con los dientes apretados mientras tiraba de su brazo derecho con la mano izquierda.

Lentamente, se soltó, e hizo una mueca de dolor cuando se raspó la piel de la mano.

—Te ayudo, fénix —dijo Enrique. Le rodeó la cintura con los brazos y tiró de ella con fuerza.

Zofia cayó hacia atrás y chocó con Enrique, y el movimiento sacudió el barco y casi les hizo estrellarse contra otra góndola.

—¡*Attento*! —gritó el gondolero.

Zofia se incorporó; le ardía la mano. El canal se había llenado de gente. El gondolero había empezado a gritarles, lo que hizo que otras embarcaciones redujeran la velocidad para mirarlos. Ella miró hacia el puente. Vio, como si el tiempo se hubiera ralentizado, que a Ruslan se le tensaban los hombros al percatarse de que pasaba algo raro. Empezó a darse la vuelta.

Zofia se giró hacia Enrique.

—Bésame.

Enrique abrió los ojos de par en par.

—¿Ahora? ¿No debería...?

Zofia cogió a Enrique de la cara y se lo acercó. Al instante, las alas del cisne se agitaron a su alrededor y los ocultaron de la vista. Venecia desapareció de su alrededor. Los gritos se apagaron. Lo único que sintió Zofia fue el repentino empujón de la barca a través del agua mientras Hypnos los alejaba de la mirada de Ruslan. Zofia estaba tan concentrada en el beso de distracción que casi olvidó que era un beso...

Pero al final no.

Dentro de las alas del cisne el ambiente era cálido y oscuro. Los labios de Enrique estaban agrietados y secos por el viento. Zofia rompió el beso. Todo había sido bastante anticlimático, aunque no estaba segura de lo que esperaba.

—No ha estado tan mal —dijo.

Enrique hizo una pausa y Zofia sintió que se le encendían las mejillas y que algo en su interior se encogía rápidamente por la vergüenza.

—Pero podría haber estado mucho mejor —dijo Enrique.

—¿Cómo?

Quería saberlo de verdad. Justo después, notó las manos cálidas del chico deslizándose por sus mejillas. En la oscuridad, Zofia tenía los ojos muy abiertos, no porque eso le permitiese ver mejor, sino porque le parecía importante mantener los ojos abiertos para lo que iba a pasar a continuación. Sintió cómo se acortaba la distancia entre ambos, una suave ráfaga de aire cálido contra sus labios, y entonces…

Enrique la besó.

Zofia conocía el concepto de calor. Sabía que era el resultado de la colisión entre átomos y moléculas cuyo movimiento generaba energía. El calor —no como una llamarada, sino como una ola lenta y que va en aumento— le subió desde los dedos de los pies hasta el corazón. Y sí, había energía en eso…, en recibir y devolver un beso. Era partícipe de las partículas imperceptibles que giraban en una coreografía invisible, como una danza dentro de sus huesos. Se inclinó hacia delante y con ganas hacia el inesperado calor de Enrique mientras registraba mentalmente las nuevas sensaciones: el roce áspero de su mejilla sin afeitar, los dientes del chico en su labio inferior, el calor húmedo cuando le abrió la boca con la suya… No era desagradable. De hecho, era todo lo contrario. Enrique la abrazó, tan cerca que Zofia podía sentir los latidos de su corazón sobre los de él. Y fue entonces cuando la notó o, mejor dicho, cuando no la notó.

La carta de Hela había desaparecido.

16

SÉVERIN

La noche del Carnevale, Séverin acarició la magullada flor de una consuelda venenosa y esperó.

Hacía casi tres años, Laila había preparado un festín de flores como postre especial para unos invitados destacados que se alojaban en L'Éden. Estaban a finales de la primavera y la ciudad de París parecía una novia irritable el día de su boda, enfurruñada y sudorosa al percibir la falta de atención, mientras que las flores abiertas brillaban como joyas en las ramas de la ciudad.

Tristan había despejado un espacio en los jardines y un artesano de la forja especializado en textiles había construido una carpa de seda que mantendría el aire fresco y después se agitaría alrededor de los invitados como movida por una suave brisa. En una mesa del banquete sin cubertería, Laila casi había terminado los arreglos de montones de dalias doradas, rosas carmesíes, hortensias azules y guirnaldas de madreselvas. Eran inquietantemente realistas. En el borde de una prímula, una solitaria gota de rocío parecía a punto de deslizarse por el pétalo.

Y, sin embargo, incluso desde su posición en la cabecera de la mesa del banquete, Séverin olía el mazapán y la vainilla, el cacao y los cítricos bajo las flores artísticamente esculpidas. Una de las flores parecía no pertenecer al grupo. Era una larga consuelda cuyos pétalos estaban cubiertos de manchitas del color azul del cielo en el crepúsculo.

—¿Has escondido una flor venenosa en el arreglo? —preguntó Séverin, señalándola—. Dudo que nuestros invitados sean lo bastante valientes para probarla.

—¿Y si les dijera que es la más dulce de todas estas flores? ¿Que debajo de esos pétalos mortíferos hay una espesa crema de almendras con una capa de ciruelas especiadas en el centro? —dijo Laila, con una mirada astuta—. Seguro que tal sabor merece un coqueteo con la muerte, ¿no crees? A menos que no seas tan valiente como me imaginaba.

—Bueno, ahora apelas a mi vanidad y a mi curiosidad —dijo Séverin—. Lo que significa, por supuesto, que no puedo evitar que me tiente.

—¿Entonces funciona? —dijo Laila, sonriendo.

—Pues claro que funciona —dijo Séverin. Alargó la mano, arrancó un trozo de la hoja de azúcar de la consuelda y se lo comió. El sabor de la vainilla y el cardamomo le cubrió la lengua. Le tendió un trozo a Laila, que se lo metió inmediatamente en la boca. Enarcó las cejas al probar el sabor, claramente satisfecha con su trabajo.

—¿Qué te parece? — preguntó, mirándolo.

Laila estaba tan cerca que Séverin había tenido que bajar la cabeza para mirarla. Fue antes de haberla tocado, de haberle besado los labios o la cicatriz de su columna. Era una maravilla para él, un cristal iluminado por el sol que podía apartar la luz para revelar sus venas secretas y multicolores.

—No me equivoco si digo que tienes brujería en los labios y en las manos, y que hay tanta elocuencia en su toque azucarado como en cualquiera de tus postres.

Séverin había querido que las palabras sonasen sofisticadas..., distantes, incluso. A fin de cuentas, no eran sus palabras, sino un verso robado de *Enrique V* de Shakespeare. Sin embargo, cuando las pronunció, las palabras se convirtieron en un hechizo. Quizá fueran las suaves luces de la carpa o los pétalos de azúcar pintados. Fuese lo que fuese, sus palabras, elegantemente intencionadas, resultaron sinceras y, aunque era obvio que eran palabras prestadas, su lengua no notó la diferencia. Las sintió verdaderas.

—Bonitas palabras —dijo Laila, con un color más intenso en las mejillas—. Pero las palabras sin acciones no son muy convincentes.

—¿Qué propones que haga para resultar convincente?

—Seguro que se te ocurre algo —había dicho Laila, sonriendo.

Séverin estaba tan aturdido por sus propias palabras y por el hecho de que ella no se hubiese reído abiertamente de él que no se le ocurrió hasta la mañana siguiente que ella podría haber aceptado sus atenciones de buena gana. Debería haberle besado la mano. Debería haberle dicho que su sonrisa era una trampa de la que no deseaba escapar.

«Debería haber hecho, debería haber hecho, debería haber hecho...».

No había veneno más potente que la sombra que proyectaban esas palabras, y que le perseguían con renovado fervor desde que saliera del salón de los *mascherari*.

Séverin seguía pensando en aquello cuando oyó pasos detrás de él en el jardín del veneno. No se dio la vuelta. Tenía las manos detrás de la espalda y sujetaba un par de alicates de jardín.

—¿Has encontrado algo? —preguntó Eva. Le tocó la espalda. El gesto era suave, pero su voz era dura.

—Lo tengo en la mano —dijo Séverin.

Había encontrado los alicates esa misma mañana, cuando buscaba un objeto de peso similar al de la lira divina. Lo iba a necesitar si quería engañar a Ruslan.

Eva cogió los alicates y Séverin oyó el frufrú de la seda cuando se los escondió entre las mangas. Eva inclinó el cuerpo como si lo estuviese abrazando con cariño y le envolvió la cintura con los brazos. Le susurró al oído:

—Como me entere de que intentas engañarme, te mataré. Puedo hacer que te hierva la sangre, literalmente.

—Si pensara otra cosa, no habría confiado en ti en absoluto —dijo Séverin suavemente.

Eva se quedó quieta. Séverin la oía respirar con dificultad. La noche anterior, se había enfrentado a él después de salir del salón de los *mascherari*.

—La he visto —había dicho Eva, furiosa—. La he reconocido cuando salía del salón. ¿De verdad creías que podrías ocultarla de mí?

—No... —empezó a decir Séverin.

—Toda esa tontería del encuentro en el Puente de los Suspiros —había gruñido Eva—. ¿Era un truco? ¿Decidiste no ayudarme después de todo? Porque sé lo que vi y acudiré a Ruslan y...

—Ahórrate las amenazas y dime lo que quieres —dijo Séverin con dureza—. No tengo intención de ocultarte nada, pero dudo que me creas aunque te diga la verdad. Lo único que importa es que los dos necesitamos deshacernos de Ruslan, y ahora estoy seguro de que podemos llegar a un acuerdo.

Y eso hicieron.

Séverin se giró lentamente, ignorando los mnemoescarabajos de la pared. Por lo que habían percibido, él había estado admirando las flores y ella se había acercado a él. Séverin se inclinó sobre Eva, que le rodeó el cuello con los brazos.

Si eran amantes, era natural que se abrazasen, que ella escondiese el rostro en la curva del cuello de él y que le diese un beso bajo el lóbulo de la oreja. Eva se puso de puntillas, le acercó los labios al cuello y le metió algo en el bolsillo. Séverin notó la rugosidad de las tiras de cuero.

—Sabe que algo va mal.

A SÉVERIN SE LE ACELERÓ EL PULSO mientras se ajustaba el brazalete de tiras de cuero que Eva le había colocado a escondidas en el brazo. Con las mangas del traje que llevaba, el brazalete sería indetectable bajo la túnica.

Pronto.

Los vería pronto. Ese pensamiento se removió en su interior, como una oración desesperada. ¿Cómo estarían? ¿Sentiría Enrique dolor después de haber perdido una oreja? ¿Lo abrazaría Hypnos como a un viejo amigo? ¿Se encontraría bien Zofia?

¿Laila volvería a mirarlo como antes?

Era una sucesión de preguntas egoístas, todas centradas en sus propios deseos. No podía evitarlo. La esperanza era un ejercicio de ilusión. Solo podía esperar esas cosas si se consideraba en secreto merecedor de ellas, y aunque sabía que los había decepcionado más de lo que se podía imaginar, seguía teniendo un instrumento divino. Y, con la lira en las manos, podía creer en cualquier cosa.

—*Monsieur* Montagnet-Alarie, ¿estás listo?

Eva estaba de pie en la puerta y sostenía la caja forjada en hielo y sangre. A su lado estaba un miembro enmascarado de la Casa Caída. Séverin se acercó a ellos y observó su reflejo en las brillantes paredes rojas al pasar. Para su disfraz, Eva le había elegido una máscara de *medico della peste* lacada en rojo, que ahora colgaba de la espalda de la ondeante túnica carmesí que llevaba puesta. Parecía que le salían crestas de cuernos a lo largo de la espalda, como una quimera que no se había formado todavía.

Séverin le sostuvo la mirada a Eva mientras presionaba el pulgar contra las espinas de la cerradura de la caja. La sangre le brotó de la piel. La caja se abrió.

—Con qué frialdad me saludas, mi amor —dijo Séverin, forzando una sonrisa—. ¿Te he disgustado?

—Antes me pareció que tu comportamiento era bastante frío —dijo Eva, girando la cabeza.

—Estaba distraído —dijo Séverin, mientras extendía la mano—. ¿Me perdonas?

Eva sonrió y luego suspiró. Se colocó la caja debajo del brazo izquierdo y se acercó a él. Sin embargo, al acercarse se tropezó. Séverin la atrapó, le deslizó la mano por la muñeca y atrapó con los dedos los alicates, que estaban sujetos a su brazo bajo los pesados pliegues verdes de su túnica. Sacó los alicates, Eva se recuperó y la caja cayó al suelo a cierta distancia.

—¡La caja! —exclamó ella.

Detrás de Eva, la mnemoabeja que estaba en la boca del miembro de la Casa Caída revoloteó sin perderlos de vista. Séverin sabía lo que había visto: una caja vacía y una chica que se había caído.

—Permíteme —dijo Séverin.

Retrocedió un paso y se inclinó sobre la caja. Completamente a la vista del mnemoinsecto, sacó la lira de los pliegues de sus mangas ondeantes y se aseguró de que viera cómo desaparecía tras la tapa de la caja. Fingió que se preocupaba por el instrumento mientras lo intercambiaba en silencio por los alicates de jardín. Unos segundos después, cerró la tapa. Levantó la caja con una mano y la sostuvo de forma protectora.

—¿Es realmente necesario? —le preguntó a Eva—. Le podríamos preguntar al patriarca Ruslan si al menos lo llevaría en la góndola con él. Si tenemos todas nuestras provisiones preparadas, podríamos partir hacia Poveglia inmediatamente después del Carnevale.

Ella frunció el ceño.

—No estoy segura...

Pero entonces Ruslan apareció de entre las sombras, detrás de Eva.

—Creo que es una idea maravillosa.

Séverin casi logró ocultar el repentino temblor que le recorrió cuando Ruslan apareció ante sus ojos. Apretó los dedos alrededor de la caja. La lira divina le presionaba la piel, ahora sujeta por las correas del brazalete forjado que habían rodeado inmediatamente el instrumento.

—¿De verdad? —preguntó Séverin.

—¡Por supuesto! ¿Por qué iba a retrasar la divinidad? Ya sé qué es lo primero que voy a hacer. —Ruslan se frotó la calva—. Me pondré una melena sedosa. —Cerró los ojos y sonrió, como si se lo imaginara—. Pero dudo que podamos partir todos a la vez. Llamaríamos mucho la atención. Será mejor que partamos tres hacia Poveglia desde la ubicación de la Casa Jano y que después envíe al resto de mi Casa.

—Un plan excelente —dijo Séverin.

Lo sería. Había algo extraño en los miembros de la Casa Caída. Las extremidades de su cuerpo se movían con una rigidez inhumana. Cuando Séverin observó sus ojos bajo las máscaras que llevaban, estos parecían nublados y grises. No pestañeaban. Incluso sin Ruslan, parecían incapaces de tener ninguna voluntad. Eva había dicho que, sin Ruslan, estarían indefensos.

—¿Puedo? —preguntó Ruslan tendiendo las manos hacia la caja.

A Séverin se le aceleró el corazón. ¿Si podía qué? ¿Abrirla? ¿Sujetarla?

Séverin le tendió la caja. Cuando Ruslan la cogió, los alicates de jardín se deslizaron y chocaron contra la pared interna de la caja. Séverin se quedó inmóvil, preguntándose si Ruslan se daría cuenta. Sin embargo, el patriarca se limitó a girar sobre sus talones.

—Vamos —dijo—. La góndola nos espera.

MIENTRAS EVA LOS DIRIGÍA hacia el punto de entrega del Carnevale de la Casa Jano, Séverin se dio cuenta de que el patriarca no le quitaba los ojos de encima. Séverin le sostuvo la mirada.

—Nos has dado muy poca información sobre dónde encontrar el mapa al templo de Poveglia —dijo Séverin, con un aburrimiento fingido—. Imagino que se trata de algo forjado con la mente, como el vial que nos enseñaste hace tiempo, durante la cena.

Ruslan ignoró la petición. En su lugar, miró el cuchillo de Midas y lo hizo girar entre sus manos.

—Nunca te he dicho mi verdadero nombre, ¿verdad?

Más adelante, la luz de los faroles de los recargados *palazzi* se proyectaba en la laguna. A juzgar por los gestos de Eva, atracarían en cualquier momento. Séverin se obligó a tener paciencia.

—No —dijo—. No tengo el placer de contar con esa información.

—Mmm… —dijo Ruslan. Se golpeó los dientes con la punta del cuchillo de Midas—. Mi nombre es una tomadura de pelo. Mi padre nos dijo que teníamos los mayores tesoros de todas las Casas… y, sin embargo, tales objetos de valor incalculable eran simples naderías de la fuente real.

Séverin sabía que Ruslan se refería a la Torre de Babel, la construcción bíblica que casi había llegado a tocar el cielo. La teoría occidental decía que fue la dispersión de dicho edificio —provocada por una confusión de idiomas que detuvo su construcción— lo que introdujo la forja en el mundo. Donde caían los pedazos, surgía la forja.

Pero eso solo era un punto de vista, como diría Enrique. Y era la vista dominante solo porque pertenecía a los que habían dominado.

Ruslan giró el cuchillo en la mano.

—Pensé que podía cambiar, ya sabes... Pensé que podía conseguir encajar mejor en el mundo, o que el mundo encajase mejor en mí. —Se empezó a reír—. ¡Y ahora soy una alquimia andante! ¡Soy la transmutación de la carne en oro! Y estoy... hambriento. La verdad, la divinidad... me llenarán y no volveré a tener hambre. Eso es lo único que quiero, amigo mío. El fin del vacío.

Séverin se quedó quieto. Normalmente, Ruslan planteaba una pregunta e intentaba jugar. Sin embargo, en ese momento no había nada más en el rostro de aquel hombre que una esperanza al desnudo. Una lástima indeseada embargó a Séverin. La ambición había hecho que Ruslan jugase con un objeto que le daba poder, pero ese poder venía acompañado de la locura. En cierto modo, no era culpa de Ruslan. Pero eso tampoco era responsabilidad de Séverin.

—Pronto lo conseguiremos —se obligó a decir Séverin.

—¿Me lo prometes? —preguntó Ruslan. Tenía la mirada fija en su regazo y pasaba el pulgar repetidamente por la hoja dorada. Susurró muy bajito—: Haría cualquier cosa por conseguirlo.

Séverin tuvo la sensación de estar mirando a un espejo corrupto. Conocía esa pose, ese enfoque, esa repetición interminable de caricias a un objeto que había traído tanto esperanza como dolor. Le vino la voz de su madre: «Las puertas de la divinidad están en tus manos...».

Él era diferente.

No estaba persiguiendo algo, ya había sido elegido. Su esperanza era simplemente una esperanza frustrada, no imposible.

Él no era Ruslan.

Séverin se llevó las manos a la capucha y se colocó la máscara sobre el rostro cuando la góndola se detuvo ante un silencioso arco adosado a un anodino edificio gris.

—Si tanto deseas la divinidad, ¿por qué no me das algo más que una pista sobre el mapa que nos llevará al templo? —preguntó Séverin.

Ruslan hizo una mueca.

—Porque quiero que seas merecedor de ello, amigo mío. Y quiero ser merecedor de ello por haberte elegido a ti como compañero de divinidad, ¿sabes?

Séverin apretó la mandíbula.

—¿Te das cuenta de que, al ponerme a prueba a mí, puedes estar negándotela a ti?

Ruslan inclinó la cabeza.

—En ese caso, consideraré que el universo me juzga como indigno de tal regalo. —Entonces levantó la vista y se rio—. Todo en la vida requiere de fe, *monsieur* Montagnet-Alarie. ¡Yo tengo fe en ti! Además, ya te has acercado un poco a ese mapa, amigo mío, como muy inteligentemente has supuesto. —Señaló con el dedo a un miembro de la Casa Caída que llevaba una cajita no más grande que un estuche—. Guárdalo aquí para preservar su conocimiento.

Eva se acercó a Séverin. Su máscara colombina de plata y zafiro centelleó a la luz.

—Ah, *monsieur* Montagnet-Alarie —dijo Ruslan, inclinándose hacia delante—. Cuidado con los dragones.

A TRAVÉS DEL ARCO, llegaron a un pequeño rellano. Desde allí, una escalera de caracol poco iluminada se sumergía en la oscuridad. Séverin había dado un par de pasos cuando se dio cuenta de que Eva no se había movido.

—¿No vienes?

—¿Y que me maten en cuanto me vean? —dijo Eva—. No, gracias. Te espero aquí. Pero... ¿les dirás que... que yo...?

—Se lo diré —dijo Séverin.

Eva tragó con fuerza y después asintió con la cabeza.

—Ve.

La larga escalera conducía a un patio del tamaño aproximado de un comedor. Sobre las paredes de piedra, la tenue luz ondeaba y centelleaba. Sobre sus cabezas, un techo forjado de cristal revelaba que estaban bajo el agua. Las sombras en el agua parecían plumas de tinta. Justo en ese momento, la larga y oscura panza de una góndola se deslizó sobre el techo y desapareció de la vista.

En los nichos de la pared había estatuas de ángeles con las manos juntas y la cabeza inclinada en un gesto de oración. Tres estatuas de animales, de unos tres metros de altura, adornaban el centro de la sala. Tenían el lomo estirado y ahuecado, por lo que cada uno de ellos formaba una especie de banco. Uno de ellos era un lobo enorme, con las fauces abiertas, la lengua caída y el pelaje tallado de punta. Otro era un león alado en pleno rugido. Séverin lo reconoció como el símbolo de Venecia, el emblema de san Marcos, el santo de la ciudad. El tercero era una criatura que Séverin solo reconocía de las charlas de Enrique en el pasado: un lamassu.

Una deidad protectora asiria con la cabeza de un hombre, el cuerpo de un león y alas de pájaro plegadas alrededor de las costillas.

Séverin observó la habitación y sintió una punzada familiar de conciencia. Esa solía ser su parte favorita de las adquisiciones, la manera silenciosa en que una habitación revelaba sus secretos. No había ninguna puerta visible, por lo que las estatuas debían de funcionar como entradas y salidas. Se giró, como si fuese a hablar con alguien que estaba detrás de él.

Pero Enrique, Zofia, Hypnos, Tristan y Laila no estaban allí.

No había nadie que le hablase de la historia, creara más luz en la habitación, se quejase del olor, conjurase una extraña flora o sacara a relucir los secretos de un objeto.

Solo estaba él. Pero los encontraría. Repararía el daño que les había hecho.

Séverin levantó la vista. Allí, resplandecientes como si estuvieran suspendidas en el agua, aparecieron unas letras brillantes:

PARA ENTRAR EN LO DESCONOCIDO, RECORRE-MOS EL CAMINO DE AQUELLOS QUE LLEGARON AQUÍ PRIMERO.

Séverin sonrió al caer en la cuenta.

La arrogancia podría llevar a alguien a escoger al león alado. A fin de cuentas, era la marca de Venecia. Sin embargo, ¿de dónde procedían atributos tales como las alas? El allí presente era un palimpsesto, construido sobre las capas de lo que años atrás había sido sagrado o profano. El león estaba destinado a proteger…, pero antes del león había una versión más antigua, un símbolo de protección más antiguo. Esa era la prueba de humildad de la Casa Jano.

Al fin y al cabo, se consideraban a sí mismos los guardianes de los tesoros cartográficos y quizá saber dónde se encontraba uno en el mundo era un tesoro en sí mismo.

Séverin se acercó al lamassu y apoyó la mano en la piedra rugosa de su cuerpo. Estuvieron a punto de adquirir una pieza como esa en el reino de Prusia. Enrique había dicho que el lamassu superaba los cuatro metros de altura y que formaba parte de una pareja que flanqueaba los lados de la entrada de lapislázuli de un palacio.

—Al rey se le consideraba semidivino y, como tal, debía ser custodiado como la ubicación del propio cielo —había contado Enrique.

Séverin se deslizó por el banco integrado en la espalda del lamassu. Al momento, las alas se despegaron del cuerpo de la estatua. Se alzó de forma inestable. Unas pequeñas rocas se desprendieron y cayeron al suelo. Donde la pared había sido sólida, ahora era tan estrecha que llegaba a ser traslúcida. A través de ella, Séverin distinguió el lejano brillo de las lámparas de araña y los colores borrosos de los lujosos trajes. El lamassu avanzó hacia delante y se preparó para atravesar la pared.

Séverin sintió que se le aceleraban los latidos. Con cada paso que daba el lamassu, la lira le rozaba la piel. Su tarareo constante y extraño le recorría como si se hubiese entrelazado con su propio latido. Se imaginó a Laila, Hypnos, Enrique y Zofia de pie ante él y la esperanza le inundó el pecho.

Detrás de él, el mensaje de la pared se desvaneció lentamente. Séverin mantuvo la vista al frente, con los sentidos alerta. Aun así, se sintió un poco petulante.

Era natural que siguiera el camino de los antiguos.

Pensó en la voz de su madre, en el poder que le corría por las venas.

Estaba destinado a eso.

17

ENRIQUE

A solas en la biblioteca, Enrique se echó el aliento discretamente en la palma de la mano y lo respiró.

No estaba mal.

Tal vez quedaba un olorcillo al café que se había bebido antes, pero nada tan repulsivo que explicase por qué Zofia se había echado hacia atrás conmocionada y con la mano sobre el corazón como si la hubiese herido de muerte con un beso. Cuando ella se apartó, lo invadieron los nervios.

—Lo siento mucho —dijo Enrique, entrando en pánico—. ¿Te he...? ¿Te he entendido mal?

—No —dijo Zofia, con la respiración agitada.

—¿Estás molesta?

—Sí.

Pero Zofia no había dicho nada más. Cuando volvieron al piso franco, se había ido corriendo a su laboratorio para terminar los inventos necesarios antes de irse al Carnevale, una hora después. Laila todavía no había vuelto. En la sala de música,

Hypnos cantaba y tocaba al piano una canción de amor, lo que hacía que Enrique volviese a pensar en ese beso.

Pensó que había sido bastante cortés por su parte todo eso de «podría haber ido mucho mejor». Además, lo decía en serio. En cuanto los labios de Zofia tocaron los suyos, fue como satisfacer un deseo que no había sido capaz de pronunciar. Enrique quería eso. La quería a ella.

Cuando la besó de nuevo, un delgado rayo de luz atravesó el abrazo de las alas de cisne de la barca. Enrique había vislumbrado el brillo azul de sus ojos, el afilado contorno feérico de su barbilla y los destellos dorados de su pelo. A pesar de las contundentes palabras que le había dicho ella, los labios de Zofia eran suaves como la nieve y el beso ocupó todos sus pensamientos. Desde hacía tiempo, la chica le causaba cierta inquietud. Se entendían de una forma que él no había experimentado nunca, una forma que le hacía sentirse seguro y escuchado. Pero quizás siempre había sido un sentimiento unidireccional.

No sería la primera vez.

—¿Soñando despierto?

Hypnos se apoyó contra el marco de la puerta.

—Llevas distraído desde que hemos vuelto —dijo Hypnos. Tenía un brillo de complicidad en los ojos. A Enrique se le encendieron las mejillas.

—Bueno, sí, quiero decir, básicamente no tenemos ninguna pista sobre lo que nos espera en el Carnevale y todavía estoy recopilando notas sobre Poveglia y…

—Y has besado a Zofia.

—Por favor, márchate.

—Tonterías —canturreó Hypnos en voz alta. Carraspeó y siguió hablando—. No te preocupes, no soy envidioso. Tengo un gran corazón generoso y un gran…

—Hypnos.

—Iba a decir sentido del humor.

—Mentira.

Hypnos sonrió y dio una palmada.

—¿Y bien? ¿Cómo ha sido?

Enrique lo fulminó con la mirada.

—Oh, vamos, *mon cher* —dijo Hypnos—. ¡Los amigos se cuentan los secretos!

—No llevamos ni un día siendo amigos.

—Uff —dijo Hypnos antes de darse la vuelta y exclamar con deleite—: ¡Pequeño fénix! ¡Te unes a nosotros una vez más!

Enrique se irguió más cuando Zofia entró en la habitación. Le ponía nervioso hacer contacto visual con ella, pero era imposible verla por encima del montón de túnicas y máscaras que llevaba entre los brazos. Las dejó con cuidado sobre la mesa de madera de la biblioteca antes de girarse hacia ellos. Miró a Enrique con amabilidad. Era como si no hubiese pasado nada entre ellos y él no estaba seguro de si eso le hacía sentirse agradecido o destrozado.

—¿Dónde está Laila? —preguntó Zofia.

—Aquí.

Laila entró en la habitación con un vestido blanco. El color, pensó Enrique, resultaba fúnebre en ella. Aunque no era menos amable con él, desde la noche anterior su mirada era más distante. A menudo se llevaba los dedos a la muñeca, como si se estuviese comprobando el pulso.

—Hemos quedado con Séverin a medianoche —dijo.

Enrique apretó la mandíbula.

—¿Cómo nos va a encontrar?

Parecía que Laila iba a decir algo más, pero después cambió de parecer.

—Estoy segura de que no le supondrá ningún problema.

—Pero ¿adónde vamos cuando lleguemos? —preguntó Hypnos—. Me imagino que, si alguien organiza una fiesta, el escenario será magnífico, posiblemente laberíntico...

—Eso dejádmelo a mí —dijo Laila, mientras movía los dedos—. Los sirvientes siempre lo ven todo. Es fácil rozarse con sus mangas o tocar lo que sostienen y observar el resto de la habitación. Zofia, ¿qué nos has traído?

Zofia tocó las túnicas sobre la mesa.

—Seis explosivos, una placa silenciadora, un dispositivo de detección esférico, cinco dispositivos de filtración de humo y un bloqueador de neblina.

Hypnos pestañeó.

—Vaya, todo eso es... muy completo.

—Y eso sin contar lo que llevo aquí cosido —dijo Laila mientras se daba golpecitos en el corpiño del vestido.

—Tres dagas, cuatro metros de cable de acero y lentes de fósforo en caso de que nos fallen las fuentes de luz —dijo Zofia.

Hypnos ahora parecía un poco nervioso.

—Parece que se necesitan muchos objetos peligrosos para encontrar un simple mapa...

Zofia, que estaba mordisqueando una cerilla, se encogió de hombros. Hypnos miró a Laila, pero esta volvía a mostrarse distante. Giraba el anillo y a Enrique se le rompió un poco el corazón. Le preocupaba el número de días que le quedaba. ¿Cómo no hacerlo? ¿Cómo podía respirar alguien en medio de ese terror? Pero estaban muy cerca de encontrar una respuesta. Muy cerca de algo que podría cambiarles la vida.

Enrique le cogió una mano y le sonrió.

—Tenemos esperanza, un plan endeble y una gran cantidad de explosivos. Nos las hemos arreglado con mucho menos. Vamos allá.

LAS MÁSCARAS FORJADAS con la mente les dijeron dónde ir para encontrar el Carnevale, pero no cómo entrar. Media hora antes de la medianoche, Enrique, Hypnos, Zofia y Laila se encontraban ante una pared cubierta de un mosaico de teselas negras y blancas en la entrada de un callejón oculto, vacío y lleno de basura. Ante ellos, el mosaico alcanzaba los siete metros de largo y los tres de ancho. A pesar de la colocación de las teselas, no formaba ninguna imagen. En la pared desnuda de al lado, había un pequeño cuadrado lleno de luces forjadas de colores —rojas, azules, amarillas y naranjas— no más grandes que una moneda. En el centro, había un agujero circular blanco. Las luces de colores encajarían dentro fácilmente, como una llave, pero ¿para qué?

Enrique se quitó la máscara. El frío aire de febrero le acarició la cara. Una brisa pasajera le rozó el vendaje e hizo una mueca de dolor.

—¿Por qué me parece que esto va a ser otro acertijo? —preguntó Hypnos—. Ya lo odio y aún no hemos empezado.

Uno a uno se colocaron las máscaras sobre la cabeza. Enrique tocó las luces forjadas y frunció el ceño al ver que se movían bajo las yemas de sus dedos. Ya había visto esa clase de decoración en L'Éden. Dependiendo de su disposición en el aplique de la pared, las luces de colores podían cambiar la tonalidad de toda una habitación.

—He encontrado algo —dijo Laila.

Enrique se giró y vio a Laila caminar hacia un zapato solitario al final del callejón. Cuando lo tocó, se sobresaltó y volvió a mirar al mosaico.

—No debería ser así.

—¿Qué quieres decir? —preguntó Enrique.

Laila frunció el ceño.

—Parece que estamos en el mismo lugar, pero por lo que he visto, esta pared no debería estar en blanco y negro. Se supone que está llena de colores..., como una imagen real de algo, pero no he podido verlo bien, los detalles estaban muy confusos.

Zofia se metió la mano por el cuello de la túnica y se sacó el collar. Uno de sus colgantes brillaba.

—Es una entrada Tezcat —dijo antes de apoyar la mano sobre las teselas del mosaico—. Pero está cerrada. Hace falta una llave o una contraseña.

Al tocarlas, unas palabras revolotearon sobre las teselas del mosaico.

Hypnos soltó un gemido.

—¿Otra vez?

QUERIDO INVITADO,
QUE NUESTRAS ALEGRÍAS SEAN COMO ESMERALDAS.

«Oh», pensó Enrique, mientras observaba las luces brillantes. Era un rompecabezas de colores.

Esperó a que alguien hablara primero, pero todos permanecieron en silencio. Cuando los miró, se dio cuenta de que lo estaban mirando a él. Era una mirada de confianza y esperanza, una mirada cuyo peso nunca había afectado tanto a Enrique.

—¿Qué hacemos? —preguntó Hypnos.

Enrique sintió como si se le expandieran las costillas al señalar el cuadro de luces.

—En realidad, es muy sencillo... La pista está incluso en la frase. «Esmeralda», que viene del latín *smaragdus*, es un tono de... verde, así que tenemos que conseguir pintar la pared de verde.

—No hay luz verde —dijo Zofia.

—Cierto. Tenemos que crearla.

Alargó la mano para coger la luz azul, que se despegó fácilmente de la pared. La metió en el agujero del cuadrado y llenó la mitad de su profundidad. Después, cogió la tesela amarilla y la puso encima. La luz verde irradió hacia el exterior, primero suave, luego su intensidad aumentó. El tono verde se fundió con el exterior y se extendió por las teselas blancas y negras como si se tratara de una piscina de tinta. Una imagen tomó forma mientras la pared se empapaba de luz y color. Un matiz azul se extendió desde la mitad inferior de la pared y se estrechó en una corriente vidriosa. El tono esmeralda moteado de los cipreses majestuosos saltó a cada lado. En el centro, una chispa de luz creció y creció y la pared de teselas se iluminó con un brillo transparente, hasta que se fundió por completo y se abrió hacia un gran pasillo.

Enrique abrió los ojos de par en par al ver la entrada a la fiesta del Carnevale de la Casa Jano. Los festejos se dividían en tres niveles. Desde su posición, el diseño de la planta principal era como un sol con rayos radiantes. O, como se dio cuenta Enrique al inclinar la cabeza, una rosa de los vientos, lo cual parecía muy apropiado dados los tesoros cartográficos de la Casa Jano.

En el centro de la habitación giraba una plataforma circular dorada aproximadamente del tamaño del gran salón de baile de L'Éden, donde los bailarines reían y daban vueltas, y a veces se tambaleaban justo en el borde, solo a centímetros de la piscina que les rodeaba. Otros chapoteaban en el agua, con finas batas pegadas a sus cuerpos mojados. Encima de los invitados giraba un candelabro de cristal y vidrieras, desde el que actuaban músicos enmascarados.

En el centro estaba el sol y cada rayo conducía a una entrada diferente. A su izquierda, un grupo de mujeres que llevaban máscaras *morette* de terciopelo y vestidos de color rojo sangre pasaron bajo un arco oscuro a lomos de un enorme caballo alado tallado en piedra. A la derecha de Enrique, una mujer de piel pálida que llevaba una máscara colombina que parecía hecha de oro macizo atravesó un muro de rosas.

—Es una red de puertas Tezcat —dijo Zofia.

Por primera vez aquella noche, parecía ligeramente interesada.

Hypnos dio una palmada.

—¡Venga, vamos! ¡Las bebidas nos esperan!

Laila tosió suavemente.

—Permíteme que rectifique. Nuestra misión... y las bebidas... nos esperan.

Laila puso los ojos en blanco.

A unos pasos de la entrada del mosaico, una barcaza forjada se mecía en un riachuelo de tinta. Dos hileras idénticas de cipreses en macetas, como una extensión del mural del mosaico, se arqueaban sobre el agua.

Enrique se bajó la máscara y sintió su peso presionándole las sienes, el cuero cabelludo y la superficie sensible de la herida. A través de los agujeros de los ojos, el mundo parecía más enfocado; la fiesta de Carnevale era menos como un más allá fantástico y más como un secreto a medio revelar. Le avivó una sensación de hambre que le resultaba familiar: el simple deseo de saber.

Enrique no había sentido esa punzada de curiosidad desde lo que parecían meses. Últimamente, toda su investigación tenía un trasfondo de pánico y urgencia. Todavía lo tenía, pero ahora le había añadido una nueva faceta: estaba aprendiendo no solo por el bien de los demás, sino por el suyo también. Poco a poco, sentía como si las piezas que lo componían se estuviesen reordenando de una forma que él reconocía. Y cuando sus amigos se movían a su alrededor, se sentía menos como una pieza movida por el impulso y más como un ancla, segura y firme. A su alrededor, el mundo parecía revelarse más y más y, con cada revelación, Enrique sentía que descubriría su lugar en él.

Bajo la máscara, sonrió.

LAILA NO TARDÓ más de diez minutos en averiguar dónde guardaba la Casa Jano sus tesoros. A medida que avanzaban por la fiesta, rozó con los dedos las bandejas que sostenían los sirvientes, las toallas que llevaban colgadas de los brazos y algún farolillo colgado de una columna.

—Por aquí —dijo.

Laila los condujo entre la multitud de invitados y por uno de los muchos pasillos que partían de la plataforma principal hasta llegar a un vestíbulo pequeño y vacío. Al fondo, un extenso tapiz de seda cubría una de las paredes.

Enrique observó el tapiz. Bordada en él había otra rosa de los vientos, cuyas puntas en forma de diamantes indicaban los territorios situados al norte, sur, este y oeste de la ubicación en la que se encontraban. Al norte, glaciares cosidos con hilo de plata. Al sur, arenas doradas y filiformes. Al este, montañas de nudos verdes y, al oeste, aguas tejidas de azul.

—Por los objetos que he leído, me da la impresión de que la entrada al tesoro está conectada con el tapiz —dijo Laila.

—Pues vamos —dijo Hypnos.

Dio un paso hacia la entrada, pero Laila lo cogió del brazo.

—¿Zofia? —dijo Laila.

Zofia metió la mano en una de sus mangas e hizo rodar una luz detectora esférica sobre la piedra. A los lados del vestíbulo, junto a las antorchas encendidas, surgieron unas luces rojas del tamaño de una moneda. A Enrique se le encogió el estómago.

—¿Qué es eso? —preguntó Zofia.

—Mnemodispositivos de detección de formas —dijo Hypnos, molesto—. Utilizamos los mismos en la Casa Nyx. Hacen saltar las alarmas si detectan movimiento en el fondo. Normalmente, para pasar hay que tener un dispositivo bloqueador que interrumpa los sensores de la máquina.

—¿Cómo vamos a pasar, entonces? —preguntó Enrique.

—Fácil. —Zofia tocó el extremo del pico de su máscara—. Eliminando totalmente la detección.

Con un movimiento hábil, Zofia pellizcó el largo y retorcido extremo de su pico. Unas bocanadas de vapor salieron de los orificios nasales de la máscara, de color blanco hueso, y ocultaron el azul de sus ojos. Con la larga túnica azul marino y la cara y el pelo ocultos, Zofia le recordaba al psicopompo de un mito, una figura encargada de llevarse a las almas de los reinos mortales.

Laila copió el movimiento e Hypnos también. Enrique se llevó la mano a la máscara y notó una ligera ranura en el diseño. Un segundo después, empezó a salir el vapor.

Zofia debía de haber añadido una barrera dentro de la máscara, porque ni sintió ni olió el vapor, aunque sí lo vio salir y le nubló la vista momentáneamente. Cuando se despejó, vio que la niebla forjada avanzaba por el vestíbulo y lo cubría de una bruma espesa e impenetrable.

—He contado diez pasos hasta la pared —dijo Zofia—. Vamos.

Enrique caminó a través de las tinieblas, con los latidos del corazón retumbándole en las costillas. Se preguntó qué aspecto tendrían en aquel momento para cualquiera que los viese…, como enviados del infierno, ángeles malditos con la peste saliéndoles de los orificios nasales.

Enrique extendió la mano y notó la textura áspera del tapiz bajo la palma. El vestíbulo pareció soltar un suspiro que hubiera estado aguantando durante mucho tiempo. La oscuridad de la niebla dio paso a un vestíbulo diferente cuando cruzaron a través del tapiz forjado.

Pensó que se encontrarían con el silencio, pero una figura los esperaba a no más de dos metros de donde aparecieron. Una figura vestida de rojo, con la cabeza inclinada y una máscara lacada del color de una garganta abierta.

Lentamente, la figura levantó la cabeza. Deslizó las manos enguantadas hacia arriba y se echó hacia atrás la capucha. Enrique se quedó sin aliento.

Lo invadió una serie de emociones: alegría, después rabia..., el extraño deseo de reírse, interrumpido por un repentino pinchazo de la herida.

Séverin llevaba el pelo despeinado por la máscara, pero se mantenía erguido y regio, ataviado con una túnica roja. Enarcó una ceja y esbozó una sonrisa.

—Os dije que os encontraría.

18

LAILA

En cuanto vio a Séverin, Laila sintió que el suelo se derretía bajo sus pies y que el estómago le caía en picado con una sensación de ingravidez repentina. No era deseo, ni siquiera sorpresa. Fue un momento en el que el presente se redujo y aparecieron los huesos del pasado.

Laila vio el pasado.

Vio a Séverin sacar una lata de clavos y otro paquete de cerillas para Zofia. Vio cómo esbozaba una sonrisa al escuchar el nuevo descubrimiento histórico de Enrique. Vio cómo su mirada buscaba la de ella antes de guiñarle un ojo, como si estuvieran compartiendo un secreto.

El presente era una bestia distinta.

Ninguno de ellos se había quitado la máscara. Séverin perdió la sonrisa. Durante un breve instante, parecía un peregrino: agotado y penitente.

Hypnos fue el primero en echarse la máscara hacia atrás.

—¡Nos has encontrado! —dijo Hypnos con una sonrisa—. ¡Ya lo sabía yo!

Séverin le devolvió la sonrisa con auténtica amabilidad... y alivio.

En contra de su voluntad, Laila recordó cómo la oscuridad se había apoderado de ella la noche anterior en el salón de los *mascherari*, cómo la textura se había vuelto resbaladiza, el sonido se había desvanecido y los colores se habían teñido de blanco... hasta que él la había tocado. Recordaba lo apuesto que estaba en la oscuridad de la habitación. Lo herido que se le veía.

«Te encontraría en cualquier parte».

—Ah, venga, no podemos seguir con esas monstruosidades sofocantes puestas —dijo Hypnos mientras se señalaba la cara.

Enrique gruñó al quitarse la máscara. Séverin lo miró con entusiasmo, pero Enrique no estableció contacto visual. La siguiente fue Zofia. La expresión de su rostro impactó a Laila.

Cuando Zofia había vuelto del paseo en góndola, le había contado a Laila que había perdido la carta de Hela. Laila sabía que, para alguien como Zofia, el pánico de lo desconocido era peor que cualquier noticia que hubiera dentro del sobre. Había intentado reconfortar a su amiga y le había prometido que podrían enviar un mensaje cuando todo acabase, que seguramente su familia se habría puesto en contacto con L'Éden y, en cuanto fuera seguro, ellos se pondrían en contacto con el personal de París. Pero Zofia había permanecido con el rostro agarrotado, aterrorizada y en silencio. Hasta ahora.

Cuando Séverin apareció, algo cambió en Zofia. Se le hundieron los hombros. Desapareció la tensión de su boca. De nuevo, Laila se dio cuenta de que, independientemente de lo que les hubiese hecho, en parte seguían confiando en que Séverin pudiera arreglarlo todo.

Se le tensó la mandíbula.

No podía decirse lo mismo de ella.

Sentía la mirada de Séverin sobre su rostro. Cómo apretaba los labios, como si sintiese compasión hacia ella. ¿Pensaba que ocultaba su rostro porque sus emociones eran tan vívidas que no podía controlarse? ¿Creía que estaba siendo misericordioso al permitirle mantener la intimidad de la máscara?

Séverin dio un paso adelante y los miró con esperanza. Y con cautela.

—Sé... sé que lo que hice fue...

—¿Irrelevante en estos momentos? —dijo Laila. Se echó hacia atrás la máscara, con una mirada feroz—. Nos has encontrado, perfecto. Ahora preferiría centrar nuestra atención en el mapa de Poveglia. He recogido tanta información como he podido. ¿Qué nos ofreces tú, Séverin?

—¿Algo aparte del arrepentimiento en el corazón? —dijo Hypnos—. ¿Una cantidad suficiente de culpa para que todos podamos seguir adelante, quizás?

—Técnicamente, no puede tener arrepentimiento en el corazón —dijo Zofia.

—Lo secundo —dijo Enrique.

—Tiene sangre, ventrículos...

Enrique suspiró. Hypnos negó con la cabeza y parecía estar a punto de hablar cuando una grave risa lo invadió todo. Séverin. Se estaba riendo. Laila había olvidado el sonido de su risa, grave y profunda.

—Os he echado muchísimo de menos —dijo Séverin—. De hecho, he...

—¿Cuánto tiempo más vais a hacerme perder? —preguntó Laila con frialdad, mientras se encaraba a ellos. Levantó la mano, con el número tres bien visible en el anillo granate—. Me esperaba mucho más de mis amigos.

Hypnos se tambaleó hacia atrás como si le hubiesen dado una bofetada. Enrique abrió los ojos de par en par, herido, y Zofia bajó la mirada al suelo. Laila no quiso mirar a Séverin, pero cuando este habló, su voz tenía un deje de urgencia.

—Eso cambiará, Laila —dijo—. Te lo juro.

Se levantó la manga de la túnica y dejó ver la lira divina que llevaba atada al brazo. Laila miró fijamente el instrumento. No había olvidado lo que había sentido cuando sus dedos sangrientos tocaron una única cuerda, como si su alma amenazase con desprenderse y deslizarse por la jaula suelta de sus huesos. Un escalofrío le recorrió la espalda.

Séverin se bajó la manga de un tirón, con una expresión de determinación en el rostro.

—Creo que el mapa a Poveglia será un objeto forjado con la mente —dijo Séverin—. Un vial, tal vez. No es en absoluto un mapa tradicional. Ruslan me dio una pista antes de marcharme.

—¿Qué pista? —preguntó Enrique, mientras se cruzaba de brazos.

Séverin sonrió sin humor.

—Cuidado con los dragones.

AL OTRO LADO del tapiz Tezcat, Laila descubrió que habían aparecido en las galerías superiores del cuartel general de la Casa Jano; desde ahí arriba se veían los festejos. A lo largo de las paredes curvas colgaban docenas de mapas antiguos, todos ellos extendidos, fijos con alfileres y enmarcados por relucientes florituras de latón bañado en oro. Una claraboya abovedada dejaba pasar la luz de la luna y, cuando Laila se asomó por el borde de la barandilla, la espiral de las escaleras dejó a la vista a los fiesteros como un mar dorado y ondulante a sus pies. Laila deslizó los dedos por los marcos, las paredes, las juntas de los cuadros..., pero los objetos estaban en silencio.

Al principio, Séverin se puso a la cabeza del grupo y fue como si un hechizo del pasado volviese a caerles a los pies. Resultaba natural ir un paso por detrás de Séverin. Fácil, incluso. Demasiado fácil. Laila se quedó atrás con un poco de rencor. Enrique, por otro lado, se sacudió y avanzó hacia la parte delantera prácticamente dando zapatazos. Al final del pasillo, Séverin se detuvo frente al último mapa, una serigrafía de una tablilla de arcilla de un metro de diámetro. Laila no reconoció la escritura. Parecía una recopilación de ángulos agudos.

—¿Y bien, Enrique? —preguntó Laila.

Séverin, que había abierto la boca, la cerró rápidamente. Enrique parecía bastante satisfecho consigo mismo cuando se giró hacia ellos. ¿Eran imaginaciones de Laila o Séverin se había echado a un lado, como si se estuviese apartando del foco de atención de otra persona?

—Es *Imago Mundi* —dijo Enrique—. También conocido como el Mapa Babilónico del mundo. Es una réplica de la tablilla original, por supuesto: la original data de principios del periodo aqueménida. Los babilonios tenían deidades parecidas a los dragones, como Tiamat, una diosa primordial del mar, así que esto podría ser parte de la pista...

Séverin dio un paso atrás y observó el cuadro.

—No lo creo.

Laila se imaginó que la habitación se volvía un poco más fría.

—¿Perdona? —preguntó Enrique.

—Dudo que la Casa Jano quiera que la entrada a sus tesoros se base en algo que no es original. Sería... insultante. En cuanto a la conexión con el dragón, me imagino que no será algo tan poco convincente.

—Entonces, ¿crees que tenemos que buscar un dragón de verdad? —preguntó Enrique.

—Puede que no algo tan literal, pero sí más arraigado a la palabra, quizá.

Tenía cierta lógica. Una vez más, el pasado se entrometió. Laila recordaba la felicidad con la que Séverin leía las habitaciones de los tesoros: como si entendiese, a un nivel fundamental, cuánto les gustaba esconderse a los tesoros. Una vez, eso la había hecho sentirse especial: cómo él, solo, la había encontrado hacía todos esos años, cómo había desenterrado sus habilidades y la había mantenido a salvo. Cómo la había valorado. Laila apartó esos pensamientos de su cabeza.

—Bien —dijo Enrique con cierta renuencia—. Podemos intentarlo.

Durante los siguientes diez minutos, el grupo se dividió para revisar una vez más los mapas y las estatuas de los pasillos.

—Teniendo en cuenta lo de los dragones —dijo Hypnos, aburrido—, me había imaginado esto mucho más emocionante.

—¿Y esto? —dijo Zofia.

Los cuatro se giraron hacia ella. Estaba de pie cerca del final del pasillo ante un pequeño mapa de apenas quince centímetros de largo. Zofia había arrancado uno de los colgantes de su extraño collar y lo sostenía como una linterna y señalaba algo que estaba escrito a un lado.

Cuando se unieron a ella, al principio Laila no vio nada más que papel amarillento y tinta sepia que delineaba y sombreaba tramos de montañas, olas y laderas ondulantes y llanuras planas. El mapa había sido forjado hacía mucho y, aunque el tiempo había debilitado el vínculo de la forja, un hilo de voluntad atravesaba la página. Un viento invisible agitaba los tallos de trigo. La representación de las olas se deslizó suavemente y desapareció del marco. Enrique se inclinó hacia delante y siguió el dedo de Zofia hasta una expansión en blanco de la página, solo interrumpida por la aparición de una aleta dorsal que entraba y salía del agua. Y, junto a ella, en una letra inclinada tan pequeña que Laila la había pasado completamente por alto, una frase en latín:

HIC SUNT DRACONES

Dracones.

Dragones.

Laila miró fijamente la palabra, con la esperanza clavada dolorosamente en el pecho.

—Es una referencia que significa «terreno desconocido» —dijo Enrique, emocionado—. Los antiguos cartógrafos creían que la tierra que no podían ver tenía que estar necesariamente poblada por antiguas bestias y monstruos. Aunque la frase latina más común que utilizaban los cartógrafos era *terra ignota*, vista por primera vez en la *Geografía* de Ptolomeo en el año 150. Esta frase en concreto no se había visto más que en el globo terráqueo de Hunt-Lenox del siglo XVI.

«Territorio desconocido». Laila sonrió. Le gustaba la idea de que, en los vastos lugares donde el mundo se volvía desconocido, pudiese haber algo tan bonito y excepcional como dragones al acecho.

Por el rabillo del ojo, Laila vio que Séverin le sonreía a Enrique. Enrique no lo miró, pero apretó la mandíbula al decir:

—Zofia, supongo que sabes lo que...

Ella no esperó a que terminase antes de arrancar otro colgante y colocarlo detrás del cuadro.

—¿Va a destruir el mapa? —preguntó Enrique, alarmado.

Zofia se metió la mano en la manga y buscó un cuadradito de metal. Laila lo reconoció como un silenciador forjado, diseñado para absorber el sonido. Zofia sacó siete de ellos y los alineó a lo largo de la pared. Teniendo en cuenta su tamaño, eran unos objetos sorprendentemente eficaces: eran lo bastante potentes para ocultar tanto el estruendo de las cocinas de L'Éden como la actuación de una orquesta en el gran salón de baile, de forma que los huéspedes de ese mismo piso que se retirasen pronto no oirían nada en absoluto.

—Atrás —dijo Zofia.

Todo el mundo se alejó menos Enrique.

—¿Podemos intentar no destruir...?

Hypnos tiró de él hacia atrás en el último momento. Un destello de calor y un fuerte golpe sacudieron la pared. Segundos después, el mapa, ahora enmarcado en humo, colgaba de dos bisagras y revelaba un pasillo iluminado por velas.

—¿... nada? —terminó Enrique débilmente.

Laila apartó el humo con la mano.

—Comprueba si hay mnemodispositivos —dijo Séverin.

Zofia cogió un dispositivo esférico escondido entre los pliegues de su falda azul y lo hizo rodar por el pasillo.

—Despejado —dijo Zofia.

Séverin asintió con la cabeza y después chocó los talones entre sí. Dos delgadas cuchillas emergieron de ellos. Séverin las extrajo, le tendió una a Hypnos y la otra se la quedó él. Golpeó la pared con el brazo y los granates y rubíes incrustados en el traje que llevaba se iluminaron. Sonrió hacia ellos antes de entrar en el pasillo. Por segunda vez en la última hora, Laila se tambaleó ligeramente.

Todo aquello —la calma de Séverin, el fuego de Zofia, la clase de Enrique— le resultaba demasiado familiar. Una parte de ella quería dejarse llevar por el ritmo fácil, pero bajo esa tentación estaba la verdad. No podía permitirse dejarse seducir por sonrisas fáciles. Giró el anillo de su mano hacia su palma y el número tres parpadeó en la joya y en su corazón.

No tenía tiempo.

EL PASILLO SE EXTENDÍA al menos noventa metros frente a ellos. Las paredes de piedra negra brillaban por la humedad. En los nichos empotrados iluminados por velas, Laila vio una exquisita cristalería de Murano forjada a semejanza de delicadas *ciocche*, ramos de cristal que desprendían el aroma del aceite de flores de naranjo, u *ovi odoriferi*, huevos de avestruz rotos rebosantes de agua de rosas. Las fragancias se respiraban por el pasillo. Perfumes de pimienta y ámbar gris y violetas y madera hacían que a Laila le picase el interior de la nariz.

—Demasiados olores —dijo Zofia, saturada.

—¿Quién perfuma sus tesoros? —gimió Enrique.

Séverin dejó de andar.

—Tapaos la nariz. Ya.

—Estaremos bien... —empezó a decir Hypnos.

—Es una trampa —dijo Séverin—. Si quieren confundirnos el sentido del olfato, es porque ese sentido tiene que ser clave.

Zofia cogió el dobladillo de su túnica y empezó a levantársela. Enrique pasó la vista por la habitación, alarmado y poniéndose rojo.

—Eh... ¿de verdad es necesario desvestirse...?

—Sí —dijo Zofia, cortante.

En cuestión de segundos, Zofia se había arrancado trozos de la enagua que llevaba bajo la túnica. Le lanzó uno a Laila, que lo cogió con una sola mano. El material era seda perforada y el sordo zumbido del material le dijo a Laila que estaba forjado.

—Es un filtro —explicó Zofia mientras le lanzaba el último trozo a Enrique, que, hasta hacía unos segundos, miraba al suelo como si fuese lo más fascinante del mundo—. Estaba pensado para el humo, pero también funcionará con los aromas.

Laila se ató la seda alrededor de la boca y la nariz y los demás hicieron lo mismo. Vio que Enrique titubeaba un poco, con la cara muy roja.

—Ay, *mon cher*, qué inocentón eres —dijo Hypnos mientras le quitaba el trozo de tela y se lo ataba alrededor de la cara.

Cualquier sonido de protesta fue rápidamente amortiguado.

A seis metros de ellos, la sala del tesoro brillaba tenuemente. Laila sintió que se le aceleraba el pulso. Casi sentía el cuerpo febril. Estaban muy cerca. Tenían la lira y la ubicación del templo donde se podría tocar.

Lo único que les faltaba era el mapa para llegar hasta él.

Un poco más lejos, llegaron al descansillo de una pequeña escalera de cristal que descendía a una habitación bastante espaciosa del tamaño del gran vestíbulo de L'Éden. El suelo de mármol había sido forjado por unos hilos fosforescentes que proyectaban un cálido brillo por toda la habitación. Sobre sus cabezas, una claraboya abovedada de unos dieciocho metros reflejaba la luz de la luna sobre los tesoros que había debajo.

Solo que no parecían tesoros en absoluto.

Había doce pedestales negros que les llegaban a la altura del pecho, seis a cada lado de la habitación. En la base de cada pedestal había una pequeña esfera de metal, no más grande que la palma de la mano de Laila. Encima de cada pedestal, había un frasco bellísimo de perfume. Cada uno de ellos estaba decorado y el cristal tenía dibujadas violetas abiertas o rosas de capullos cerrados, y el cálido resplandor que emitía el suelo se reflejaba en el cristal brillante.

—¿Dónde están los mapas? —preguntó Hypnos.

—Eso son los mapas —dijo Séverin—. Es una extraña sustancia forjada con la mente que introduce el conocimiento de un lugar en la cabeza de alguien.

Al otro lado de la pared del fondo se extendía un gran panel cuadrado del tamaño de dos mesas de comedor grandes y lleno de gruesas espirales de vidrio soplado. El pigmento que contenían se arremolinaba con tonos brillantes: verde menta y naranja caqui, rosa oscuro y rojo granate, un revoltijo de colores. Se ondulaba hasta que los colores fluctuaban como una advertencia hipnótica.

Laila tocó la tela que le cubría nariz y boca. A través del filtro de seda forjada, captó el olor de algo más. Algo chamuscado y fétido.

—Nadie quiere que sus tesoros salgan a la luz —dijo Séverin—. Tenemos que implicar todos nuestros sentidos. Enrique, ¿hay algo en lo que debamos centrarnos? ¿Algún patrón con significado histórico?

Enrique se sobresaltó al oír su nombre. Miró la habitación y luego a Séverin, que lo miraba esperanzado. Enrique carraspeó.

—Los frascos parecen hechos de cristal de Murano y el perfume era una herramienta poderosa para los antiguos, lo que refuerza la conclusión de que pueden ser mapas a los templos.

Séverin sonrió.

—Sabía que ibas a ver algo.

Enrique lo ignoró.

Hypnos se revolvió y se tiró del cuello de la túnica.

—¿A alguien más le parece que aquí hace demasiado calor?

Ahora que lo decía, la habitación le resultaba a Laila demasiado cálida, pero quizá fuese por el aislamiento. Se apartó el pelo húmedo y rizado de la frente mientras Séverin observaba la habitación con recelo.

—Algo en la habitación prefiere esta temperatura —dijo.

—Lo dices como si la habitación estuviese viva —respondió Hypnos, incómodo.

—Quizá lo esté —dijo Séverin. Miró la escalera y luego el panel de espirales de cristal antes de entrar en el primer rellano—. Voy a bajar.

—Muy bien —dijo Laila, y lo siguió.

Séverin se interpuso en su camino.

—Todavía no sabemos a qué nos enfrentamos, déjame...

—¿Que te deje qué? —preguntó Laila—. ¿Sacrificarte? ¿Otra vez? Si mueres, todo esto se acaba porque no podremos usar la lira. Así que o te haces a un lado y ves cómo nos marchamos o aceptas el hecho de que voy a bajar contigo.

A su espalda, Enrique, Zofia e Hypnos parecían un poco sorprendidos. Hypnos levantó una mano.

—¿Esto, yo... yo no tengo que ir? —dijo.

Laila lo fulminó con la mirada.

Séverin suspiró y se apartó.

—Tienes razón. Estoy a tus órdenes.

—Ojalá —murmuró Laila, mientras bajaba las escaleras.

En el momento en que pisó el último escalón, Laila se llevó la mano al interior de la manga y tocó el corpiño que le rodeaba la cintura y que Zofia había equipado con sus creaciones forjadas. Laila sacó una de las luces portátiles e iluminó el frasco de perfume del primer pedestal. Algo parpadeó en su interior.

—No pierdas de vista la pared del fondo —dijo Séverin.

Zofia asintió y se colocó en la parte delantera de la habitación.

Dentro del frasco de perfume había una pequeña llave dorada. En esa zona el olor a carne podrida era todavía más fuerte.

—Definitivamente, hay una llave dentro —dijo, mientras se cubría la nariz.

—¿Puedo? —preguntó Séverin.

Laila le lanzó la luz portátil y él la pasó por encima de los frascos.

—Todos tienen una llave —dijo.

—¿Cómo sabemos qué abren? —preguntó Enrique—. Podría ser cualquiera.

—Solo hay una manera de averiguar a dónde llevan los mapas —dijo Séverin, mirando las botellas—. Dividámonos. Destapad los frascos lo menos posible, los mapas forjados con la mente son muy poderosos, así que estad preparados.

—Buscamos indicios del templo bajo Poveglia. Pensad en tierras abruptas, cuevas... ese tipo de ambientes —añadió Enrique.

Laila se preparó mientras cogía el frío y suave frasco de cristal. Miró la pared del fondo, iluminada con aquellos cristales en espiral. No parecía que hubiera cambiado.

Laila destapó lentamente el frasco. Una pequeña ráfaga de perfume forjado con la mente flotó en el aire. En cuanto lo respiró, fue como si su conciencia se hubiese ido a otra parte. Cuando parpadeó, vio un acantilado en ruinas en las profundidades de una selva, donde los ataúdes colgaban de las copas de los árboles y un agujero lleno de huesos brillaba con oro. Volvió a pestañear y la visión desapareció.

Le puso el tapón con manos temblorosas mientras se giraba hacia los demás.

—Una selva en alguna parte —dijo—. No era Poveglia.

—Arrgh, este es una fosa —dijo Hypnos mientras tapaba un frasco.

Enrique dejó otro frasco y negó con la cabeza.

—Este lleva a un castillo.

—Una puerta de cristal en una tundra —dijo Zofia, mientras caminaba hacia otro pedestal.

Laila quitó otros dos tapones y la visión se le nubló con imágenes de templos nevados con cimas redondeadas y callejones secretos ocultos a plena vista en ciudades atestadas.

Pero nada de lo que encontró se parecía a la Isla de la Peste de Venecia, lo que le hizo preguntarse si la encontrarían allí o si...

—La he encontrado.

Laila se giró y vio a Séverin sosteniendo el tapón de un perfume. Durante un segundo, se le dilataron las pupilas por el miedo. Séverin sacudió la cabeza y su expresión volvió a la normalidad, pero Laila sabía que había visto algo inquietante.

—¿Estás seguro? —preguntó Enrique.

Séverin apartó la mirada de ellos y se las arregló para asentir.

—Entonces, ¿cogemos el frasco sin más y nos vamos? —preguntó Hypnos.

Laila observó la habitación. No había cambiado. Seguía haciendo un calor sofocante. Las luces del suelo no se habían alterado, ni siquiera cuando abrieron y comprobaron cada uno de los frascos de perfume forjados con la mente, ni siquiera el cristal de la pared del fondo se había modificado. Sobre ellos, la fría luna de invierno los miraba a través de la cúpula de cristal del cielo.

Séverin observó el podio.

—No sabemos qué pasará cuando retire el frasco, así que debemos estar preparados para el peor de los casos —dijo—. Zofia, ¿con qué contamos?

—Catorce explosivos, seis espadas de corto alcance, cable de acero y tela amortiguadora forjada —dijo Zofia, antes de señalarse la túnica—. Y esta tela es ignífuga.

—Unos artículos maravillosos y mortíferos que, estoy seguro, no vamos a necesitar..., ¿verdad? —dijo Hypnos, mirándolos—. ¿Verdad?

Séverin cogió el frasco de perfume del podio y lo guardó en la caja que le había dado Ruslan. Todos permanecieron quietos y callados.

—¿Lo veis? —dijo Hypnos—. Nada.

Laila percibió un cambio en la habitación. Vio un destello en el aire y una oleada de intenso calor azotó la habitación. Un ruido de goteo captó su atención. Se volvió justo a tiempo para ver cómo la entrada de la escalera de cristal se fusionaba con la pared y los dejaba sin salida. En la pared del fondo, las ondulantes espirales de cristal se retorcieron y Laila sintió que se le subía el corazón a la garganta.

No eran espirales.

Eran escamas.

19

ZOFIA

Zofia no tenía tiempo para el miedo.

Estudió la escena mentalmente y la dividió en partes. El vidrio líquido emanaba del panel, caía al suelo y empezaba a cobrar forma. En cuestión de segundos, el cristal se fundió en un largo hocico, garras afiladas, una cola estrecha y un cuerpo que alcanzaba los casi quince metros de altura. La criatura de cristal giró la cabeza para mirarlos.

—¿Os acordáis de que quería un dragón? —dijo Hypnos—. Pues retiro lo dicho.

Zofia observó el aire caliente que emitían sus alas traslúcidas, la franja de color escarlata que le subía por el vientre y la cola salpicada de pigmento azul que no dejaba de dar latigazos. Olió y saboreó el metal fundido del aire, cobrizo como la sangre. Oyó el golpe que dio la enorme cola contra el suelo, como el ruido de una lámpara de araña que se hace pedazos.

—¡Cuidado! —gritó Laila.

Agarró a Zofia del brazo y la tiró al suelo justo antes de que el dragón de cristal azotase la cola y la golpease contra la pared. Normalmente, la fuerza debería haber destrozado los frascos, pero estos se mantuvieron en perfecto estado. En la base de cada pedestal, Zofia observó una esfera metálica que irradiaba un suave brillo. Reconoció la estructura de inmediato: puntos Gaia. Ligeros, pero diseñados para absorber los golpes. Eso era lo que mantenía a los frascos en su lugar.

Justo en ese momento, el dragón rugió, con un sonido parecido al de los fuelles de una fragua. Zofia se obligó a mantener estables los latidos de su corazón. Sabía que tenían un problema gordo, pero también sabía que a sus amigos no les servía de nada si no podía pensar con claridad.

Dirigió la mirada a las garras traseras de la criatura. Parecían fundirse con el mármol, lo que le permitía un movimiento lento pero laborioso por el suelo. No estaba diseñada para la velocidad, pero Zofia miró la puerta fundida y la claraboya a treinta metros de altura y cayó en la cuenta de que no necesitaba moverse con rapidez.

Lentamente, se deslizó hacia delante, moviendo la cola con fuerza y chasqueando la mandíbula.

—¡No sé cómo se derrota a un dragón! —dijo Hypnos.

—No es un dragón —dijo Zofia—. Es cristal.

El dragón de cristal dio un paso más. Alargó la cola, y Zofia se percató de que nunca la arqueaba hacia arriba; su mecanismo forjado tenía cuidado de no tocar la claraboya. El calor empalagoso de la habitación le oprimía la túnica. Séverin había dicho que el calor era intencional, como una preferencia. Una idea se le pasó por la cabeza.

—Tenemos que estresar al dragón —dijo.

Hypnos frunció el ceño.

—No creo que este sea el momento de contarle mis problemas existenciales…

—El cristal experimenta un choque térmico cuando la temperatura cambia rápidamente entre dos superficies —dijo Zofia.

—Al cristal caliente no le gusta el aire frío —dijo Séverin—. ¡Tenemos que meter frío en la habitación!

—¡Pero la puerta se ha fundido! —dijo Enrique.

Zofia miró hacia arriba.

—La claraboya no.

—¡No llegamos tan arriba! —dijo Hypnos.

—Sí, sí llegamos —dijo Laila. Se abrió la túnica y cogió el acero forjado que Zofia había escondido en su corpiño—. La claraboya necesitará una masa considerable para romperse —dijo, mientras buscaba por la habitación algo a lo que atar el cable.

No había nada a su alrededor, salvo los delicados frascos de perfume.

El dragón se acercó más; emanaba un calor abrasador. El vidrio que fluía rodeaba cuatro pedestales, dos en cada lado.

—¡Tenemos que movernos! —dijo Enrique, mientras se ponía de pie.

Séverin permaneció donde estaba y señaló por encima de sus cabezas.

—Este es el mejor lugar para acceder a la claraboya.

—Séverin —dijo Laila, alarmada.

—Conseguidme algo de tiempo —dijo Séverin.

—Quitaos las túnicas —dijo Zofia, y se arrancó la pesada tela.

—En condiciones normales me encantaría esa sugerencia —dijo Hypnos—, pero…

Zofia extendió las manos, le cogió de las mangas y se las rasgó.

—Las túnicas están forjadas para inhibir el calor. Podemos usarlas como barrera contra el cristal caliente.

Hypnos se quitó la túnica con un movimiento de hombros y se la lanzó a Zofia. El cristal líquido se acumuló en los bordes de la capa. No duraría más de tres minutos, pero menos daba una piedra.

—¡Necesitamos algo que lanzar contra la claraboya! —dijo Séverin, y se puso a buscar.

Zofia señaló las esferas de metal de la base de los pedestales. Séverin siguió la línea de su dedo y sonrió.

—Puntos Gaia —dijo—. ¡Fénix, es una idea brillante! A estas alturas han debido de absorber un montón de golpes.

El dragón de cristal rugió, agitó las alas y unas ondas de calor chocaron contra las mejillas de Zofia.

—¿A qué estás esperando? —gritó Enrique.

Séverin empujó uno de los puntos Gaia al suelo e hizo una pequeña mueca mientras ataba la esfera al cable. Se ató el artilugio alrededor de la cabeza y lanzó el frasco hacia arriba, donde se hizo añicos contra la claraboya.

El cristal se fracturó, pero no se rompió.

—¡Otra vez! —gritó Enrique, y le lanzó otro punto Gaia.

Séverin balanceó la cuerda. La ventana se fracturó un poco más, pero tampoco se rompió.

—La capa… —dijo Hypnos, mientras señalaba el revoltijo de la tela ignífuga de Enrique.

El vidrio líquido se filtró por ella y se endureció sobre la capa dorada, igual que los insectos que quedan atrapados en el ámbar. El dragón de cristal se acercó a ellos y Zofia pudo ver su propio reflejo estirarse y contraerse en la capa de brillo que cubría el vientre de la bestia. El calor los envolvió. El sudor le corría por la espalda y la ropa se le pegaba a la piel. Zofia odiaba esa sensación.

«Piensa, Zofia, piensa».

Zofia tocó los colgantes de su collar. Uno de ellos era un explosivo, pero ¿bastaría para romper el cristal? Laila se atragantó con el aire y se llevó la mano a la boca, y eso hizo que Zofia terminara de decidirse.

Se arrancó el colgante y se lo arrojó a Séverin.

—¡Prueba con esto! —gritó.

Séverin lo cogió con una sola mano. Al mismo tiempo, Zofia sintió un golpe de aire concentrado.

Por el rabillo del ojo, vio una enorme ala de cristal cubierta de pintura verde y dorada que se dirigía hacia su cabeza. Zofia lo vio y, a la que quiso darse cuenta, notó que se estrellaba contra el suelo y se golpeaba el cráneo contra el mármol. Parpadeó y vio a Enrique encima; el ala del dragón de cristal no lo había golpeado por unos centímetros escasos.

—Yo..., eh... —empezó a decir Enrique mientras se apartaba de ella rodando.

—¡Cubríos la cabeza! —gritó Séverin.

El fuerte ruido de algo haciéndose añicos resonó por encima de ellos. El dragón chilló. Zofia se protegió la cabeza cuando les empezaron a caer encima fragmentos de cristal. El dragón de cristal aulló. La temperatura de la habitación descendió y el calor se desvaneció.

El pánico contra el que había luchado durante tanto tiempo se impuso. El calor en el rostro, el vacío en el corazón que le dejó la pérdida de la carta de Hela, la preocupación por Laila, Enrique, Séverin e Hypnos.

«Cuenta», se dijo. «Trece, veintiséis, treinta y nueve, sesenta y cinco, setenta y ocho, noventa y uno...».

Pasaron los segundos. El peso que le oprimía el pecho desapareció lentamente hasta que pudo concentrase de nuevo en lo que la rodeaba. Bajó los brazos y levantó la cabeza. Todo estaba en silencio. El vidrio líquido se había detenido a un metro de ellos y había empezado a endurecerse. Zofia levantó la vista y vio que el enorme dragón de cristal estaba inmóvil justo encima de ellos, con las alas desplegadas y brillantes y la mandíbula abierta y las garras extendidas.

Séverin se dejó caer sobre el mármol y apoyó la cabeza contra uno de los pedestales. Sacudió las piernas, se alisó el pelo y esbozó una sonrisa.

—Buen trabajo, fénix.

Séverin solía decir eso con frecuencia en París. Esas palabras resultaban reconfortantes. Cuanto más lo miraba Zofia, más reconocía su sonrisa. Laila la había llamado una vez su «sonrisa de lobo saciado».

No la había visto desde que Tristan había muerto, pero la recordaba. Era la sonrisa antes de que una adquisición cayera en sus manos; la sonrisa cuando un plan cumplía con las expectativas; y a Zofia le resultaba tan familiar como los alambiques de cristal y los dispositivos de medida que una vez habían cubierto las estanterías de su laboratorio de L'Éden.

Últimamente no se había permitido pensar en lo que había dejado atrás en L'Éden porque parecía estadísticamente improbable que volviese a verlo. Sin embargo, si la sonrisa de Séverin podía volver, quizá también podían hacerlo otras cosas.

—Lo sé —dijo.

Séverin se rio.

DESPUÉS DE UNA HORA y dos recorridos a trompicones por los pasillos ocultos de la sede de la Casa Jano, por fin estaban fuera. A Zofia le ardían los pulmones por el frío aire mientras ella, Hypnos, Enrique, Laila y Séverin se abrían camino por los pasadizos de bajo techo que surcaban las calles de Venecia. Todavía le pitaban los oídos por la explosión y había empezado a contar los farolillos colocados en los aleros de la calle. Se dijo a sí misma que cada luz que cruzaba era un paso más lejos de la oscuridad.

Lo desconocido la aterrorizaba; se instalaba en su interior como un picor que le arañaba hasta los pensamientos. El recuerdo de que Laila dependía de ella era lo único que le impedía dejarse llevar por el pánico, pero no había dejado de pensar en Hela, y todo el ruido y el caos de la adquisición del Carnevale solo servían para recordarle que todavía había muchas cosas que no sabía. Estaba tan concentrada contando las luces a su alrededor que casi se perdió la conversación que tenía lugar a su lado hasta que Séverin dijo su nombre.

—¿Qué? —preguntó en voz alta cuando se detuvieron frente a un pasaje abovedado.

A lo lejos alcanzaba a ver el agua oscura y reluciente frente al puente Rialto. Los puestos del mercado ya estaban cerrados y solo se cruzaron con algún gato callejero.

—La explosión —dijo Séverin—. Supongo que no tuvisteis problemas al colocarla en la góndola de Ruslan.

¿Problemas? No, pensó Zofia, y volvió a pensar momentáneamente en el beso con Enrique. Esa parte había sido placentera…, feliz, incluso, de una manera que le recordaba a los fuegos de invierno en los salones de sus padres, la sensación de total seguridad. Pero entonces se acordó de la carta perdida de Hela y se le desencajó la cara.

—No hubo ningún problema al colocar el dispositivo de detonación —dijo Zofia. Metió la mano en la manga, donde llevaba la pareja vinculada a la bomba en el antebrazo, y la sacó. A la luz de la luna, parecía tallada en hielo—. Cuando esta se active, la otra mitad explotará.

—Bien —dijo Séverin. Cargó el peso de su cuerpo de un pie a otro, sin mirarlos a ellos—. Tenemos que ocuparnos de

Ruslan antes de irnos, y no podemos arriesgarnos a que salte de la góndola y se salve. No confía en mí.

Laila entrecerró los ojos y elevó los hombros. Zofia reconoció esa postura, era como si se preparase para algo.

—¿Lo que significa que...? —preguntó Enrique.

—Lo que significa que... tendremos ayuda —dijo Séverin.

—¿De quién? —dijo Enrique.

—Ya puedes salir —dijo Séverin en voz baja.

Una figura entró en su campo visual y Zofia reconoció a la persona de inmediato: pelo largo y rojo, con un anillo con forma de garra en el meñique. Eva Yefremovna.

Cuando había visto a la artesana de la forja de sangre en el pasado, Eva no había sido expresiva. Solía tener la boca en una línea plana, lo que sugería enfado, y no había sido amable con Laila, pero no había una razón para esa falta de amabilidad. Zofia recordaba cuando Laila le había suplicado que les ayudase en el Palacio Durmiente, cuando le había prometido a Eva que no tendría que volver a aceptar las ofertas de Ruslan, que podrían protegerla a ella y a su padre, cuya vida Ruslan amenazaba. La mirada de Eva se dirigió a la de Séverin. Tenía los ojos muy abiertos, lo que llevó a Zofia a la conclusión de que estaba preocupada.

—He... he venido a ayudar —dijo Eva.

—Ya he visto cómo ayudas tú —replicó Enrique, y se llevó la mano a la oreja.

—¿De verdad podemos confiar en ella? —preguntó Hypnos.

Eva abrió la boca para hablar, pero fue Laila quien respondió.

—Sí —dijo.

—¿Después de lo que hizo? —dijo Enrique.

—No puedes acorralar a un animal salvaje y regañarle por morderte —dijo Laila, con voz tranquila y firme. Zofia no sabía si estaba enfadada—. Sé lo que he leído en los objetos de Eva.

Eva abrió los ojos de par en par y separó los labios ligeramente. Eso significaba que le había sorprendido la respuesta de Laila. A Zofia no. Laila era la persona más amable que conocía.

—Solo quiero empezar de cero —dijo Eva—. Quiero... quiero ser libre.

Eva alzó la barbilla y los miró a todos a los ojos.

—Puedo asegurarme de que Ruslan esté temporalmente paralizado y no pueda abandonar la embarcación.

—Y a cambio —dijo Séverin mientras los barría con la mirada—, le he prometido a Eva alojamiento en L'Éden, futura protección tanto para ella como para su padre por parte de la Orden de Babel...

Hypnos refunfuñó.

—Sí, vale.

—Y un posible empleo —dijo Séverin.

Laila se tensó ligeramente. Zofia se fijó en que la última persona a la que Séverin había mirado era Laila. Era un patrón conocido. En L'Éden, siempre que Séverin hacía planes, miraba a Laila. Verle hacerlo de nuevo hizo que Zofia pensase en sus antiguos patrones. Era como la física, el estudio de los mecanismos y la interacción de la luz. Laila era un punto de apoyo, el lugar en torno al cual parecían girar todas las cosas en su grupo. Séverin era la masa, el peso que cambiaba la dirección en la que iban. Enrique les daba profundidad. Zofia tenía la esperanza de aportar luz. No estaba muy segura de qué aportaba Hypnos, pero no podía imaginarse al grupo sin él. Quizá eso lo convertía en la perspectiva.

—Entonces está decidido —dijo Séverin.

Zofia levantó la mirada. No había estado escuchando.

—Debemos trabajar rápido —dijo Eva, con la mirada fija en la laguna—. Ya viene.

ZOFIA Y ENRIQUE SE acurrucaron en una de las dos góndolas que Eva había alquilado y colocado cuidadosamente en la laguna. Hypnos los esperaba en la orilla, para ganar tiempo antes de que alguien viniese a investigar la inevitable explosión. El barco se mecía lentamente en el agua. Un pequeño dispositivo telescópico que había formado parte del corpiño de Laila asomaba ahora por el borde de la góndola. A través de él, Zofia podía ver la góndola de Ruslan a seis metros de distancia. Séverin estaba montado en un bote a pedales y se acercaba lentamente al patriarca de la Casa Caída. Cuando Eva hiciese la señal, Zofia detonaría los explosivos.

—Y ahora a esperar —dijo Enrique.

El detonador de cristal estaba en el fondo de la barca, frente a Zofia. A la señal de Eva, lo accionaría, la góndola explotaría y serían libres de partir en barco hacia Poveglia por la mañana. Quizás a esa hora del día siguiente, Laila sería libre. Ese pensamiento reconfortó a Zofia.

—Zofia…, siento lo de antes —dijo Enrique.

Zofia se sobresaltó y dejó a un lado sus pensamientos. Se giró para mirarlo y frunció el ceño. ¿De qué estaba hablando?

—Tengo la sensación de que no he sido un buen amigo.

Zofia no creía que fuese cierto, pero antes de que pudiese decir nada, Enrique empezó a hablar más rápido.

—Los buenos amigos dejan su ego a un lado y se interesan por el otro —dijo—. Y no te pregunté cómo estabas después de nuestro beso porque pensé que te había molestado. Ahora creo que hay algo más. Pero si es por el beso, también lo siento.

—No me arrepiento del beso —dijo Zofia.

—¿No?

—Fue algo incomparable…

Enrique sonrió.

—Nunca había besado a nadie, así que no tengo con qué compararlo.

Ahora Enrique fruncía el ceño.

Un segundo después, Zofia añadió:

—Me gustó.

Era cierto, pero a Zofia le dolió un poco. Sabía que Enrique la había besado para que las alas del cisne se plegaran y los ocultasen de la vista de Ruslan, mientras que ella lo habría besado sin la excusa del camuflaje. Había querido besarlo. Si no estuviese esperando la señal de Séverin, si hubiese menos incógnitas en el mundo... le habría gustado besarlo otra vez.

A Enrique le cambió la expresión del rostro.

—Zofia, yo...

Por el rabillo del ojo, Zofia vio la señal de Eva, lo que significaba que su góndola alquilada estaba en línea con la de Ruslan. Desde su punto de vista, Zofia vio que Ruslan estaba inmóvil, con los brazos atrapados en medio del movimiento y la mandíbula abierta. Sus ojos parecían muy abiertos y furiosos.

«Ahora».

Zofia golpeó el detonador con la mano y la luz estalló a su alrededor.

20

LAILA

inco minutos antes de la explosión, Laila contenía la
respiración, con las manos apoyadas en la parte de
atrás de la góndola. Podía sentir los recuerdos de la
embarcación rozando ligeramente sus pensamientos. Quería
hablarle del niño que había intentado meter la mano en el agua
sucia, para horror de sus padres. Quería hablarle del olor del
comienzo de la primavera y de las violetas que adornaban los
puentes para mantener a raya el hedor de las aguas residuales.
Laila alejó los secretos del barco y mantuvo la vista en el suelo
oscuro. El agua arrastraba el sonido de las conversaciones y,
con cada latido de silencio, sentía como si su destino se estuviese tejiendo ante ella.

—¿Qué tal tu última *fête* como humano, *monsieur* Montagnet-Alarie?

Ruslan.

Laila oía la sonrisa en su voz. Cálida y generosa, suave y
curiosa. Era la misma voz que había utilizado antes de levantar

la mano dorada y abofetearla tan fuerte que le dolieron los dientes. Notó un escalofrío.

—Excepcional. Ahora tengo todo lo que necesito.

Esa era la voz de Séverin.

Pasaron unos segundos. Laila oía el suave golpeteo de la góndola cercana contra el muelle de madera. Dentro, Enrique y Zofia esperaban la señal de Eva.

—¿Todo? —repitió Ruslan.

—Casi todo.

Otro momento de silencio. El pulso de Laila estaba hecho de fuego.

—Dame la caja de la lira.

Ya estaba.

La señal.

Laila oyó el susurro de capas pesadas y entonces…

Un fuerte golpe.

Laila no lo veía, pero sí oía cómo se desarrollaba el plan. Ruslan giró la mano, la garra de metal le cortó la muñeca y la forja de sangre de Eva se afianzó. Todos los días, el patriarca de la Casa Caída se tomaba un tónico para protegerse de la manipulación.

Ese día le habían cambiado la dosis.

La voz de Ruslan se volvió aguda y aterrada.

—Séverin, ¿qué estás…?

—La glorificación se acerca, pero me temo que el cielo está abarrotado… y me han dicho que solo hay sitio para un dios.

La góndola se quedó quieta. Ruslan se quedó en silencio.

—Por cierto, Eva espera que te pudras y que hasta el agua de la laguna considere tu alma tan sucia que la expulse directamente al infierno. Ah, y el verdadero *monsieur* Montagnet-Alarie te envía recuerdos.

A su lado, Laila oyó una suave risa.

—Un excelente ademán. *Bonne chance*, Eva.

Laila se giró hacia su derecha. Allí, el verdadero Séverin estaba tendido a su lado, con los ojos casi negros a la luz de la luna. Para preparar su treta, Eva le había dado una gota de su sangre para que la forjara y así pudiese tener su cara y hablar con su voz. También llevaba su ropa, con la añadida protección para explosivos de la túnica forjada de Zofia, lo que dejaba a Séverin con una fina camisa de color marfil que se le ajustaba a los hombros y le dejaba la garganta al descubierto. No parecía que el frío le molestase.

Durante todo el tiempo que habían esperado juntos, Laila había hecho todo lo posible para no mirarlo.

«No tengo tiempo para esto», se dijo a sí misma.

Pero cuando lo miró en ese momento, sintió una inoportuna punzada de familiaridad.

Y entonces el mundo explotó.

La fuerza de la explosión de Zofia estrelló la góndola de Laila contra el muelle. Algo les golpeó en un lado y la madera se astilló como un hueso roto. El mundo pareció demasiado brillante, demasiado ruidoso. Le pitaron los oídos.

—¡Laila!

Laila notó cómo la agarraban y la lanzaban al suelo. Qué sensación más extraña de *déjà vu*. Ya lo habían hecho antes, en el Palais des Rêves. Recordaba ese deje extraño en la voz de Séverin y su cuerpo encima. Séverin la abrazó; tenía la respiración acelerada.

—¿Estás herida? —preguntó.

Laila oyó la siguiente explosión antes de verla. La embarcación alquilada en la que se escondía retrocedió por el golpe. Un trozo de madera salió volando y le dio a Séverin en el estómago. Se quedó aturdido por un momento y luego se desplomó hacia delante.

Desde el paseo asfaltado que bordeaba la laguna, Laila oyó unos fuertes pasos.

—¡Tenemos que irnos! —gritó Hypnos.

La mente de Laila gritaba. Sus pensamientos le mostraron una sucesión rápida de imágenes de rostros: la tensa sonrisa de Ruslan, los ojos tristes de Eva... Pero todo se redujo a una imagen ante ella: Séverin. Estaba tumbado boca abajo sobre la góndola, con un charco de sangre a su alrededor. Laila apenas podía respirar. Le temblaron los dedos cuando alargó la mano para tocarlo.

No...

No, no, no.

—¡Laila! —gritó Hypnos, esta vez con más insistencia.

Laila tocó a Séverin y le apartó el pelo de la frente, como si simplemente estuviese dormido. La había protegido..., como siempre había prometido hacer y, como siempre, incluso su protección la hería en lo más hondo.

—Si mueres, no podré seguir enfada contigo, *majnun*, y al menos me debes eso. Déjame seguir enfadada —dijo, con la voz rota—. ¿Me oyes? Tienes que vivir.

Laila estaba convencida de que abriría los ojos al oír su antiguo nombre. Lo miró fijamente, deseando que se moviera.

Pero no se movió.

PARTE III

21

SÉVERIN

El primer padre de Séverin fue la Pereza.

De todos los pecados que le nutrían, le vestían, le reñían y le lisonjeaban, era la mancha de Lucien Montagnet-Alarie lo que más deseaba borrar de su persona. Lucien era vago, como una serpiente venenosa descansando su sangre fría y su piel más fría aún sobre una roca bajo el sol. La mortalidad solo era la forma que tenía de compensar las interrupciones de sus planes de juergas y descanso, de buena comida y mujeres aún más apetecibles.

Lucien no dio a su hijo más de lo que se esperaba de él: el apellido de la familia, la mandíbula marcada y la piel pálida. Eso último fue un regalo inesperado, pues le permitió a Séverin codearse con la sociedad francesa como si fuese uno de ellos.

De niño, Séverin había sentido fascinación por su padre; le parecía tan poderoso que el mundo se anticipaba a sus caprichos y los satisfacía antes siquiera de que los pidiese. Por aquel entonces, Séverin era demasiado joven para distinguir entre el poder y su primo, el privilegio. Estaba especialmente fascinado por el emblema de la Casa Vanth que su padre llevaba en la solapa de la chaqueta: una serpiente dorada devorando su propia cola.

—¿Qué significa? —había preguntado Séverin un día.

Lucien estaba enfrascado en su correspondencia en el estudio principal y se sobresaltó cuando habló Séverin. Miró a su hijo como si fuese un plato que no recordaba haber pedido en un restaurante, con una mezcla de cierta curiosidad y recelo por lo que pudiese esperar de él.

—La serpiente —había dicho Séverin.

—Ah —dijo Lucien, y bajó la mirada hacia el símbolo. Le dio un golpecito—. El infinito, supongo. O quizá el aprisionamiento de la humanidad. No podemos escapar de nosotros mismos, hijo mío. Somos nuestro propio final y nuestro principio, a merced de un pasado que no puede evitar repetirse. Por eso... —Hizo una pausa para acariciar la trompa de la estatua de un elefante que había adquirido recientemente la Casa Vanth—, debemos aprovechar lo que podamos antes de que el mundo se salga con la suya.

Lucien había sonreído. Parecía joven y, sin embargo, tenía algún que otro diente negro y piel flácida acumulada bajo la barbilla. Eso le inquietaba.

—Eso no me gusta —había dicho Séverin, mientras miraba fijamente el uróboro. Afuera, se oían los pasos de alguien que iba a buscarlo.

—Nada es nuevo, niño —dijo Lucien—. Todo se repite. Cuanto antes lo sepas, más feliz serás.

A Séverin no le había gustado el resumen de su padre. Le parecía deficiente y falto de poder. Seguro que eran las palabras de la derrota. Seguro que si cometía un error del que se arrepentía y aprendía..., la historia no se repetiría.

Y, sin embargo, así fue.

En el momento en que la explosión arrasó con la góndola de Ruslan, en cuanto un trozo de madera hizo astillas la embarcación en la que él y Laila habían estado agachados y esperando..., fue como si la memoria muscular lo controlase. Tenía que ir hacia ella y protegerla con su cuerpo.

Para protegerla por encima de todo.

En esos segundos antes de perder la conciencia, Séverin sintió que se trazaba una línea entre ese momento y el del Palais des Rêves, cuando se había lanzado sobre Laila y había dejado la garganta de Tristan a merced de un sombrero con cuchillas.

Fue ese momento que hizo virar su vida bruscamente en dirección contraria. Ese momento había acabado de un plumazo con todo lo que quería, había eliminado los sueños que había tenido alguna vez y había dejado espacio para algo más allá de la imaginación.

Tal vez su padre tuviese razón en una cosa.

La historia se había repetido, pero todo era cuestión de perspectiva. El uróboro era simplemente una serpiente que se mordía la cola. Sostenida lo bastante lejos, se había convertido en una lente a través de la cual enfocar el mundo que había más allá de ella.

Y así fue cómo vio el mundo Séverin cuando recuperó la conciencia, como recién enfocado.

Fue ligeramente consciente de que estaba tendido sobre un sofá duro y satinado, con una almohada colocada bajo la cabeza. Cuando sus ojos se acostumbraron a la luz, vio que alguien le había dejado un vaso de agua. Por la proximidad al Gran Canal, había un hedor a almizcle que se filtraba a través de las tablillas de la tarima del suelo. Un leve dolor le oprimía las costillas. Se apartó la chaqueta y se quedó inmóvil; le invadió el frío peso del pánico.

La lira divina.

Había desaparecido.

Volvió a palmearse el pecho y después se incorporó de golpe y tanteó frenéticamente la superficie del sofá.

—Está en otra habitación —dijo una voz familiar—. Custodiada por Hypnos y Zofia. También tienen el mapa a Poveglia. Estábamos esperando a que despertases.

Oyó el chasquido de una cerilla y después la habitación se iluminó lentamente cuando decenas de farolillos forjados conectados entre sí cobraron vida. Séverin contuvo la respiración cuando Laila apareció ante sus ojos. Si se trataba de una fantasía, quería permanecer totalmente quieto y que su fantasma se mantuviese allí.

—Estabas sangrando —dijo Laila con la voz entrecortada.

Séverin se miró el torso y se percató de que no llevaba nada más que el abrigo y los pantalones de gala y de que estaba envuelto en lino desde el pecho desnudo hasta el ombligo. Laila apartó la mirada.

—Teniendo en cuenta lo que pasó la última vez que tu sangre tocó el instrumento, pensamos que era mejor mantenerlo alejado de ti.

La parte racional de su mente estaba de acuerdo con eso, pero la otra mitad —la mitad animal que solo reconocía el peligro en la oscuridad— se congeló. Le podría haber pasado cualquier cosa tras el ataque a la góndola de Ruslan. Pero estaba a salvo. Estaban furiosos con él, pero le habían llevado a su piso franco, le habían limpiado y vendado las heridas, le habían dejado allí para que descansara y le habían vigilado mientras dormía.

—¿Qué pasa? —preguntó Laila.

Séverin hizo una mueca de dolor al incorporarse y esbozó una débil sonrisa.

—Hacía mucho que no me sentía así.

—Me cuesta creerlo —dijo Laila con sequedad—. ¿De cuántas trampas casi mortales te has escapado? A estas alturas ya deberías estar acostumbrado a la sensación.

—No es así como me siento.

—¿Y cómo es, si no?

Laila no se había movido del lado de la puerta y, aunque le dolía que estuviese preparada para salir corriendo en cualquier momento, sabía que se lo merecía. Se tocó la venda que le envolvía el costado y respiró hondo.

—Atendido —dijo.

—¿Nadie te ha cuidado ni atendido nunca? —preguntó ella con aire burlón—. ¿Me estás diciendo que todas esas veces que intenté aliviar tu dolor, que Hypnos estuvo a tu lado o que Enrique y Zofia...?

—Esto es distinto —dijo Séverin.

La habitación se iluminó y reconoció la rabia en el color de sus mejillas y la dureza de su boca. Séverin sintió que algo se desataba en su interior, que se abría una puerta que había mantenido cerrada durante mucho tiempo. Se le escaparon cosas que no deseaba decir.

—Todo eso que habéis hecho por mí, y que tan desagradecidamente dejé yo a un lado, me avergüenzan. Y sí, fueron actos de compasión. Pero esto es diferente. Me estaba desangrando en la oscuridad y vosotros me llevasteis a un lugar seguro. Cuando no podía pensar ni actuar por mí mismo... —Miró fijamente sus oscuros ojos de cisne— me protegisteis.

La furia de sus ojos menguó, pero no cambió el rictus de su boca.

—No he venido a discutir —dijo—. Nos hemos turnado para revisarte el vendaje. Pensaba que estarías inconsciente. Si prefieres que otra persona...

—¿Por qué iba a preferir las manos de otra persona a las tuyas?

Laila abrió los ojos de par en par y se ruborizó. Entonces, Séverin dejó de tener pánico y empezó a sentir otra cosa.

Laila se había quitado el traje del Carnevale y se había puesto un salto de cama bordado con un centenar de lentejuelas en el dobladillo que la hacía parecer una mujer de las aguas, elaborada por la luz de la luna que incidía sobre el mar. Tarde, se dio cuenta de que la estaba mirando fijamente.

Ella frunció el ceño, se miró la bata y suspiró.

—Le pedimos a Hypnos que se encargara de la ropa y la comida. Le dije que comprara algo sutil.

—Estás preciosa —dijo Séverin.

—No hagas eso —dijo Laila, cansada.

Se sentó a su lado y el suave aroma a azúcar y agua de rosas le invadió los sentidos. Levantó los brazos. Laila no le miró mientras trabajaba con fría eficiencia y le quitaba rápidamente las vendas y sacaba unas limpias. El roce de sus dedos avivaba el fuego en su interior y quizá fuera eso lo que despertó sus recuerdos. Recordó la repentina y aplastante presión contra su cráneo y el hedor del agua de la laguna que salpicaba los lados de la góndola y le mojaba el pantalón. El mundo se volvió negro hasta que oyó su voz.

«Si mueres, no podré seguir enfadada contigo, *majnun*. Y si no puedo estar enfadada contigo…, me romperé».

Le había llamado *majnun*.

Tal vez solo hubiesen pasado unos días desde que pronunciara ese nombre, pero Séverin sentía esa ausencia por dentro como si hubiese sido una eternidad.

—Te oí —dijo.

—¿Qué?

—Oí que me llamaste *majnun*.

Laila dejó de mover las manos, pero notó el leve temblor de sus dedos sobre su piel. Ridículo o no, no podía perder la oportunidad de hablarle claramente.

—Soy tuyo, Laila..., y puedes luchar contra ello u ocultarlo todo lo que quieras, pero creo que una parte de ti también me pertenece.

Laila lo miró, y había tanta pena en sus ojos que casi se sintió avergonzado por haber hablado.

—Quizá —reconoció ella.

A Séverin le dio un vuelco el corazón al escuchar esas palabras.

—Pero esa pequeña parte es lo único que puedo ofrecerte —dijo Laila—. Me queda muy poco de mí misma. No puedo darte nada más.

Séverin le cogió de las manos.

—Laila, he sido un idiota. No sé por qué he tardado tanto tiempo en verlo, o decirlo, pero te qui...

—No, por favor, no lo digas —dijo, mientras le soltaba las manos—. No me pongas esa carga, Séverin. No puedo con ella.

Una terrible presión se le instaló en el pecho.

—¿De verdad sería eso? —preguntó—. ¿Una carga?

—¡Sí! —dijo Laila con vehemencia—. Lo que siento por ti es una carga. Siempre ha sido una carga. Yo me acerco y tú retrocedes; tú te acercas y yo retrocedo. ¡No tengo tiempo para jugar a esto contigo! Puede que hayamos llegado hasta aquí, pero ¿qué pasa con todo lo demás? La Isla de la Peste, la lira y todo eso. Sigues convencido de que de alguna manera vas a conseguir esos poderes divinos, ¿y qué pasa si no funcionan? ¿De verdad quieres que divida mi atención entre mantenernos a mis amigos y a mí vivos y quererte en base al capricho por el que te guíes en ese momento? Porque no puedo.

—Laila...

Pero no había terminado de hablar.

—Una vez me ofreciste cosas imposibles, Séverin. Un vestido hecho de luz de luna, zapatos de cristal...

—¡Y lo haré realidad! —dijo Séverin—. Laila, no entiendes el poder que sentí al tocar ese instrumento. Cualquier cosa que me pidas, podría dártela...

Laila empezó a temblar y se abrazó a sí misma.

—¿Puedes darme seguridad, Séverin? ¿Puedes darme tiempo? ¿Puedes ganarte mi confianza? —Se detuvo y respiró hondo—. ¿Eres siquiera capaz de sentir un amor corriente?

Séverin sintió como si le hubiese dado una bofetada.

—¿Qué quieres decir?

—Quiero decir que cuando me voy a dormir, sueño con alguien que sepa qué lado de la cama prefiero, que se siente frente a mí feliz, que discuta sobre qué platos van en qué armario —dijo ella en voz baja—. Alguien cuyo amor sienta como un hogar... y no una expedición insalvable sacada de un mito. Alguien cuyo amor sea seguro... ¿Lo entiendes?

Lo entendía.

Porque así era como ella le hacía sentir: seguro.

Y él quería hacerla sentir segura también.

—Puedo ser esa persona.

Laila se rio, pero fue un sonido vacío. Séverin sintió que un abismo se abría en su interior. Se miró el interior de las muñecas, donde destacaban las venas, cargadas de la única sangre a la que respondía la lira divina. A pesar de todo su poder, era incapaz de detener el dolor de Laila.

La observó y se fijó en el anillo granate que llevaba en la mano, donde el número tres lo miraba de modo acosador. Le invadió la vergüenza. A Laila solo le quedaban dos días, ¿y la obligaba a pasar un minuto justificando por qué no quería estar con él? ¿Qué tenía en la dichosa cabeza?

—Reúne a los demás —dijo él, y se obligó a incorporarse sobre los codos—. No voy a hacerte perder más tiempo diciéndote lo que siento.

Laila apartó la mirada.

—Séverin...

—Soy tu *majnun*, ¿no? Puede que mis esperanzas me conviertan en un idiota, pero es algo que no puedo evitar. —Le cogió de la barbilla y le giró la cara hacia él. Laila tenía los ojos muy abiertos, llenos de esperanza y recelo al mismo tiempo—. Mi esperanza es esta: demostrarte que puedo ser la persona que mereces.

VEINTE MINUTOS DESPUÉS, Enrique, Hypnos, Zofia y Laila se reunieron en la biblioteca. Séverin recordó los viejos tiempos al fijarse en los documentos de investigación de Enrique —pinturas, mapas, estatuas— desparramados por toda la mesa. Casi podía ver al historiador encorvado sobre ellos y pasando con cuidado las frágiles páginas de un antiguo pergamino de papel. Al final de la mesa estaba la cajita dorada que contenía el mapa a Poveglia. A su lado, la lira. En cuanto la vio, se le deshizo el nudo de presión en el pecho.

Séverin miró a su equipo. Llevaba días anhelando aquello y ahora por fin lo tenía. Y, sin embargo, la imagen de sus deseos parecía alterada. No sonreían. No estaban reclinados en las sillas, con golosinas en el regazo y bromeando.

La expresión del rostro de Enrique era fría. Parecía dividido entre las ganas de gritar y el deseo de permanecer callado. Zofia parecía recelosa. Laila se negaba a mirar nada que no fuese el anillo que llevaba en la mano e Hypnos no dejaba de sonreírle; después sonreía a los otros... en vano.

—La góndola de Ruslan ha explotado —dijo Zofia de repente.

Séverin se sintió un poco aturdido. Eso era lo que había planeado, ¿no? Y, sin embargo, de la nada le vino el último recuerdo que tenía con Ruslan, el del patriarca mirándole con los ojos desorbitados por la esperanza.

—Sí —dijo Séverin.

—No ha sobrevivido —dijo Zofia.

—No —dijo Séverin despacio—. Él no…, pero Eva…

—Eva se ha ido —dijo Laila, todavía sin mirarle—. Se llevó un tercio de los fondos de Hypnos…

—Fondos de emergencia, debo añadir —resopló Hypnos.

—Y dijo que cuando llegara el momento, acudiría a ti.

Séverin asintió y permanecieron en silencio un minuto.

—No era un buen hombre —dijo Zofia en voz baja.

La parte que no había dicho de la frase se quedó en el aire: «Y, sin embargo…».

Y, sin embargo, lo habían matado.

Eso dejó a Séverin con una fría sensación de conciencia, pero no de culpa. No se arrepentía de lo que había hecho para mantenerlos a salvo, pero lamentaba la muerte del hombre que Ruslan podría haber sido si el poder no lo hubiese corrompido.

—Hicimos lo que teníamos que hacer —dijo Séverin—. Cargaremos con ese peso para siempre, pero no teníamos elección. Tenemos que llegar al templo bajo Poveglia, y ahora podemos hacerlo. Pero… antes de hacer más planes, os debo a todos una disculpa.

—Y una oreja —le espetó Enrique. Se tocó los vendajes—. ¿Qué te dio derecho a hacer lo que hiciste? Confiamos en ti y tú nos lo echaste en cara. Me manipulaste. Chantajeaste a Zofia para que se quedara contigo cuando su hermana estaba enferma…

Séverin frunció el ceño.

—Pensaba que Hela estaba curada.

—No lo sé —dijo Zofia, desolada—. Perdí la carta.

Séverin frunció el ceño. No tenía ni idea de lo que estaba hablando.

—Aunque solo han pasado unos días, es como si te hubieses perdido varios años —le soltó Enrique.

Séverin se quedó quieto. Se forzó a mirar a cada uno de ellos a los ojos.

—No tenía derecho a actuar como lo hice —dijo—. Pensaba que os estaba protegiendo, pero lo hice de la forma equivocada. Perdonadme. Cuando perdí a Tristan...

—Tú no fuiste el único que lo perdió —declaró Enrique fríamente.

Laila enarcó una ceja.

—Todos lo perdimos.

—Y todos pasamos el duelo de forma diferente —dijo Hypnos, mientras se giraba hacia Enrique y lo miraba intensamente—. ¿O no, *mon cher*?

—Puedo compensároslo —dijo Séverin en voz baja—. Estos últimos meses no he sido yo. Vi algo y perdí de vista todo lo demás... pero he encontrado la claridad y...

—¿Todavía quieres ser un dios? —preguntó Enrique.

La pregunta modificó el ambiente de la habitación. Séverin casi esperaba que una capa de escarcha recubriese el suelo de parqué. ¿Cómo podía responder a eso de forma que demostrara que no había perdido la cabeza, sino que había encontrado un sueño digno de alcanzar? Alargó los dedos para alcanzar la lira, para notar el ronroneo de su poder en la piel.

Enrique levantó las manos y se giró hacia los otros.

—¿Lo veis? ¡No es el mismo! ¿Quién...?

—A ver si queda claro... No espero que al final de todo esto los simples mortales nos erijan un templo —dijo Séverin.

Hypnos suspiró.

—Bueno, pues ya me he quedado sin motivación.

—Creo en el poder de la lira —continuó Séverin—. No entendéis lo que se siente al tocar el instrumento. Visteis lo que podía hacer en su peor momento... Imaginaos lo que puede hacer en el mejor. Llamadlo suerte o destino o como queráis, pero yo creo en ello. Creo que podemos aprovechar lo que nos ofrece. Creo que podemos salvar a Laila. Creo que estoy destinado a esto... ¿Por qué, si no, iba a ser capaz de tocar un instrumento que nadie más puede?

Hypnos apartó la mirada, como si se avergonzara de él. Laila tenía los labios apretados y la mirada desenfocada, como si intentase por todos los medios no mirarle. Zofia enarcaba las cejas, incrédula. La furia de Enrique se había convertido en algo mucho peor.

En lástima.

—¿Recuerdas la historia de Ícaro? —preguntó Enrique.

Séverin conocía bien el mito. Ícaro, junto con su padre, Dédalo, el famoso inventor, escapó de prisión con un par de alas de cera. Dédalo advirtió al chico que no volase demasiado cerca del sol, pero Ícaro no hizo caso a la advertencia de su padre. El sol derritió las plumas e Ícaro murió por la caída.

—La recuerdo —dijo Séverin.

—Entonces no te vendría mal recordar el drama que supone volar demasiado alto.

—¿El drama fue de Ícaro? —preguntó Séverin—. ¿O de Dédalo, alguien que tenía el poder de hacer cosas imposibles y que aun así no fue capaz de proteger a las personas que más quería?

Enrique se quedó callado ante eso.

—Si se puede intentar, ¿por qué no hacerlo? —preguntó Séverin—. Si pudieras otorgarte el poder de cambiar el curso de la historia, ¿no lo harías?

Enrique giró la cara, pero Séverin vio un destello en sus ojos.

—Si pudieses salvar a las personas que quieres, ¿no lo harías?

Al decir eso, miró a Laila y a Zofia, y ambas le mantuvieron la mirada con firmeza. Séverin se giró hacia Hypnos.

—Y si tú...

Hypnos se animó.

—¿*Oui*?

—En realidad, no tengo ni idea de lo quieres, amigo.

Hypnos sonrió, dio una palmada y miró a todo el mundo.

—Yo ya tengo lo que quiero. Pero no le haría ascos a un templo, ni a un harén y cosas así.

—Lo único que pido es una última oportunidad para descubrir lo que podemos hacer —dijo Séverin.

Por un segundo, se imaginó que estaban de nuevo dentro de L'Éden, bajo la cúpula de cristal, donde el cielo parecía más bien un cuenco de estrellas que se había volcado sobre sus cabezas. Pensó en el principio de cada adquisición: el mullido sillón que le gustaba a Enrique, el sofá de terciopelo verde en el que se recostaba Laila, el taburete alto en el que se sentaba Zofia, con un plato de galletas sobre el regazo, Tristan sentado entre ellos con Goliat escondido en su chaqueta... Y él mismo, de pie frente a ellos.

—Si creéis que lo que estamos haciendo es imposible, dejad que reescribamos el significado de posible... juntos.

Séverin levantó la vista y vio que Enrique negaba con la cabeza y apretaba los puños mientras salía furioso de la habitación.

—Enrique... —dijo Laila, y salió detrás de él.

—Lo siento, *mon cher* —se disculpó Hypnos antes de echar a correr detrás de Enrique y Laila.

Solo se quedó Zofia. Su ingeniera lo miraba con recelo mientras jugaba con una cerilla sin encender.

—¿Fénix? —dijo suavemente.

—No me gusta lo que hiciste.

Algo dentro de Séverin se encogió.

—Pero entiendo por qué lo hiciste.

—¿Tengo tu perdón?

Zofia caviló un momento.

—Tienes… más tiempo.

—Cogeré lo que me des —dijo él, y sonrió.

22

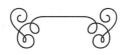

ENRIQUE

Enrique salió por el pasillo con las orejas —o, mejor dicho, la oreja y lo que le quedaba de la otra— ardiendo.

—¡Enrique! —dijo Hypnos detrás de él.

Este se dio la vuelta con un gruñido.

—¿No puedo tener ni un momento para mí o qué?

Hypnos se quedó estupefacto. Se volvió a llevar la mano al pecho. A su lado, Laila le puso una mano en el hombro en un gesto maternal que decía «déjalo», lo que solo hizo que Enrique se pusiera más furioso mientras se alejaba.

Al principio, se había sentido muy bien al salir de la habitación, como si estuviese haciendo algo productivo, como si realmente pudiera desprenderse de todo el caos que le rodeaba. Sin embargo, era un falso alivio que se convirtió casi de inmediato en una vergüenza fría y pegajosa.

¿Qué narices estaba haciendo?

No podía marcharse, y tampoco quería hacerlo. Cada hora que perdían hacía peligrar más la vida de Laila. Sin embargo, necesitaba un momento para sí mismo si quería ser de utilidad.

Cerró la puerta de la sala de música. No solía entrar ahí. Eran, más o menos, los dominios de Hypnos. Era allí donde el patriarca de la Casa Nyx liberaba su preciosa y cantarina voz, y quizá parte de aquella belleza se había aferrado a las paredes, poque, por fin, pudo respirar mejor. «¿Y ahora qué?», pensó. Sin pedirlo, la voz de su madre le habló.

—De una forma u otra, tendrás que enfrentarte a la *tsinela* —le dijo.

Enrique se estremeció. Técnicamente, una *tsinela* solo era una chancla, pero en manos de una madre filipina adquiría un aura de horror inevitable.

Cirila Mercado-Lopez parecía una muñeca. Menuda y de huesos pequeños, con ojos negros como los de un pájaro y el cabello fino y oscuro recogido en un moño elegante, la madre de Enrique no parecía la clase de mujer que hiciera salir escopeteados a sus tres grandes hijos. Pero su rabia era legendaria.

Podía saltar cuando uno de ellos, normalmente Enrique o Francisco, encontraba el postre y se adelantaba a la cena. O quizá hacían una broma en el vecindario y los delataban, normalmente Enrique o Juan. O tal vez uno de los hermanos, casi siempre Enrique, intentaba escaquearse de la iglesia con la excusa de estar enfermo y luego lo sorprendían nadando en el mar. A veces, se salían con la suya. Otras veces, la casa permanecía en silencio y luego... ¡plam! En cuanto oían el ruido de las *tsinelas* de madera de su madre deslizarse de sus pies y golpear el suelo, a los tres hermanos les faltaba campo para correr.

—¡*Buwisit*! ¡Venga, corred! —decía su madre riendo. Cogía la chancla y golpeaba la barandilla de la escalera como si tal cosa—. ¡La *tsinela* estará aquí cuando volváis!

Enrique casi echaba de menos las broncas de su madre. Hubiese preferido mil veces enfrentarse a la chancla de madera antes que a Séverin.

En parte estaba furioso porque Séverin había desviado el curso de sus planes al disculparse, pero a la vez le aliviaba que quisiese su perdón para empezar. Enrique se quedó algo descolocado cuando se reunió con ellos en el Carnevale. Cada interacción forzada le recordaba a cómo eran antes. Pero entonces recordó los meses de frío silencio. Recordó, de nuevo, esa sensación de ingravidez que había experimentado en el Palacio Durmiente.

Séverin conocía sus sueños y los había usado en su contra. Le había dejado creer que no era bienvenido, que su trabajo intelectual no era necesario. A pesar de que había prometido apoyarlo, en aquel momento le hizo sentir pequeño. E intencionalmente maleable.

E hizo que volviese a sentir náuseas.

Sin embargo… sabía que Séverin no estaba bien. Todavía tenía esa pátina de desesperación. Enrique sabía que no era perfecto; él mismo también había tenido momentos de una falta de amabilidad consciente.

Una vez, un viejo conservador blanco había ido a visitar las galerías de L'Éden y a ver las obras que Enrique había adquirido para el hotel. En el pasado, el hombre había sido un crítico de museos bastante duro, pero cuando Enrique y Séverin se reunieron con él, el señor era un saco de arrugas con una ropa varias tallas más grande y las gafas torcidas. Se equivocaba en las fechas históricas y pronunciaba mal los nombres de los reyes. Enrique había disfrutado al corregirlo de la forma más pomposa que pudo hasta que el hombre se vio reducido a tartamudeos y lágrimas. Más tarde, Laila le había regañado. El conservador padecía una enfermedad neurológica que le había perjudicado la memoria. No había ido a L'Éden para escribir una crítica, sino para intentar familiarizarse con las actividades que antaño le habían encantado en compañía de otro historiador de renombre.

Avergonzado, Enrique se había escabullido al despacho de Séverin.

—He sido intolerablemente cruel.

Séverin, que estaba revisando unos papeles, apenas levantó la vista.

—¿Qué quieres que haga yo al respecto?

—¿Tienes una *tsinela*?

—¿Qué?

—Da igual —dijo Enrique—. He sido mezquino, desconsiderado y horrible...

—Y no eras tú —terminó Séverin—. Has tenido un momento de oscuridad. A veces pasa. ¿Sabes qué hace que una estrella sea tan brillante?

—Eso parece más una pregunta para Zofia.

—La oscuridad que la rodea —dijo Séverin, y cerró el libro que tenía delante y le prestó a Enrique toda su atención—. El crecimiento y el remordimiento son como las estrellas: la oscuridad que los rodea los hace lo bastante nítidos para notarlos. Vuelve a invitar al viejo conservador y discúlpate. Dite a ti mismo que la próxima vez lo harás mejor.

Enrique frunció el ceño.

—Sé que no has adquirido tanta sabiduría tú solo.

—Muy cierto, se la he robado a Laila. Y ahora, por favor, sal de mi despacho.

En la sala de música, Enrique casi se echó a reír.

Se quedó allí, pensando en la oscuridad que rodeaba las estrellas. No tenía duda de que Séverin había luchado contra aquella oscuridad. ¿Quién era Enrique para negarle a alguien la oportunidad de la luz? ¿Se iba a negar a sí mismo esa luz? Que la amenaza de la Casa Caída hubiese desaparecido no significaba que no quedasen en el mundo muchas cosas que debían cambiarse.

Lo había visto incluso dentro del piso franco de la matriarca.

El día anterior, mientras investigaba en la biblioteca, se había tropezado con un volumen delgado y claro oculto entre las pertenencias de la matriarca: *El hombre blanco y el hombre de color*. Enrique conocía bien aquel título. Lo había escrito hacía casi veinte años el médico italiano Cesare Lombroso. Sus compañeros de universidad habían discutido a gritos sobre sus méritos, pero nunca se había molestado en abrirlo hasta aquel momento. Con curiosidad, le echó un vistazo a la página señalada.

«Solo los blancos hemos logrado la más perfecta simetría en las formas del cuerpo...».

Una sensación fría se había abierto paso por sus costillas. Esas palabras lo habían dejado clavado en el sitio. Enrique había dejado el libro cuando Lombroso achacó las tendencias criminales a la «negritud» residual de las comunidades blancas.

Las palabras de Séverin le vinieron a la mente.

«Si pudieses cambiar el curso de la historia y aupar a aquellos que han sido oprimidos en el camino..., ¿lo harías?».

Ese siempre había sido su sueño.

Quería ser como sus héroes, iluminar el camino de la revolución, hacerse un hueco en un mundo en el que la gente le había dicho que no era bienvenido. Ansiaba hacer grandes cosas: blandir una espada (aunque preferiblemente una que no fuese muy pesada), enamorar a alguien perdidamente, soltar comentarios ingeniosos y ponerse una capa a la espalda. Más que nada..., Enrique quería creer en algo mejor. Y quería creer que podía participar en hacerlo realidad. Que podía estar al frente y no en las sombras.

En ese momento, tomó una decisión.

No se limitaría a desearlo... lo haría. Aunque eso significara exponerse al dolor una vez más.

Al otro lado de la puerta, alguien llamó suavemente.

—¿Enrique?

Era Zofia.

Cuando abrió la puerta, se vio cara a cara con Hypnos y Zofia. Por supuesto, ya los había visto y había hablado con ellos antes, pero solo en aquel momento se le ocurrió que estaba mirando a las dos personas a las que más había disfrutado besar en toda su existencia. Y nunca se había dado cuenta de lo parecidos y a la vez distintos que eran sus ojos. Dos tonos de azul: uno como el corazón de la llama de una vela, el otro como el tono mismo del invierno.

—¿Has... terminado? —preguntó Zofia.

Esa pregunta tan directa lo sacó del ensimismamiento. Suspiró y asintió con la cabeza.

—Estoy listo.

—Gracias a todos los panteones —dijo Hypnos—. Con tanta responsabilidad me saldrán arrugas.

CUANDO ENTRARON AL SALÓN, Séverin prácticamente saltó de la butaca. Se le abrieron las viejas heridas, pero no pudo pasar por alto la dolorosa esperanza que se asomaba a los ojos del otro chico.

—El crecimiento y el remordimiento son como las estrellas: la oscuridad que los rodea los hace lo bastante nítidos para notarlos —dijo Enrique, antes de enarcar una ceja—. Lo que significa que espero que te conviertas en una dichosa constelación en un futuro, Séverin.

Este abrió los ojos de par en par. Esbozó una débil sonrisa y, aunque a Enrique le pareció un paso inseguro en la oscuridad, seguía siendo un paso al frente.

—Te lo prometo —dijo Séverin en voz baja.

—¿Adónde ha ido Laila? —preguntó Hypnos.

—Ha dicho que necesitaba algo y que no dudásemos en empezar a examinar el mapa sin ella —dijo Zofia.

Enrique miró la larga mesa de madera, cubierta de sus investigaciones. El mundo se había reducido a la lira y la cajita decorada con filigranas doradas que estaba a su lado y que contenía el mapa forjado con la mente. No culpaba a Laila por no querer estar allí. No podía imaginarse a sí mismo observando tan de cerca su última esperanza.

Al otro extremo de la habitación, Séverin se encontró con su mirada y enarcó una ceja. «Ah», pensó Enrique, y se volvió hacia la habitación. En el pasado, Hypnos y Zofia solo miraban a Séverin, pero ahora alternaban las miradas entre ambos. Enrique se sintió como si una luz oculta lo iluminase un poquito más.

—La matriarca de la Casa Kore dejó muchos documentos con rumores de lo que nos podríamos encontrar. He recabado mi propia investigación, pero creo que es más útil compararla con lo que podemos sacar del mapa —dijo Enrique. Séverin asintió y él señaló la caja—. ¿Empezamos?

Cuando Séverin alargó la mano para destapar el perfume forjado con la mente, un escalofrío le recorrió la espalda a Enrique. Los demás podían reírse de su miedo, pero la Isla de la Peste le inquietaba. No podía evitar imaginarse la suave ceniza de restos humanos que cubría el suelo. Parecía un lugar improbable para un templo capaz de dar acceso a tal poder divino... pero ¿qué sabía él de las preferencias de los dioses?

—Estas sensaciones pueden llegar a ser abrumadoras —dijo Séverin—. Recordad: lo que veáis es real, pero no está delante de vosotros. Nada de lo que haya en su interior puede haceros daño.

—Todavía —murmuró Hypnos.

Séverin giró la tapa del frasco de perfume y se produjo un siseo por la repentina apertura. Enrique clavó los dedos en la seda desgastada de la butaca y se preparó mientras grandes volutas de humo rosa se elevaron y se extendieron por el techo. Luego, se disolvió lentamente... y se desintegró en algo parecido a la lluvia. En cuanto las gotitas le tocaron la piel, rayos grises de conciencia invadieron sus sentidos.

Oyó débilmente la voz de Séverin:

—Voy a volver a poner el tapón ya...

Pero el sonido del agua y el canto de los pájaros absorbió la voz de este hasta que pareció un extraño giro del viento. Pestañeó varias veces. Ya no notaba el satén arañado del sillón bajo sus brazos, el cuaderno sobre su regazo, ni el suave metal de la pluma que tenía en la mano, aunque un rincón de su mente le susurraba que seguía sentado en el salón del *palazzo*. Estaba de pie en una acera descuidada, con espinas y ortigas que sobresalían de una maraña de hierba salvaje. Los puntiagudos andamiajes de los tejados sobresalían en el horizonte. Los aldeanos se movían bajo la luz temprana, con ropas que no eran más que pieles de animales y telas rudimentarias.

Las visiones forjadas con la mente se aceleraron e hicieron que su conciencia serpenteara por los canales antes de que fueran canales, pasara por templos construidos apresuradamente y cruzase un pasadizo hasta detenerse frente a la estatua del busto de una mujer. Tenía los labios tensos y los ojos vacíos abiertos de par en par por la rabia. Apenas había reparado en las plumas talladas que le brotaban de los pómulos cuando la mandíbula se le desencajó de repente y la tarima sobre la que estaba el busto se tambaleó. Enrique cayó, cayó y cayó en picado al menos treinta metros o más en un túnel subterráneo. Allí, el olor del agua estancada se le metió en la nariz. Se le adaptó la vista a la penumbra de la gran cueva. Las raíces de unas estalactitas blancas, tan numerosas y afiladas como dientes, salpicaban el techo. El agua salobre le llegaba a los tobillos y se extendía casi medio kilómetro ante él.

Su conciencia se vio atraída hacia algo que había a sus pies y el horror le subió lentamente por la garganta.

Un rastro de luz parpadeaba a través del agua, como si algo se estuviese despertando lentamente. Un zumbido resonó por toda la cueva y sacudió las gotas de agua de las estalactitas, lo que hizo que pareciese que la cueva estaba hambrienta y había empezado a salivar. Ahora ya podía ver bien a través del agua iluminada: la curva de una calavera, una tibia roída y un delgado puente hecho de huesos de mandíbula torcidos. Y a sus pies, los huesos de un brazo...

Los restos de una mujer.

Enrique se fijó en los detalles. La mortaja que se le aferraba al pecho hundido. Los mechones de pelo rubio sobre el cráneo, del que salían protuberancias óseas que se le enroscaban en la frente. Alguien había bañado en oro los huesos, así que estos brillaban incluso en la oscuridad. Dentro de la mandíbula abierta y rota, había una señal grabada en una losa de mármol tan delgada como el papel:

Με συγχωρείτε.

«Perdonadme».

ENRIQUE VOLVIÓ EN SÍ al oír que se rompían unos cristales. Pestañeó y miró a su alrededor. Ya no estaba en el sillón, sino agachado en el suelo, con el cuaderno y la pluma desparramados a su alrededor. El ruido de los cristales rotos venía de Hypnos, que había tirado una copa de vino. A su lado, Zofia respiraba con dificultad y tenía los nudillos blancos por agarrarse con fuerza a la silla. Séverin parecía ligeramente asqueado, pero había un destello inconfundible de curiosidad en su mirada.

Levantó la vista hacia ellos.

—¿Qué habéis visto? Empecemos por la llegada.

—La gente no era… de esta época —dijo Zofia.

Séverin asintió.

—Tiene sentido. El templo es mucho más antiguo que Poveglia. ¿En qué año lo situarías, Enrique?

Enrique envidiaba su calma. Cuando intentó hablar por primera vez, la voz se le quedó atascada en la garganta. Lo volvió a intentar:

—Siglo vi, creo… Las personas debían de ser refugiados de Padua durante las primeras invasiones bárbaras —consiguió decir—. La estatua de la mujer… podría ser más antigua.

—¿Mujer? —dijo Hypnos—. ¡Era casi todo plumas!

—Las representaciones de las antiguas deidades suelen estar a caballo entre el mundo salvaje y el mortal —dijo Enrique.

—¿Os habéis fijado en sus labios? —reflexionó Séverin—. Los apretaba con mucha fuerza, como cuando alguien intenta no hablar.

Enrique le dio vueltas a la imagen en su mente. Para entonces, sus pensamientos se habían adaptado al peso de lo que había visto y le permitieron sobreponerse un poco a la impresión.

—O cantar —dijo lentamente.

Se pellizcó el puente de la nariz. La iconografía cuadraba, pero todavía no veía cómo encajaba con lo que habían visto en las cuevas.

—Quizá la estatua representaba a una sirena —dijo—. El poeta romano Virgilio menciona alguna vez que eran veneradas en algunas partes del imperio.

Séverin tamborileó con los dedos sobre la mesa.

—Pero ¿por qué el canto de una sirena? ¿Qué sentido tiene?

Enrique frunció el ceño.

—No lo sé... Su canto se consideraba mortal. Mitológicamente hablando, la única persona que fue capaz de escuchar la canción de una sirena sin hundirse fue Odiseo y solo porque estaba atado al mástil de su barco mientras su tripulación tenía los oídos taponados con cera de abeja.

Séverin guardó silencio por un momento e inclinó el mapa líquido hacia delante y hacia atrás, con los restos avivados de humo arremolinados dentro del cristal.

—El canto de una sirena es algo que te atrae..., algo precioso que promete acabar solo con la muerte —dijo poco a poco—. ¿Qué tiene que ver con el templo de Poveglia? ¿Se necesita música o algún tipo de armonía para desbloquear la entrada?

Enrique se lo quedó mirando. Por muy perspicaz que fuera, parecía haber olvidado la única explicación más obvia: el busto de la cabeza de la sirena solo podía ser una advertencia.

—¿Y si significa que el propio templo es el canto de una sirena? —dijo Enrique—. En cuyo caso, sería lo último bonito que veríamos antes de la muerte.

Hypnos y Zofia se quedaron callados. Enrique había pensado que Séverin se enfadaría con esa línea de razonamiento, pero en vez de eso, sonrió.

—Quizá sea una cuestión de perspectiva —dijo—. Creo recordar que me mostraste una pieza de arte eslavo que también representaba un ser con la cabeza de una mujer y el cuerpo de un pájaro. Algo no muy distinto a una sirena mortal.

—Un gamayun —dijo Enrique.

Recordaba esa pieza. Era del tamaño de su pulgar y estaba hecha completamente de oro. Estaba forjada para hablar con la voz de la madre muerta del artesano. Algo curioso e inquietante. Se había negado a adquirirlo para la colección de L'Éden. No le parecía correcto tener secuestrada la voz de un muerto en los pasillos.

—¿Qué es un gamayun? —preguntó Hypnos.

—El pájaro de una profecía..., que supuestamente custodia el camino al paraíso —dijo Enrique—. Presuntamente, conoce todos los secretos de la creación.

—Sirena, gamayun..., muerte o paraíso —dijo Séverin—. Quizá lo que nos espera en Poveglia pueda tener atributos de ambos dependiendo de lo que hagamos.

—Puede ser —aceptó Enrique.

Se sintió un poco idiota por su dramática conclusión, pero no estaba totalmente convencido de estar equivocado...

Esa caverna no parecía un lugar que conociese el paraíso.

—¿Y qué sacamos del esqueleto de la entrada de la cueva? —preguntó Séverin.

Séverin caminó de un lado a otro por la habitación. Enrique observó cómo se llevaba la mano a la parte delantera de la chaqueta, al lugar donde solía llevar la lata de clavos que le ayudaba a pensar. Séverin frunció el ceño cuando sacó la mano vacía.

—El texto significaba «Perdonadme» en griego —dijo Enrique.

—Entonces..., ¿habrá hecho algo malo? —preguntó Hypnos.

Enrique recordó la gruta de hielo del Palacio Durmiente y el mensaje tallado en la roca que habían dejado para que lo encontrasen. Sin embargo, antes de poder decirlo, habló Zofia:

—«Usar el instrumento divino provocará la destrucción» —recitó.

—¿Crees que la disculpa es por haber tocado el instrumento? —preguntó Hypnos.

Zofia se encogió de hombros.

—Encajaría.

—O podría ser otra cosa —dijo Séverin—. Un ritual, quizá, un sacrificio hecho antes de cometer un acto.

—¿Qué diferencia hay? —preguntó Hypnos—. Sigue habiendo un muerto, un lago oscuro con vete a saber qué en su interior y una cueva muy escalofriante que me quita las ganas de ser un dios.

—La diferencia implica lo que nos vamos a encontrar —dijo Séverin—. Si es el acto de un ritual, eso implicaría que lo que hay dentro de esa cueva es un verdadero lugar de culto, un lugar donde la lira divina funcionaría. Si es una disculpa, entonces...

—Entonces tocar la lira podría ser un error catastrófico —dijo Enrique—. Y esta es la manera que tienen de decírnoslo.

—¿«Tienen»? ¿Quién? —preguntó Zofia.

—Los que llegaron antes —dijo Enrique—. La tela del esqueleto está demasiado descompuesta para datarla. Incluso podría ser una de las musas perdidas que protegían la lira divina.

—¿Alguna otra observación? —preguntó Séverin.

—Había una fina lámina de metal en los huesos del esqueleto —dijo Zofia.

—Una elección decorativa interesante, pero nada que indique el propósito del esqueleto —dijo Séverin.

—Tenía cuernos —dijo Enrique al recordar las protuberancias que tenía en la frente.

Séverin hizo una pausa.

—¿Cuernos?

Levantó una mano y se tocó la frente. Enrique recordó aquella extraña hora en las catacumbas hacía más de un año, el icor dorado que goteó de la boca de Séverin antes de otorgarle unas alas que le salieron disparadas de la espalda y un par de cuernos enroscados en las sienes que desaparecieron segundos después.

—Cuernos de toro, creo —dijo Enrique al recordarlo—. Lo que me lleva a la Antigua Grecia o a la civilización minoica.

—Como un animal sacrificado —dijo Séverin. Se le iluminó el rostro—. Un chivo expiatorio.

—¿Un chivo expiatorio? —preguntó Hypnos.

—Un animal cargado ritualmente con los pecados de una comunidad que es expulsado. La gente lo hacía para evitar las catástrofes. Sacrificaban un animal para evitar una plaga o una terrible tormenta —explicó Enrique—. Es una práctica antigua que se menciona en el Levítico, pero usaban cabras, no personas, de ahí el origen de la expresión «chivo expiatorio».

—La mujer no era un animal —dijo Zofia, casi con rabia.

—¡Claro que no! —se apresuró a decir Enrique—. Pero el proceso era similar. Algunas comunidades utilizaban personas. En la Antigua Grecia, al ritual en el que exiliaban a una persona de la comunidad como chivo expiatorio se llamaba *pharmakos*.

Hypnos cogió otra copa de vino.

—¿Entonces crees que esta mujer podría haber sido exiliada de un lugar y cargada con sus pecados?

—Creo que eso depende de lo que encontremos en esa cueva —dijo Séverin.

Mientras Séverin cogía una vez más el mapa forjado con la mente, Enrique empezó a reflexionar sobre el poder. No estaba muy convencido del optimismo de Séverin de que la lira les otorgaría un poder divino, pero sí estaba seguro de una cosa. Cuando cerraba los ojos y pensaba en la ilusión forjada con la mente, no eran los huesos dorados o los labios de piedra de la sirena lo que predominaba en sus pensamientos…, era el hedor.

La cueva rebosaba el apestoso aliento de algo antiguo y hambriento. Era como estar delante de una criatura con las fauces abiertas para que uno pudiese vislumbrar los miembros destrozados que tenía todavía entre los dientes amarillos.

23

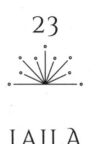

LAILA

Laila se acercó la hoja a la palma de la mano y presionó. Hizo un gesto de dolor, pero solo por costumbre, no por dolor. Durante esos segundos, no sintió nada. Ni siquiera la presión del cuchillo.

La oscuridad que la había invadido en cuanto Hypnos y ella fueron tras Enrique apareció de una forma súbita y deslumbrante. Le dijo rápidamente a Zofia que empezasen sin ella, se escabulló a las cocinas y cerró la puerta. A solas, intentó respirar, pero no sentía que el aire le entrase en los pulmones. El mundo que la rodeaba se volvió borroso y apagado.

La última vez que le había pasado, la caricia de Séverin había reavivado sus sentidos, pero ahora se negaba a acudir a él. Perder más poder sobre sí misma sería su propia muerte.

«Siente algo», le instó a su cuerpo mientras observaba el corte. «Lo que sea».

Un segundo, después dos…, después cinco. Algo espeso y alquitranado emanó de la herida. Durante años, había evitado mirar demasiado cerca lo que tenía en su interior. Las palabras de su padre la habían perseguido durante toda su vida.

«Estás hecha de tierra de sepulcro».

En aquel momento, Laila no sentía miedo. En cualquier caso, era orgullo lo que se apoderó de ella. Según contaban, no debería estar viva.

—Y sin embargo —dijo Laila ferozmente—, aquí estoy.

Pasó otro segundo antes de que finalmente lo sintiese: un leve latido. Laila intentó agarrar el dolor con entusiasmo.

Cuando era joven, se había imaginado distintos milagros. Como que se subía a un árbol y encontraba un mango hecho de oro macizo. O que un príncipe se topaba con ella cuando estaba lavando la ropa en el río y quedaba tan prendado de ella que la llevaba de inmediato a un palacio hecho de jaspe y piedra lunar. Pero ahora Laila era lo bastante mayor para reconocer el dolor como el milagro que era. El dolor era la línea furiosa y contundente que separaba a los vivos de los muertos.

Días atrás, se había arrodillado sobre un suelo de hielo...; el dolor era tan grande que no la dejaba respirar. Imaginó que no volvería a ver a Hypnos saludarla con una copa de vino en la mano, a Enrique abrir un libro, a Zofia coger una cerilla o a Séverin sonreír. Por cada cosa que perdía —segundos, latidos y texturas—, cada esperanza que recuperaba era una antorcha que cobraba vida y frenaba a la oscuridad.

Esa oscuridad podía ser la sombra de la muerte, pero aún no era el final.

QUIZÁ EL UNIVERSO estuviese encantado con su optimismo ingenuo, porque pronto le reveló aún más maravillas. Al fondo de la despensa, Laila encontró un tarro de galletas de azúcar que, aunque no eran recién hechas, sí se habían horneado en un plazo razonable. No tardó en encontrar azúcar en polvo, que convirtió en un glaseado real con el que cubrir las galletas, justo como le gustaban a Zofia. Había cacao amargo en los armarios con el que hizo un chocolate caliente para Enrique e Hypnos y, cuando buscaba canela para añadirla al brebaje, palpó unos bordes metálicos y lisos y sacó una lata de clavo.

Cuando la vio, se echó a reír.

—Muy bien —dijo en voz alta.

Laila hizo equilibrios con la bandeja llena de comida y bebida que llevaba en las manos mientras se dirigía al salón. Había hecho un recorrido similar decenas de veces en el pasado, pero ese tenía cierto aire de ritual. Como si estuviera haciendo una ofrenda a algo más grande que ella misma y deseara con toda su alma que fuese suficiente. La puerta estaba un poquito entreabierta y, cuando la abrió del todo, sintió una extraña distorsión en el aire.

—Laila, ¡espera! —dijo alguien—. Hemos vuelto a abrir el mapa…

Pero ya era demasiado tarde.

La puerta se había abierto. En cuanto entró, una gota húmeda le salpicó la muñeca. Parecía lluvia, pero era más fría y estaba viva con una conciencia forjada que le atravesó la piel, entró en su torrente sanguíneo y le llenó la cabeza de visiones. Cuando miró, el salón había desaparecido y había sido sustituido por algo que no había visto jamás.

Estaba de pie en un lago oscuro cuya agua le llegaba a los tobillos. Sobre su cabeza, unas relucientes estalactitas salpicaban el techo abovedado de una cueva, rodeadas de brillantes trozos de obsidiana y azabache, de forma que parecía como si alguien le hubiese dado un martillazo al cielo nocturno y hubiese dispuesto los fragmentos en la caverna. Notó como si empujaran su conciencia hacia delante y avanzó sobre el lago. Solo entonces se dio cuenta de que el agua estaba cubierta de huesos humanos. El agua se extendía muchos metros hacia delante y terminaba ante un gran muro de ámbar tallado y semitransparente. La pared parecía retroiluminada por fuegos lejanos, con sombras que se deslizaban por la superficie y difuminaban los detalles de lo que había detrás. Allí, enormes e imposibles, se alzaban las inconfundibles siluetas de unos gigantes que flanqueaban una estructura ancha e irregular.

Laila se estiró, como si pudiese llegar más allá de la pared de ámbar...

—¡Las galletas no!

Laila parpadeó y el salón volvió a aparecer ante sus ojos. Enrique estaba de pie frente a ella y con una mano sostenía la bandeja de dulces. Un poco de chocolate caliente se había derramado por el borde de una de las tazas y el rico aroma del cacao le hizo recobrar la consciencia.

—¿Qué ha sido eso? —preguntó Laila.

Los ojos oscuros de Séverin buscaron los suyos.

—La esperanza.

ENRIQUE SORBIÓ lo que le quedaba de chocolate y recopiló frenéticamente las notas que había tomado sobre todo lo que habían presenciado a través del mapa forjado con la mente. A su lado, Zofia mordisqueaba felizmente una galleta.

—La estatua de una posible sirena, un lago lleno de huesos, un esqueleto brillante...

Hypnos levantó su taza.

—Cómo olvidarse del esqueleto brillante.

—¡Estructuras gigantescas! —dijo Enrique con entusiasmo—. Del tipo de... No puedo creer que esté diciendo esto, pero podría..., a ver..., ¿podría ser la Torre de Babel? Estoy seguro de que no es exactamente la que el mundo occidental relaciona con los orígenes del forjado. Por lo que sabemos, podría haber múltiples fuentes, pero la torre...

—No era una torre —dijo Zofia con el ceño fruncido—. Era demasiado ancha.

—Lo que, en realidad, demuestra mi argumento —dijo Enrique mientras dejaba la taza en la mesa.

Se dirigió a su mesa de investigación y estuvo rebuscando un rato antes de detenerse y sacar una ilustración amarilla y descolorida. Era una estructura de ladrillos rectangulares, baja e irregular, con escalones tallados que la rodeaban desde todos los ángulos. Parecía del tamaño de la plaza de una ciudad y la parte superior, plana, le recordó a Laila a una enorme plataforma.

—Esto es una ilustración del Zigurat de Ur, excavado por primera vez hace unos treinta años en lo que ahora sabemos que es la antigua ciudad sumeria de Uruk —dijo Enrique—. Lo más probable es que la Torre de Babel no fuera una construcción estrecha como la que nos podríamos imaginar en la arquitectura occidental, sino una antigua pirámide escalonada como los templos de Babilonia y Sumeria.

Enrique le dio unos golpecitos a la parte superior de la ilustración. Séverin observó la imagen.

—Si llegásemos a un templo así, la lira se tocaría... ¿dónde, exactamente?

—Probablemente en el santuario más recóndito, en la parte superior del templo —dijo Enrique mientras señalaba en el papel-. Se creía que solo a los sacerdotes y los reyes se les permitía entra en esa zona, ya que se consideraba que era el punto donde se unían el cielo y la tierra. Allí tenían lugar todo tipo de rituales sagrados, incluidos los *hieros gamos*.

—¿Que son...? —preguntó Hypnos.

Laila se percató de que a Enrique se le sonrojaban las mejillas.

—Eh…, un matrimonio sagrado —dijo este—. A veces, un rey y una sacerdotisa elegida, esto…, adoptaban la forma de un dios y una diosa y renovaban la primavera en toda la tierra mediante… relaciones.

Hypnos frunció el ceño.

—¿Sobre el suelo de piedra?

Enrique se puso más rojo todavía.

—No, supongo que había un lecho sagrado y eso.

—Me pregunto cómo subían todos esos escalones —dijo Hypnos.

—¿Y qué hay de esas… figuras enormes a los lados? —preguntó Laila.

Enrique pareció aliviado por el cambio de tema.

—¡Ah, ahora iba a ello! Encontré esto el otro día y me preguntaba por qué la matriarca lo tendría en su poder. —Se dirigió a una de las estanterías y sacó una estatuilla de oro posada en una pequeña plataforma—. Eran famosas en la Antigua Grecia. Muchas eran impulsadas por agua para los desfiles, pero no las de este tipo.

Cuando la tocó, la figura de bronce chirrió con fuerza al mover hacia arriba y hacia abajo los miembros articulados.

—Es un autómata —dijo Zofia.

—¡Exacto! —dijo Enrique.

—En Roullet & Decamps fabrican muchos autómatas —dijo Hypnos—. No es precisamente raro ni infrecuente.

—Pero este es antiguo —dijo Enrique—. Hefesto, dios de la herrería, hizo el Talos de bronce, un autómata gigante diseñado para proteger la isla de Creta. El rey Ajatasatru de la India oriental tenía supuestamente… —Hizo una pausa para consultar sus notas—. *Bu-ta va*… Laila, ayúdame.

Enrique suspiró y le mostró la página a Laila, que leyó en voz alta:

—*Bhuta vahana yanta*... Máquinas de espíritu en movimiento —tradujo ella—. Se dice que custodian las reliquias de Buda.

Enrique asintió con la cabeza.

—Para mí, toda esta iconografía corresponde a lo que se esperaría para, bueno...

—Para alguien que salvaguarda el poder de Dios —dijo Laila.

Se hizo el silencio en el salón. Laila sintió una extraña punzada de anticipación.

—¿Qué pasa con la pared? —preguntó Zofia.

Laila pensó en la pared de ámbar semitransparente y ansió tocarla.

—En cuanto a eso... —dijo Enrique mientras se dejaba caer en la silla—, no tengo ni idea.

—No apareció en nuestra primera experiencia con el mapa —dijo Séverin lentamente—. ¿Puede que funcione como un gigante Tezcat?

—Tal vez el nombre del templo nos daría una pista de cómo acceder a él —sugirió Hypnos.

—Bien pensado —dijo Séverin—. Pero por lo que sé, este templo no tiene nombre.

—¿Por qué? —preguntó Enrique.

—Es demasiado poderoso, quizá —planteó Séverin—. Los nombres son peligrosos. Fijan algo en su sitio, lo atan a un país, a una religión... Tal vez el templo permaneció anónimo para que no se pudiese culpar a nadie de conocer un lugar donde se podría tocar la lira y pudieran unirse los fragmentos de Babel.

—Quizá —dijo Enrique, pero no parecía muy seguro.

—Necesito darle más vueltas. —Séverin frunció el ceño y se llevó la mano a la parte delantera de la chaqueta. Era un viejo gesto, uno que Laila casi había olvidado desde la muerte de Tristan.

—Toma —dijo ella, mientras cogía la lata de clavos de la bandeja—. Puede que esto sea útil.

La lanzó por el aire y Séverin la cogió con una sola mano. Miró a Laila con incredulidad y ella se puso roja.

—Para que te ayude a pensar —explicó Laila.

—Gracias.

—De nada.

Laila captó el tono mecánico de su voz y sintió que todos —salvo Zofia, que estaba absorta en su tercera galleta— se removían incómodos. «Déjalos», pensó. Le había contado la verdad a Séverin. Sí, un rincón de su corazón era suyo, pero eso no le daba derecho a su cada vez más escaso tiempo y, si esos terminaban siendo sus últimos días, los pasaría como cualquier persona debería pasar su vida: dándose lo que se merecía.

—¿Qué te ha pasado en la mano? —preguntó Séverin con voz sombría.

Laila se miró el vendaje. Una mancha negra de sangre se había extendido por la venda. Le dolía un poco, pero no tanto como debería.

—Nada. —Le echó un rápido vistazo a Séverin y supo que no lo había convencido—. ¿Cuándo podremos partir hacia Poveglia?

—Solo nos hacen falta un par de suministros más de un mercado nocturno y podremos salir dentro de unas horas —dijo Enrique.

—¿Y el transporte?

—Ya está arreglado —dijo Hypnos.

Séverin asintió con la cabeza, sin dejar de mirar a Laila.

—Pues partiremos antes del amanecer.

24

SÉVERIN

Durante las primeras horas del amanecer, el *mer-cato* de Rialto parecía un lugar que solo debía ser visitado por los habitantes del más allá. Mientras caminaba, Séverin se imaginaba criaturas feéricas de ojos brillantes y dedos larguiruchos vendiendo collares de sueños por el precio de un beso o agitando tarros llenos de escamas de pez arrancadas que podían revelar una profecía. A su alrededor, el aire previo al amanecer susurraba escarcha sobre las ciruelas emperatriz y las brevas oscuras. Los montones de pasas de Corinto de los puestos de fruta brillaban como rubíes cortados. Las máscaras venecianas en miniatura tintineaban entre ellas, y mujeres encorvadas y con las manos surcadas de venas azules colgaban delicados encajes junto a las llaves de latón talladas. Los artesanos del vidrio acababan de empezar a exponer sus artículos, y Séverin observó con asombro cómo los adornos de cristal de Murano soplados en forma de cisnes de cristal de colores volaban de un puesto a otro mientras los delicados ramos de flores de cristal se marchitaban y florecían cada hora.

Séverin, Hypnos y Enrique se dirigieron a la *pescheria*, donde Hypnos lo había preparado todo para que un pescador local los llevase a Poveglia. En el *palazzo* de la matriarca, Laila y Zofia ultimaban los preparativos. Mientras, Séverin se iba girando hacia Enrique con la esperanza de que el historiador empezase a hablar con entusiasmo sobre la arquitectura gótica y la catedral bizantina o comentase los extraordinarios detalles de una estatua cubierta de algas hasta que lo sacasen a la fuerza del lugar. Sin embargo, cada vez que Séverin reunía el valor para hablarle, Enrique giraba la cabeza y verle la herida vendada le impactaba como si fuese un golpe físico.

Séverin había permitido que eso le pasase a su amigo.

Y lo que era peor, había dejado que Enrique pensase que no era bienvenido… cuando era todo lo contrario.

Mientras intentaba averiguar qué decir y cómo decirlo, Enrique se puso a su lado. Parecía tenso…, vacilante.

—¿No te parece precioso? —preguntó de repente—. Me recuerda a algo que encargarías para L'Éden.

Al otro lado de Séverin, Hypnos refunfuñó y se ciñó con fuerza las pieles de armiño alrededor del cuello.

—Hace frío, eso es lo que me parece.

—Quizá para una comisión de primavera —repuso—. Podría ser una instalación interesante en el vestíbulo. Un Bazar Nocturno mágico, tal vez.

A Enrique casi se le salieron los ojos de las cuencas. Esbozó una sonrisa recelosa y asintió con la cabeza.

—Tal vez.

Antes, las esperanzas de Séverin habían sido enormes y confusas, pero esta era pequeña. Era una esperanza que podría caber en una habitación: al final de todo este invierno vendría la primavera y habría algo bonito para celebrar la ocasión.

Sonrió para sí mismo, metió la mano en el bolsillo de su pecho y, dejando a un lado la lira cosida a su chaqueta con hilo de acero forjado por Zofia, cogió la lata de clavos. Se metió uno en la boca y su sabor, potente y abrasador, le inundó los sentidos.

Enrique arrugó la nariz.

—Detesto ese olor.

—A Laila no le importa —dijo Hypnos mientras le lanzaba una sonrisa cómplice a Séverin.

En el pasado, Séverin los habría ignorado y no habría dicho nada..., pero ¿no les había prometido transparencia en todo? ¿Y no se suponía que esos temas se hablaban entre amigos? Le dio la vuelta al clavo y dejó que la amargura le cubriese la boca antes de decir:

—A Laila le importan otras muchas cosas. Y eso incluye, entre otras cuestiones diversas, la insensata indiferencia hacia sus propios sentimientos, la deslealtad a nuestros amigos y, en su opinión, no la mía, la persecución egocéntrica y ferviente de corregir mis errores y proteger a mis seres queridos. Dudo que le quede espacio para preocuparse por mis costumbres con los clavos.

Enrique hizo una mueca e Hypnos suspiró y negó con la cabeza.

—¿Y te has disculpado...? —preguntó Hypnos.

—Obviamente.

—¿Y le has recordado lo del...? —Hypnos agitó el dedo anular.

—Quizá te sorprenda, pero recordarle a la mujer que amo que lleva una sentencia de muerte no entraba en mis planes románticos —dijo Séverin con frialdad.

Enrique le dio un pescozón a Hypnos.

—¡Ay! —dijo este—. ¡Solo era una idea! Las situaciones casi fatales me hacen ser, eh, *comment dire*, muy apasionado, *¿non?* ¡Sediento de vida! Más aún cuando sabes que tu situación se solucionará pronto.

—Dudo que ella sienta lo mismo —dijo Séverin.

Hypnos frunció el ceño y luego chasqueó los dedos, triunfante.

—¡Ya sé! Deberías probar a presentarte desnudo en su habitación. Lo llamo «*La méthode de l'homme nu*».

Séverin y Enrique dejaron de andar y lo miraron fijamente.

—¿El método del hombre desnudo? —preguntó Séverin—. ¿Lo dices en serio?

—Prefiero estar desnudo. —Hypnos se cruzó de brazos—. Confiad en mí, funciona. Si la dama o el caballero no están intrigados, salen de la habitación y ya.

—Y seguramente quemen las sábanas por si acaso —murmuró Enrique.

—Y si consienten, bueno, pues ya has conseguido que el proceso de intimar sea mucho más fácil. Deberíais intentarlo.

—No —dijeron Séverin y Enrique al mismo tiempo.

Hypnos resopló.

—Que os aproveche vuestra absoluta falta de inspiración.

Para entonces, el encantador *mercato* había cambiado. El olor a pastas y el perfume de la fruta cortada se volvió más agrio a medida que se acercaban a la *pescheria*. Ubicado bajo unos arcos góticos abovedados manchados de liquen a la orilla del Gran Canal, el mercado de pescado era un maloliente punto de referencia de la ciudad y, para bien o para mal, el punto de encuentro para su transporte. Incluso desde la distancia, Séverin alcanzaba a ver los movedizos montones de anguilas de agua dulce. Los artesanos de la forja del agua se paseaban entre los puestos de pescado y hacían levitar bloques de hielo sobre ellos para mantener frescas las capturas.

—Ahí está —dijo Hypnos mientras señalaba con la barbilla a un hombre canoso que estaba apoyado en una de las columnas. El pescador asintió con la cabeza en señal de reconocimiento.

—Voy a cerrar el pago y luego nos vamos —dijo Hypnos, y echó a andar hacia el mercado de pescado.

Séverin no recordaba la última vez que había estado a solas con Enrique. Antes tenían una camaradería sencilla... pero ahora, cada frase parecía un paso pesado sobre una débil capa de hielo. Enrique no lo miró. Había centrado su atención en el tramo de casetas del mercado situadas antes de que la calle se llenase de puestos de pescado.

—Le gustan las flores —dijo Enrique en voz baja—. Podrías empezar por ahí.

Séverin siguió la mirada de Enrique hasta un pequeño puesto regentado por una señora mayor que ya estaba medio dormida a pesar de que el mercado acababa de abrir. En la mesa que tenía delante había un puñado de delicadas obras de cristal: crisantemos con pétalos de cuarzo blanquecino, rosas talladas en finas láminas de piedra cornalina. Séverin posó los ojos sobre un lirio de cristal, cuyo diseño era tan vívido que cada pétalo parecía cortado de un llama.

Enrique le dio un toquecito con el codo.

—Adelante.

Séverin dudó.

—¿No crees que es una causa perdida?

—Si creyese en las causas perdidas, estarías en el fondo de la laguna —dijo Enrique con delicadeza.

—Me parece justo. ¿Y tú? ¿No quieres llevarle flores?

—¿A quién? Ah... —Enrique desvió la mirada—. ¿Tan obvio es?

—Solo cuando la miras fijamente y sin pestañear.

—Creo que estaría más interesada en las proporciones matemáticas de los pétalos que en la propia flor. Tengo que encontrar el equivalente a una flor para ella. —Enrique frunció el ceño—. Algo inflamable, me temo.

—Yo también la temería.

—No me estás ayudando.

UNAS HORAS MÁS TARDE, Séverin hizo un incómodo descubrimiento: la lira divina tenía pulso. Era como si el instrumento divino cobrase vida lentamente a medida que se acercaban a Poveglia. Lo sentía contra sus propios latidos en un golpeteo persistente. Si la esperanza tuviera un sonido, sería ese.

A sus amigos se les veía fríos y abatidos en aquella barcaza mugrienta. Al timón, el pescador no les dirigía ni una sola mirada y se había mostrado inflexible en cuanto a su responsabilidad hacia ellos.

—Iré tan rápido como pueda y no os esperaré. Vosotros sabréis cómo haréis el camino de vuelta, que Dios os ayude.

Mientras el viento azotaba a su alrededor, Séverin se imaginaba la voz de su madre a lo largo del camino. «Las puertas de la divinidad están en tus manos. No dejes pasar a nadie».

Estaba destinado a tocar la lira.

Estaba destinado a salvar a Laila.

Estaba destinado a proteger a sus amigos.

Séverin se arriesgó a mirar a Laila. Se las había arreglado para tener un aspecto regio incluso en ese sucio barco. Tenía la espalda recta y la piel de su chaqueta se agitaba alrededor de su cuello mientras le daba vueltas al anillo granate. Se había recogido el pelo en una trenza, pero unos mechones de seda negra se retorcían libres y le enmarcaban el rostro. Tenía la boca tensa y Séverin se dio cuenta de que el intenso color marrón de su piel había perdido brillo de la noche a la mañana.

Cuando la miró, todo ese poder que había sentido se agitó nerviosamente en su interior.

Le había fallado mil veces, pero esa vez sería diferente.

Delante de ellos, las islas de Lido y Poveglia se volvieron más nítidas, más grandes. Una bruma plateada nublaba el agua y se tragaba las siluetas de las catedrales y los muelles, por lo que parecía una residencia de fantasmas.

—No entiendo por qué este sitio tiene que estar en una isla llena de peste —refunfuñó Hypnos.

Enrique, que había cogido una manta que parecía bastante acartonada, los miraba por debajo de ella.

—¿Sabíais que...?

Hypnos gimió.

—Ya estamos...

De debajo de una lona de goma impermeable, Zofia asomó la cabeza con curiosidad para escuchar a Enrique.

—La palabra «cuarentena» viene de la expresión italiana *quaranta giorni*, que significa cuarenta días, el número de días que un barco debía permanecer alejado de Venecia si se sospechaba que albergaba la peste. Islas como Poveglia fueron uno de los primeros *lazzaretti*, o colonias de cuarentena. ¿No es fascinante?

Incluso con aquel tiempo lluvioso y helado, Enrique sonrió a todos con expectación.

Séverin se sentó un poco más erguido. Enrique había dudado de su apoyo. Lo haría mejor esta vez.

—¡Fascinante! —dijo en voz alta mientras aplaudía.

Todo el mundo se le quedó mirando.

Demasiado tarde, sospechó que sus acciones carecían de cierta sutileza. Miró a Enrique. Por primera vez, el historiador no parecía estar aguantando una reprimenda..., sino una carcajada.

—Muy... esclarecedor —intentó Laila.

—¿Por qué el número cuarenta? —preguntó Zofia.

—Eso no lo sé —dijo Enrique.

Zofia frunció el ceño y desapareció una vez más bajo la lona.

—Cuanto más permanezco en este barco olvidado de la mano de Dios, más siento que voy a coger la peste —murmuró Hypnos.

Finalmente, el barco se detuvo y atracó junto a una curiosa estatua de un ángel con las alas encorvadas y plegadas alrededor de su cabeza. En cuanto el pescador echó el ancla, la estatua desplegó las alas y levantó un brazo que señalaba hacia Venecia. El mensaje estaba claro:

Marchaos.

A primera vista, Poveglia no le pareció a Séverin un lugar para fantasmas. Había tierra en el suelo y no ceniza suave. El graznido chismoso de los cuervos retumbaba a través de las grutas amuralladas y, por encima de la línea de los árboles, el viejo campanario vigilaba la isla.

Sin embargo, eso era solo a primera vista.

Cuanto más tiempo observaba la isla, más lo sentía: un entumecimiento agotado. La clase de frío vacío que ocupa un cuerpo cuando este se queda sin lágrimas, oraciones y súplicas.

Se le erizó el vello de la nuca.

Observó la isla y escuchó atentamente.

En la mochila, notaba las antorchas y las provisiones que habían reunido junto con la esquina afilada de la caja dorada que contenía el frasco del mapa a Poveglia. Su contenido había desaparecido, se lo habían distribuido entre los cinco, y ya tiraba de sus conciencias por un camino de maleza descuidada que llevaba hasta el lugar donde sobresalía el esqueleto de andamios de una antigua estación de cuarentena. Sin embargo, nadie se movió.

Todos se volvieron hacia Laila y entendieron algo sin necesidad de decirlo. Por mucho que Séverin se hubiese jactado de sus sueños para todos ellos, cuando intentaba imaginarse qué pasaría cuando finalmente tocase la lira en el santuario del templo, no era su propia cara la que imaginaba absorta por una luz celestial.

Era la de Laila.

Su sonrisa, despojada del peso de la muerte...; su sonrisa, que se volvería imprudente al saber que esa solo era la primera de una sucesión infinita de alegrías. Séverin deseaba tanto ver aquello que habría echado a correr por el camino en ese mismo instante, pero no quería adelantarla.

Ese también era el viaje de Laila.

Y aunque Séverin sabía que el poder corría por sus venas, también sabía que si los demás habían considerado la posibilidad de darle otra oportunidad había sido solo por ella..., así que esperó. A su lado, Enrique inclinó la cabeza como si estuviese rezando. Zofia permaneció con las manos entrelazadas, y hasta la sonrisa habitualmente irrespetuosa de Hypnos se había suavizado hasta convertirse en una expresión meditabunda.

Séverin observó cómo Laila levantaba la vista hacia el cielo, giraba las palmas de las manos y cerraba los ojos. Lentamente, se inclinó y tocó el suelo, luego se tocó la frente.

En alguna ocasión, Séverin la había visto practicar el *bharatnatyam* en L'Éden. Le gustaba practicarlo por las mañanas y a menudo usaba las *suites* vacías adyacentes a su despacho. A veces, él dejaba de trabajar solo para escuchar el tintineo de sus tobilleras. Cada vez que se la encontraba antes de empezar, veía cómo rozaba el suelo con los dedos y juntaba las manos en señal de oración.

Una vez, Séverin se había apoyado contra el marco de la puerta y la había observado.

—¿Por qué haces eso?

Imitó vagamente sus movimientos y Laila enarcó una ceja.

—Te refieres al *namaskaram* —dijo—. Lo hacemos como una ofrenda de oración y para pedir permiso a la diosa de la tierra para bailar sobre ella.

Séverin frunció el ceño.

—Solo es un baile. Es precioso, pero seguro que no es tan peligroso como para que una diosa tenga que darte su permiso.

Nunca olvidaría la sonrisa que le dirigió. Serena y, de alguna manera, también aterradora. Recordaba cómo la luz del sol atravesaba la vidriera e iluminaba su silueta desde atrás y convertía su belleza en inhumana.

—¿Sabes cómo termina el mundo? —preguntó Laila suavemente.

—Con fuego y azufre, imagino.

—No —dijo ella, con una sonrisa—. Termina con una belleza terrible. Nuestro dios de la destrucción también se llama Nataraja, el dios de la danza. Con sus movimientos, el universo se disolverá y comenzará de nuevo. Así que sí, debemos pedir permiso para las cosas bonitas, pues ocultos tienen un corazón de peligro.

Lentamente, Laila caminó hacia él. Las tobilleras sonaron suavemente. El pelo, largo y suelto, se le rizaba en la cintura.

—¿No sientes el peligro, Séverin?

Lo había sentido.

Pero no era la destrucción del mundo lo que había temido cuando Laila se había apartado bruscamente de él y había empezado a practicar.

Al observarla ahora, se preguntó sobre sus movimientos. ¿Estaba pidiendo el permiso de la tierra para la belleza... o su perdón por la destrucción? No sabía cómo preguntárselo.

Cuando Laila terminó, él se giró hacia los demás.

—Sabemos que el paisaje ha cambiado considerablemente, por lo que debemos prestar especial atención a cualquier ruina —dijo—. Puede que tengamos que explorar más sombras que luces.

Zofia levantó la mano.

—Puedo iluminar el camino.

—Yo la acompaño —dijo Enrique.

—Tiene los explosivos, ¿verdad? —dijo Hypnos—. Pues yo también voy con ella.

Séverin puso los ojos en blanco.

—Entonces yo vigilaré la retaguardia. El busto de la sirena no debería estar a más de medio kilómetro de distancia, según nuestro mapa.

Pensó que Laila iría al frente, pero no. Permaneció un par de pasos por delante de él, justo fuera de su alcance. De vez en cuando, se detenía y miraba la apagada vegetación de su alrededor. Debía de sentirse inquieta. Preocupada. Séverin quería consolarla, pero ¿y si todo lo que le dijese parecía una demanda no deseada de su tiempo? Le consideraría un insensible, o peor todavía, un egoísta incapaz de cambiar.

Al moverse, notaba los bordes del lirio de fuego de cristal forjado en el bolsillo delantero. No tendría que haberlo comprado. ¿Cómo iba a dárselo, además?

«Toma, coge esta cosa extremadamente frágil y, por favor, no lo interpretes como una metáfora de nuestra relación».

Debería hacerla añicos contra el suelo.

Estaba dándole vueltas a la idea cuando Laila habló de repente.

—Ojalá fuese primavera —dijo.

Séverin levantó la cabeza. Con cautela, dio unas cuantas zancadas más rápido hasta que llegó a su lado.

—¿Por qué? —preguntó.

—Por las flores silvestres —dijo Laila, riéndose un poco—. Debería haberlas mirado más de cerca la última primavera.

Quería flores. Era curioso que, con todas las cosas que no podía darle, al menos pudiese hacer eso. Lentamente, rebuscó en su chaqueta y sacó el lirio. Se lo ofreció.

Laila se detuvo en el camino y pasó la vista de él a la flor de cristal que tenía en la mano.

—La he recogido antes. En el mercado. He pensado que… Bueno, realmente tenía la esperanza de… que te gustase.

Laila enarcó una ceja. Despacio, cogió el lirio y lo hizo girar entre los dedos. La luz del sol fluyó a través del cristal y pintó el suelo de escarlata y naranja.

—¿Te gusta? —preguntó Séverin antes de añadir rápidamente—: Si no te gusta tampoco pasa nada, por supuesto. Solo pensé que era… bonita. Supongo. Y era una alternativa mucho mejor que…

Se detuvo justo antes de mencionar el método del hombre desnudo de Hypnos. Una mirada de incredulidad cruzó el rostro de Laila.

—Séverin, ¿estás… nervioso?

—Eh… —Hizo una pausa y se recompuso—. ¿Qué respuesta te gustaría más?

Laila no respondió, pero por un momento pareció —o tal vez era una simple ilusión— a punto de echarse a reír. Con una sonrisita, se metió la flor en la manga y siguió avanzando.

EL MAPA FORJADO con la mente los llevó a las afueras de una estación de cuarentena abandonada. A cierta distancia vieron las ruinas de una iglesia. Detrás de ella, la solitaria torre de un campanario hecha de ladrillos del color de la sangre vieja se alzaba contra las nubes de invierno. El aire sabía a sal y a óxido.

En el suelo, Séverin no vio más que montones de ladrillos, trapos pisoteados contra el suelo y los inquietantes restos de unas palas arrojadas apresuradamente. No quería pensar en cuántas almas habría enterradas bajo el suelo que pisaba.

—¿Dónde está la estatua de la sirena? —preguntó Enrique mientras se daba la vuelta—. Debería... debería estar aquí.

Laila se ciñó más el mantón.

—¿Qué era este lugar?

Séverin miró hacia abajo. Estaban sobre los restos de una antigua estancia. O quizá un patio, a juzgar por los escombros decolorados de una fuente. Las finas camas metálicas se encontraban en diversas etapas de descomposición. A lo largo del semicírculo de la pared, la hiedra negra trepaba por la piedra y estrangulaba lentamente las columnas que habían adornado aquel lugar en el pasado.

—Creo que es una sala de convalecencia... —dijo Séverin mientras empujaba un trocito de cristal roto con el pie. Era inusitadamente grande, más como el panel de una claraboya que la hoja de una ventana—. Quienquiera que ocultase la entrada en la antigüedad no habría utilizado algo que se pudiera quitar fácilmente..., así que, ¿qué pasó cuando volvieron a encontrar este lugar y la gente empezó a construir estaciones aquí? ¿Encontraron el busto de la estatua e intentaron ocultarlo? ¿Tal vez celebraron el hallazgo?

Séverin se acercó a la pared. Cuanto más hablaba, más se imaginaba esa sala como había sido en el pasado. La luz del amanecer entrando por el cristal, el gorgoteo de la fuente y la respiración entrecortada de un paciente que luchaba por ver la luz.

Extendió la mano y hundió los dedos en el muro de hiedra. Mantuvo la vista en el suelo. Recordó un detalle de la estatua: la forma de la base de la columna.

—Tal vez al constructor le resultara extraño no poder mover la estatua —dijo Séverin—. Quizá incluso intentó cubrirla con yeso o pintura que ya se habrá desgastado a día de hoy.

Mientras caminaba, apartaba la suciedad con el zapato hasta que una forma extraña le llamó la atención: un par de garras. Al mismo tiempo, tocó algo frío y áspero.

—¿Zofia? —dijo en voz baja.

Zofia apareció a su lado. Se desprendió un colgante del collar y lo acercó a las hojas. Unas volutas de humo se alzaron en el aire mientras la hiedra ardía y caía al suelo. Cuando las hojas ennegrecidas se apartaron, un rostro chamuscado apareció entre ellas. La sirena.

Séverin notó que se acercaban Hypnos, Laila y Enrique. Enrique dio un grito ahogado.

—La has encontrado —dijo en voz baja—. Pero ¿cómo la abrimos?

Séverin frunció el ceño y observó la estatua.

—En la visión, la sirena abría la boca... y entonces se abría la entrada.

Alargó la mano y recorrió las plumas exquisitamente talladas que brotaban a lo largo de los pómulos de la sirena y se fundían en su pelo. Le habían tallado la boca en un línea fruncida y enfadada. Tenía los ojos cerrados.

Séverin se detuvo. Con suavidad, le tocó los párpados.

—Una sirena canta para atraer a los marineros, pero para eso... debe verlos en el agua —dijo.

—¿Y? —preguntó Enrique.

—Esta estatua tiene los ojos cerrados..., lo que significa que no puede vernos —dijo Séverin—. Todavía.

Presionó con los dedos los párpados de la estatua. La piedra cedió y un mecanismo oculto chirrió con fuerza cuando los párpados de piedra se levantaron.

—¿Qué es eso? —preguntó Hypnos mientras retrocedía a trompicones.

Bajo ellos, el suelo empezó a temblar. Séverin extendió los brazos para no perder el equilibrio. Laila tropezó y él la agarró por la cintura y la estrechó contra él justo cuando unas blanquecinas piedras de cuarzo giraron en los huecos de los ojos de la sirena.

—Agarraros fuerte los unos a los otros... —empezó a decir Séverin, pero sus palabras quedaron en el aire cuando la boca de la sirena se desencajó con un sonido como el del rugido de un trueno. La tierra que los rodeaba zozobró y se desplomó y Séverin apenas tuvo tiempo de coger a Enrique de la mano antes de que una oscuridad fría y húmeda se los tragase por completo.

25

❧

ZOFIA

A Zofia no le costó asimilar el espacio que la rodeaba. Era como si la conciencia le llegara a ráfagas:

El descenso, tan largo que había llegado a contar hasta diecisiete, y luego el golpe. Al final, no cayó, sino que tropezó, como si se hubiera saltado el último escalón de una escalera.

Algo frío le tocó la punta del pie. Oyó una especie de chapoteo. Una piedra afilada le había abierto un agujero en el calzado. Bajo las botas, distinguía ligeramente el húmedo suelo limoso, como en la orilla de un lago.

Le pitaban los oídos. Parpadeó una y otra vez, pero no podía vez más allá de un círculo de luz, cuya circunferencia apenas superaba los tres metros. Su origen venía de cientos de metros por encima de ellos, y supo que era la apertura por la que habían caído. Atravesar tanto espacio y sentir que no había sido más que un tropezón significaba que habían caído a través de varios Tezcats para llegar allí.

Pero ¿dónde era «allí»?

Oía a sus amigos hablando y arrastrando los pies cerca de ella, pero los ignoró. «Cada cosa a su tiempo», se dijo. Tenía que analizarlo todo sentido por sentido…, empezando por la vista.

Una empalagosa oscuridad los rodeaba y notó que se le erizaba el vello de la nuca. Oyó débilmente la voz de su madre: «Sé luz, Zofia».

Con manos temblorosas, se quitó uno de los colgantes y buscó una cerilla. Incluso antes de ver lo que había delante de ella, no le gustó lo que olió. La cueva tenía un olor dulzón a tierra, pero también olía a humedad, como los estanques de verano llenos de agua verde y zumbidos de moscas. Había algo cobrizo bajo todo aquello. Le recordaba a la sangre. La embargó un frío húmedo.

Encendió la cerilla y la acercó al colgante. La luz brilló a su alrededor y con ella llegó una nueva calma. Se le calmó la respiración. Séverin apareció a su lado y sonrió.

—¿Te importa compartir la luz, fénix?

Zofia asintió con la cabeza y levantó el colgante. Una por una, Séverin encendió las antorchas y se las entregó a Enrique, Hypnos y Laila.

—Que nadie se mueva —dijo Séverin, con la antorcha levantada—. Tenemos que comparar lo que tenemos ante nosotros con el mapa forjado. Más allá de lo que hemos investigado, no sabemos nada sobre cómo reaccionará la cueva ante nuestra presencia, así que permaneced alerta y no os alejéis.

Unas enormes estalagmitas —Zofia contó quince— sobresalían de los bordes de la cueva y decenas de hongos florecían en las grietas. A menos de tres metros, un lago oscuro se extendía al menos medio kilómetro. Reinaba el silencio, salvo por el chapoteo esporádico de las gotas que se desprendían del techo de la cueva y caían al lago. El agua chocaba contra una pared de roca negra brillante en el extremo más alejado. Zofia recordó del mapa forjado con la mente que había algo detrás de aquella pared..., una luz ambarina resplandeciente y unos autómatas del tamaño de un edificio.

—Tenemos que acercarnos al lago —dijo Enrique—. Creía que el esqueleto dorado estaría aquí, pero no lo veo...

Todos dieron un paso adelante. Al frente, Séverin alzó la antorcha. La luz recorrió el terreno desnivelado antes de alcanzar un trozo de mármol moteado que sobresalía del cieno a unos dos metros de distancia. Zofia lo reconoció como aquella placa de mármol tan fina que había visto en la mandíbula del esqueleto.

Sin embargo, el esqueleto había desaparecido.

—No puede ser —dijo Enrique.

Se disponía a dar un paso hacia delante cuando Séverin le cogió la mano.

—Cuidado.

Lentamente, Enrique se agachó en el suelo. Se sacó un par de guantes del bolsillo y levantó la placa antes de volver a caminar hacia ellos.

—Todavía dice «Perdonadme» —dijo, con la cabeza inclinada mientras observaba el mármol. Se dio la vuelta—. Pero ¿cómo es posible que el esqueleto haya desaparecido ya? No hay signos de desprendimiento de rocas que hayan podido alterar su posición. Y el lago debe de haber estado cubierto hasta ahora.

—Algo podría haberlo hundido más en el lago —dijo Séverin, mirando el agua.

—¿Qué? ¿Como... una criatura? —preguntó Hypnos.

A su lado, Laila parecía inquieta. Recorría la cueva con la mirada.

—No podemos estar seguros, pero podemos intentar hacer algunos experimentos desde aquí, sin alterar nada más. Podría ser que algunas partes de la cámara requieran ser activadas antes de revelarse ante nosotros —dijo Séverin—. Lo mejor que podemos hacer es descargar las cosas, evaluar el entorno y quizá tantear las reacciones del lago.

Zofia asintió junto a Laila, Hypnos y Enrique. Séverin dejó su mochila en el suelo y empezó a rebuscar en ella.

—Asegurad los alrededores y comprobad cualquier signo de actividad de grabación. No podemos permitirnos el lujo de precipitarnos ahora mismo, así que moveos tan despacio como sea necesario —dijo Séverin—. Hypnos y Enrique, analizad la orilla. Laila, a ver si puedes encontrar cualquier cosa que no sea forjada que nos diga más sobre lo que podemos esperar. Zofia, usa tus dispositivos náuticos y mide la profundidad del lago. Enrique, también... —Se detuvo y levantó la vista—. Enrique, ¿qué estás haciendo?

Este se estaba metiendo algo en la oreja sana.

—Me pongo una pequeña protección adicional en caso de que haya alguna sirena.

Zofia frunció el ceño.

—Las sirenas no existen.

—Pero podrían ser la representación simbólica de algo —dijo Enrique—. Explosiones sónicas o dispositivos forjados ensordecedores o lo que sea.

—¿Y crees que ponerte cera te ayudará en algo? —preguntó Hypnos.

—LA CERA DE ABEJA FUE LO QUE LE FUNCIONÓ A ODISEO CUANDO SE ENFRENTÓ A LAS SIRENAS —dijo Enrique, mucho más alto de lo necesario.

Laila hizo una mueca.

—Te hemos oído.

—¿QUÉ?

—Te hemos... —empezó a decir Laila, después negó con la cabeza—. ¡Olvídalo!

—¿QUÉ?

Séverin le pidió con señas que se quitara la cera de abeja, y eso fue lo que hizo Enrique antes de mirar con curiosidad a todo el mundo.

—He traído cera para todos —dijo.

—¿Cómo vas a escucharnos si tienes eso en el oído?

—Haced un gesto con la mano y lo veré. Puedo oír un poco a través de las vendas, pero no mucho —dijo este, y se volvió a introducir la cera.

—No digas nada si estás de acuerdo en que soy el hombre vivo más atractivo del mundo —dijo Hypnos en voz baja.

Enrique, que estaba absorto en sus notas de investigación, no dijo nada.

—¡Hurra! —dijo Hypnos.

Zofia estaba a punto de decir que eso no era ningún triunfo cuando Laila exclamó:

—¡Venid a ver esto! —Señaló una de las rocas oscuras que separaban la orilla del agua—. Casi no la he visto. Definitivamente, está forjada.

Zofia la siguió. Cerca de la orilla del agua había una gran roca gris con una protuberancia hueca y con forma de cono. Zofia la tocó suavemente. Antes había sido de bronce, pero ahora estaba manchada de verde y gris. El metal susurraba la voluntad que le habían grabado hacía tiempo en su estructura: «Oír, repetir y reverberar».

—Es… es como un amplificador del sonido —dijo Zofia, confundida.

¿Por qué tenía que amplificar el sonido el dispositivo si la cueva estaba en silencio?

—Vamos a medir el lago y volvamos con los demás —dijo Laila—. Me da que Séverin querrá ver esto.

Zofia dejó las bolsas en el suelo y sacó unos aparatos de medición y un trozo de cable de acero, forjado para mantener una fuerza de tracción calibrada en todo momento. Tendría que hundir el aparato en el agua sin perderlo. Mientras reunía los instrumentos, contó todo lo que había a su alrededor para tranquilizarse: siete rocas, cuatro cuadradas y tres redondas; cuatro estalactitas justo encima de ella; tres plataformas de roca que sobresalían de la pared de la cueva a la derecha; ninguna plataforma de roca que sobresaliese de la pared de la cueva a la izquierda; tres cerillas usadas junto a su bota.

Se giró hacia los instrumentos de lectura y frunció el ceño al traducir las medidas. El lago era profundo, pero había una obstrucción en el centro. Estaba a punto de llamar a los demás cuando la luz de su antorcha alcanzó algo pálido que se movía por la superficie del lago: una calavera de costado.

Zofia gritó y se echó hacia atrás.

—¡Zofia! —chilló Laila, y corrió a su lado—. ¿Estás bien?

Zofia miró fijamente el agua y se le puso la piel de gallina.

Los esqueletos no solían darle miedo. Para ella, eran como máquinas carentes de utilidad, su ánima había salido volando y se había trasladado a otra cosa en la ecuación y el equilibrio invisibles del mundo.

Sin embargo, la forma en que había surgido de la oscuridad la había desconcertado. Se giraba y se inclinaba hacia un lado de un modo inquietante… La cabeza de Hela se había inclinado de una forma idéntica una de las tardes en las que se le había disparado la fiebre. Bajo el pelo rubio y los ojos grises de su hermana había una calavera. Quizá no fuera más que eso ya.

Zofia había sido capaz de apartar esa incógnita de su mente hasta ese momento, pero ver esa calavera hizo que el miedo se apoderara de sus pensamientos. Se sintió paralizada por todas las cosas que no sabía, todas las cosas que amenazaban con destruir su calma. ¿Estaba Hela a salvo? ¿Viviría Laila? ¿Qué les iba a pasar a ellos?

—Zofia —dijo Laila—. ¿Qué pasa?

Zofia señaló la calavera sin decir una palabra.

—Ah —dijo Laila—. No te asustes…, no es nada. Sabíamos que había muertos aquí abajo, ¿recuerdas? No pueden hacernos daño… y… y estoy segura de que ellos tampoco sufren. A fin de cuentas, están muertos.

Zofia miró a Laila. Su amiga parecía diferente. Observó sus rasgos: la piel más pálida, los ojos hundidos. Laila sonrió, lo que debería significar que estaba bien, pero reconocía esa sonrisa. Era forzada y exagerada, lo que significaba que era una sonrisa solo para tranquilizarla.

Hela había esbozado esa misma sonrisa muchas veces.

Zofia dirigió la mirada a la mano que Laila le había puesto en el brazo. La sangre le corría por el brazo desde un corte justo por debajo del codo.

—Estás sangrando —dijo Zofia.

—¿Qué?

Laila se miró el brazo con el ceño fruncido y los ojos muy abiertos. Zofia se percató de que era una mirada de terror. Laila se tocó el corte del brazo y terminó con los dedos negros como el aceite de las máquinas y no del rojo oscuro de la sangre. La sangre olía a monedas viejas y a sal. La sangre de Laila no. Olía a metal y azúcar, y a Zofia le recordaba a los osarios de Glowno.

—No me había dado cuenta —dijo Laila. Miró a Zofia con los ojos muy abiertos—. Ni… ni siquiera lo he notado.

Zofia sabía que eso no era normal, y que los momentos poco normales de Laila la entristecían y la hacían sentir demasiado diferente de los demás. No quería que su amiga estuviese triste, no cuando estaban tan cerca de encontrar una solución.

—Últimamente hay muchas cosas que no siento —dijo Laila en voz baja.

Zofia se incorporó. Sus preocupaciones no tenían cabida en ese momento.

—Lo solucionaremos —dijo Zofia—. Por eso estamos aquí.

Laila asintió con la cabeza y se limpió la sangre del brazo.

—Esto... —dijo Zofia mientras señalaba el corte del brazo de Laila— es un síntoma de un fallo mecánico. Nada más. Todos somos máquinas y tú no eres distinta. Tenemos piezas que se rompen y que necesitan que las arreglen, y todas desempeñan diferentes funciones y tienen distintas utilidades. Encontraremos esa rotura y la arreglaremos.

Laila sonrió.

—Entonces tengo suerte de que seas mi ingeniera.

—La suerte es...

—Zofia —dijo Laila mientras se inclinaba hacia delante—, me alegro de que seas mi amiga.

El calor recorrió a Zofia, que se quedó callada hasta que recordó que cuando alguien dice algo amable, se espera que le contesten de la misma forma, aunque ella pensara que la información era repetitiva u obvia. Un agudo silbido interrumpió el hilo de sus pensamientos.

Zofia y Laila se dieron la vuelta y vieron a Séverin agitando su antorcha a unos quince metros. Se levantaron y se dirigieron hacia él. Séverin se colocó encima de donde Enrique había sacado la placa de mármol de la tierra. Cuando llegaron, alumbró con la luz el suelo húmedo.

—¿Veis esto?

Hypnos enarcó una ceja.

—¿Tierra mezclada con... tierra?

—Son marcas de arrastre —dijo Séverin.

Cuanto más tiempo miraba Zofia el suelo, más lo veía: tierra removida que formaba huellas nítidas, la estrecha distancia entre las finas zanjas que recordaban a...

—PARECEN MARCAS DE GARRAS —dijo Enrique en voz alta.

—Te hemos oído —dijo Séverin con el ceño fruncido—. ¡Quítate la cera!

—¿QUÉ?

—¿Me estáis diciendo que esa cosa esquelética se levantó sin más y salió del agua a rastras? —preguntó Hypnos.

—Algo podría haberla arrastrado desde el interior del lago —dijo Séverin, pero no parecía convencido—. ¿Qué profundidad tiene el lago, Zofia?

—He medido al menos veinticinco metros de profundidad. También he captado señales de una obstrucción que se extiende por el centro del lago; un puente improvisado, ¿tal vez?

—¡MARCAS DE GARRAS! —volvió a decir Enrique—. Es un esqueleto. ¡Se supone que no se mueven!

—Tal vez haya algo en las piedras que Laila pueda leer —sugirió Hypnos—. ¿Laila?

Zofia se giró, esperando ver a su amiga detrás de ella, pero Laila seguía en la orilla del agua, con una mano sobre la roca con los amplificadores del sonido.

—Voy a buscarla —dijo Zofia—. Nosotras también hemos encontrado algo. Unos amplificadores del sonido, creo.

—¿Amplificadores? —preguntó Séverin.

—¿HA DICHO AMPLIFICADORES? —preguntó Enrique en voz alta.

Zofia dio un respingo. Enrique estaba muy cerca. Zofia señaló las protuberancias cónicas de la roca, se dio un golpecito en la oreja y después hizo un gesto grande con las manos. Séverin miró los amplificadores y después el lago oscuro. Entrecerró los ojos.

—Si es posible, tráete uno —dijo Séverin—. Córtalo con todo el cuidado que puedas. Si hay amplificadores escondidos por el lago, tal vez haya un detonador que aún no hemos visto, alguna clase de mecanismo que sea imprescindible para acceder a la pared más alejada.

Zofia asintió y se dirigió hacia Laila. Con las botas chapoteó en los charcos que salpicaban la orilla. Mientras andaba, algo frío le tocó la punta del pie y le subió un escalofrío por la pierna. Por un momento, se imaginó que un dedo helado le acariciaba el interior del cráneo.

Se detuvo y bajó la mirada. El agujero de la bota era más grande de lo que pensaba y tenía una fina gravilla de barro aplastada bajo los dedos. No le gustaba la sensación de esa textura. En la mochila había metido seda de repuesto. Tal vez pudiese envolverse el zapato con ella y así evitar que se le mojase el calcetín o…

—*Zofia…*

A Zofia se le erizó el vello de la nuca. Alguien la llamaba. Y no era la voz de Laila.

Cuando levantó la vista de las botas, vio algo que no debería haber sido posible y que, aun así, sus sentidos confirmaban que era cierto. Una figura salió del lago y Zofia reconoció a su hermana inmediatamente.

Hela estaba delante de ella y le tendía una de sus pálidas manos. Iba con la misma camisola fina que llevaba puesta en su lecho. El agua le goteaba de las mangas. Parecía que tenía moratones en los ojos por la falta de sueño y el pelo, húmedo por el sudor, se le pegaba al cuello.

—*Te pedí ayuda, pero no viniste. ¿No me quieres? ¿No recibiste mi carta?*

A Zofia se le cerró la garganta por la culpa, como si esta fuese una mano fría.

—La perdí.

—*¿Cómo has podido?* —sollozó Hela.

«No. Está mal. Esto no es verdad», susurró una voz en su mente. Se obligó a mirar hacia arriba, preparada para contar las estalactitas del techo de la cueva. En su lugar, vio la pintura blanca de la casa de su tío en Glowno y la fisura que había dejado la ventana en una esquina durante una fuerte lluvia aquel verano. Zofia se giró, esperando ver a sus amigos y la orilla, pero ya no estaban. Solo veía una pared con retratos enmarcados de la familia de su tío.

—¿*Zofia*? —la llamó Hela—. *Te perdonaré si me das un abrazo.*

Zofia se dio la vuelta.

«Mal. Mal. Mal».

Se miró los pies. Una parte de su mente esperaba ver el agua oscura mojándole las botas, pero solo vio la alfombra deshilachada que antes llevaba a la cama de Hela y, cuando levantó la vista, vio a su hermana tosiendo suavemente en un pañuelo, con la mano pálida extendida hacia ella.

Tenía que llegar hasta ella.

Zofia dio un paso hacia delante y un frío repentino la hizo estremecer. ¿Se había dejado abierta una de las ventanas de la habitación de Hela? A su hermana no le gustaba el frío. La ventana, no obstante, estaba bien cerrada y, sin embargo, por alguna razón, Zofia se imaginó, como arrastrada por un viento invisible hasta ella, la voz de Laila, ronca, como si hubiese estado gritando. Aun así, a Zofia le pareció un susurro:

—Hay algo en el agua.

PARTE IV

26

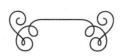

ENRIQUE

Enrique estaba agachado en el suelo y repasaba las marcas de arrastre con los dedos. ¿Cómo era posible? Aunque los cambios naturales del ecosistema hubiesen desplazado el esqueleto, no debería haber dejado marcas como esa. Cuando se agachó para estudiarlas, el agua le salpicó en el cuello y le empapó la chaqueta.

Se estremeció, molesto. Séverin tenía que moverse con más cuidado por la superficie del lago. Se giró una vez más hacia el suelo y reparó en algo extraño: la gravilla rebotaba en el cieno. Una vibración grave le recorrió la suela de los zapatos. Era como si la tierra se erizara como el pelaje de un animal.

Séverin lo agarró por los hombros y lo puso de pie. La cera de abeja forjada bloqueaba el sonido en el oído izquierdo de Enrique, mientras que el derecho estaba vendado con tanta fuerza que hasta un grito era un sonido amortiguado.

Con el grito de Séverin ocurrió lo mismo.

Enrique se esforzó por oír a través de las vendas, pero no captó las palabras. Levantó la antorcha para poder leerle los labios a Séverin.

Un error.

Detrás de Séverin, el agua negra del lago hervía y se retorcía. Las estalactitas del techo temblaron como si fueran dientes sueltos y cayeron al lago. En cuanto tocaron el agua, unos anillos de luz emergieron del agua oscura.

Un segundo después, el lago se partió por la mitad y se elevó en planchas de agua que llegaban hasta el techo. Un resplandor verde y sobrenatural brilló en las profundidades mientras unas manos esqueléticas atravesaban las planchas de agua y unos cráneos sonrientes sacaban la cabeza entre las olas, con los ojos ciegos puestos en la orilla. Harapos de seda y cadenas de joyas rotas les rodeaban los huesos de las muñecas y el cuello partido mientras caminaban a trompicones hacia ellos.

A su alrededor, Enrique sintió el vibrante estruendo de la música del mismo modo que se puede percibir la luz con los ojos cerrados. Estaba en lo cierto: la sirena había sido un aviso.

Séverin, con una mirada aterrorizada y cubriéndose las orejas con las manos, le dio una patada. Movió los labios tan rápido que Enrique solo captó un puñado de palabras:

—TRAMPA… NO ESCUCHES… AMPLIFICADORES.

El destello de un movimiento atrajo la mirada de Enrique. Zofia estaba de pie en el agua y agarraba el aire con las manos. A treinta metros de distancia, los esqueletos se arrastraban hacia ella.

Laila tiró de la mano de Zofia y abrió la boca en un grito silencioso.

—¡Zofia! —gritó Enrique.

Pero ella no giró la cabeza. Estaba temblando y sollozando y tenía una mano estirada. Laila seguía tirando de ella, pero Zofia no se movía.

«El canto de una sirena es lo último bonito que ves antes de morir».

Demasiado tarde, Enrique se dio cuenta de lo que estaba pasando. Tenía sentido que Laila, forjada en su mayor parte, no se viese afectada por una manipulación forjada con la mente dentro de aquella cueva. Pero ¿Hypnos? ¿Séverin? ¿Zofia? Todos corrían peligro.

A Enrique le vinieron a la cabeza imágenes de Zofia arrastrada por las olas negras. Sintió que le subía la bilis. Estuvo a punto de echar a correr hacia ella antes de que Séverin lo apartara de un codazo. Señaló con la cabeza detrás de Enrique y dijo algo que fue ininteligible excepto por una cosa:

—AMPLIFICADORES.

—¿Por qué iba a hacer eso? —preguntó Enrique—. ¿Qué pasa si solo amplifica la canción y potencia la ilusión?

Pero si Séverin le oyó, no respondió. En su lugar, corrió hacia Zofia y Laila. Enrique se dio la vuelta y vio a Hypnos avanzando a trompicones hacia él, con una mirada salvaje en los ojos. Se tapaba las orejas con las manos.

Las orejas...

¡Eso era! Si conseguía sacar más cera de abeja, la canción forjada con la mente no afectaría a ninguno de ellos. Enrique buscó a tientas el morral que llevaba colgado de la cadera. Lo abrió y le temblaron las manos al sacar la caja. Seguro que habría suficiente para todos. Acababa de contar la quinta pieza cuando un fuerte temblor sacudió el suelo.

Enrique se tambaleó hacia atrás y los trozos de cera se le cayeron de las manos y se hundieron en el agua. Los relámpagos atravesaron la cueva. En el estrecho espacio donde el agua del lago se dividía en dos, una estructura brillante salió del cieno con un chirrido. Era un puente hecho de huesos entrelazados. Iba de un extremo al otro del lago y, en el momento en que se desprendió de la tierra, la pared de roca negra del otro lado de la cueva brilló con fuerza. Un destello ámbar recorrió la superficie y la hizo traslúcida. Durante una fracción de segundo, Enrique vislumbró el templo que se encontraba al otro lado: grande y escalonado, flanqueado por dos autómatas enormes y silenciosos.

Su mera silueta le quitaba el aliento. Estaba tan y tan cerca..., pero tal vez nunca llegasen a él.

Los esqueletos se acercaban. Ya estaban a menos de quince metros de Laila, Séverin y Zofia. El pánico invadió a Enrique al ver que la expresión de Séverin se relajaba de repente.

Estaba ayudando a Laila a arrastrar a Zofia hasta la orilla y, de repente, dejó caer las manos a ambos lados. Abrió los ojos de par en par y sonrió.

Las imágenes titilaron ante Enrique, como si la forja mental se filtrase a través de las vendas. Era como si hubiera una capa fantasmal de personas sobre los esqueletos.

A seis metros de Séverin, un Tristan fantasmal abrió los brazos. Junto a la ilusión de Tristan había una chica que parecía unos años mayor que Zofia. Llevaba una camisola blanca y le tendía la mano. Laila gritó y les tiraba a ambos de los brazos. El agua salobre le salpicaba la ropa mientras clavaba los talones en la orilla poco profunda.

Enrique se paralizó. No podía apartar la vista de Tristan, su sonrisa tímida y su pelo rubio enmarañado. Solo le faltaba la tarántula posada en el hombro. Una esperanza salvaje se apoderó de él. ¿Y si no era una ilusión? ¿Y si era una recompensa por haber llegado hasta allí y Tristan había vuelto de verdad?

Pero entonces la luz cambió. Bajo las ilusiones de piel fina se movían los huesos manchados y, aunque no podía oírlo, imaginó que sus frágiles mandíbulas chasqueaban con fuerza. Retrocedió a trompicones, con el corazón acelerado.

Hypnos se puso delante de él y movió la boca con las manos sobre las orejas:

—¿QUÉ HACEMOS?

Enrique se devanó los sesos. La cera había desaparecido. Que él supiera, bloquear el sonido de las sirenas era la única forma de evitar su llamada. Enrique observó la cueva antes de mirar la roca.

Los amplificadores de sonido.

No estaban allí para amplificar el sonido de la tentación…, sino para ahogarla completamente.

—¡CANTA! —dijo Enrique.

A Hypnos se le vio confundido. Enrique corrió hacia las rocas. Cogió una de las protuberancias cónicas. En el pasado, debía de estar ligeramente sujeta, pero el tiempo y la humedad habían conseguido fundir el latón y la piedra. Estaba pegada con fuerza. Enrique tiró con más ímpetu y desprendió trocitos de metal.

Delante de ellos, los esqueletos se acercaban cada vez más. A su espalda, muchos más esqueletos salieron del agua, con las mandíbulas abiertas y las cabezas colgando. El agua se revolvía a un ritmo frenético. Enrique notaba el pulso acelerado del agua trepándole por la piel. Cerró los ojos y se concentró en las protuberancias. Con una última explosión de fuerza, la arrancó de la roca.

Se la lanzó a Hypnos y le gritó:

—¡Canta!

Hypnos lo miró con pánico y luego abrió la boca. Enrique no pudo oír nada, pero sintió un ligero cambio en el aire, como si una suave brisa hubiese atravesado la niebla. El ritmo que se deslizaba por el suelo, antes frenético, vaciló. Los esqueletos retrocedieron trastabillándose.

Enrique agarró a Hypnos del brazo y lo arrastró hacia donde estaban Séverin, Zofia y Laila. El sonido debió de aumentar porque las ilusiones de Tristan y la otra chica gruñeron. Se les abrieron las fosas nasales. Una mirada sin vida e inhumana se asomó a sus ojos y los volvió completamente negros. La ilusión de Tristan extendió una mano, pero Séverin sacudió la cabeza y se echó hacia atrás. El esqueleto se desplomó en el suelo y la ilusión se desvaneció.

Enrique señaló el puente.

—¡Ve! —le gritó a Séverin—. ¡CORRE!

Laila miró a Zofia.

—¡Yo me ocupo de ella! —dijo Enrique.

Laila asintió con fuerza. Séverin y ella echaron a correr y salpicaron agua con las piernas mientras se dirigían al puente de huesos. En cuanto Laila lo tocó, el punto brilló con más intensidad.

—¡Zofia! —exclamó Enrique.

Pero Zofia no se movió. Incluso con el canto de Hypnos, que intentaba ahogar el de la sirena, era como si Zofia quisiera escuchar a la sirena. Esta sacudió la cabeza. La ilusión de la chica se hizo más intensa, de forma que los huesos del esqueleto apenas eran visibles, y miró a Enrique con una gran sonrisa.

Su sonrisa era clara: «Yo gano».

—¡No! —gritó Enrique—. ¡Zofia, vamos!

Intentó cogerla de la mano cuando la ilusión del esqueleto sacó una garra huesuda, lo enganchó por las vendas y se las soltó. Por primera vez, Enrique captó el sonido. La canción de Hypnos se detuvo y este jadeó al intentar tomar aire.

En esos segundos escasos, una música sobrenatural invadió los sentidos de Enrique. No se parecía a nada que hubiera escuchado antes, era como el sonido de la luz suave y la risa ronca de los sueños. La canción se disolvió en su cuerpo como el azúcar en la leche caliente, y podría haber permanecido en aquel momento durante toda la eternidad si Hypnos no le hubiera dado un golpe y hubiese empezado a cantar de nuevo.

Enrique se estremeció.

El agua golpeaba los tobillos de Zofia a medida que se adentraba en el lago de la mano del esqueleto.

—¡No! —gritó Enrique—. ¡Espera!

Por primera vez, Zofia se detuvo y miró hacia atrás. Enrique se abalanzó hacia delante para cogerla del brazo y arrastrarla cuando el esqueleto hizo un chasquido con los dientes. Su voz resonó dentro de la cabeza de Enrique, amarga y maliciosa: «*Juega limpio, intruso... Tu tentación contra la mía...; tócala y le mostraré una ilusión tan duce que la verás ahogarse delante de tus ojos. El templo ganará otro guardián*».

A Enrique se le hizo un nudo en la garganta.

—Zofia..., por favor. Vuelve con nosotros. Mira. El puente no está lejos...

Y era cierto. El puente estaba a tres metros escasos de distancia. Laila y Séverin ya estaban a medio camino del otro lado. En cuanto llegaran a él, estarían a salvo.

—¿Por qué debería escucharte? —preguntó Zofia.

Las olas se hicieron más grandes, tambaleantes, y amenazaban con estrellarse.

—¡Porque no podemos hacer esto sin ti, Zofia! ¡Laila te necesita!

—*No le hagas caso, Zofia. Yo soy la única que te necesita. Soy tu hermana. Él no es nadie.*

La voz de la ilusión adoptó un tono más melodioso. Vagamente, Enrique se dio cuenta de que estaba mirando una ilusión de Hela, la hermana mayor de Zofia.

—*Este es el chico que no se molestó en besarte hasta que no tuvo que hacerlo por una misión. No te quiere. ¡Y Laila está a salvo! Nos está esperando en la habitación de invitados. Lo verás si sigues...*

Enrique intentó tocarle la mano, pero Zofia la retiró como si le hubiese dado calambre.

—Está mintiendo, Zofia...

—Tiene razón —dijo Zofia débilmente—. Somos amigos.

—Sí, pero... —Enrique sintió como si se hubiese quitado un velo y hubiera quedado al descubierto una parte secreta de sí mismo—. Pero me gustas más de lo que debería gustarme una amiga. Me... me gustó nuestro beso. Si las cosas fuesen distintas, seguramente buscaría la forma de volver a hacerlo...

Zofia giró un poco la cabeza.

—¿De verdad?

—*Está mintiendo, hermana. Ven, ven conmigo...*

—¿Cómo sabes que te gusto como algo más que una amiga? —preguntó Zofia.

A su alrededor, las olas se agitaron lentamente. Los esqueletos se alzaban a seis metros. A cinco. La voz de Hypnos se volvió áspera y débil. Incluso con el amplificador, su canción desaparecería pronto.

Enrique deseaba poder mostrarle a Zofia la extraña ecuación que equilibraba la habitación cada vez que ella entraba. Quería mostrarle la frecuencia con la que sus ojos azules y sus labios rojos aparecían en sus pensamientos. Pero Zofia le conocía lo suficiente como para saber que él no procesaba el mundo así, de modo que solo podía darle una respuesta sincera.

—¿Cómo sé que me gustas? —repitió Enrique. Forzó una sonrisa—. No lo sé. Viene de algún lugar dentro de mí. El lugar que cree en las supersticiones..., en las historias. Siento como si... todo encajara.

Zofia se giró hacia él. Enfocó la mirada y abrió los ojos de par en par. Con un grito ahogado, soltó la mano del esqueleto. Fue hacia Enrique tambaleándose y este acogió su tembloroso y sollozante cuerpo entre los brazos.

—Tranquila, fénix, no pasa nada, estoy aquí —murmuró con la cara enterrada en su pelo.

—*NO PUEDES LLEVARTE LO QUE LE PERTENECE AL TEMPLO. AHORA ES NUESTRA...*

En ese preciso instante, la canción de Hypnos se apagó. La canción de la sirena alcanzó su punto culminante, pero la arruinó el ruido del agua que amenazaba con precipitarse sobre sus cabezas.

—¡Ahora! —gritó Hypnos.

Cogió a Enrique de la mano y los tres corrieron hacia el puente. El agua se arqueó sobre sus cabezas y amenazó con ahogarlos. Varios pares de manos pálidas y esqueléticas se extendieron y unos dedos larguiruchos le cortaron las vendas y se le engancharon en las mangas. El puente de huesos se hizo más grande. El agua se arremolinó alrededor de los tobillos de Enrique y este resbaló. Por un segundo, pareció que el mundo se ralentizaba. Sintió cada segundo que pasaba como si fuese una aguja rozándole la piel.

Al caer, empujó a Hypnos y a Zofia hacia el puente. El agua se cerró alrededor de su cintura. Una pierna esquelética le rodeó la cadera en un movimiento que invadió su intimidad.

Parpadeó con fuerza cuando el agua le salpicó en la cara. El resplandor esmeralda del lago envolvía como un halo los cuerpos de Hypnos y Zofia y los bañaba en oro, como si fueran santos. Si esa hubiera sido su última visión, habría sido feliz...

Zofia lanzó algo al agua. El fuego alcanzó a una de las cabezas esqueléticas y aquella cosa rugió. Las criaturas forjadas con la mente retrocedieron y su agarre sobre Enrique se aflojó. El agua se estrelló contra sus cabezas, pero en lugar de arrastrarlos al lago, fluyó por un obstáculo forjado oculto. Enrique se quedó mirando el tubo de cristal que rodeaba el puente de huesos. El agua salobre fluía a su alrededor y el único ruido que se oía provenía del desagradable estruendo de los cuerpos esqueléticos al chocar entre sí. En cuanto Enrique se subió al puente, Zofia e Hypnos le cogieron de las manos y juntos corrieron hacia la repentina luz brillante al otro extremo de la pared.

27

LAILA

Laila no sentía nada.

Ni siquiera miedo.

Recordaba haber corrido por el puente de huesos hacia la pared iluminada… pero ahora la claridad había desaparecido. Y con ella, sus sensaciones. No sentía las piedrecitas duras y húmedas que deberían estar clavándosele en las piernas. La oscuridad la había invadido en el momento en que cruzaron el puente de huesos. La visión se le había vuelto negra. Le deberían haber dolido los pulmones. La nariz se le debería haber llenado del olor rancio del lago. Séverin se dio la vuelta, escupió agua y tomó una bocanada de aire.

Segundos después, Hypnos, Enrique y Zofia cayeron a la orilla junto a ellos. Laila los oyó toser y escupir. Oyó a Séverin hablar en voz baja, preocupado.

Pero era como si los escuchase desde debajo del agua.

Tendría que estar eufórica. Debería estar llorando por haber logrado llegar al otro lado, pero la oscuridad que se había colado en su interior la devoraba sutilmente. Le absorbía la alegría, se tragaba su miedo y solo la dejaba con la cáscara de sí misma.

Laila se dijo a sí misma que era normal. Ya había sentido eso antes y la sensibilidad siempre volvía. Sin embargo, otra parte de ella siseaba y susurraba: «Cada vez tardas más en volver a sentirte humana, ¿verdad, muñeca rota?».

Laila desvió su atención y se giró hacia los demás. Al centrarse en ellos, sus voces se volvieron más fuertes. Más claras. Pasaron unos segundos y sus rostros y expresiones se hicieron más nítidas. Pero, más allá de ellos, la cueva era un borrón de sombras y vacío.

Hypnos, jadeante, giró sobre un costado. Enrique se tumbó boca arriba, con el pecho agitado. A su lado, Zofia se incorporó y juntó las rodillas al pecho, temblando.

—Enrique —dijo Séverin, mientras lo zarandeaba—. ¿Estás herido? ¿Qué ha pasado? Di algo, por favor, te lo ruego.

Enrique abrió la boca y susurró algo.

—¿Qué le pasa? —preguntó Hypnos con la voz entrecortada—. ¿Está bien?

—Os… —carraspeó Enrique. Levantó una mano y se tocó algo a la altura de las sienes—. Os… lo… dije.

Y después le lanzó el tapón de cera a Séverin. Este ni se inmutó.

—¿Te sientes mejor?

Enrique miró rápidamente a Zofia y luego a Hypnos.

—Un poco.

—¿Quieres levantarte del suelo? ¿O la santurronería pesa tanto que no puedes?

Enrique sonrió y le tendió la mano. Séverin se la cogió y los levantó a ambos.

Lo que más quería Laila era sonreír, pero tenía el rostro petrificado.

—¿Laila? —preguntó Zofia al mirarla—. ¿Estás herida?

«Tal vez», pensó ella. Pero no sentía nada, así que no lo sabía. Al principio, las palabras se le quedaron atascadas en la garganta.

—No me duele nada —dijo lentamente.

Se percató de lo planas y apagadas que sonaron sus palabras. Séverin se giró hacia ella. En el pasado, podría haber sentido la fuerza de esa mirada. En ese momento, no significaba nada. Se obligó a levantarse. Cada movimiento era como el tirón indiferente de la cuerda de una marioneta.

—Laila, eres la única a la que no le ha afectado la música de la sirena forjada con la mente —dijo Enrique.

Lo dijo de tal forma que parecía algo bueno.

—Porque es una diosa, naturalmente —dijo Hypnos.

—Es porque estoy forjada —dijo Laila—. Al parecer, la manipulación forjada con la mente solo afecta a los humanos normales.

Intentó que sonase trivial, pero la voz le salió plana. A Hypnos le desapareció la sonrisa de la cara.

—Eres más que humana —dijo Enrique, y le cogió de la mano—. Y si no lo fueras, todos habríamos muerto estrangulados por esos esqueletos.

Hypnos se estremeció.

—Al menos hemos llegado al otro lado del lago.

Zofia frunció el ceño.

—Nuestras provisiones no.

—Entonces, ¿qué vamos a hacer con... esto? —preguntó Hypnos mientras se desenganchaba el farol forjado que llevaba atado a la cintura e iluminaba la pared de la cueva.

La obsidiana toscamente tallada se elevaba decenas de metros por encima de ellos y parecía extenderse al menos treinta metros en cualquier dirección desde donde estaban. Había rocas irregulares en las zonas donde la pared de obsidiana se unía a las paredes escarpadas de la cueva. A juzgar por el brillo del collar de Zofia, la pared era definitivamente un Tezcat de algún tipo, lo que significaba que necesitaba un detonante para abrirse por completo y revelar el templo que creían oculto tras la roca. Habría sido una tarea difícil incluso con sus herramientas, pero... ¿ahora?

Laila casi agradeció no poder sentir su propio pánico. En este estado no la afectaba.

—¿Qué tenemos a mano? —terció Séverin en voz alta.

Los cinco procedieron a rebuscar en sus bolsillos y palparse la ropa para buscar los inventos ocultos de Zofia. Minutos después, tenían una pila de un tamaño bastante aceptable frente a ellos. Había tres trozos de cuerda que podían atar, dos faroles rotos, un cartucho de dinamita, tres cuchillos, cuatro cajas de cerillas, la caja dorada que contenía el frasco forjado con la mente vacío que los había llevado a Poveglia y un abanico de encaje.

Enrique se giró hacia Hypnos.

—¿Por qué has traído un abanico?

—Me sofoco con facilidad —dijo Hypnos a la defensiva.

—Estamos en febrero —dijo Enrique.

—Tengo calor todo el año, *mon cher*.

Séverin observó la pila y luego la pared de roca. Caminó hacia ella y pasó las manos por el chorro brillante.

—¿Puedes averiguar si está forjada?

Con retraso, Laila se dio cuenta de que la pregunta iba dirigida a ella.

Los demás se hicieron a un lado y le abrieron un camino hasta la pared. Laila abrió la boca y la cerró. El miedo solía ser un frío que le subía por la espalda. La humillación solía quemarle el rostro. En ese momento, no había nada más que el ruido sordo de saber que sentía sus propias emociones sumergidas y distantes.

—¿Laila? —preguntó Séverin, y dio un paso hacia ella.

Pero ella se libró de responder gracias a Zofia.

—La pared está forjada —dijo esta—. Puedo leer y oír el metal de su interior.

Laila le dio las gracias en silencio a su amiga.

—Sin embargo, no sé decir qué metal recorre esta pared: es una combinación de aleaciones que desconozco... —dijo Zofia mientras extendía las manos sobre la roca—. Y es resistente al fuego.

—Entonces, aunque pudiésemos volarla, ¿no se abriría? —preguntó Enrique.

Zofia negó con la cabeza.

—Antes la pared ha reaccionado a algo. Ha habido un momento en que era traslúcida —dijo Séverin—. ¿Qué ha sido? ¿Qué ha pasado?

Zofia:

—¿El agua?

Enrique:

—¿La canción?

Hypnos:

—Esperemos que no fuese la ola de muertos vivientes.

—Muchos objetos forjados vienen con un mecanismo de liberación, una especie de pista entre el artesano y el público —dijo Séverin mientras cogía una de las cerillas y el farol.

—Esas son las reglas establecidas por la Orden de Babel —dijo Hypnos—. Este sitio... es diferente. Incluso el canto forjado de las sirenas era distinto a todo lo que había oído antes. Estaba... ¿vivo?

Enrique se estremeció.

—Es casi como si este lugar tuviese conciencia propia.

Séverin golpeó la pared con los nudillos.

—La intensidad podría deberse a su proximidad con la fuente de toda forja..., y si este sitio tiene conciencia propia, entonces es bueno.

—¿Cómo? —preguntó Hypnos—. ¡Esta cueva podría decir fácilmente que está harta de vernos vacilar y hacer que el lago nos trague enteritos!

—Es bueno porque..., como cualquier otro ser vivo, posee un deseo de supervivencia —dijo Séverin, y levantó la luz de la antorcha hacia las paredes escarpadas de la cueva de obsidiana—. Me imagino que si alguna parte estuviera realmente amenazada, habría pistas para liberar lo que hubiera dentro o acceder a ello para que el conocimiento no se perdiera para siempre.

La pared de roca se extendía como un espejo roto. Laila veía su cara reflejada mil veces y dio un grito ahogado al verse la mejilla magullada, el corte en el labio, los ojos hundidos y el cabello lacio.

«Muñeca rota, muñeca rota», canturreaba una parte cruel de su mente. Laila recordaba vagamente todas las noches que había pasado bailando en el Palais des Rêves, con el rostro perfectamente maquillado y su reflejo resplandeciente en la sala de color champán cubierta de espejos y lámparas de araña. Sin embargo, debajo de todas esas sonrisas y perlas brillantes estaba la verdadera L'Énigme: magullada y demasiado mordaz, con la muerte en la mano y los misterios en la sangre. La cueva no le estaba mostrando nada que no supiera ya de sí misma y Laila se negaba a dejarse intimidar.

Por primera vez en la última hora, la sensación le estalló en la punta de los dedos. Apretó el puño al sentir la rigidez punzante del frío. Sonrió y la extendió hacia delante. En cuando su piel tocó la piedra, una conciencia ajena chocó contra la mano.

Laila retrocedió al instante.

—¿Qué ha sido eso? —dijo en voz alta.

Séverin frunció el ceño.

—¿Qué ha sido... el qué?

Laila miró la pared.

—La pared... tiene una emoción. Es como ha dicho Enrique. Aquí hay una consciencia.

Hypnos gimoteó.

—Odio este lugar.

—¿Qué emoción detectas? —preguntó Séverin.

Vacilante, Laila volvió a apoyar la mano en la roca. Esperaba que esa ráfaga de consciencia ajena fuese molesta... hostil, incluso. Pero fue cálida. Complaciente.

—Está... está preocupada —dijo mientras se giraba hacia los demás—. Por nosotros.

Hypnos pestañeó y levantó las manos.

—Me siento... ¿halagado? ¿Perturbado? ¿Las dos cosas?

Lentamente, la luz brilló en la superficie rocosa. No se parecía en nada a la oleada de traslucidez y color ámbar que habían vislumbrado mientras huían de las falsas sirenas del lago, sino más bien una veta de oro inesperado que brillaba a unos seis metros del suelo.

La luz se movió en zigzag por la roca e iluminó una sucesión de letras.

Δῶρο των θεών

—*To dóro ton theón* —tradujo Enrique en voz alta—. ¿El... regalo... de los dioses?

—¿Los dioses nos regalaron una pared de roca? —preguntó Hypnos.

Séverin no le hizo ni caso.

—¿Qué les regalaron los dioses a los humanos? ¿La Tierra, quizá?

Enrique se arrodilló y recogió un poco de cieno con las manos. Lo arrojó contra la roca. No cambió nada.

—¿El fuego? —dijo Hypnos—. Eso fue lo que les regaló Prometeo a los humanos, ¿no es así?

—La pared es resistente al fuego —dijo Zofia—. Estoy segura.

—¿Quizá haya otra pista a lo largo de la pared? —preguntó Enrique.

—Podemos dividirnos y buscar —dijo Séverin—. La luz de las antorchas no llega muy lejos. Si veis algo, avisad. Yo me quedaré aquí para ver si aparece algo más junto a las letras.

Laila asintió.

—Yo voy por la izquierda.

Enrique y Zofia fueron a explorar la pared por la derecha e Hypnos corrió tras ellos, como un brillante haz de luz que rebotaba en la oscuridad.

Laila apenas había avanzado seis metros cuando un doloroso pinchazo en el tobillo la hizo resbalar. Levantó una mano y se apoyó en una de las rocas irregulares con una mueca de dolor. Sintió un dolor detrás de las costillas y Laila recordó vagamente cómo Séverin había apartado de un codazo una mano esquelética que la agarraba cuando huían hacia el puente. En ese momento no lo había sentido, pero ahora sí.

Más dolores le recorrieron los sentidos y le pusieron los pelos de punta. Dio unos cuantos pasos más antes de que el dolor le atravesase el tobillo una vez más. Esa vez, cuando resbaló, no fueron las rocas las que detuvieron su caída, sino Séverin.

—¿Qué es lo que no me has contado? —preguntó Séverin en voz baja y grave.

—¡Dios! —gritó Laila alarmada mientras se zafaba de él.

La luz de su farol iluminó la sonrisa de Séverin.

—Todavía no.

—Qué encantador y blasfemo. Ahora si me disculpas...

—¿Qué me estás ocultando?

—No es nada...

Séverin le cortó el paso.

—¿No hemos jugado ya a este juego muchas veces?

Laila se mordió el labio con fuerza. Con mucha fuerza. De inmediato, la sensación de insensibilidad desapareció. De nuevo, distinguió los colores ciruela y escarlata de las oscuras piedras de la pared de la cueva. Podía oler el agua del lago y la tierra pegajosa y saborear el dulzor metálico de su propia sangre en la lengua. Y a través de todo eso, la presencia de Séverin. Olía a humo y a clavos y estaba de pie ante ella, medio envuelto por un halo de luz, expectante y victorioso como un rey. No era diferente a aquella noche en el salón de los *mascherari*, cuando su toque la había devuelto a sí misma y había puesto esa sonrisa tan engreída, como si ya supiera que solo él podía tener ese efecto sobre ella.

—¿Por qué tienes que hacerme esto? —preguntó Laila.

Séverin apartó la mirada, con la vergüenza reflejada en sus ojos.

—Lo único que estoy haciendo es comprobar que estás bien porque parecía que te habías hecho daño. Solo quería ayudarte. No... no estoy aquí para acorralarte con mis sentimientos, Laila. Me doy cuenta de lo egoísta que me consideras, pero créeme en esta ocasión, al menos.

Laila casi se rio. ¿Cómo podía decirle que no tenía nada que ver con eso?

—Solo actúo como lo haría un amigo —dijo Séverin.

—¿Eso nos convierte en amigos, entonces?

Séverin enarcó una ceja.

—Creo que somos más que eso.

Laila levantó la vista hacia él y al momento deseó no haberlo hecho. La luz lateral resaltaba los ángulos regios de su rostro y el rictus voraz de su boca. Parecía demasiado cómodo en la oscuridad y todavía se preguntaba por qué Laila no le consideraba como algo seguro.

—Dime qué pasa, Laila —dijo en voz baja—. Dímelo para que pueda arreglarlo.

Ella dudó un momento y después las palabras que había estado reprimiendo estallaron:

—Tu presencia... tu tacto, más bien, ya hace más que suficiente.

Séverin frunció el ceño.

—No lo entiendo.

Laila esbozó una sonrisa cansada.

—Me estoy muriendo, Séverin. Y mi cuerpo se está preparando, supongo. Cuando me hago daño, el dolor tarda horas en afectarme. Mi sangre ya no es roja. A veces no puedo oír. Ni ver.

El horror se reflejó en la mirada de Séverin. Se le tensó la mandíbula.

—No te preocupes demasiado por mí —dijo Laila—. Tal vez te gustará saber que la sensación de oscuridad tiende a disiparse más rápido cuando... —Vaciló un instante—. Cuando me tocas. Y antes de que pienses que solo es por ti, quiero que sepas que al final siempre recobro las sensaciones..., pero creo que tú lo aceleras de alguna manera. No sé cómo. Ya está. ¿Ya estás contento contigo mismo y tus habilidades divinas? ¿Vas a alardear de ello delante de todo el mundo?

Séverin repuso con voz suave:

—Laila...

—¿Debo suplicarte que me hagas sentir viva? —preguntó, y una risa estridente le salió de la garganta.

Su risa hizo que la luz del farol se consumiese y desapare-
ciera. Una oscuridad repentina se extendió sobre ellos. Séverin
guardó silencio un momento y luego su voz la encontró en las
sombras. Se había acercado.

—No hay necesidad de rogar por algo que te daría sin
dudar. ¿Es eso lo que quieres de mí, Laila?

Puede que Laila no hubiese escuchado el canto de la
sirena en la cueva, pero su sangre respondió a una llamada
distinta. El sonido del recuerdo la inundó: su boca sobre su piel,
su nombre en sus labios.

El mundo le decía que era mil cosas: una chica esculpida
en tierra de tumba, una doncella de nieve que coqueteaba con
el deshielo de la primavera, un fantasma exótico en el que los
hombres fijaban su deseo para mantenerla en su lugar.

Sin embargo, con Séverin siempre era Laila.

Con los pies chapoteaba en el suelo mojado. Séverin había
dado un paso hacia ella y había acortado aún más la distancia
que los separaba. Incluso en la oscuridad, Laila veía que Séverin
estaba completamente quieto.

Por una vez, era él quien esperaba, y Laila saboreó el
momento solo un segundo antes de alargar la mano y tocarle la
cara. Séverin gimió y la calma que había estado dominando se
desvaneció en cuanto ella lo tocó. El farol chocó contra el suelo
y la estrechó contra él para besarla.

Laila pensaba a menudo en lo que significaba perderse
en un beso. La sensación era tan excitante y abrumadora que el
resto del mundo dejaba de existir. Sin embargo, ella no se perdió en ese beso, sino que se encontró. Sus sentidos se volvieron
tan afilados como un diamante y su cuerpo se convirtió en una
columna de fuego que devoró cada aroma, textura y sabor que
pudo encontrar cuando Séverin la empujó contra la pared.

—¿Estáis bien? —gritó Enrique—. ¿Qué ha sido ese ruido?

Laila se apartó de golpe. Hubo una pausa, un suave suspiro y luego...

—Estamos bien —dijo Séverin, sin aliento—. Se me ha caído el farol.

Se oyó el chasquido de la cerilla cuando Séverin volvió a encender la mecha muerta. La luz surgió entre ellos y, con ella, el conocimiento demasiado nítido del error tan egoísta que había cometido. Levantó la vista hacia Séverin, dispuesta a disculparse, pero su mirada la detuvo en seco.

Los ojos violetas de Séverin podían tener el color exacto de un sueño, pero su mirada era inquieta y viva y brillaba por el anhelo. Por ella.

Era demasiado. Su corazón estaba demasiado sensible por todo el daño que le había hecho como para sostener esa mirada y por eso dijo lo primero que se le ocurrió.

—Gracias.

Séverin cerró los ojos y Laila supo inmediatamente que no había dicho lo correcto.

—Por favor, no me des las gracias por algo que quería darte.

—No... no tengo nada más que ofrecer.

—Eso ya lo has dicho. —Se apartó de ella, con una mano apoyada en la pared y la cabeza gacha, como si quisiese apoyar la frente en la roca—. ¿Al menos te he hecho sentir viva, Laila?

Laila asintió con la cabeza y después se dio cuenta de que no podía verla.

—Sí.

Pero también le había hecho sentir otras cosas, y lo que sintió en el corazón fue como si el aire soplase sobre una nueva herida. Lo único que podría curarla era el tiempo, un bien del que apenas disponía ya.

—Entonces me alegro —dijo Séverin.

Respiró hondó y suspiró. En el momento en que él se apartó de la roca, una luz ámbar iluminó la roca. El estallido de luz fue como cuando se abren unas cortinas de repente.

Laila dio un grito ahogado y Séverin levantó la cabeza justo a tiempo para ver el destello de un súbito resplandor. Surgió justo donde tocaba con la mano la pared y se expandió hasta alcanzar el tamaño de un plato grande.

Un segundo después, la mano de él se fundió con la roca. La luz de las joyas le iluminó la muñeca sumergida el tiempo suficiente para que Laila captase un destello de lo que había en el interior...

Paredes talladas, cientos de escalones de piedra que desaparecían de la vista, enormes manos de bronce. Un suelo que parecía los cielos abovedados del cielo y un techo verde y fértil como el Edén.

Pero fue visto y no visto; la imagen se desvaneció.

La traslucidez desapareció.

No muy lejos, Laila oyó los gritos de los demás, que volvieron corriendo cuando la luz ámbar se redujo y empezó a replegarse. Séverin apartó la mano justo a tiempo antes de que la pared irregular de obsidiana se cerrase tan rápido como un parpadeo.

Enrique, Hypnos y Zofia llegaron, sin aliento, a su lado.

—¿Cómo has hecho eso? —preguntó Enrique.

Las miradas de Séverin y Laila se encontraron en la penumbra.

—No tengo ni idea.

28

SÉVERIN

Séverin tocó la pared de obsidiana y arrastró las manos por los salientes de roca brillante.

¿Dónde se había metido la luz?

El fogonazo había sido algo repentino. Casi violento. Séverin había sentido en la piel el pulso de la lira, que se había vuelto frenético, y las cuerdas ardiendo. Un segundo después, todo se había desvanecido en la oscuridad. Incluso los latidos de la lira se habían ralentizado.

Cuando parpadeó, vio la huella fantasmal de la luz. Fue como el beso de Laila. Un momento, la tenía entre los brazos y ardía como una estrella, y al siguiente, con la misma rapidez, estaba lejos de su abrazo. El salto de un estado a otro fue lo que lo obligó a girarse hacia la pared de roca.

Se sentía impotente. La estaba perdiendo; no su amor ni su atracción por él, sino a ella. Si Laila necesitaba besarlo hasta romperle el corazón para sentirse viva, se ofrecería en el acto; si necesitaba su esperanza para sentir calor, se prendería fuego.

Pero no podía arreglarla a ella.

No podía abrir la dichosa pared.

Y de pronto...

Luz.

Al desaparecer, no lo dejó desesperado, sino enfadado. El cielo no se atrevería a dejarle fuera, ahora no. Pensaba conseguir aquello por lo que tanto había luchado... de una manera u otra, hincaría los dientes en aquella luz ambarina y agarraría el poder por la garganta, suave y sedosa, hasta poseerlo.

—No lo entiendo —dijo Enrique—. El mensaje de la pared estaba claro: *to dóro ton theón*, «el regalo de los dioses». Aquí fue donde surgió la traslucidez, ¿verdad?

Séverin asintió.

—¿El farol tocó este punto? —preguntó Zofia mientras le daba golpecitos a la pared con una cerilla.

—No —dijo Séverin.

—¡Pero eso significaría que no es el fuego, aunque todo apunta a ese elemento y Zofia ya haya dicho que es ignífuga! —dijo Enrique—. Ya hemos probado con la tierra. ¿Tal vez sea por las olas? Aunque no me hace ninguna gracia que nos acerquemos a ese lago...

Séverin no le hizo caso. Antes de que nadie pudiera detenerlo, dio un par de pasos hacia el lago, recogió agua con la palma de la mano y la lanzó contra la pared.

El agua se deslizó por la roca.

—¿Acabas de...? —farfulló Enrique—. ¿Por qué?

Séverin se secó las manos en la chaqueta.

—Ahora sabemos que no es el agua.

—No es la luz, ni el agua —gruñó Enrique—. ¿Qué otra cosa podría haber sido un regalo de los dioses? ¿La libertad de elección?

Hypnos carraspeó.

—¡Elijo que te abras!

La roca permaneció indiferente.

Séverin ladeó la cabeza y pensó en las adquisiciones pasadas. «No hagas caso de las reglas, haz caso a la sala». La historia de la sala era un tesoro en sí misma. Se imaginó que era el creador de ese lugar, el dueño de una caverna brillante llena de terrores sacados de los mitos.

—Podría probar con los explosivos —dijo Zofia, pensativa.

Enrique se cruzó de brazos.

—Sé que el fuego es tu elemento, pero…

Al oír las palabras de Enrique, algo se activó en Séverin.

—¿Qué acabas de decir?

Enrique enarcó una ceja.

—Le estaba diciendo a Zofia que los explosivos no son la solución.

—¿Qué le has dicho exactamente?

—Sé que el fuego es tu elemento.

—Sí —dijo Séverin lentamente—. Tenemos el elemento equivocado.

—¿Cómo? —preguntó Laila—. El fuego y la tierra no funcionan. El agua no causa ningún efecto y el aire está a nuestro alrededor.

Séverin dio un paso hacia la pared. Le resbalaban los zapatos. La tierra no era igual que la del otro lado del lago. Y no era solo por la humedad.

—¿Qué es esto? —preguntó al levantar la pierna y echarle un vistazo a la suela del zapato.

Zofia se arrodilló, tocó el suelo y leyó los elementos de su interior.

—Arcilla.

—¿Arcilla? —repitió Enrique.

—¿La otra orilla estaba hecha de arcilla?

Zofia negó con la cabeza y Séverin esbozó una lenta sonrisa.

—Ya lo entiendo —dijo este.

Cogió un puñado de arcilla y lo estrujó. El farol, olvidado a sus pies, proyectaba una luz sobrenatural sobre sus manos.

—¿Qué fue lo que le regaló Dios al hombre después de ser moldeados a partir de algo tan vulgar como la arcilla?

—¿La vida? —dijo Hypnos.

—No —dijo Laila, sonriendo—. El aliento. Así se llama a la forja en la India: el *chota sans*.

Séverin reconoció esa frase: el pequeño aliento. El resto del mundo tenía mil nombres y explicaciones para el arte que el mundo occidental llamaba «la forja». Sin embargo, funcionaba siempre igual sin importar el nombre que le dieran.

Séverin colocó la mano en la pared de roca.

Antes, se había apartado de Laila suspirando —exhalando— y le repateaba lo impotente que se sentía. Ahora, al soltar el aire, este estaba lleno de esperanza. Hacía frío en la cueva y su aliento se arremolinó frente a él y cobró forma en el aire durante un instante antes de fundirse en la roca...

Surgió la luz.

No era más grande que la longitud de su mano, pero era una ventana..., una abertura a través de la cual se revelaba un rincón del templo. A través del panel ámbar, Séverin vio unos pasos irregulares. La voz de su madre sonó clara como una campana en su cabeza: «Las puertas de la divinidad están en tus manos».

Lo invadió una sensación ingrávida de vértigo. El pulso de la lira divina, como un latido colocado sobre el suyo propio, se detuvo..., y después se sincronizaron. Como si fueran uno. Incluso cuando la luz se desvaneció, Séverin sintió como si se hubiese metido dentro de él mientras se giraba hacia los demás.

Enrique parecía sorprendido. Zofia tenía los ojos abiertos de par en par. Laila se mordía el labio y el pecho le subía y bajaba como si no pudiese respirar bien en aquel momento. Incluso Hypnos, sereno y sonriente como siempre, sacudió la cabeza e intentó disipar lo que había visto.

—Antes de hacer esto... quiero disculparme de antemano por todo el ajo que consumí en Italia —dijo Hypnos.

—No es necesario respirar el aliento —dijo Zofia—. Requiere una ráfaga de aire. Por eso las olas nos han revelado antes su traslucidez.

—¿Cómo vamos a hacer eso? —preguntó Laila, que empezó a buscar algo en la orilla.

Hypnos se metió la mano en el bolsillo y sacó su abanico.

—De nada.

Séverin sonrió, pero Enrique preguntó:

—¿Funcionará?

—Solo hay una forma de averiguarlo, supongo —dijo Séverin, y le hizo un gesto con la cabeza a Hypnos—. ¿Vamos?

Hypnos hizo girar el abanico entre sus dedos y lo abrió con destreza. Cuando se giró hacia la pared, Séverin notó cómo se le borraba la sonrisa de la cara. Tragó saliva y su rostro dibujó una expresión extraña... era un manojo de nervios. Hypnos miró a Laila, que le sonrió. Séverin se adelantó y le apretó el hombro durante un segundo.

Hypnos echó los hombros hacia atrás y empezó a abanicar. El polvo se desprendió de la piedra irregular. Unos hilillos de luz se abrieron paso a través de las raíces de la pared de roca. A medida que la luz se hacía más brillante, Séverin se preguntó qué diría la cueva si pudiera hablar. Laila había dicho que tenía una consciencia y que los sentimientos fluían por la piedra. ¿Qué pensaría de ellos en aquel momento?

En la roca se formó un gran arco con forma de lágrima cuyos bordes brillaban.

Nadie habló mientras cruzaban el umbral.

Aunque era el lugar que podría haber inspirado una confusión de idiomas y el comienzo del lenguaje, a Séverin le faltaron las palabras al contemplar lo que tenían delante.

Al otro lado del umbral había una isla envuelta en niebla. No pertenecía a ningún país. Quizá no perteneciese siquiera a este mundo.

La niebla plateada rodeaba los límites del templo, por lo que parecía que estaba bañada por la luz de la luna. Una imagen fundida del cielo nocturno adornaba un amplio suelo de cristal que se formaba cerca del borde de sus botas. El arte era tan vívido y gráfico que a Séverin se le revolvió el estómago al imaginar que pudiera caer en la oscuridad entre las estrellas.

A treinta metros de distancia aparecieron los primeros escalones del zigurat. Séverin inclinó la cabeza hacia atrás... y atrás... y siguió sin poder ver dónde terminaba. Se había imaginado que un templo así tocaría el cielo, pero en lugar de eso, parecía desaparecer en un frondoso jardín colgante. Como el propio Edén boca abajo. La niebla plateada resaltaba las flores del color de las perlas y las densas enredaderas que se extendían como las manos de un nuevo amante. El exuberante bosque se curvaba hacia abajo y se apoyaba sobre los hombros de dos enormes autómatas que flanqueaban ambos lados del zigurat. En la penumbra, parecían esculpidos a partir de las sombras. Sus rostros eran serenos e inescrutables. Sobre la cabeza, llevaban coronas de piedra intrincadamente tallada.

Al respirar hondo, Séverin captó el prolongado susurro del incienso en el aire. Y cuando cerró los ojos, oyó un viento imposible que crujía entre las ramas.

No tocó nada.

En cambio, el templo sí se estiró para tocarlo a él.

29

ZOFIA

Zofia no se consideraba a sí misma una persona especialmente religiosa.

Desde pequeña había ido a la sinagoga a escuchar la palabra de Dios, pero le costaba entender la lógica de los hechos divinos. ¿Por qué castigaba? ¿Por qué lastimaba? ¿Por qué asistía? ¿En qué se basaba para elegir?

Cuando preguntaba, nadie sabía responderle. Al fin y al cabo, Dios no era un ser cuyos hechos ella pudiese analizar y poner en contexto.

El único en comprender su frustración había sido su padre.

—Me gusta pensar en lo divino como algo desconocido —decía él—. Piensa que el universo es como una ecuación infinita, Zofia. Los elementos que se integran y se apartan, como los familiares, las casas perdidas o los países…, tal vez solo formen parte del equilibrio de dicha ecuación; la suma de aquello que no vemos.

—Pero entonces nunca podré entenderlo —había protestado Zofia con el ceño fruncido.

—Ay, Zofia —había dicho su padre con una gran sonrisa—. ¿Quién decide lo que podemos comprender?

Que sonriera tan ampliamente significaba que no había nada de lo que preocuparse, por lo que Zofia había sentido que se aflojaba el nudo en su interior.

—Creo que estamos destinados a cosas maravillosas —había añadido su padre—. Estamos destinados a vivir lo mejor que podamos con lo que se nos da. El tiempo es el denominador común de todos, y no es infinito.

Aunque le gustaba esa explicación, a veces la frustraba. Durante años se aferró a las palabras de su padre. Se acordó de esa ecuación enorme e inescrutable cuando sus padres murieron, cuando la expulsaron del colegio y cuando Hela enfermó.

No era crueldad, sino mero equilibrio.

Nada más.

No tenía por qué ver o entender la ecuación para saber que existía.

Pero ahora, ante ese extraño umbral entre la cueva y el templo, Zofia la sintió.

Nunca le había gustado la sensación de la forja mental. Era la intrusión de una emoción y una imagen extrañas. Lo que vio y sintió en ese momento fue algo completamente distinto.

Era como si el templo le estuviese relatando su propia historia. Zofia fue testigo de algo que debería ser imposible. Sintió cientos de manos aplanando paja y barro, el avivar del fuego de mil hornos de ladrillo. Escuchó docenas de idiomas cuyos nombres desconocía y, sin embargo, entendió lo que se decía:

«Mantente a salvo. Escóndete bien. No mires».

Zofia sentía como si en lo más profundo de su pecho la ingravidez se hiciese con el control. Como si hubiera echado un vistazo más allá del borde de un precipicio, hacia un abismo desprovisto de luz.

Las sensaciones se esfumaron al instante.

Zofia abrió los ojos. Se estaba tapando la boca con la mano. No recordaba haberla movido hasta ahí. Sus dedos rozaron la marca sobre el labio superior.

—Justo ahí —le había dicho Hela una vez, a oscuras—. Ahí fue donde el ángel presionó con el pulgar y guardó todos los secretos del mundo antes de que nacieras.

A pesar de que a Zofia le había parecido una historia inverosímil, le gustaba. De vuelta en el presente, inspiró hondo y sintió más tranquilidad que en muchísimo tiempo.

La presencia de aquella enorme ecuación fue breve, como una cerilla que prende y se apaga enseguida, pero la sensación perduró; la sensación de que, por un momento, una parte del universo se había abierto ante ella.

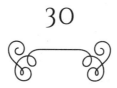

30

ENRIQUE

Enrique tropezó hacia delante al tiempo que el templo liberaba su mente.

Se quedó mirando el suelo cristalino y oscuro..., el enorme zigurat que se perdía en el techo boscoso. Todavía era capaz de oler los ladrillos al sol. En sus oídos resonaban los cantos de miles de oraciones que se perdían. Y, al final, quedó sobrecogido.

Había buscado pruebas de sus investigaciones en viejos mapas rasgados y en la pátina verdosa de artefactos antiguos de bronce, pero nunca creyó poder verlas por completo.

Se imaginaba a la gente de antaño creando la lira divina. La etiqueta del mundo occidental se les quedaba pequeña. No eran solo las Musas Perdidas. Otras naciones las habían llamado de forma distinta; habían sido las sacerdotisas de las diosas que nadie veneraba, y aunque hacía unos momentos Enrique conocía sus nombres, desaparecieron a pesar de haberlos tenido en la lengua.

Era extraño, pensó riéndose de repente. Como historiador observaba el mundo en retrospectiva, pero la historia nunca moría. Perduraba a pesar de perderse; ya fuera como fantasmas que atormentaban a los conquistadores o como cuentos para dormir. Enrique se había pasado la vida buscando la verdad de esas historias y creía en ellas, pero ahora lo sabía con certeza. La diferencia era más grande que la que había entre la noche y el día... Era como estar frente al primer amanecer y ver cómo se enfocaba el mundo.

—No... no me lo puedo creer —dijo, intentando hablar sobre lo que había visto.

A su lado, Laila temblaba en silencio. Enrique sintió el corazón en un puño al pensar que estaba llorando, pero no. Se estaba riendo. Llevaba sin verla sonreír más de un año. Un profundo suspiro captó su atención. Hypnos estaba arrodillado con los labios entreabiertos y los ojos como platos. Incluso Zofia parecía aturdida.

Por último, su mirada se desvió hacia Séverin y, durante un instante, fue como si las cosas no se hubiesen enfriado entre ellos.

Séverin sonrió y Enrique reconoció esa vieja sonrisa; una expresión de incredulidad pícara y a la vez entusiasmada que solía poner después de una adquisición exitosa. Y, esta vez, Enrique hizo lo propio.

Se volvieron hacia el templo en silencio. La majestuosidad perduraba, pero sus ojos ya se habían acostumbrado a la luz. Poco a poco, pudo ir desgranando los detalles y descubrir cómo se había formado la sala.

Algo de los gigantes autómatas le llamaba la atención. Había supuesto que eran autómatas, pero no se movían.

Enrique ni siquiera se percató de que había dado un paso hacia delante hasta que Séverin levantó el brazo y evitó que su bota tocase el suelo cristalino, cuya circunferencia estaba acotada por un anillo de un metro de ancho de la misma tierra arcillosa y suave que afuera.

—Espera —le pidió Séverin con suavidad.

—¿A qué, *mon cher*? —preguntó Hypnos con una gran sonrisa. Señaló el zigurat con una mano—. ¡Sabemos exactamente a dónde ir! ¡Solo hay que subir las escaleras y *voilà*! La inmortalidad, la alegría eterna...; una Laila eterna.

Laila sacudió la cabeza con una sonrisa.

—Sí... Sí a eso, y más —respondió Séverin mirándola. Enrique vio un destello de dolor en sus ojos—. Pero no debemos ser imprudentes... aún no. Tenemos que investigar lo que nos rodea.

—No tengo mis herramientas —intervino Zofia—. No me queda nada salvo el collar Tezcat, unas cerillas y esto —dijo al tiempo que levantaba el brazo.

Hypnos frunció el ceño.

—¿El brazo?

—No —contestó ella—. Es una manga forjada que puede usarse de antorcha sin que la persona se queme. Enrique también tiene una.

—Ah, ¿sí? —dijo él.

Ella asintió y señaló con la barbilla el trozo de tela plateada que se había atado al brazo. Era una parte de los disfraces del Carnevale. Él se había quedado un trozo como si esta fuera un talismán que trajese buena suerte.

—Vale, perfecto, pero no nos hace falta fuego —intervino Séverin—. Lo que sí necesitamos son dagas y cuerda en caso de que algo se interponga en nuestro camino. ¿Tenemos?

Zofia negó con la cabeza.

—Yo tengo esto —dijo Hypnos agitando su abanico.

—Puede que quede algo en las mochilas —supuso Laila—. Pasádmelas.

Séverin se quitó la suya y se la entregó.

—Yo he perdido la mía —repuso Enrique, recordando las sirenas cadavéricas.

—Esto no servirá para mucho —opinó Zofia mientras se daba toquecitos en el collar.

—La mía está al otro lado de la cueva —dijo Hypnos.

—Entonces supongo que tendremos que confiar en nuestras dotes de observación —concluyó Séverin—. ¿Qué veis? ¿Enrique? ¿Qué te ha llamado la atención?

Enrique señaló los enormes autómatas.

—Pensaba que eran... reyes —dijo despacio—, pero ya no estoy tan seguro. Creo que ese arte data del periodo Pala del siglo XI del sur de Asia. Fijaos en las expresiones serenas, casi tántricas; los ojos entrecerrados, la boca relajada... seguramente tengan influencias del budismo.

—¿Son guardias? —inquirió Séverin.

—No creo. No portan armas —respondió Enrique—. Si son los autómatas que creo, deberían tener... ¿cómo se decía, Laila?

—*Bhuta vahana yanta* —pronunció Laila con el ceño fruncido al tiempo que sacaba un trozo de cuerda raída. La caja dorada que antes guardaba el mapa a Poveglia reflejó la luz—. Técnicamente significa «máquinas que se mueven con el espíritu», pero se cree que funcionan mediante la forja.

—Exacto —dijo Enrique—. Pero yo no veo ninguna máquina.

—Quizá estén en... lo que sea eso —sugirió Hypnos señalando la neblina plateada que rodeaba el templo.

—Puede ser —supuso Enrique. No le gustaba pensar que había algo acechando en la niebla. Observándolos—. Pero la clave es no provocar que aparezcan.

—Pues sí, pero ¿cómo lo evitamos? —preguntó Hypnos.

Séverin se quedó mirando al suelo con el ceño fruncido.

—¿La sala siempre se veía así en las imágenes que nos ha mostrado el templo?

Enrique trató de acordarse de las imágenes que habían irrumpido en su cabeza. Recordaba la luz del sol reflejada en el zigurat.

—El suelo... —dijo Zofia—. Está... está cambiando.

Enrique abrió los ojos. Y así era; el suelo cristalino ante ellos se iluminó lentamente. Las estrellas desaparecieron. Un color rosado manó de la base del zigurat. Cuando se volvió hacia Séverin para preguntarle qué creía que era, un ruido extraño resonó en el aire.

—¿Qué ha sido eso? —preguntó Hypnos, girando sobre sí.

Detrás de ellos, el pasaje abovedado creado por el abanico de Hypnos seguía iluminado. Algo destelló a lo lejos. ¿Una luz sobre el agua, quizá?

—Séverin —lo llamó Laila con brusquedad.

Enrique la miró. Hacía escasos momentos había estado rebuscando en la mochila, pero ahora tenía la caja dorada aferrada con fuerza y los nudillos blancos.

—La caja está forjada —dijo.

Séverin abrió mucho los ojos.

—¿Qué?

—Creo...

Se oyó una explosión a lo lejos que hizo temblar el suelo. Enrique perdió el equilibrio y giró rápidamente los brazos. Otra explosión sacudió el templo. Más allá del pasaje, las estalactitas cayeron al lago.

Un chillido agudo hizo eco en el templo y erizó el vello de los brazos de Enrique. El humo y la niebla en torno al zigurat se intensificaron. Sobre ellos, el bosque frondoso empezó a vibrar. Las vides y ramas cayeron al suelo, que seguía iluminado. A

Enrique le empezó a doler la herida de repente y se encogió a la vez que se la cubría con la mano.

—¿Qué está pasan...? —No había terminado de preguntar cuando el pasaje estalló en llamas.

Una explosión provocó que Enrique cayera de espaldas. El mundo empezó a girar. El ruido se tornaba silencio y viceversa. Los pulmones se le llenaron de humo, pero él trató de respirar, haciendo gestos con la mano para aclarar el aire.

E igual de rápido que pasó... el humo desapareció.

Cuando Enrique por fin pudo abrir los ojos, vio la punta de una daga dorada justo entre ellos. Más allá, plantado en la entrada al pasaje...

—Hola, amigos míos —saludó Ruslan, sonriendo.

PARTE V

31

LAILA

El corazón de Laila nunca había latido con tanta fuerza. Hacía unos momentos, había estado celebrando esa misma sensación. Cuando entraron en el santuario del templo, había sentido como si su cuerpo se hubiera bañado en mitos y luz meliflua.

Había recuperado la razón y notó sus sentidos agudizados, como pulidos por el torno de un joyero para que cada sensación pareciera una joya bien refinada. Hasta la sangre le fluía con elegancia por las venas. Y quizás el templo hubiese cambiado algo en su interior, porque en cuanto tocó la caja forjada, lo supo.

Ruslan les había tendido una trampa.

Pero, por mucho que el templo hubiese acentuado sus habilidades, no lo había hecho con suficiente rapidez. Laila bajó la mirada y vio que tenía una daga dorada apuntándole al corazón.

Y no era la única.

Enrique, Zofia e Hypnos estaban atrapados de forma similar. Séverin era el único que seguía libre.

Ni a tres metros de allí, Ruslan se hizo visible. Tenía la mano dorada extendida y ella cayó en la cuenta de que, de alguna manera, estaba controlando las dagas. Los seis miembros de la Casa Caída se encontraban detrás de Ruslan y les pasaba algo raro. Sus máscaras *volto* parecían chamuscadas y abolladas. Cuando se movieron, lo hicieron con demasiada rigidez y había moscas zumbando alrededor de sus cabezas.

—Vaya, vaya —dijo Ruslan con suavidad—. Mirad qué maravilla... Supongo que debería agradeceros haber hecho todo el trabajo duro, pero ¡has sido muy maleducado intentando matarme así, Séverin! Creía que éramos amigos.

—Ruslan, yo... —empezó a decir Séverin.

—Shhh. Antes déjame disfrutar en el umbral de mi divinidad. Quiero recordar este momento.

Conforme el humo se aclaraba, el rostro de Ruslan se volvía más nítido, y Laila se quedó petrificada.

Ahora la mitad de su cara albergaba un brillo extraño, fantasmal y... dorado. Tenía parte del cráneo hundido, y una luz destellaba de la abolladura dorada.

—¿Os gusta mi nuevo aspecto? —preguntó Ruslan, sonriente.

Tenía los dientes mellados o partidos, y los que quedaban parecían estar manchados de sangre.

—Es, ciertamente, un poquitín llamativo —dijo, olisqueando—. Pero me costó reconstruirme después de que intentarais volarme por los aires.

—Deberías estar muerto —gruñó Enrique.

—Sí, ¿verdad? —contestó Ruslan—. Pero ya veis..., es lo que tiene mi herencia. «Casa Caída» es un nombre muy feo. El original es muchísimo mejor. Somos y siempre hemos sido la Casa Attis.

Al pronunciar el nombre, la daga dorada que sostenía brilló. A su espalda, las máscaras *volto* de los miembros cayeron hacia un lado y revelaron algo hundido. Y putrefacto. Para nada vivo. A Laila se le revolvió el estómago.

—Como podéis ver, somos los únicos que hemos atisbado el poder del templo. No hemos podido crear vida nueva, pero sí revivirla… en parte. —Ruslan sonrió mientras señalaba a los difuntos miembros de la Casa Caída tras él.

Deslizó la daga a lo largo de su propio cuello, riéndose a la vez que la herida sangraba de color dorado en vez de rojo.

—Así que ya veis, amigos míos: no podéis matarme. En parte ya estoy muerto y eso no me ha detenido aún.

Un escalofrío recorrió la espalda de Laila. Desvió la vista hacia la derecha y vio que Séverin la miraba fijamente y con expresión preocupada. En cuanto ella lo miró, la daga dorada en su pecho subió despacio, con la languidez de la caricia de un amante. Llegó hasta su barbilla y la obligó a levantar la cabeza.

—¡No te distraigas tanto, Séverin! —dijo Ruslan entre risas.

Laila tragó saliva. La daga no se movió de su nueva posición contra su garganta.

—Oro y alquimia; transformación e icor —dijo Ruslan, señalándose la muñeca con una floritura—. ¿Sabéis qué? El uso de tales tesoros siempre exige un precio. —Permaneció callado un momento y se dio unos golpecitos en el lateral del cráneo dorado—. Pero estaba dispuesto a pagar cualquier precio por salvarme. Aunque me temo que no puedo decir lo mismo de mis hombres.

Ruslan chasqueó los dedos. Los seis miembros de la Casa Caída se levantaron las máscaras *volto* a la vez. Un hedor dulzón y putrefacto invadió el ambiente. Bajo las máscaras se veía una masa de carne destrozada y las bocas curvadas en unas sonrisas tensas y cubiertas de una fina capa de oro.

—No puede decirse que estén del todo vivos, pero sí lo suficiente para serme útiles —dijo Ruslan, encogiéndose de hombros—. Y, tal vez, cuando sea un dios, use mi clemencia y poder infinitos para revivirlos del todo... Quizá. Eso buscas tú también, ¿verdad, Laila, preciosa?

La daga presionó su garganta aún más. Laila se obligó a mirar abajo. Ahora el suelo cristalino tenía el aspecto de unas nubes rosadas. Se imaginó el sol despuntando despacio por el horizonte, calentándole la espalda. Miró a Ruslan a los ojos y levantó el mentón. Una sensación ácida le atravesó el pecho y Laila abrazó su propio miedo.

—Tú nunca serás un dios —le espetó.

Ruslan se rio y se giró hacia Enrique.

—¿Qué tal la oreja, historiador?

—Ya no la tengo —repuso Enrique con ira—. Igual que mis delirios.

—Y la ingeniera muda... —continuó Ruslan, girándose hacia Zofia—. Hola.

Laila fulminó a Ruslan con la mirada al oír aquel apodo cruel, pero Zofia permaneció indiferente. Estaba de pie, con la espalda tiesa y los ojos azules iracundos.

—Veo que te has quedado con el cachorrillo abandonado —dijo Ruslan, enarcando una ceja en dirección a Hypnos—. Qué extraño... Se supone que deberías estar muerto. Aunque eso tiene arreglo. Odiaría dejar a la Orden por mentirosa.

Hypnos lo fulminó con la mirada.

—Veros a todos juntos es fantástico —exclamó Ruslan, dando una palmada—. Sobrevivisteis juntos... ¡y ahora moriréis juntos! Qué regalo tan maravilloso. Pero, bueno, Séverin..., ya basta de tonterías. Vamos a hacer un trato, ¿eh? Llévame a la cima y te mataré al mismo tiempo que a ellos; te ahorraré la agonía de verlos morir uno a uno. A cambio, me llevarás a lo alto del templo y tocarás la lira. Vamos.

Laila vio cómo Séverin levantaba las manos despacio. Veía en sus ojos que trataba de armar un plan a toda prisa. Bajó la mirada hasta el color cambiante del suelo. Aunque no podía darse la vuelta, seguía sintiendo la presencia de los autómatas gigantescos que flanqueaban el zigurat.

—Ruslan, está claro que...

—Aj —exclamó Ruslan.

Movió la cabeza hacia la derecha e Hypnos aulló mientras se doblaba hacia delante. Laila cogió aire. La daga en su garganta hizo todavía más presión contra su piel y evitó que se moviera.

—¡Hypnos! —gritó Séverin. Se giró para ayudarlo, pero Ruslan se le adelantó y dijo:

—No, no, *monsieur* Montagnet-Alarie... Más te vale no mover ni un músculo.

Hypnos gimió y levantó la cabeza. Tenía un corte alargado en la mejilla. La daga dorada había empezado a girar en torno a su cabeza.

—Como vuelvas a desafiarme, el siguiente corte le rajará la garganta —le amenazó Ruslan—. Venga, vamos.

Laila deseó poder apartar la daga de su cuello y hundirla en el pecho del patriarca de la Casa Caída.

—¡No! —gritó Enrique—. Es una trampa. ¡Estoy convencido!

Ruslan enarcó una ceja.

—¿No me digas?

Laila contuvo la respiración. Llamar la atención de Ruslan era peligroso y, aun así, si no les hacía caso, malgastarían el poder de la lira.

—Mira el suelo, Ruslan —dijo Séverin con voz neutra—. Incluso ahora está cambiando para reflejar las diferentes horas del día. Si entramos en un templo antes de tiempo, los dioses lo considerarán una falta de respeto. Deberíamos ir al mediodía, en el cénit, para marcar la ocasión. Por no hablar de las estatuas...

—Sacadas directamente de las leyendas que he investigado —apuntó Enrique antes de inspirar. Laila era incapaz de apartar los ojos de la daga dorada pegada a su otra oreja—. Es... una leyenda sobre el rey Ajatasatru. Reinó hasta el 460 a. C., y se decía que poseía todo tipo de inventos militares. Catapultas, cuadrigas mecanizadas y...

Ruslan rompió a reír.

—¡Una treta muy bien pensada! Podéis retrasarlo tanto como queráis, pero no supondrá ninguna diferencia...

—¡Es verdad! —replicó Enrique a voz en grito—. Estoy... estoy seguro. Algo pasará.

Por el rabillo del ojo, Laila observó las volutas de niebla. ¿Qué habría al otro lado? ¿O quién?

—Algo —repitió Ruslan, aburrido—. Uy, qué miedo. Ven, Séverin...

Laila sintió su mirada sobre ella.

—Si vamos ya, moriremos —insistió Séverin—. Y entonces nadie podrá tocar la lira ni convertirte en un dios. ¿De verdad estás dispuesto a asumir ese riesgo?

Ruslan permaneció en silencio durante un momento. Primero suspiró y luego esbozó una sonrisilla. Laila sintió como si un viento frío hubiera soplado contra su cuello.

—Tienes razón —concedió Ruslan—. No puedo correr el riesgo de perderte a ti... Pero ¿a Laila? Eso ya es otra cosa. Querida, ¿cuántos días te quedan de todas formas?

Laila le sostuvo la mirada.

—Muchos.

—No temes a la muerte, ¿eh?

—La considero una muy buena amiga —repuso Laila rechinando los dientes—. Casi de la familia.

Ruslan sonrió.

—Entonces no te importará dar el primer paso.

—¡No! —aulló Séverin.

—Una palabra más y alguien lo pagará —le advirtió Ruslan en voz baja.

Parecía que a Séverin se le fueran a salir los ojos de las órbitas. Laila deseaba poder decirle que no tenía miedo. No sabría explicar por qué se sentía tan valiente en ese momento. Quizá fuera lo que había atisbado cuando el templo se había apoderado de su mente...; existía tal vastedad allí..., y no tenía miedo de su propia pequeñez en él porque había sentido que había un lugar para ella.

—Vamos, querida —dijo Ruslan—. Camina. ¿O necesitas un aliciente?

Chasqueó los dedos y dos guardias se le acercaron. Su carne putrefacta apestaba. Cuando uno de ellos le agarró los brazos, Laila notó las falanges del hombre contra su piel mientras la giraba.

El suelo brillante parecía un auténtico amanecer. Laila vaciló al notar la daga deslizarse por la longitud de su cuello, bajar por entre sus pechos y rodear su cintura hasta colocarse en la zona lumbar. Una oleada de náuseas la sobrecogió. No pudo evitar imaginarse que era la asquerosa mano dorada de Ruslan la que estaba sobre su piel. Quería mirar a los demás, pero uno de los miembros muertos de la Casa Caída le bloqueaba la vista.

—Vamos —le ordenó Ruslan.

Laila tragó saliva con la mirada fija al frente y a lo lejos, en el zigurat. Estaba a menos de treinta metros de distancia. Tenía que inclinar la cabeza hacia atrás para ver dónde desaparecía en el extraño cielo verde. Los autómatas permanecieron inmóviles y serenos mientras ella daba un paso sobre el suelo. La daga se le clavaba en la espalda y la obligaba a avanzar. Mientras tanto, Laila reparó en dos líneas elevadas que rodeaban al zigurat y a los autómatas.

No se había fijado en ellas antes, cuando el suelo reflejaba un cielo nocturno. Tal vez fueran demasiado oscuras como para distinguirlas; pero ahora, conforme el suelo se iluminaba, se habían vuelto visibles.

—Aquí hay algo —dijo Laila—. Dos... líneas elevadas... Y no sé qué son.

Ruslan resopló, molesto.

—Una demarcación, quizá...

—No —comentó Enrique despacio—. El *bhuta vahana*.

—¿Y eso qué es? —inquirió Ruslan.

Su voz destilaba aburrimiento, pero Laila sintió como si el aire que la rodeaba se hubiese tensado. Como si el templo estuviera enfadado..., como si hubieran avanzado sin permiso.

—Máquinas que se mueven con el espíritu —explicó Enrique atropelladamente—. Pensé que se refería a los mismos autómatas, pero me equivocaba. Tiene que ser un artefacto distinto...

Un ruido sordo se oyó por todo el templo. El estruendo de un trueno resonó en el templo y el suelo empezó a temblar con tanta fuerza como para que la daga que Ruslan tenía apretada contra la espalda de Laila flaqueara y cayera con un repiqueteo al suelo.

—¿Qué es eso? —exclamó Ruslan.

Por el rabillo del ojo, Laila vio borbotar la niebla plateada. Una figura oscura se movió detrás.

—¡Laila! —chilló Enrique—. ¡Muévete! ¡Es una trampa!

Laila apenas había dado dos pasos para alejarse de los demás, pero la distancia se le antojaba como un gran abismo mientras dos cuadrigas gigantescas del tamaño de un elefante aparecían de golpe de la neblina y se deslizaban por el suelo. Unos pinchos afilados y lustrosos salieron de sus ruedas, que, al girar tan deprisa, parecían ser meros borrones puntiagudos. Laila trastabilló hacia atrás y Séverin la sujetó contra sí, apartándola justo cuando la cuadriga pasaba junto a ellos con un rugido ensordecedor. Cuando por fin se desvaneció unos cuantos segundos después, Laila levantó la cabeza y se giró despacio...

Sobre el suelo de cristal yacían los cuerpos de los miembros de la Casa Caída en distintos montones de carne picada. Zofia vomitó sobre el suelo. Hasta la daga que apuntaba a su corazón flaqueó.

—Mmm... —dijo Ruslan, pensativo—. Tal vez llevarais razón en eso de hacerlo al mediodía.

Laila sentía el subir y bajar del pecho de Séverin. Este se movió para ocultarla a su espalda, pero Ruslan fue más rápido. El aire silbó cuando la daga dorada lo atravesó y volvió a colocarse contra su cuello.

Laila levantó el mentón y adoptó la expresión altanera de L'Énigme que una vez había conseguido que le lanzaran tiras de perlas a los pies. Ya llevaba la muerte en la mano; una daga en el cuello no suponía diferencia alguna para ella.

—Es un milagro que sigas viva, querida —dijo Ruslan.

Laila no respondió. Ruslan se giró hacia Enrique, que estaba temblando. Hypnos se tambaleó y giró la cara de los cuerpos destrozados en el suelo.

—¡Muy bien, Enrique! —exclamó Ruslan—. Puede que hayas perdido una oreja, pero te has ganado a pulso la mía. Al menos... durante un rato. No parece quedar mucho para el mediodía, ¿verdad? Imagino que no pasará nada por esperar un poquito más.

A su alrededor, el suelo continuaba iluminándose. Ya era plena mañana. El cielo sobre el cristal estaba despejado y azul, y aunque el mediodía prometía peligro, Laila solo sintió esperanza.

Cuando bajó la mirada hacia su anillo granate, el número que leyó fue el cero y, aun así, no sintió ningún temor. No por la inminente negrura, sino por una deliciosa y excitante ausencia de miedo.

El número en su anillo marcaba la verdad. No deberían quedarle días y, sin embargo, en cuestión de una hora, había contemplado una noche estrellada, un amanecer rubí y ahora una mañana azul. El día seguía y ella continuaba en pie.

Puede que no fuera más que un montón de polvo y de sangre prestada, pero aun así… vivía.

Y, en el fondo, sentía que aún le quedaban más milagros por cumplir.

32

ZOFIA

ofia intentó contar los escalones frente a ellos, pero para cuando llegó al número doscientos diecisiete le dolía la cabeza y se obligó a parar. Notaba que el miedo empezaba a asomarse por sus pensamientos.

Habían perdido la munición.

Las herramientas que tenían no servían.

Se habían quedado sin opciones.

—¿Por qué estáis tan lejos de mí, queridas mías? —murmuró Ruslan.

El patriarca de la Casa Caída se encontraba en la base del zigurat; Séverin y Enrique, a cada lado con dagas apuntando a sus pechos. Una esquina de la lira divina sobresalía por la parte delantera de la chaqueta de Séverin.

—¡Venid! ¡Venid! —dijo Ruslan al tiempo que aplaudía con sus manos brillantes.

Zofia reconoció el gesto como uno que se usaba comúnmente con los perros. Curvó los labios.

—Todo irá bien, fénix —susurró Laila.

Zofia trató de girar la cabeza hacia ella, pero la daga que apuntaba a su cuello lo impidió. A pesar de eso, sentía a Laila a su lado. Hypnos se encontraba a su izquierda. A su espalda, sabía que los cuatro miembros muertos de la Casa Caída no estaban muy lejos porque una mosca voló cerca de su nariz. Zofia oyó el sonido de las larvas caer al suelo de cristal un par de veces. Reprimió las náuseas y se obligó a mirar al frente.

—Ya —gruñó Ruslan.

Un miembro de la Casa Caída la empujó y Zofia trastabilló hacia delante en el suelo de cristal. A esas alturas los colores se habían clareado con los tonos de la mañana al mediodía.

Ruslan había obligado a Enrique a dar el primer paso sobre el cristal. Nerviosa, Zofia miró la neblina y los autómatas gigantes, pero no se movió nada. Era tal y como había dicho Séverin: el templo no les permitiría el acceso hasta que fuese el momento correcto, y dicho momento era ahora.

Cuanto más se acercaba Zofia al zigurat, más claro veía el aura dorada que se cernía sobre el templo. Por encima, en el techo boscoso, habían florecido unas flores blancas que Zofia no conocía. Su fragancia viajó hasta ellos. A pesar de no haber velas, olía a las especias de Havdalá que se usaban en el *sabbat*.

—Mira las flores, fénix. Son casi como estrellas recién nacidas, ¿no crees? —dijo Laila con suavidad.

Zofia no pudo discernir la expresión de su amiga, pero el patrón sí que le resultaba familiar. Hela solía hacer algo parecido; la sacaba de sus pensamientos con una frase tan absurda que la obligaba a rebatírsela. Zofia entendía que lo hacía para infundirle ánimos, pero eso no era lo que quería. Quería un plan; no solo para ella, sino para todos. ¿Qué sería de ellos? Las incógnitas eran como las sombras en el camino. El molesto brillo del santuario no cambiaba nada.

—¡Ha llegado la hora de que seáis testigos de mi gloriosa apoteosis! —exclamó Ruslan—. ¿Empezamos?

Zofia alzó la vista y se encontró con los ojos de Enrique, que apretaba los labios.

—Ay, dime —suplicó Ruslan—. Me encanta conocer datos inútiles...

La daga que apuntaba al corazón de Enrique se le clavó un poco y él se quedó sin aire.

—Suéltanos.

—¿Ya está? ¿No vas a soltar ninguna retahíla de datos? —se burló Ruslan. El brillo del templo se reflejaba en su tez dorada—. Tal vez tenga que soltarte la lengua...

—¡No! —chilló Enrique—. ¿Sabes... Sabes que la palabra «zigurat» proviene del idioma acadio? Creo que es *zaqaru*...; significa «construir hacia lo alto». Para el sacrificio. No estoy seguro de si...

Ruslan rompió a reír.

—Debería recompensarte por entretenerme. ¿Te mato ahora para que no tengas que ver cómo mueren los demás? Ay, pero quería sacrificar a Laila primero...

—No —repuso Zofia.

Lo dijo tan rápido que le llevó un momento caer en que había sido ella la que acababa de hablar.

Ruslan se volvió hacia ella. Zofia notó que Laila se tensaba a su lado. Esperaba que la daga se le clavara un poco en el cuello, pero en lugar de eso, Ruslan se limitó a hacer un giro de muñeca.

Zofia reconocía el gesto. Sus compañeros y profesores solían dedicárselo todo el tiempo.

Significaba que no había por qué hacerle caso.

—¡La muda habla! —Ruslan curvó sus labios dorados y se giró bruscamente—. Como si pudieras hacer algo.

Zofia sintió que le ardía la cara. Se equivocaba, pero...
todos sus inventos estaban al otro lado del lago. Apenas tenía
consigo su collar, tres cerillas y la manga forjada. Nada que
pudiera ayudar a Laila o que fuese clave.

Enrique entrecerró los ojos junto a Ruslan. Séverin había
apretado la mandíbula y detrás de ella Hypnos respiraba de
forma agitada.

—Acércate, *monsieur* Montagnet-Alarie —ordenó Ruslan
chasqueando los dedos—. Ha llegado la hora de recibir lo que
merezco.

Ruslan pisó el zigurat brillante. Zofia observó a Séverin
inspirar hondo. Alzó la mirada hacia los autómatas gigantes,
después hacia Hypnos y ella..., y a continuación la posó en
Laila. Al final pisó el templo y Enrique hizo lo propio.

—Fénix... —susurró Laila.

Pero Zofia no pudo oír lo que decía. El guardia la empujó
hacia delante.

—¡No perdáis el tiempo! —exclamó Ruslan. Miró por encima del hombro con una sonrisa, jugueteando con la daga—.
¡Cada vez que vaciléis os cortaré un dedo!

Zofia pisó el templo. «Céntrate», se riñó a sí misma. «Poco
a poco».

Era lo único que podía hacer por ahora.

De cerca los escalones eran más grandes de lo que pensaba. Tenían unos quince metros de largo a cada lado y había que
dar unos cuatro pasos para subir al siguiente. Caminó despacio.
Oía el latir de su corazón mientras trataba de desconectar de
todo lo demás.

Justo cuando había contado el vigésimo escalón, el aire
en torno a ellos ondeó. El brillo de uno de los ladrillos de barro
desapareció. Sintió frío a su alrededor. Oyó el eco de un zumbido agudo.

Zofia sacudió la cabeza como si con eso pudiera dejar de escuchar el ruido. La daga a su espalda la cortó y ella se encogió de dolor. Bajó la mirada y se quedó helada.

—¿Qué es eso? —preguntó Ruslan dándose la vuelta.

Unas gotitas negras perlaban los escalones de piedra. Zofia levantó la vista a la vez que giraba la cabeza y por fin pudo ver a Laila a su lado antes de que el mundo estallara en gruesas sombras asfixiantes.

Zofia se tambaleó hacia atrás y perdió el equilibrio. El zumbido se había convertido en una ráfaga de chillidos. Algo afilado le rasgó el muslo. A Zofia le pareció oír que las dagas de Ruslan caían al suelo de piedra. Zofia trató de llegar a un escalón, pero solo encontró aire y oscuridad.

Cerró los ojos con fuerza.

«Uno. Dos. Tres».

Los abrió, pero todo seguía a oscuras.

«Cuatro. Cinco. Seis».

Zofia giró la cabeza, pero las sombras se habían vuelto más densas, impenetrables. Bien podría estar sola. Dichas sombras se arremolinaban en torno a ella.

Zofia reprimió un sollozo y se obligó a pensar en cosas que siguiesen un orden, como los números. A oscuras, pensó en múltiplos de diecisiete mientras estiraba las manos hacia delante...

«Diecisiete. Treinta y cuatro. Cincuenta y uno...».

Trató de avanzar, se tropezó y se arañó las rodillas contra algo duro y áspero. Un sollozo se le quedó atrapado en la garganta. Le temblaban las manos mientras trataba de hallar el camino, pero sus dedos dieron con algo húmedo y pegajoso. Zofia se los llevó al pecho, se hizo un ovillo y contó las veces que respiraba, tal y como sus padres le habían enseñado que hiciera cuando era pequeña y tenía miedo.

Pero no funcionaba.

No podía ni gritar ni llorar. No lograba dar con una forma de salir, y poco después la oscuridad se volvió algo más que algo meramente externo. También la sintió en su interior.

Zofia parpadeó y sintió que la última carta de Hela se le escurría de entre los dedos y desaparecía en la laguna de Venecia. Recordó a sus compañeros encerrándola en clase; los chillidos llamándola judía loca; el miedo de las tantas incógnitas del mundo y de que jamás lograría salir de la oscuridad.

Pasaron segundos o minutos antes de que Zofia cayese en la cuenta de que no era del todo cierto.

Ella ya había logrado escapar de las incógnitas. Había dado con ideas y soluciones cuando no las había. Salvó a sus amigos en el pasado y apenas hacía una semana se había liberado de una prisión de hielo.

En algún momento todo había sido incierto, pero ella había hallado la solución… sola.

Zofia abrió la boca.

—¿Hola?

La negrura se llevó su voz.

Las letras se volvieron oscuridad y notaba en la lengua el sabor de una cerilla quemada.

«Una cerilla».

Temblando, las buscó. La yema rozó la tira áspera de la caja. La madera estaba húmeda a causa de sus dedos sudorosos. No podía ver, así que cuando fue a encenderla, se le rompió.

Sintió un brote de pánico, pero lo reprimió y trató de encontrar otra cerilla.

Esta vez, agarró la cajita con una mano y trató de encenderla, pero el palito volvió a romperse.

La tercera era la última. La mano de Zofia temblaba cuando la levantó. En su mente escuchó la voz de su madre.

«Sé la luz de este mundo, Zofia, porque puede volverse muy oscuro».

Hubo algo en su interior que se calmó. Si dejaba que la oscuridad ganase, perdería de vista todo cuanto ansiaba cambiar...

Aguantó la respiración. Imaginó la calidez de sus padres y la sonrisa afectuosa de Hela y Laila. Ruslan se equivocaba. No era una muda tonta incapaz de cambiar nada. Sus amigos la llamaban «fénix» por algo. Su madre le había pedido que fuese una luz.

Zofia no les fallaría.

Encendió la cerilla. La llama era pequeña, pero suficiente. Ella era suficiente. Dirigió el fuego a la manga de seda forjada de su vestido y esta empezó a arder. El calor empezó a propagarse por su piel mientras se daba la vuelta e iluminaba a su alrededor.

Con cada uno de sus movimientos, creaba un camino entre las sombras. Dirigía el brazo de izquierda a derecha mientras sus pulmones trataban de dar carpetazo a la oscuridad...

Una mano apareció de entre las sombras y agarró la suya.

—¡Fénix!

Enrique.

Al principio parecía desaliñado y con los ojos desorbitados, pero a continuación esbozó una sonrisa enorme. Levantó el brazo y se arrancó el tejido plateado y forjado de la manga que formaba parte del disfraz que ella le había hecho. En cuanto tocó su antorcha, se encendió y, juntos, atravesaron la oscuridad.

Las llamas de Enrique y Zofia dejaban un rastro brillante y transformaban la oscuridad en transparencia. Poco a poco los gritos se apagaron. Mientras sus ojos se acostumbraban a la luz, Zofia vio que estaba tan solo dos escalones por debajo de donde estaba antes.

Hypnos se hallaba en el escalón de abajo hecho un ovillo. A seis metros en el mismo escalón, Séverin y Laila se encontraban acurrucados contra la piedra.

—¡Zofia! —la llamó Laila, apartándose de Séverin.

Este se puso de pie, tembloroso, y sonrió.

—Gracias por brindarnos luz, fénix.

El nudo en el pecho de Zofia se desató. Unos segundos después, el aire volvió a silbar por el sonido de una hoja que lo cortaba. La daga dorada que había caído al suelo de piedra volvió a su cuello. Tragó saliva con fuerza y se quedó quieta con la barbilla en alto, lejos de la punta afilada.

—Parece que el templo todavía no confía en nosotros —dijo Ruslan en voz alta.

Zofia alzó la mirada y lo vio a cinco escalones de distancia.

—*Monsieur* Montagnet-Alarie, *monsieur* Mercado-Lopez, acérquense, por favor —los llamó Ruslan—. Quiero que estéis a mi lado en caso de que haya más sorpresas.

Cuando chasqueó los dedos, descendieron los cuatro guardias putrefactos. Uno se dirigió a Hypnos. El otro agarró el brazo de Zofia y tiró de ella hacia el siguiente escalón. Dos rodearon a Laila. Ruslan resopló cuando Zofia avanzó otro paso más.

—Supongo que la mudita sí que es útil para algo, al fin y al cabo —dijo.

Ella no respondió. No pensaba malgastar sus palabras con alguien como Ruslan. Además, estaba ocupada observando las articulaciones de piedra de los autómatas gigantes y el patrón de luz de los escalones del zigurat.

Por primera vez desde que Ruslan hubo aparecido, Zofia no tuvo que contar los objetos en torno a ella para aliviar el pánico que sentía. Las incógnitas seguían ahí, pero habían disminuido en tamaño. O tal vez su perspectiva hubiera aumentado.

Podrían ir y venir todo lo que quisieran, pero Zofia siempre sería luz. Ya había encontrado la salida una vez.

Y lo volvería a hacer.

33

SÉVERIN

éverin estaba empezando a perder la noción del tiempo. Le dolían las piernas y el sudor le empapaba la espalda. Se había quitado la chaqueta hacía un buen rato, pero no había servido de nada. No recordaba la última vez que había bebido agua y, al relamerse, saboreó sangre y la piel rajada de su boca. Según sus cuentas, deberían estar a medio camino de la cima del zigurat y, aun así, cuando se giró hacia la izquierda, vio que seguían cerca del lugar donde las manos de los autómatas descansaban sobre sus muslos de piedra.

«Mal», le avisó un resquicio de su mente entre susurros; pero incluso esa voz de alarma era débil y tenue. «Algo va mal».

Séverin echó un vistazo hacia la izquierda, donde Enrique ascendía fatigosamente escalón tras escalón. El sudor y la sangre habían empapado sus vendajes. Ahora llevaba la chaqueta anudada a la cintura. No levantó la cabeza, pero Séverin vio que movía los labios en silencio.

Como si murmurara oraciones con cada paso que daba.

Séverin deseó poder darse la vuelta y mirar a Hypnos, Laila y Zofia…, pero la daga dorada que apuntaba a su pecho mantenía su vista fija en los escalones de delante.

«Un escalón más», se dijo a sí mismo. «Uno más y llegaremos a la cima. Tocaré la lira y me convertiré en un dios».

Los deseos de Ruslan eran irrelevantes.

Podría ordenar a Séverin que tocara la lira, pero su poder no era para él. Séverin cerró los ojos y conjuró el recuerdo de la voz de su madre.

«Las puertas de la divinidad están en tus manos. No dejes pasar a nadie».

No tenía intención de desobedecerla.

El único poder de Ruslan radicaba en sus amenazas contra los demás, y en cuanto alcanzaran la cima, esa amenaza dejaría de existir. Séverin tocaría la lira. Reclamaría la divinidad para sí y acabaría con Ruslan de una vez por todas.

Séverin deseaba poder decirles a los otros que no se preocuparan, pero eso tendría que esperar.

Tenía las manos atadas con una cuerda forjada y, aun así, seguía sintiendo las cuerdas de la lira divina rozar su camiseta. Sentía el leve pulso del instrumento a través de la tela. Un zumbido se abría paso a través de la base de su cráneo con cada paso que daba.

Lo único que tenía que hacer era seguir moviéndose; no obstante, aunque caminaba, la cima del zigurat parecía cada vez más lejana. La belleza del santuario ahora se le antojaba una burla sacada de un mismísimo mito griego. Sobre sus cabezas, la gruesa maraña de jardines tentadores. A su alrededor, el aroma fantasmal de las flores perdidas flotaba en el aire. Todo eso estaba fuera de su alcance.

«No», se reprendió. «Todo esto es tuyo…».

De eso se trataba, ¿verdad? Todo lo que había perdido había sido para poder conseguir esta gloriosa victoria. Era su destino. Esa era la única explicación que tenía sentido.

Séverin parpadeó y se imaginó los ojos grises y tranquilos de Tristan arrugándose en una sonrisa. Sintió la mano cálida de su Feefee acunándole la barbilla.

«Otro escalón más, solo uno más», se decía a sí mismo, levantando la pierna sobre un escalón brillante de piedra.

Las cuerdas de la lira divina se le clavaban en el corazón y, por primera vez en diez días, oyó la voz de su madre llegar hasta él. Cuando respiró, captó el olor fuerte y vívido a cáscara de naranja que Kahina usaba para perfumarse el pelo.

«¿Te cuento una historia, *habibi*? ¿Te cuento la historia de los naranjos?».

Séverin se dijo que estaba alucinando, pero eso solo consiguió que la fragancia se volviera más intensa.

«Empieza con un rey en su lecho de muerte... Ya sabes lo que pasa, mi amor. La muerte ha de tener un sitio en la mesa de los cuentos y siempre se sienta primero. El rey tenía un hijo y, con su último aliento, le obsequió una llave dorada que abriría una puerta dorada en el lado más alejado de un jardín majestuoso.

Le hizo prometer que no usaría la llave en ninguna circunstancia».

Séverin se tambaleó. Sintió la mano fría de su madre en el codo, alentándolo a continuar. Kahina solía tentarlo con historias que recibía como premios. Si se bañaba, recibía la mitad de un cuento. Si se cepillaba los dientes, el final de la historia. Por un buen beso de buenas noches intercambiaba fábulas cortitas.

«Ven, *habibi*, ¿no quieres saber lo que pasa?».

Ahora parecía que, por cada paso que diera, le revelaría una frase.

Dio un paso.

«Al príncipe le picaba muchísimo la curiosidad. Tú lo sabes mejor que nadie, ¿verdad, mi amor? Pero hay ciertas cosas que es mejor no saber…».

Otro paso.

«Mantuvo la promesa que le hizo a su padre durante un año. Luego, un día, llevó la llave a la puerta dorada en el lado más alejado del jardín majestuoso… y la abrió».

Séverin trastabilló.

Oyó a Ruslan llamarlo a su espalda levemente, pero no le hizo caso.

«Y allí encontró un maravilloso naranjo. La fruta brillaba, reluciente con rocío, y el príncipe sintió un hambre terrible y voraz. Sacó su daga y cortó la fruta. Cuando le quitó la cáscara, una semilla cayó al suelo y dio fruto a la mujer más bella que hubiera visto nunca y… venga, mi amor, un paso más».

—No puedo —trató de decir Séverin, pero sus piernas se movieron igualmente.

«El príncipe suplicó a la mujer que se casara con él, y ella accedió, pero cuando cruzó con ella el umbral dorado, ella cayó muerta a sus pies y se transformó en la semilla de antes, que con el tiempo dio lugar a un naranjo normal y corriente.

Una y otra vez, el príncipe trató de regresar por donde había venido, o tal vez estuviera pensando en otros árboles que pudieran haber dado fruto a otras compañeras igual de bellas que la anterior, pero ¡qué pena!, se había dejado la llave en el interior, y la puerta dorada nunca volvió a abrirse para él».

Séverin dejó de caminar.

«Tira siempre las llaves doradas que abran puertas doradas, *habibi*. El conocimiento es una criatura hambrienta y te devorará entero. Se alimentará de tus esperanzas, te sorberá el corazón y hará trizas tu imaginación hasta que no seas nada más que un cascarón vacío y obsesionado».

Séverin frunció el ceño.

Así no terminaba la historia, pero antes de poder discutir con su alucinación, sintió una mano sudorosa que se aferraba a su brazo.

—Ya basta —rezongó Ruslan.

Séverin se giró en el sitio.

—Hace horas que no nos movemos —lo acusó Ruslan.

Séverin hizo acopio de sus últimas fuerzas y trató de convertirlas en concentración... en palabras. Cuando miró a Ruslan, vio que en los ojos del patriarca había un anillo blanco. El lado dorado de su rostro parecía hundido. Ruslan esbozó una sonrisa extraña.

—¿Crees que no me he dado cuenta de lo que estás haciendo?

—No estoy haciendo nada más que intentar llevarnos a la cima...

—Entonces, ¿por qué no nos hemos movido? —berreó Ruslan—. ¡Mira a los autómatas! Ya tendríamos que haberlos dejado atrás.

Agotado, Séverin miró a la izquierda, donde se encontraba uno de los autómatas gigantes. Habían ascendido tanto que ya no era capaz de ver sus pies ni el suelo forjado que antes se asemejaba a un cielo estrellado. Se hallaban a la altura de las caderas de las estatuas. Sus rostros impasibles los miraban desde arriba, inamovibles.

—He contado... —dijo Ruslan, un poco falto de aliento—. Quinientos escalones y no nos hemos movido... no hemos avanzado nada. Lo estás haciendo a propósito, ¿verdad? ¿Pretendes agotarme? ¿Llenarme la cabeza con esa tontería de tocar la lira en lo alto del zigurat?

Séverin se humedeció los labios resecos y trató de hacer el esfuerzo de hablar.

—Tiene sentido —repuso despacio—. Imagina que estás de peregrinaje... Eso es lo que exigen todos los lugares sagrados. Quieren tu desesperación... tu desesperanza. De no sentirte así, no habría necesidad de comulgar con ningún poder superior. Tengo fe en que los escalones nos terminen llevando a algún lado pronto. Solo tenemos que seguir subiendo...

Ruslan balanceó el brazo hacia él y Séverin oyó a sus amigos gritar justo en el momento en que el puño de Ruslan hizo contacto con su mandíbula. Tropezó hacia atrás y la punta de la daga se le clavó ligeramente en la garganta y derramó sangre.

—¿Qué estás haciendo...? —trató de decir antes de que Ruslan le estampara el codo en el cuello y lo tumbara en el suelo.

Por el rabillo del ojo, Séverin vio a Hypnos y a Enrique lanzarse hacia él, pero los guardias muertos de la Casa Caída también hicieron lo propio y los derribaron contra el suelo de piedra.

Séverin se dio la vuelta. Cuando alzó la vista, una ráfaga de viento atravesó las ramas de los árboles bocabajo. La lira divina palpitaba contra su pecho. Las ataduras le resbalaron por las muñecas, pero en cuanto pudo mover los dedos, la bota de Ruslan aterrizó sobre su pecho y lo dejó sin aire.

—¡Para! —gritó Enrique—. ¡No puede tocarla sin arriesgarse a destruir todo lo forjado! ¿Recuerdas lo que encontramos en el Palacio Durmiente? —Jadeó y luchó por coger aire—. «Usar el instrumento divino provocará la destrucción». ¡Todo lo forjado se hará pedazos! Tenemos que seguir caminando...

—No —sentenció Ruslan, negando con la cabeza—. De eso nada.

Séverin se dio cuenta demasiado tarde de lo que pretendía hacer. Curvó el cuerpo sobre la lira, pero Ruslan alargó su mano fundida y lo cogió del cuello. Séverin pateó y se revolvió contra él. Trató de respirar y coger aire, pero el agarre dorado de Ruslan no era humano.

—Creía que podríamos hacer esto juntos, Séverin —dijo Ruslan—, pero ya veo que con amabilidad no se llega a ninguna parte. No te necesito.

Asió la daga que aún apuntaba a su garganta.

«No», pensó Séverin con fiereza.

Trató de mover la cabeza para exigir al santuario de la lira que se alzara y lo defendiera. Incluso ahora, sentía el ritmo de algo vasto y celestial correr por sus venas en el momento que sus dedos tocaron las cuerdas de la lira.

«Esto es mío», se dijo a sí mismo mientras Ruslan le quitaba la lira del interior de la chaqueta. «Yo poseo esta maravilla».

Solo que Séverin conocía el verdadero aspecto de la lira cuando la tocaban; la luz que captaba los filamentos y que revelaba un prisma de colores; el pulso de las estrellas acurrucadas en las cuerdas relucientes.

Ruslan cortó a Séverin en la mano con la daga y manchó de sangre la suya propia y dorada.

—Para... —graznó Séverin.

A su alrededor, las piedras empezaron a temblar.

—No va a funcionar... —intentó decirle Séverin, pero las palabras se le quedaron atascadas en la garganta.

Pues claro que no iba a funcionar.

Era él y su voluntad lo que volvían poderosa a la lira.

Ruslan deslizó la mano sangrienta por las cuerdas y Séverin no pudo hacer nada más que observar cómo una de esas brillantes y tensas cuerdas se doblaba bajo su carne manchada y dorada.

Al principio, el alivio lo embargó.

Ruslan no podía hacer sonar la lira... ni siquiera con su sangre.

Pero la presencia de la sangre de Séverin en las cuerdas había provocado algo.

Un grave zumbido llenó sus oídos. Explotó de dentro hacia fuera como una voluta de tinta en un vaso de agua. El aire crepitó.

Por encima de sus cabezas, los árboles temblaron y las hojas diminutas llovieron sobre los escalones dorados. Las dagas doradas cayeron al suelo. A su lado, los soldados muertos de la Casa Caída exhalaron y se desplomaron.

—¡Laila! —gritó Zofia.

«No», pensó Séverin. Echó la cabeza hacia atrás, desesperado por verla. La vislumbró cayéndose hacia delante y golpeándose la cabeza contra la piedra.

—Funciona —comentó Ruslan, frenético—. Lo sabía.

Séverin apartó la bota de Ruslan y se apresuró a ponerse de rodillas, pero Ruslan volvió a agarrarlo.

Séverin sabía que había gritado, pero no pudo oírlo a través del ruido del palpitar de su corazón en los oídos. La fragancia del perfume de naranja había desaparecido, reemplazada por el olor de las lágrimas. Todo su mundo se redujo a la imagen frente a él.

Laila yacía en el suelo, revolviéndose con debilidad. Sangraba por la nariz y las orejas, y la sangre encharcaba los escalones de piedra. Hypnos le acunaba la cabeza. Enrique miraba a Séverin con expresión desolada.

«No. Esto no es lo que me prometieron».

La lira no había funcionado como imaginaba, pero seguía siendo suya. Aún seguía en su poder. Vio a Zofia caer de rodillas y agarrarse el collar con incredulidad.

Su colgante Tezcat brillaba.

—Espera —se oyó a sí mismo decir—. ¡Debe de haber un portal en las escaleras! Puedo hacer sonar la lira, puedo arreglarlo...

Una fría sombra cayó frente a él. Ruslan lo soltó con un empujón, riéndose a carcajadas. Un sonido surgió y Séverin oyó las rocas desplazarse.

Un grito metálico atravesó el aire a la vez que los autómatas de piedra giraban el cuello. Las esferas metálicas y opacas de sus ojos brillaron con intensidad. Una voz les rugió en un idioma que no hablaba pero que, aun así, conocía.

—Esta no es la mano a la que respondemos... ladrones. LADRONES.

Los autómatas levantaron los brazos y sus puños pedregosos arrancaron de raíz toda una arboleda...

Séverin se precipitó hacia delante y le quitó la lira a Ruslan con cuidado de no mover las cuerdas. Aun así, la ráfaga de aire provocó que el brillante instrumento enviara una sacudida a través de todo el santuario. El atronador crujido de las ramas vetustas colisionó con el metal mientras la tierra y los escombros llovían desde el cielo.

—¡Coged a Laila! —aulló Séverin—. ¡Hay un portal Tezcat más adelante! Nos llevará hasta lo alto del templo, lo sé. ¡Solo tenemos que seguir subiendo!

Hypnos aupó a Laila en brazos. Zofia y Enrique se tambalearon hacia delante. Séverin solo había conseguido dar un paso cuando los escalones empezaron a desmoronarse y un gran temblor sacudió el zigurat.

A su espalda, oía los gritos de Ruslan pidiendo ayuda, pero Séverin tenía la vista puesta en el escalón delante de ellos, y luego en el siguiente. Los árboles se quebraron sobre sus cabezas.

Enrique lo empujó hacia delante justo cuando una rama del tamaño de su cuerpo aterrizó sobre los escalones. El olor a fruta aplastada saturó el ambiente. Todos estaban demasiado débiles para subir por el lateral del templo; Séverin se vio obligado a avanzar a cuatro patas.

«¿No es así cómo debe conocerse a Dios?», se preguntó, casi riéndose ante la idea. «No debo andar..., sino gatear».

A su derecha, uno de los autómatas estampó el puño contra la roca del zigurat. La piedra se hizo pedazos a meros centímetros del rostro de Séverin. El mundo olía a sangre y a naranjas, y cuando bajó la mirada hasta sus manos, vio que estaban manchadas de rojo.

—¡Séverin!

Alzó la vista borrosa y vio a Zofia con lágrimas en la cara. La cabeza de Laila bamboleaba contra el pecho de Hypnos. Trató de levantar una pierna, pero le temblaba todo el cuerpo.

—No... puedo... —dijo.

Séverin hizo acopio de las últimas fuerzas que le quedaban y cogió a Laila de los brazos de Hypnos y la estrechó contra sí. Incluso ahora, con el mundo derrumbándose a su alrededor, seguía oliendo a azúcar y a agua de rosas. Se la echó al hombro y colocó una mano en su espalda.

En lo más profundo de su mente, Séverin oyó la voz de su madre:

«Ven, *habibi*, ¿no quieres ver cómo acaba la historia?».

Séverin gateó; se obligó a mover una mano delante de la otra y a arrastrar su cuerpo sobre los ásperos escalones. Enrique gritó mientras se deslizaba por el lateral del templo. Con una mano, Séverin atrapó su muñeca y tiró de él hacia arriba, aunque su hombro protestara y algo caliente y húmedo le empapara el pecho.

—Te tengo —dijo Séverin.

«Te protejo», pensó.

Hypnos apareció al otro lado y sujetó la mano de Enrique. Juntos se arrastraron hacia delante.

—El portal... —comentó Enrique—. ¿Dónde está? Esas cosas nos matarán...

—Está brillando más; debe de estar cerca —anunció Zofia.

Séverin levantó la mirada. Allí, a veinte pasos por lo menos, el aire sobre el último escalón parecía chisporrotear con luz. Los dos puños del autómata aterrizaron cerca de ella. Zofia cayó hacia un lado. Los autómatas se acercaban con las manos levantadas. Séverin miró hacia atrás. La sangre cubría los escalones de piedra. A Ruslan no se le veía por ninguna parte.

Alzó la vista hasta los brazos brillantes de los autómatas, que tenían las cabezas giradas en su dirección.

Zofia levantó su rostro sangriento y sus ojos azules eran todo ferocidad cuando miró a Séverin.

—Van a destruir el portal.

Séverin se quedó de piedra. Por un instante, se imaginó lo que sucedería. Comprendía por qué los que construyeron el templo habían ocultado su verdadero corazón. Si destruían el portal, nunca podrían hacer sonar la lira. Solo quedaba una última opción para detener a los autómatas...

Y estaba en sus manos.

Era consciente de la verdad de un modo inexplicable.

En cuanto tocara la lira, todo lo forjado se derrumbaría a su alrededor. Los autómatas se callarían.

Y Laila moriría.

Ella se removió contra él. La dejó en el suelo haciendo caso omiso de los árboles que se estrellaban contra los peldaños de piedra; de la extraña y mortífera neblina que rodeaba el templo; del descenso de los brazos de los autómatas sobre sus cabezas. Laila lo miró con un brillo desafiante en sus ojos negros. Se relamió los labios sangrientos y sonrió.

—Ya sabes lo que tienes que hacer —le dijo.

—Laila, por favor, no me obligues a hacerlo...

—*Majnun* —murmuró.

¿Cuántas veces había deseado que lo llamara de esa manera otra vez? Pero no así.

Laila le agarró la mano. Tenía la piel demasiado fría. Séverin bajó la mirada. El anillo granate había desaparecido, perdido entre los escombros de las rocas. Otro estremecimiento azotó los escalones. Laila llevó la otra mano a la mejilla de Séverin, y él cerró los ojos.

—Todavía me quedan cosas por hacer en este mundo —dijo Laila.

Lo que ocurrió a continuación pasó tan rápido que Séverin ni siquiera reparó en lo que había sucedido hasta que ya fue demasiado tarde.

En un momento, la mano de Laila estaba sobre la de él y, al siguiente, la había movido hacia delante, acercando la de Séverin a las brillantes cuerdas de la lira divina. Séverin se sobresaltó cuando las puntas de sus dedos las hicieron vibrar. Y entonces...

El mundo se quedó en silencio.

34

LAILA

Laila descubrió que morir no era tan difícil como pensaban. Recordaba el dolor de la última vez que la mano de Séverin tocó el instrumento... el punteo lento de la muerte en sus costillas, como si fuera a destaparle los huesos y arrebatarle el alma.

Pero esta vez no sintió dolor.

Tal vez ya se hubiera ido.

—Laila, no cierres los ojos, por favor. Solo necesito que lleguemos a la cima y todo cambiará...

Laila parpadeó.

Había árboles por encima de su cabeza, y de poder ignorar los pasos bruscos que la sacudían o la imagen de aquella mano de bronce horrorosa, tal vez habría imaginado que estaría en un parque, tumbada en el césped y con la mirada al cielo.

¿Cuándo fue la última vez que había ido a un parque?

Recordaba un pícnic; a Goliat acurrucada en una cesta y Enrique gritando. Tristan insistía en que a la tarántula le gustaba el queso brie y que solo quería un poco. Recordaba las risas.

Le habría gustado hacer otro pícnic.

Sintió que alguien la cargaba sobre su hombro. Se percató de que era Hypnos. Estaba subiendo las escaleras con ella encima.

—¡Sigue tocando! —insistió Enrique.

—Si lo hago, morirá —dijo Séverin.

—Si no lo haces, tampoco vivirá —replicó Zofia.

Laila cerró los ojos. La luz la atravesaba. Sintió que los recuerdos se desligaban de ella y que, con cada nota, una parte de ella se desprendía como los trozos de un acantilado cayendo al mar poco a poco.

Como el recuerdo de atarse las campanillas *gunghroo* al tobillo antes de que su madre la enseñara a bailar. Olían a sangre y parecían de oro, y cuando tintineaban en su corazón oía las palabras de su madre: «Te enseñaré a bailar la historia de los dioses».

Sintió presión en la cara. Un pulgar áspero abriéndole los párpados. Un rostro manchado de hollín que se fue enfocando.

—¡Tienes que mantener los ojos abiertos! ¡Ya casi estamos!

Laila lo intentó. O, al menos, eso pensaba. Todavía podía ver el perfil de Séverin subiendo las escaleras renqueando. Llevaba la lira aferrada con una mano ensangrentada y había curvado los labios en una mueca decidida.

Hypnos la giró justo cuando unos puños de bronce destrozaron las escaleras. Los dedos se crisparon levemente. Zofia y Enrique avanzaron apartando los escombros. El collar Tezcat ahora parecía un sol en miniatura.

—Un paso más y cruzaremos al otro lado —avisó Zofia levantando el pie.

—¡Esperad! Tenemos que cerciorarnos de que no haya una última trampa… —apuntó Séverin.

Hypnos soltó un suspiro trémulo y la volvió a girar, por lo que Laila dejó de tener las mejores vistas. Lo único que veía ahora era la fina columna de luz azul en uno de los escalones relucientes con la promesa de un sitio nuevo. Perdió la conciencia…

Revivió el recuerdo de estar en la cocina de L'Éden por primera vez, mezclando ingredientes para una tarta con las manos manchadas de harina y azúcar. El silencio maravilloso de los objetos sin memoria: las cáscaras de huevo blanquecinas, el puñado de azúcar fina, las vainas de vainilla en una taza de medir.

Laila recordaba el hambre. No el dolor acuciante por la comida, sino otra cosa: salivar, la tarta subiendo, el agua para el té hirviendo y el ruido de las voces de sus amigos al otro lado de la puerta. La promesa de que el dolor se mitigaría. Echaba de menos tener hambre.

—¡Laila!

Abrió los ojos y vio a Ruslan y a Séverin peleando en el suelo. Una luz azul brillaba detrás de sus ojos y varias voces entraban y salían de sus pensamientos.

—Los escalones tienen algo escrito.

Oculta…

… tu

rostro…

… ante

Dios…

… No

puedes…

… ver

esto.

Esas palabras no significaban nada para Laila. Se desprendía de los recuerdos rápidamente…

Los labios de Séverin en su columna vertebral, trazando un camino hacia abajo, hacia su cicatriz; el olor metálico de la nieve; el suelo encerado de la pista de baile del Palais des Rêves; el tono azul deslumbrante de los ojos de Zofia; las decoraciones de espumillón forjadas en los pasamanos de las escaleras; Enrique apoyándose contra sus piernas como un cachorrito; la extraña sensibilidad al perder su primer diente; la risa ronca de Hypnos; su madre abriendo una granada con las manos; la sensación de un vestido de seda contra su piel; el calor agobiante de la India; la sonrisa lobuna de Séverin; una muñeca de paja ardiendo sin parar.

Apenas oía a los demás exclamar algo, pero sus voces se entremezclaron hasta el punto de no saber distinguir quién hablaba.

—¡Daos la vuelta!

—¡No miréis!

—¡Subid de espaldas!

Laila trató de mantenerse consciente centrándose en un punto, trató de levantar la mano que le quedaba, pero se debilitaba con cada segundo que pasaba.

Ruslan agarró a Séverin por la parte trasera del cuello.

—¡No iréis sin mí! ¡También es mía! Quiero saberlo. Necesito ver...

Lo último que vio Laila fue a Séverin cerrar los ojos y levantar los brazos para protegerse la cara. Laila no vio la luz tras ella, pero sí que vio cómo cayó en el rostro de oro de Ruslan.

«Oculta tu rostro ante Dios».

El rostro metálico de Ruslan se hundió ante el contacto con la luz. Gritó al tiempo que su cara se derretía y su cráneo se deslizaba por la carne roja.

Pero el oro se mantuvo pegado a sus huesos.

Laila pensó que Ruslan tenía los huesos brillantes. Como los de un dios. Como los del esqueleto que habían encontrado en la costa.

Y justo antes de que el metal se derritiera, antes de que la muerte lo reclamara, vio que sus ojos se abrían como platos. Cayó de rodillas con la boca abierta... ¿por qué?

Una luz extraña destelló y se reflejó en el espejo dorado en el que antes se encontraba su cara. Parecía como si la luz de las estrellas se hubiese apilado y, a la vez, también parecía insondable, como la piel negruzca entre las estrellas.

«No puedes ver esto».

FUE LO ÚLTIMO que pensó antes de que la luz la consumiera.

35

ENRIQUE

Enrique sabía antes incluso de ver lo que había escrito en los escalones que el final había llegado.

No estaba seguro de qué final. Había venido creyendo que podría hacerse con un poco de esa grandeza. Que hubiera lo que hubiese en esa piedra podría acercar sus sueños hasta tenerlos al alcance de la mano. Incluso había imaginado que Séverin podría lograr lo imposible…

Durante los segundos previos a cerrar los ojos y de que la luz emanara del portal, Enrique vio a sus amigos en los escalones en llamas del zigurat. Vio a Hypnos y Zofia apoyados el uno contra el otro con el rostro sucio y surcado de lágrimas. A Laila tumbada en los escalones, tirada como una muñeca. Y luego a Séverin, tan majestuoso como siempre; no como los dioses, sino como los reyes. Cuando la luz lo tocó, Enrique imaginó que su amigo lucía como los reyes del pasado… los que una vez subieron los escalones del zigurat y ofrecieron sacrificios y ofrendas a los pies de los dioses sabiendo que su grandeza tenía un precio.

Enrique observó cómo Séverin punteaba una cuerda. Si hizo algún sonido, no lo oyó..., pero sintió que el templo reculaba. En ese segundo, fue como si el mundo girase sobre su eje..., como si las estrellas en el cielo se mantuvieran quietas para ver qué sucedía a continuación.

Imaginó que unos dedos esbeltos hechos de música subían por sus costillas, acariciándole los huesos como si fueran las cuerdas de un laúd, como si pudiera convertirlo en una nota de la canción que movía al universo.

36

SÉVERIN

Séverin Montagnet-Alarie estaba familiarizado con la muerte.

Esta lo trataba como a un hijo. Lo despertaba, lo instaba a poner a prueba sus sueños y le aseguraba que no había ambiciones demasiado grandes; era como una madre que aparta el pelo de la cara de su hijo y lo arropa con las mantas hasta la barbilla. Al fin y al cabo, ella siempre estaría ahí. Y no había miedo que se le asemejara.

Pero cuando Séverin bajó la mano para tocar la lira divina, experimentó una muerte para la que no estaba preparado.

Ahí, en los escalones de piedra del antiguo templo, experimentó la muerte de la certeza.

La convicción se transformó en confusión, y no le quedó más remedio que aferrarse a la esperanza endeble.

Era consciente de que estaba destinado a ser un dios, pero los fríos dedos de la incertidumbre asomaron por detrás de ese conocimiento.

Era consciente de que estaba destinado a ser un dios...
¿O no?

Desde que había descubierto la verdad sobre su estirpe y había tomado posesión de la lira, había estado imaginándose este momento. Cada mañana, giraba el instrumento entre sus manos y se quedaba mirando las líneas de color lavanda en la muñeca, a sabiendas de la promesa que se hallaba en su sangre: «Las puertas de la divinidad están en tus manos...».

¿No era eso el destino?

¿No era ese el propósito glorioso que siempre había pensado cumplir? ¿No era esa la razón por la que sus padres habían fallecido? ¿Por la que los siete pecados lo habían criado y habían acostumbrado su lengua a la amargura? ¿Por la que había envuelto a Tristan entre sus brazos y no se había movido ni siquiera cuando la sangre había empezado a enfriarse? ¿Por la que la mujer que amaba llevaba desmoronándose desde el día en que la había conocido?

Pero, entonces, ¿por qué su imaginación no casaba con lo que estaba sucediendo?

Había supuesto que subiría los escalones, brillantes y limpios, con el corazón ligero. Había imaginado a Enrique sonriendo, a Hypnos guiñándole el ojo, a Zofia sonriendo también y a Laila... viva.

¿Ahora qué?

Aunque ni siquiera podía girar la cabeza, notó sus espíritus rotos en torno a él. Oyó los sollozos suaves de Hypnos y el silencio aterrado de Zofia. Las oraciones susurradas de Enrique y, sobre todo, el silencio del alma de Laila.

No debería ser así.

—Puedo arreglarlo —dijo, manteniendo la cabeza gacha.

El templo se desmoronó en torno a él. Le dolía la garganta y le palpitaban los oídos. Levantó la mano, rozando las cuerdas brillantes de la lira...

—Puedo arreglarlo todo —susurró—. ¿Verdad?

Ya no parecía un hecho, sino una creencia.

Y ahí, en ese espacio entre los hechos y la fe, Séverin se descubrió rezando por primera vez en más de una década.

—Por favor —suplicó mientras tocaba el instrumento.

«Demuéstrame que tengo razón, por favor».

«Arréglalo».

«Por favor…».

Se vio envuelto en algo y sintió como si lo hubiesen liberado del mismísimo tiempo. Dentro de unos momentos se daría cuenta de que se había equivocado con respecto a muchas cosas y que había tenido razón en una: la lira podía reconstruir el mundo.

Y eso hizo.

Venecia, 1890

Luca y su hermano, Filippo, estaban ocultos en las sombras del puente Rialto cuando sucedió.

Hasta hacía dos días se habían alimentado gracias al hombre del muelle. Este les había dado manzanas llenas de monedas, pero ahora solo les quedaban dos, y el hombre se había ido. Luca se preguntaba qué le habría pasado.

Hacía dos noches se produjo una explosión en la albufera. Según los chismorreos del muelle, la *polizia* no había arrestado a nadie. Normalmente, a Luca no le importaban esas cosas, pero la explosión sin esclarecer había provocado que hubiera más patrullas en el mercado, con lo cual robar se había vuelto más difícil.

Cada vez que estaban a punto de llevarse una manzana o una hogaza de pan de los puestos, descubría a la *polizia* con sus bastones largos forjados y se veía obligado a regresar a las sombras. No podía hacer nada. Si no robaba, su hermano no comía. Y si lo pillaban hurtando, su hermano se quedaría desamparado.

Luca se volvió hacia Filippo.

—¿Tienes hambre?

Filippo trató de poner buena cara y negó con la cabeza, pero le rugió el estómago.

Luca apretó la mandíbula y trató de ignorar el dolor que sentía. Observó la góndola que se movía por el agua. Vio a un niño medio dormido apoyado contra su padre y con un dulce abierto en el regazo. Se le hizo la boca agua. ¿Por qué tenían que rebuscar en las esquinas? ¿Pasarían así el resto de sus vidas?

En ese momento, Luca oyó una canción.

Provenía de ningún lado y de todos a la vez. Hizo que el agua de la albufera ondease. Sacudió los faroles adornados con piedras preciosas que colgaban en las calles y tiró al suelo los platos forjados de comida y la mercancía de los mercaderes.

Filippo jadeó, señalando los platos forjados y llenos de hogazas de pan que caían a apenas a tres metros de donde se encontraban. Luca se precipitó hacia delante y aprovechó que la *polizia* estaba distraída para guardarse las hogazas bajo la chaqueta antes de agarrar a su hermano.

Echaron a correr...; la extraña canción les pisaba los talones y sacudía su corazón. En el fondo, Luca sabía que el mundo estaba a punto de cambiar, aunque no sabía decir por qué. Lejos de los estruendos, los hermanos dieron buena cuenta de la comida robada.

Tal vez, pensó Luca mientras partía el pan, el mundo cambiara lo suficiente como para que por fin pudiera darle un buen bocado.

Nueva York, 1890

Un grupo de coleccionistas holgazaneaba en una sala llena de humo en la reunión semanal de la Sociedad Histórica de Artefactos Forjados de Nueva York cuando sucedió.

En un momento, el subastador había alzado una caja de oro y lapislázuli del tamaño de una cajetilla de tabaco. Parecía un hipopótamo de jade tallado alzando la cabeza y medio oculto en la superficie azul, como si fuera un animal recostado en las aguas del Nilo. Miles de años antes, aquel objeto brillante había sido el juguete adorado de un joven príncipe, que lo habría atesorado tanto que lo habían colocado en su tumba para que pudiese seguir jugando con él en el más allá.

El subastador carraspeó.

—Se rumorea que este objeto en particular era el juguete favorito del hijo de Akenatón, y es una donación de nuestros maravillosos amigos de la Orden de Babel...

—¿«Amigos»? —Un miembro rompió a reír con ganas—. ¡Menudos amigos son si solo nos dan juguetitos inútiles!

Un grupito de miembros sentados en la mesa del hombre empezaron a corearlo.

—¡Es cierto! —convino otro—. ¿Por qué se quedan ellos con todos los tesoros...?

—¡Pues yo digo que les cojamos otra cosa...!

Aunque tal vez el objeto se había cansado de que lo siguieran poseyendo.

Porque, al siguiente momento, explotó, arrojando esquirlas azules y doradas por la sala de tal manera que parecía que el cielo se había derrumbado sobre ellos.

Manila, Filipinas, 1890

Esmerelda estaba escondida fuera del despacho de su padre cuando todo pasó. Llevaba un ejemplar robado de *La Correspondencia de Manila* bien agarrado. Sus padres se negaban a permitirle leer el periódico, pero Esmerelda ansiaba tener pruebas de que el mundo era más grande de lo que imaginaba.

Con catorce años, estaba convencida de que sus padres preferirían que se pasara los días con el pelo recogido, las manos en el regazo y todo tan perfectamente pulcro, refinado y ordenado que hasta una ráfaga de aire la pusiese de los nervios.

—¿Qué será lo siguiente? —Oyó a su padre resoplar en su despacho—. ¿Has visto la petición de las mujeres de Malolos?

—Quieren ir a la escuela nocturna —dijo uno de sus amigos entre risas.

—¿Se les ha olvidado cuál es su lugar? —exclamó otro.

Esmerelda hizo una mueca al otro lado de la puerta cerrada. Había leído acerca de las mujeres que habían pedido que se les permitiera estudiar. Habían entregado la propuesta al mismísimo gobernador general Valeriano Weyler. Desearía haber estado con ellas, firmar su nombre y verlo secarse en el papel. Desearía seguir los pasos de sus hermanos y primos y aprender.

Y ahí fue cuando sucedió.

Años más tarde, Esmerelda imaginaba en secreto que los ángeles del cielo la habían escuchado aquel día. Que tal vez el estruendo que sacudió su casa fue el resonar celestial de miles de cuernos como los que veía pintados en el interior de las catedrales…, aquellos que señalaban que Dios estaba de su lado.

37

SÉVERIN

Había sucedido.

SÉVERIN SE ENCUENTRA en la cima del zigurat.

A una corta distancia se alza una plataforma incrustada de joyas y cubierta de sedas traslúcidas. La rodean un montón de velas encendidas que parpadean como las estrellas. Una esencia a rosas impregna el aire, y un murmullo de laúdes y campanitas distantes aderezan el cielo crepuscular cual adornos preciosos.

Esto, comprende Séverin, es el suelo sagrado.

Pero ¿por qué está aquí?

«Las puertas de la divinidad están en tus manos. No dejes pasar a nadie».

Sabe que esto no es la divinidad, sino algo igual de sagrado. Séverin parpadea y siente el estimulante peso de la responsabilidad llenándole el pecho. Aunque ha tocado la lira divina, este es el estatus más alto al que va a poder acceder.

Está aquí como emisario de los cielos.

Está aquí para comulgar con algo superior.

Está aquí, plenamente mortal, para tocar lo eterno.

Y nada más.

—Señor —lo llama una voz a la altura del codo.

Séverin mira a la derecha. Un hombre de tez clara y con el rostro semioculto por un velo le ofrece una vela. Otra persona se coloca frente a él sosteniendo una circunferencia de bronce grande y reluciente que hace las veces de espejo. Reflejado en él, Séverin divisa a su espalda una antigua ciudad en plenas fiestas. Se ve a sí mismo y repara en que va ataviado con el atuendo de un rey. Una túnica marfil y un manto de hilo de lana y de seda escarlata cubren su cuerpo. Una franja fina y de oro decora su frente. Alguien le ha pintado los ojos con kohl.

—Ella está más allá —pronuncia el hombre del velo.

«Ella».

Mientras se acerca a la plataforma, ve una silueta delgada detrás de las cortinas iluminadas por la luz de las velas y se da cuenta de que la plataforma es, en realidad, una cama. Una mujer lo aguarda allí, y comprende que a veces ella es una sacerdotisa y, otras, una diosa..., pero siempre está fuera de su alcance.

Aparta la seda despacio y la ve reclinada contra unas telas y almohadas bordadas con hilo de plata. Tiene monedas de oro entrelazadas en el pelo. Lleva una combinación del más fino lino y de un color rojo vivo. Sus manos están decoradas con henna, como una novia, y sabe que, esta noche, lo es.

—*Majnun* —lo llama.

Séverin se recuerda. Todos sus yoes. Recuerda ver el cuerpo sin vida de Laila y sus amigos rotos de dolor a su lado.

—Laila —dice, y su nombre se derrite en su lengua como una oración—. ¿Qué ha pasado?

Una sombra cruza su rostro, pero entonces desaparece. Luego se mueve y da unas palmaditas al lugar vacío a su lado.

—Ven a mí —le insta.

Y él lo hace. Casi le da miedo tocarla, que se disuelva bajo el roce de sus dedos. Pero se ve privado de esa decisión cuando Laila alarga el brazo y le agarra la mano. Tiene la piel cálida. Al mirarla, ella esboza esa sonrisa con la que Séverin ha soñado tantísimas veces.

En ese momento, Séverin halla la paz.

—Todo irá bien —dice Laila—. Están a salvo, Séverin. Nadie les hará daño. Nadie puede hacernos nada aquí.

Esa certeza penetra en él y, aunque Séverin se hubiera imaginado que el fracaso sería como una punzada dolorosa, esta vez la siente como si le hubieran quitado un peso de encima. No se resigna a la mortalidad, sino que se siente extrañamente aliviado por ella, ya que, en este momento, sabe que ha hecho todo lo que ha podido y, aunque haya fracasado, sí que ha conseguido mantener a la gente que quiere a salvo.

Séverin parpadea y recuerda todo lo que ha perdido. Piensa en los ojos grises de Tristan, la fragancia a naranja del pelo de su madre, la expresión seria en la boca de Delphine Desrosiers. Antes pensaba que todo ese dolor se debía a algo mayor, pero ahora sabe que no le corresponde a él comprenderlo. Y cuando mira al insondable cielo nocturno, siente una satisfacción serena al no saber.

Se gira hacia Laila.

—¿Estamos muertos?

Laila estalla en carcajadas.

—¿Por qué piensas eso?

—Tal vez porque esto se parece mucho al cielo —repone, acariciándole las manos.

Laila entrelaza sus dedos y Séverin siente el pecho a punto de explotar de felicidad.

—¿Y qué te hace estar tan seguro de que te dejarían entrar en el cielo? —le pregunta Laila.

Séverin sonríe.

—Tan solo la esperanza de que te sintieras tan horriblemente sola y aburrida sin mí que te las arreglaras para colarme allí dentro.

Laila se vuelve a reír. Se gira hacia él. Séverin se percata de que tiene una línea dorada en la garganta y que, cuando la brisa cambia, la luz de las velas trepa por las curvas exuberantes de su cuerpo.

Le levanta el mentón con un dedo.

—¿Y cómo vas a curar tú tal aburrimiento, *majnun*?

Séverin se reclina contra sus cojines. No se ha sentido así de ligero en años, tan desprovisto de tristeza.

—¿Me estás pidiendo una demostración?

—O dos —dice Laila, inclinándose hacia delante para besarlo en los labios. Al cabo de un momento, mueve la boca hacia su oído—. O tres.

Séverin no pierde el tiempo. En el fondo de su mente, sabe que este cielo no puede durar. Que, al final, la realidad que ha dejado atrás se reivindicará una vez más, tan inevitable como el amanecer. Hunde las manos en el pelo de ella y la estrecha contra él, saboreando cada jadeo y cada pequeño suspiro. Besa su cuello y delinea cada curva con asombro y frustración, como si ella fuera la caligrafía sagrada de una lengua que desconoce, pero que anhela descifrar. Al final, Laila tira de él hacia sí y engancha una pierna en la cadera de Séverin para guiarlo a su interior. El mundo desaparece. Se vuelven uno, como un himno o una melodía sagrada y, aunque Séverin sabe que no es ningún dios, su breve posesión de lo eterno le hace sentir infinito.

Mucho más tarde, Laila está acurrucada contra su pecho. Él le agarra la mano y besa la henna de su muñeca. La ciudad de debajo está en silencio. Una veta dorada toca el cielo y Séverin no repara en el lento pavor que empieza a recorrerle el cuerpo.

—Lo sabes, ¿verdad? —pregunta Laila con suavidad.

Tiene un nudo en la garganta. Sí, lo ha supuesto, pero no encuentra las fuerzas para decirlo en voz alta.

—Era la única forma, Séverin —dice—. Una vez se tocara la lira, el mundo cambiaría. El templo era tanto el principio como el fin del forjado, y como yo soy tanto humana como forjada, el templo me pidió que me quedara y lo protegiera. Vigilaré su poder mientras elimina todo lo forjado de nuestro mundo. A cambio… yo sanaré. Viviré.

A Séverin siempre le ha asombrado Laila, pero en este momento, su asombro roza la reverencia. El templo sí que puede conceder el poder de la divinidad, pero no lo ha elegido a él, sino a ella. Él le agarra las manos, le besa el interior de la muñeca donde nota el pulso y permanecen tumbados unos minutos más hasta que Laila vuelve a hablar.

—Me prometiste milagros, *majnun* —le dice acariciándole el pecho—. Háblame de ellos ahora, así tendré algo con lo que soñar.

Durante un instante, Séverin es incapaz de hablar debido al dolor, pero el amanecer es fugaz, y el tiempo, finito, y debe hacer uso de lo que se le ha dado.

Curva su mano sobre su pecho y piensa en milagros. Una vez le prometió zapatos de cristal y manzanas de la inmortalidad. Ahora desea mostrarle algo completamente distinto.

—Aprenderé… a hacer tartas —dice él.

Laila resopla.

—Imposible.

—¡Que sí! —insiste—. Lo haré. Te haré una tarta, Laila. Y nos… nos iremos de pícnic. Nos daremos de comer fresas el uno al otro para la apatía y repulsión de nuestros amigos.

Laila se sacude en silencio, aunque él espera que sea de risa. La noche se desvanece deprisa. Un ponzoñoso matiz azul toca el cielo.

—¿Me lo prometes? —pregunta.

—Si con eso consigo que vuelvas, te prometo eso y más —afirma Séverin—. Prometo llevaros a Hypnos y a ti al ballet en invierno. Podemos comprar castañas asadas e intentar evitar que Zofia recree tales delicias en casa y eche a arder la biblioteca. Podemos pasar todo un día junto a la chimenea, leyendo libros e ignorando a Enrique cuando intente leer por encima de nuestros hombros...

—*Majnun* —lo llama.

Pero no ha acabado. Le agarra la mano fuerte.

—Te prometo que podemos perder el tiempo como si fuésemos dioses con cofres infinitos y llenos de él.

La luz se intensifica y Séverin se gira hacia ella. La besa con pasión. Las lágrimas de Laila le empapan el rostro.

Extiende la mano contra la de él y, cuando la luz toca sus palmas unidas, es como si se hubieran fundido con un millar de amaneceres.

—Tú y yo siempre estaremos conectados —dice ella—. Mientras yo viva, tú también lo harás. Siempre estaré contigo.

Séverin puede sentirlo —el nuevo entretejido entre sus almas—, pero no entiende lo que significa.

—Laila..., espera. Por favor.

Sabe que nunca la olvidará, pero igualmente se la graba a fuego en la mente: el azúcar y el agua de rosas; la línea de bronce en su garganta; su pelo teñido, de cuya tonalidad solo los poetas escribirían. Cuando la vuelve a besar, sus dientes chocan con los de ella, y el momento es tan dolorosamente humano que casi consigue que rompa a llorar.

—Volveré contigo, *majnun* —dice—. Te quie...

El amanecer llega.

Roba la noche y sus últimas palabras con solo un aliento, y entonces..., tan ceremoniosamente como lo había llevado al umbral del cielo, lo devuelve a la realidad.

38

HYPNOS

Años después, Hypnos no estaba seguro de lo que había visto aquel día en la cima del zigurat. Había imaginado una presencia celestial y sensible…, una luz dorada envolvente. Pero no fue así. No podía clasificarse con algo tan simple como un color.

En todo caso, fue como la encarnación de una canción, ondulante e incomprensible.

Por un momento, la canción se movió a través de él, como si fuera un panel de cristal a través del cual la luz del sol brillaba y la de la luna se movía; no es que estuviera alumbrado, sino iluminado. Vio a todas las personas que había sido. El niño al que le encantaba cantar, obligado a mantener la boca cerrada. El niño que ansiaba una canción y que estaba rodeado de miles de silencios distintos: el de la raza de su madre; el de sus propios deseos; el de las lujosas salas amuebladas que frecuentaba como un fantasma. Hypnos se había sentido como un puñado de notas errantes toda su vida, desesperadas por convertirse en música, y la había encontrado en los amigos que habían terminado convirtiéndose en su familia. Sentía nervios incluso con ellos, como si lo fuesen a expulsar de su música en cualquier momento... pero esta canción excelente le aseguró todo lo contrario. Le dijo que era perfecto tal y como era; que su alma contaba con una sinfonía propia, porque así había nacido.

Pero entonces la canción lo liberó.

Y se quedó con el recuerdo del vacío... y con un levísimo rastro de calidez.

PARTE VI

39

⚜

ZOFIA

Tres días después de haber escapado del zigurat derruido y de haberse ido de Poveglia, Zofia se encontraba en un compartimento privado de un tren con destino París. El mundo ya había cambiado. Según los periódicos, los antiguos objetos forjados alrededor de todo el mundo habían dejado de funcionar.

Nadie sabía por qué.

Había protestas en las puertas de las iglesias mientras los líderes religiosos gritaban que esto era una señal de que Dios estaba disgustado con ellos. Los industrialistas hablaban de cómo los inventos modernos eliminaban directamente la necesidad del forjado. Para aquellos con afinidad para la mente o la materia, su arte permaneció intacto, pero Zofia sospechaba que, un día, hasta eso cambiaría.

Entre toda aquella incertidumbre, había algo que Zofia sabía sin ninguna duda: no tenía ni idea de lo que pasaría a continuación.

En el pasado eso la habría perturbado. Se habría pasado todo el viaje en tren contando las borlas de la alfombra o los cristalitos que colgaban de las lámparas. Ahora lo desconocido le molestaba menos. Aunque el mundo estuviese a oscuras, Zofia sabía que podía haber luz.

Sola en el compartimento, se contempló la mano, donde el enorme anillo granate de Laila brillaba ahora en su dedo. Dentro de la joya se podía leer el número cero.

Hubo una vez en la que la sola idea de ver aquel número había paralizado a Zofia. Pero ese momento había llegado y pasado y, aunque todo no había culminado como ella se hubo imaginado, no la había abatido tampoco.

Zofia flexionó los dedos bajo el peso del anillo granate. Lo había encontrado cerca de la orilla embarrada del lago en la cueva, junto a un farol roto. Debió de caérsele a Laila justo antes de entrar en el santuario.

Cuando hacía meses Laila le había pedido a Zofia que fabricara el anillo, a Zofia no le había gustado la idea de la piedra roja. Era del color de la sangre y le recordaba a los letreros de advertencia que había visto una vez en los laboratorios universitarios.

—Me gusta el rojo —había insistido Laila, sonriente—. Es el color de la vida. En mi pueblo, las novias nunca visten de blanco porque lo consideramos el color de la muerte. Allí vestimos de rojo pasión. —Laila le guiñó un ojo—. Además, creo que el rojo me favorece.

Zofia giró el anillo en su dedo. Le dolía pensar en Laila. Recordaba a su amiga inerte sobre la piedra y el templo derrumbándose alrededor de ellos. Recordaba la luz ardiente y el portal abriéndose. Pero después de eso, los recuerdos de Zofia se volvían borrosos. Era incapaz de recordar lo que había atisbado al otro lado, pero sí el sentir una calma extraordinaria.

Cuando volvió a abrir los ojos, el templo se había quedado en silencio y Laila había desaparecido.

Séverin posó las manos en el lugar donde había desaparecido con la cabeza gacha.

—Me ha dicho que volverá... cuando pueda.

Más allá de eso, no obtuvieron más respuestas, y tampoco quedaba tiempo para seguir deambulando por el templo, no cuando este se estaba derrumbando. A pesar de no saber o entender a dónde se había marchado Laila, Zofia no estaba preocupada por su amiga.

—¿Fénix?

Zofia levantó la mirada y vio que la puerta de su compartimento se abría y Enrique aparecía en la entrada. Llevaba un traje azul oscuro y un sombrero que casi ocultaba el vendaje que cubría su oreja herida.

—¿Puedo entrar? —preguntó.

Zofia asintió y Enrique se sentó frente a ella. En los días posteriores a Poveglia, había habido tantísimo que hacer y discutir que sacar a relucir sus sentimientos no había sido una prioridad. Habían tenido que organizar el viaje, contactar con L'Éden y lidiar con la Orden de Babel.

Hypnos por fin había contactado con ellos, y así se acababa la caza de la Orden y se exoneraba al grupo de lo acontecido en el cónclave de invierno hacía una semana..., pero ahora la Orden deseaba interrogarlos sobre la muerte de Ruslan y la Casa Caída. Ellos se pusieron de acuerdo y se inventaron una historia para así evitar tener que hablar del templo bajo Poveglia y lo ocurrido allí, pero lo cierto era que Zofia ni siquiera estaba segura de lo que había visto. Cuando intentaba concentrarse en esos minutos, lo único que recordaba era una sensación de calma y tranquilidad.

A solas con Enrique por primera vez en días, los sentimientos de Zofia parecían haberse agudizado. Recordaba su beso..., cómo la había agarrado de la mano cuando las sirenas cadavéricas habían intentado atraerla al lago..., cómo habían luchado contra la oscuridad con llamas.

Zofia quería decirle algo, pero ¿qué? ¿Que se lo había pasado bien con él? ¿Que quería volver a besarlo? ¿Qué significaría eso siquiera? Cuando levantó la mirada hacia Enrique, vio que este estaba concentrado en el anillo en su dedo.

—¿Te crees lo que dijo Séverin? —le preguntó con voz queda—. ¿Sobre Laila? ¿Que está bien y a salvo... donde sea que esté?

—Sí —respondió Zofia sin vacilar.

—¿Por qué? —insistió.

Zofia abrió la boca y luego la cerró. No había explicación científica para su respuesta. Y, aun así, había soñado con Laila a menudo desde que se marcharon de Poveglia. En sus sueños, su amiga se sentaba a su lado y le decía que todo iría bien, que no había nada que temer. Zofia no podía explicar de dónde procedía su certeza ni localizar su fuente más allá de la sustancia endeble de los sueños. Y, así, las únicas palabras que le vinieron no eran las suyas propias, sino las de Enrique; las mismas palabras que tanto había usado para mofarse de ella.

—Llámalo corazonada —repuso.

Una sonrisa de oreja a oreja cruzó su rostro. Miró por la ventana y su sonrisa flaqueó un poquito.

—Sé que suena raro, pero a veces... sueño con ella. Oigo que me dice que todo irá bien —dijo él.

Zofia abrió mucho los ojos.

—¿Tú también sueñas con Laila?

Enrique volvió a centrarse en ella. Enarcó las cejas. Zofia reconoció su expresión como incredulidad.

—No puede ser una coincidencia —comentó, sacudiendo la cabeza—. No creo que lo entienda nunca...

Zofia no sabía qué decir. Enrique tenía razón. Él nunca lo entendería, y ella tampoco.

—¿Y ahora qué hacemos? —preguntó, mirándola.

Se quedaron en silencio. El tren retumbaba sobre las vías. La lluvia salpicaba las ventanas.

Zofia había imaginado que el mundo se paralizaría por completo dentro del templo, y aun así había proseguido, cogiendo velocidad e impulso pese a los cambios. La ciencia se reivindicaba entre tanto caos. Un objeto en movimiento seguiría moviéndose a menos que otra fuerza se lo impidiera. Zofia se preguntaba si aquello también se aplicaría a sus sentimientos por Enrique. Tal vez siempre permanecerían igual —acallados e inamovibles— a menos que ella hiciera algo. En el pasado, no habría dicho nada. Temía el rechazo. Temía actuar fuera de lo que se consideraba convencional.

Pero ahora... ahora ya no le importaba.

Zofia respiró hondo. En su mente visualizó a Laila sonriéndole de forma alentadora, y aquello le dio las fuerzas necesarias para hablar.

—Me gustas, Enrique. Mucho.

Zofia escrutó su rostro. Su expresión de incredulidad cambió. Esbozó una tímida sonrisa y se le iluminó la mirada.

De felicidad.

—Tú también me gustas, Zofia —dijo antes de añadir—: Mucho.

—Ah —dijo Zofia—. Bien.

No había pensado qué decir después de eso. Sintió que se le encendían las mejillas. Las manos le empezaron a hormiguear.

—¿Puedo... cogerte de la mano? —le preguntó él.

Zofia escondió las manos en el regazo.

—No me gusta ir de la mano.

Enrique se quedó callado. Emitió un «mmm» y Zofia se preguntó si lo habría molestado, si se marcharía o...

—Dime lo que sí te gusta —le pidió.

—Me... gustaría que te sentaras más cerca de mí.

Él se movió y se sentó a su lado. Sus hombros se tocaban. La pierna de él rozaba su falda. Zofia lo miró. Quiso besarlo otra vez. No sabía si debería preguntarle primero o si simplemente acercar su rostro al de él, pero entonces recordó que, si él se estaba tomando el tiempo de preguntarle lo que le gustaba, ella debería hacer lo mismo.

—¿Y a ti te gusta esto? —le preguntó.

Él sonrió.

—Sí.

—¿Y ahora qué hacemos? —inquirió Zofia.

Enrique se rio.

—Supongo que ya lo iremos viendo día tras día.

A Zofia le gustaba eso.

Se habían sumido en un silencio cómodo cuando la puerta del compartimento se abrió una vez más e Hypnos asomó la cabeza.

—Me siento solo —anunció—. Así que me vengo con vosotros.

Enrique puso los ojos en blanco.

—¿Y si te dijera que interrumpes?

—Por favor, *mon cher*, yo nunca interrumpo. Yo solo complemento o realzo y, en cualquier caso, no es tu permiso el que me interesa, sino el de nuestro fénix.

—Me gusta cuando estás aquí —dijo Zofia.

Hypnos la hacía reír. Cuando los tres estaban juntos, Zofia sentía el terreno más firme bajo sus pies.

—¿Ves? —dijo Hypnos, sacándole la lengua a Enrique antes de dejarse caer sobre el asiento frente a ellos. Igual que Enrique antes, Zofia se percató de que la mirada de Hypnos recaía en su anillo granate.

—¿Sabéis? —dijo en voz baja—. Sueño con ella.

Enrique miró a Zofia y luego a Hypnos.

—Nosotros también.

Hypnos se rio brevemente con los ojos brillantes y anegados en lágrimas.

—No sé qué voy a hacer cuando vuelva... La Orden es un desastre. Ya no me apetece seguir formando parte de ella.

—Pues no formes parte de ella —repuso Zofia.

A ella le parecía así de sencillo, pero Hypnos se limitó a sonreír.

—¿Y qué hago, *ma chère?* —preguntó—. Mi ritmo de vida no es que pueda considerarse frugal, y aunque no le haría ascos a un poco de tiempo libre, me aburriría sin tener nada que hacer.

—La Orden de Babel sigue teniendo su tesoro... Esté o no forjado, sigue siendo poderoso —comentó Enrique antes de añadir—: aunque nunca ha sido de la Orden en realidad. Estoy seguro de que habrá mucho trabajo a la hora de devolver los objetos a sus verdaderos dueños y países.

Hypnos ladeó la cabeza. Parecía meditabundo.

—Mmm... —articuló Hypnos, mirando a Enrique—. ¿Sabes? Eres más que una cara bonita. Y también muy listo.

—Me alegro de que te hayas dado cuenta —comentó Enrique con voz neutra.

—Yo me doy cuenta de muchas cosas —dijo Hypnos sonriendo mientras desviaba la mirada de Enrique a Zofia.

El tren marchaba a toda máquina e Hypnos se giró para mirar a la puerta semiabierta del compartimento. Zofia se preguntaba dónde estaría Séverin.

Apenas había hablado con ellos desde que se marcharon de Poveglia. En parte, le recordaba a cómo había actuado tras la muerte de Tristan. Pero esta vez, incluso en su silencio, Séverin había hecho planes para ellos en vez de desaparecer. Incluso había tranquilizado a Enrique y a Zofia diciéndoles que, les aguardara lo que les aguardase en París, siempre tendrían un hogar y trabajo en L'Éden.

—¿Alguien lo ha visto desde que subimos al tren? —preguntó Hypnos.

Zofia negó con la cabeza. Por lo que sabía, Séverin se había asegurado de que supieran cuáles eran sus asientos y luego se había marchado para recorrer los compartimentos solo.

Enrique suspiró.

—Creo que, de todos nosotros, él es el que debe de sentirse peor. Es decir, él...

—¿La quería?

Zofia giró la cabeza de golpe y vio a Séverin mirándolos a los tres. Tenía las manos en los bolsillos y la expresión inescrutable.

A su lado, Enrique se sonrojó.

—Séverin, yo...

—Es la verdad —dijo Séverin—. Duele, pero... *c'est la vie.*

Todos se quedaron mirándolo en silencio.

—¿Sois conscientes de que he comprado los billetes de este coche entero y aun así estáis aquí los tres apretujados en un compartimento donde apenas hay espacio para dos? —preguntó Séverin.

—Aun así... podríamos hacer hueco para una cuarta —dijo Hypnos, pegándose a la pared de la ventana—. Si te apetece unirte a nosotros.

Séverin echó un vistazo al apretado asiento. Al principio Zofia pensó que se daría la vuelta y se iría, pero no lo hizo. Despacio, tomó asiento junto a Hypnos.

—Esto es lo que ella habría querido, ¿verdad? —preguntó Séverin.

Todos se quedaron callados un momento, y luego Enrique dijo:

—¿Crees que Laila querría que estuviéramos espachurrados en un compartimento de tren con la insoportable colonia de Hypnos? Lo dudo.

Hypnos dio un grito ahogado.

—¿Cómo te atreves? La Eau du Diable Doux es una fragancia exclusiva y codiciada que solo unos pocos afortunados han podido...

—Tal vez porque en grandes cantidades chamuscaría los pelos de la nariz de la gente.

Zofia se rio. Séverin esbozó una sonrisa. Fue breve, pero igualmente válida. Los cuatro se quedaron observando la lluvia a través de la ventana. Zofia no podía decir que fuera feliz. Laila no estaba, el destino de Hela aún ocupaba gran parte de sus pensamientos..., pero albergaba esperanzas de cara al futuro. Un futuro incierto, pero que, tal y como había dicho Enrique, ya irían viendo día tras día.

EL DÍA DESPUÉS de que Zofia se hubiera instalado una vez más en sus aposentos de L'Éden, encontró una nota aguardándola en el laboratorio.

ASUNTO URGENTE
TELEGRAMA PARA MME. ZOFIA BOGUSKA
DEL SR. Y LA SRA. IZAAK KOWALSKI

«¿Kowalski?».

Zofia no reconocía el nombre. Se tambaleó ligeramente, sintiendo el oscuro pavor a lo desconocido revolotear en el fondo de su mente.

«No», se dijo a sí misma.

Respiró hondo, abrió los ojos y contó los alambiques y las probetas de su alrededor. Entonces, enderezándose, salió del laboratorio hacia el vestíbulo.

Durante los últimos días, L'Éden se había transformado. Desde que la noticia sobre el fallo de los objetos forjados diera la vuelta al mundo —algunos de ellos habían estallado e incluso herido a la gente—, L'Éden había quitado toda su decoración forjada. Ahora el gran vestíbulo lucía austero, iluminado tan solo por la luz de las velas. El mármol negro había reemplazado el suelo de madera para que pareciera que los huéspedes pisaban el mismísimo cielo nocturno. Séverin había bajado las lámparas de araña del techo y lo había cubierto con una extensa y frondosa capa de vegetación. Unas flores pálidas crecían bocabajo, y unas vides gruesas trepaban por los pilares que soportaban la escalera ornamentada.

Mientras Zofia cruzaba el vestíbulo y pasaba junto a los elegantes huéspedes, se le empezó a acelerar el corazón. ¿Sobre qué sería el telegrama? ¿Y de quién era?

El factótum de Séverin la saludó con una pequeña reverencia.

—*Mademoiselle* Boguska, ¿en qué puedo ayudarla?

—Ha llegado un telegrama para mí —dijo Zofia.

—Ah, sí —respondió llevándose una mano al interior de la chaqueta—. ¿Puedo ayudarla en algo más?

Zofia cogió el telegrama con manos temblorosas.

—¿Puede decirle a *monsieur* Mercado-Lopez que venga a verme aquí?

—Por supuesto.

El factótum se marchó con una leve inclinación de cabeza y dejó a Zofia con el telegrama en la mano.

Zofia casi deseó poder fingir que no había visto la nota en la mesa de su laboratorio, pero eso sería como perder la carta de Hela otra vez…, y ya se había cansado de esconderse de las cosas que escapaban a su control.

Tal vez fuera oportuno que la noche anterior Zofia hubiese soñado con Laila. En su sueño, ambas estaban sentadas en los altos taburetes de la cocina del L'Éden mojando galletas de azúcar en leche caliente.

«¿Sabes lo que va a pasar ahora?», le preguntó Zofia.

Laila sacudió la cabeza.

«Desconozco el futuro tanto como tú».

«No pareces asustada», le dijo Zofia.

«Solo queda esperar a que llegue algo de alegría inesperada…, y si resulta ser oscuridad, bueno, nada puede sofocar la luz para siempre».

Zofia contuvo la respiración mientras rasgaba el sobre. Dentro había un papelito cuadrado de color crema.

¿Recibiste mi carta sobre la fuga? No sé nada de ti.
Dentro de un mes iremos a visitarte.

Con todo mi amor,
Hela

Zofia exhaló de forma sonora y relajó los hombros. A su espalda oyó una estampida de pisadas que se acercaban.

—¿Qué ha pasado? —preguntó Enrique, precipitándose hacia ella. Solo se detuvo para besarla en la mejilla, gesto que Zofia había empezado a aguardar con muchas ganas—. ¿Malas noticias?

—No —repuso Zofia, sonriendo y levantando la mirada hacia él. Las palabras de Laila en su sueño acudieron raudas a sus pensamientos—. Solo es… una alegría inesperada.

40

ENRIQUE

Dos meses después

Enrique se paseaba por la enorme galería de L'Éden haciendo inventario de los artefactos que habían adquirido: una estatua de un *kinnari* del reino de Siam, tres vasos canopos con los órganos de un faraón anónimo y un grabado en jade de un caballo de la dinastía Yuan. Había muchos más tesoros en los pasillos, pero estos eran los objetos que todavía tenían que enviar. El resto estaba guardado en cajas de madera llenas de paja, a la espera de ser devueltos a los países a los que pertenecían.

En cierta forma, Enrique había regresado al punto de partida.

Una vez más, estaban robándole artefactos a la Orden de Babel. De nuevo catalogaba materiales, objetos e historia. Y entrevistaba y escribía a posibles coleccionistas nativos que se consideraban custodios culturales y guardianes de la historia y su legado. Distaban mucho de los miembros de la Orden que se habrían quedado con todos los tesoros. Eran gente que prometía cuidar de los artefactos hasta que el descontento social y político se calmara y pudiesen volver a exponerlos en beneficio de todos.

Y, aun así, por muy familiar que le resultase lo que estaba haciendo, el nuevo silencio de los pasillos se le antojaba raro.

Antes, a su manera, los objetos forjados habían cobrado vida. Ahora estaban demasiado... quietos.

La pérdida de vida de los antiguos objetos forjados se conocía alrededor del mundo como el Gran Silencio. Algunos culpaban a Dios. Otros, a los contaminantes industriales. Pero, acusaran a quien acusasen, el desenlace no variaba: el forjado pronto se convertiría en algo del pasado.

Hasta el arte del forjado más popular, como las arañas de cristal flotantes y los espejismos que nublaban los sentidos, se había vuelto sospechoso. Por primera vez en todos los años que Enrique llevaba trabajando en L'Éden, las lámparas se habían taladrado a la pared en lugar de hacerlas flotar tranquilamente por el vestíbulo, cosa que hacía que el espacio pareciera extrañamente vacío.

—¿Qué haces? No me acostumbro a verte solo y a oscuras.

Enrique se giró y vio a Séverin al principio del pasillo. Lo saludó y Séverin se acercó a él.

—Estoy probando cosas nuevas —le contó Enrique—. Ya sabes, comerme la cabeza, caminar sin rumbo... Puede que hasta empiece a suspirar por todo.

—Me parece una buena forma de invertir el tiempo —respondió Séverin—. A mí lo de comerme la cabeza se me da excepcionalmente bien, por si quieres que te dé algún consejo.

—Vaya, qué generoso.

—Últimamente he cogido la costumbre de serlo —repuso Séverin al tiempo que echaba un vistazo a las cajas apiladas—, aunque dudo mucho que la Orden piense lo mismo. Me da la sensación de que creen que busco recuperar mi herencia. Extrañamente, incluso me la han vuelto a ofrecer.

—¿Y qué buscas? —le preguntó Enrique.

La mirada de Séverin se tornó distante, y se quedó callado. En estos dos meses había cambiado mucho. Insistía en que comiesen juntos todos los días. Por la tarde les preguntaba por su vida y a veces incluso se reía. Había cumplido su promesa y no se había cerrado en banda, aunque había momentos en los que parecía que cuando se quedaba callado estuviera en otra parte.

—Creo que busco paz... sea lo que sea eso —contestó antes de señalar las cajas—. Tengo mi objetivo bastante claro.

En la voz de Séverin se intuía una sutil perspicuidad. Una especie de melancolía que lo hacía parecer mayor. Se llevó la mano a la chaqueta y abrió su cajita de clavos. Enrique arrugó la nariz.

—¿Es necesario?

—Me temo que sí —respondió Séverin. Guardó la cajita y sacó un sobre—. Por cierto, he pensado que tal vez querrías echarle un vistazo a esto. Creo que ya es la sexta carta que te mandan, ¿no?

Enrique reconocía la letra. Era de los Ilustrados. Desde el Gran Silencio, parecía que algunos por fin empezaban a interesarse por los tratados de Enrique sobre el poder cultural de los objetos.

—Más o menos —dijo Enrique.

Séverin suspiró.

—Creía que esto era lo que querías.

Antes, pensó Enrique. Pero ya no.

—Aunque pueda parecer tremendamente pomposo, tengo que preguntar si te reprimes por alguna... debilidad que percibas en mí —dijo Séverin—. Te apoyaré vayas a donde vayas, Enrique.

—Lo sé —respondió él con sinceridad.

—¿Ya no apoyas su causa?

—¡Claro que sí! —exclamó Enrique al tiempo que se metía las manos en los bolsillos—. Sigo creyendo en la soberanía de las naciones colonizadas y quiero ver como tratan a Filipinas mejor, no como a un mero estado vasallo de España. Es solo que... no creo que formar parte de ellos suponga mucha diferencia. Les responderé y seguiré escribiendo para *La Solidaridad*..., pero creo que debo seguir mi propio camino.

—Entiendo —dijo Séverin en voz baja.

—Mi forma de pensar ahora es distinta —explicó Enrique.

Ambos se quedaron en silencio y Enrique supo que ambos estaban pensando en el zigurat.

Ninguno supo describir lo que sintieron en el momento en que los envolvió la luz del último portal Tezcat. Con cada día que pasaba, el recuerdo se desdibujaba un poco más; sin embargo, a veces volvía a sentir lo mismo y recordaba haber tocado la nada y sentido el pulso del universo en los huesos. Recordaba cómo era acariciar el infinito con los dedos.

—¿Cómo piensas seguir tu propio camino? —preguntó Séverin.

«Qué raro», pensó Enrique. En sueños le había preguntado eso mismo a Laila.

A veces soñaba con ella. En ocasiones Laila y él se limitaban a caminar por la playa a la que Enrique había ido una vez de pequeño. Enrique aguardaba con ganas esas visitas. Que fuese ella de verdad o no, no importaba, porque el sentimiento de después siempre era el mismo. De paz.

Anoche habían hablado en un sitio parecido a la biblioteca de L'Éden.

—¿Eres feliz, amigo mío? —le había preguntado ella.

—Lo soy —había admitido Enrique. Y era cierto. Pasaba más tiempo con Zofia e Hypnos y, juntos, los tres parecían haber conseguido una felicidad singular—. Pero a veces me siento perdido. Supongo que no tendrás ningún consejo divino para eso.

—Pues yo creo que no estás perdido —respondió Laila—. Solo estás buscando aquello que te llene de luz.

Enrique hizo una mueca.

—Que esto sea un sueño no significa que debas hablar con acertijos, ¿sabes?

Laila le dio un sorbo a su té imaginario y enarcó una ceja.

—Si no dijese cosas raras y proféticas, el sueño no sería tan memorable.

—*Touché*. —Se rio y brindaron con las tazas de té.

—¿Enrique? —lo llamó Séverin.

Enrique despertó de sus ensoñaciones.

—Tal vez debería dejarte a solas con tus pensamientos —dijo Séverin mientras le daba una palmada en la espalda—. Ah, y recuerda cerrar con llave cuando te vayas. Hay niños en el hotel, así que mejor que no correteen por aquí.

Enrique se quedó boquiabierto.

—¿Niños? ¿Desde cuándo permites la entrada de niños?

—Desde que descubrí que es muchísimo más lucrativo permitir que vengan familias —respondió Séverin, aunque sonaba distante.

Le estaba ocultando algo. Enrique abrió la boca para preguntárselo, pero, de repente, Séverin carraspeó.

—Te veo en la cena —se despidió—. Pásalo bien comiéndote la cabeza.

—Lo haré —contestó Enrique frunciendo el ceño mientras Séverin se alejaba a toda prisa por el pasillo.

Durante más o menos la siguiente hora Enrique trató de no comerse mucho el coco mientras revisaba por tercera vez el estado de algunos artefactos; no obstante, la misma pregunta asaltaba constantemente sus pensamientos: ¿Cómo pensaba encontrar su propio camino?

La Laila de sus sueños le había sugerido buscar aquello que lo llenara de luz, pero ¿a qué se refería? ¿A viajar por el mundo? ¿A buscarse una nueva afición?

Entonces oyó unas pisadas suaves a la espalda. Se dio la vuelta y vio que un niño de unos diez años había encontrado el pasillo y estaba tocando las alas de la estatua dorada del *kinnari* mitad humano mitad ave.

—¡No toques eso! —le advirtió Enrique, acercándose a él.

El niño, con apariencia seria, la tez pálida y el pelo rubio, miró desafiante a Enrique.

—¿Por qué no?

Enrique abrió la boca y la cerró. Por alguna razón, le recordó a Zofia: un niño bonito y terco como una mula. Y, por extraño que pareciese, su curiosidad le recordaba a sí mismo. Era consciente de que en L'Éden había bastantes maravillas por descubrir. Al aventurarse en aquella galería en concreto, suponía que el niño había decidido pasar el rato en la biblioteca en vez de fuera, pese al día soleado de principios de primavera que hacía.

Casi puso una mueca al recordar los líos en los que se había metido a su edad.

—Tienes suerte de que no tenga una *tsinela* —musitó.

El niño frunció el ceño.

—¿Una qué?

—Da igual —dijo Enrique con un suspiro.

El niño torció el gesto y Enrique recordó que él solía poner la misma cara cuando preveía que alguien estaba a punto de gritarle. De pequeño odiaba que lo reprendieran, prefería mil veces que le explicasen las cosas.

—¿Sabes lo antigua que es esta estatua? —le preguntó Enrique al tiempo que señalaba el *kinnari* de oro.

El pequeño negó con la cabeza.

—Pues por los menos tiene siete mil años.

El niño abrió mucho los ojos. ¿Por qué siempre los tenían tan grandes? Enrique no supo por qué siguió hablando.

—¿Te... gustaría sujetarla?

El niño asintió con entusiasmo.

—Muy bien —dijo Enrique. Se sacó un par de guantes del bolsillo—. Es de vital importancia que cuando manipules este tipo de objetos, los trates con el mayor respeto posible. En tus manos tienes un fragmento de tiempo y debes cuidarlo como tal.

El pequeño se puso los guantes, solemne. Se quedó sin aliento cuando Enrique dejó la estatua en sus manos.

—Es un *kinnari* —le explicó—. Es una criatura mitad humana mitad ave. Los consideraban espíritus guardianes y protegían a los humanos cuando estos estaban en peligro. Como los ángeles.

El niño arqueó mucho las cejas.

—¿Hay más cosas aparte de los ángeles?

Enrique se quedó anonadado. Se había preparado para que el pequeño le rebatiese o le respondiese de forma sarcástica que los ángeles no se parecían en nada a la estatua dorada que tenía en las manos. Pero los niños eran distintos. Por muy menudos que fuesen, parecían estar mucho más dispuestos a aceptar la grandeza del mundo que los adultos, que tendían a perder ese don con el paso de los años.

Enrique se descubrió deseando enseñarle otros objetos para ver su reacción.

—¿Quieres ver vasos canopos? ¡Se usaban para guardar los órganos de la realeza egipcia!

El chico dio un grito ahogado.

Uy...

—Espera, yo...

Pero ya era demasiado tarde. El niño había salido corriendo por el pasillo y había desaparecido por la puerta. Enrique trató de ignorar la punzada que sintió en el corazón y volvió a girarse. Creyó que esa sería la última vez que lo vería, pero unos minutos más tarde, oyó el ruido de unas pisadas aproximándose. Se dio la vuelta despacio y se topó con al menos a una decena de niños que lo miraban expectantes. El niño rubio iba en cabeza, entusiasmado y casi sin aliento.

—¡Queremos ver los vasos campopos!

—Se dice «canopos» —lo corrigió Enrique automáticamente.

Contempló sus caritas brillantes e ilusionadas. Ni su mejor público se había mostrado nunca tan embelesado.

—Heinrich dice que los usaban para guardar los órganos de la realeza egipcia, pero no puede ser verdad —dijo una niña con los brazos cruzados. Se quedó callada un momento, esperanzada—. ¿O sí?

Enrique se acercó despacio a un vaso canopo y lo tocó muy ligeramente.

—Heinrich tiene razón. La historia comienza hace unos cinco mil años...

Enrique descubrió que los niños tenían una curiosidad voraz.

Después de contarles la importancia de los vasos canopos, quisieron saber más acerca de los submundos y las criaturas que los habitaban. Ansiaban aprender sobre los dioses de distintos lugares cuyos nombres jamás habían escuchado antes. Recibió cada revelación con aplausos y asombro. No hubo ni un solo momento en que parecieran aburrirse con su charla. Con cada detalle o historia nueva, Enrique fantaseaba con ver su imaginación volar en distintas direcciones.

Al final la ávida curiosidad de los niños acabó desviándose hacia él.

—¿Qué te ha pasado en la oreja? —preguntó uno.

Enrique se tocó la venda de lino sobre la herida. Ya no le dolía, pero el hecho de ya no tener oreja aún lo pillaba por sorpresa.

—He oído que peleó contra un oso que custodiaba un tesoro y así la perdió...

—¡Mentira! —exclamó otro—. Los osos no custodian tesoros. Esos son los dragones.

Enrique se echó a reír. Los niños tenían un montón de preguntas que apenas alcanzaba a responder de una en una.

—¡Cuéntanos otra historia! —pidió uno.

—¿Aquí hay momias? ¿Has visto alguna?

—¿Puedo ver yo una momia?

Justo había conseguido hacerlos callar con una historia del dios egipcio Osiris —evidentemente, una versión resumida, ya que no era del todo apropiada para los niños— cuando apareció por el pasillo una mujer alta y de tez oscura con una gorguera de piel.

—¡Los he encontrado!

La seguía un aluvión de adultos, gritando los nombres de los niños a su cargo.

«Ay, madre», pensó Enrique. Si los padres se enfadaban y le preguntaban quién era, decidió que se presentaría como Séverin Montagnet-Alarie.

Los padres recogieron a los niños uno a uno.

—¡No, quiero quedarme! —chilló una niña—. ¡Estábamos aprendiendo sobre las momias!

Un niño se negó a irse y se sentó en el suelo.

—¿Nos contarás más cosas mañana? —preguntó otro antes de que sus padres se lo llevaran a rastras.

El niño solemne y rubio se rezagó e intentó ocultarse tras una de las cajas. Su madre, una mujer alta con un sorprendente cabello negro, se rio y lo persuadió para que saliese.

—Parece que los niños están encantados con usted —dijo—. Espero que no le hayan dado mucho la lata.

—No..., en absoluto —respondió Enrique.

Todo lo contrario, era la primera vez en mucho tiempo que no se lo pasaba tan bien. La curiosidad de los niños era como una hoguera con la que entrar en calor, y su entusiasmo le hacía desear volver a su investigación y apreciarla con otros ojos.

—¿Cómo se llama? —le preguntó la mujer.

—Sév... Perdón, Enrique —respondió—. Enrique Mercado-Lopez.

—Me siento en deuda con usted por su clase tan instructiva. Tengo la sensación de que ha causado una gran impresión en él y que estaré oyéndolo hablar de usted durante días —comentó la mujer con una enorme sonrisa—. ¿Heinrich? Dale las gracias a este profesor tan agradable.

—Ah, no soy profesor... —dijo Enrique, pero parecía que nadie le hacía caso.

—Gracias, profesor Mercado-Lopez —repuso el niño.

Enrique se quedó perplejo. No pensaba que aquel título le fuera a gustar tanto.

—Gracias a ti —respondió y sintió el corazón martillear contra sus costillas.

—YA SÉ LO QUE QUIERO hacer con mi vida —anunció Enrique varias horas más tarde.

Se encontraba en la entrada de la biblioteca, donde Hypnos, Zofia y él habían acordado reunirse antes de bajar a cenar. Zofia estaba avivando el fuego e Hypnos se hallaba acurrucado en un sillón con una copa de vino tinto en la mano.

Este último enarcó una ceja.

—¿Hacer bebés?

—¡No!

—¿No quieres tener hijos? —preguntó Zofia.

—Pues en este momento, no —respondió Enrique.

Hypnos le pegó un buen sorbo a la copa.

—Robar bebés.

—¡Dioses, no! —exclamó Enrique—. ¡No tiene nada que ver con bebés! Bueno, un poco con niños sí, pero...

—No entiendo nada —dijo Zofia.

—Creo que me gustaría impartir clases —les contó Enrique antes de que Hypnos o Zofia pudieran malinterpretar aún más sus palabras. Entonces, añadió atropelladamente—: Me gusta que los estudios inspiren a la gente a pensar por sí misma y a ver el mundo de una forma distinta. No pretendo tratar de cambiarlo obligando a los demás a pensar como yo..., prefiero animarlos a pensar de forma diferente. Creo que así es como se consiguen los cambios duraderos y... y también creo que sería un buen profesor.

Aguardó un momento y se preparó para sus reacciones.

—Eso ya lo sabíamos —dijo Zofia.

—¿Qué? —exclamó Enrique.

—Lo cierto es que no sé por qué has tardado tanto en llegar a esa conclusión; Zofia y yo ya habíamos hablado de que ese sería el mejor uso para tus dones —apostilló Hypnos.

Enrique no supo si se sentía más molesto o contento.

—Gracias por informarme, ¿eh? —dijo.

—Estas cosas es mejor descubrirlas uno mismo —añadió Hypnos—. Aunque, por curiosidad..., ¿qué te ha hecho darte cuenta?

Enrique recordó entonces la conversación que había mantenido con Laila en sueños. Recordó su sonrisa felina y el horizonte de aquel otro mundo alumbrándola.

—Supongo que porque la idea me llenaba de luz —replicó Enrique.

41

SÉVERIN

Seis meses después

Séverin Montagnet-Alarie no era ningún dios. Y, como tal, no podía cambiar el pasado, pero sí liberarse de él.

Séverin se quedó mirando por la ventana de su despacho, dándole vueltas a una cajita de clavos en las manos, nervioso, mientras observaba el sinuoso caminito de grava que llevaba a la entrada de L'Éden. Pronto llegarían, y no sabía qué les parecería el lugar...

Era principios de invierno y la ciudad parecía más frágil bajo la débil luz del sol. En el lado más apartado de los terrenos, unos trabajadores cavaban hoyos y erigían espalderas, y otros extendían una lona para proteger las flores. Al año siguiente, las espalderas exhibirían rosas de todos los colores y fragancias. Pero entre tanto despliegue de belleza, solo existía una estrella en el jardín.

Séverin y todo un grupo de jardineros habían tardado casi un mes en encontrar un solo tallo vivo de rosas de la variedad que había plantado Tristan y que luego Séverin había arrancado y quemado. Tristan nunca bautizaba a sus rosas, así que la tarea recaía sobre él. Por lo tanto, a esa clase nueva se la conocería a partir de entonces como L'Énigme.

Aunque se hubieran reconstruido algunas cosas, otras se habían destruido.

El Jardín de los Siete Pecados había desaparecido y, aunque algunos huéspedes en el hotel pudieran echar en falta la posibilidad de decir que habían atravesado el infierno a tiempo para cenar, Séverin estaba ya harto de infiernos.

En su lugar, había construido un área de rehabilitación para aves que, por varias razones, ya no sobrevivirían en libertad. Allí había pájaros cantores que se habían caído de sus nidos demasiado jóvenes, palomas maltratadas por magos buhoneros o gorriones heridos por las fauces de gatos cazadores. También había otras aves, las que habían arrancado de sus hábitats naturales y traído a París como mera atracción turística. Aves con plumajes que rivalizaban con los atardeceres; loros con picos multicolores; halcones de ojos dorados; y criaturas con crestas del color del arcoíris. Todas ellas habían encontrado su hogar en L'Éden y ahora estaban bajo los cuidados de un residente veterinario y zoólogo y, sorprendentemente, de Eva, que se había retirado y se había mudado a L'Éden con su padre enfermo. Para Séverin, cada ave portaba un trocito de Tristan. Cuando sanaran, sería como si, poco a poco, su hermano también lo hiciera.

Por las tardes, Séverin solía pasear por el aviario. La mayor parte de las veces no miraba a los pájaros, sino al suelo, donde su sombra se extendía irreconocible a su lado. En esos momentos fingía que no era la suya, sino la de Tristan. Fingía que su hermano paseaba junto a él con Goliat haciendo equilibrios sobre su hombro. En esos momentos, el murmullo caótico de París desaparecía, reemplazado por la poesía secreta del canto de las aves y el aleteo de sus alas heridas y, a veces…, solo a veces…, Séverin casi podía oír a Tristan suspirar. Aquel sonido era como si la paz se separara del dolor y echara a volar.

Alguien llamó a la puerta de su despacho y lo sacó de sus pensamientos.

—Pase.

Enrique apareció con una sonrisa esperanzadora en el rostro y un fajo de papeles en los brazos.

—¿Ya han llegado? Porque estaba pensando que… ¡Ahhh!

Se oyó un graznido por todo el despacho. Séverin se dio la vuelta y vio a Argos perseguir a Enrique.

Argos era… extraño.

Habían mantenido al pavo real, de tan solo un año, oculto en las dependencias estrechas de una *madame* de un burdel que abandonó a la criatura en la calle completamente desplumada. Cuando llegó a L'Éden, al principio atacaba a todos los que intentaban cuidarlo, menos a Séverin. Tras un mes de buena alimentación y más espacio para pulular, Argos se había convertido en una criatura preciosa e ilustre. También, por razones desconocidas a los empleados y pese a los frecuentes intentos de llevarlo a otro lugar, Argos había tomado la costumbre de seguir a Séverin a todas partes.

—¿Puedes decirle a tu guardia demoníaco que se relaje? —pidió Enrique.

—Argos —pronunció Séverin con amabilidad.

El pavo real resopló y se acomodó junto a la chimenea. El ave no apartó la mirada de Enrique, que lo rodeó.

—En serio, ese bicho hace que prefiera la compañía de Goliat.

—No es tan malo —repuso Séverin—. Tal vez un poco sobreprotector, pero no lo hace con mala intención.

Enrique lo fulminó con la mirada.

—Argos casi consigue que el chef salga huyendo.

—El chef se pasó cocinando el fletán. No puedo decir que no coincida con Argos en su evaluación.

Enrique resopló y luego le tendió los papeles.

—Estos son los posibles aspirantes al puesto.

Ahora que el forjado se veía con malos ojos, el poder de la Orden de Babel había desaparecido y se habían visto obligados a vender sus tesoros al mejor postor. Los industriales ricos y los magnates del ferrocarril compitieron por la oportunidad de exhibir la historia en sus salones, mientras que Séverin y su familia luchaban por devolver esos artefactos bien a sus propietarios originales o, si no, a museos en sus lugares de origen.

En el pasado, Séverin le había robado a la Orden de Babel por pura arrogancia. Ahora, se sentía muy humilde con la mera idea de devolver la historia a sus distintos hogares. Puede que esta estuviese moldeada según la palabra de los conquistadores, pero ese no era el único punto de vista ni la única verdadera historia, y con cada objeto que repatriaban, era como añadir o reescribir una frase en un libro con páginas tan grandes e infinitas como el horizonte.

Séverin hojeó la investigación.

—Buen trabajo. Le echaré un vistazo y cerraremos un proyecto de cara al otoño.

Enrique asintió y desvió la mirada hacia la ventana.

—¿Estás preparado?

—Pues claro que no.

—Bueno, al menos eres sincero —dijo Enrique con una pequeña risotada—. No te preocupes... contarás con ayuda.

—Lo sé.

—Creo... creo que a ella le alegraría... saber lo que estás haciendo —comentó Enrique con voz queda.

Séverin sonrió.

—Yo también.

Lo creía, pero no lo sabía seguro. Había oído, aquí y allá, que los demás soñaban con Laila. En sus sueños, ella hasta hablaba con ellos. Pero nunca con Séverin.

Él la esperaba cada noche y, aunque a veces la sentía... nunca la veía. En esos momentos en los que más la echaba de menos pensaba en su promesa. «Siempre estaré contigo». Como no sabía si sería cierto o no, no le quedaba más remedio que creer en ello.

—Bueno. Debería irme —dijo Enrique—. Tengo que prepararme para las clases de mañana y me gustaría hacerlo antes de que lleguen.

—Te aviso cuando estén aquí —respondió Séverin—. Por favor, asegúrate de que Zofia haya guardado cualquier cosa demasiado inflamable...

—Hecho —repuso Enrique. Frunció el ceño—. No le ha hecho mucha gracia.

—Y dile a Hypnos que no beba delante de ellos.

—Le he comprado una taza en la que puede echarse el vino. Y tampoco le ha hecho mucha gracia.

—Y tú intenta no ponerte en modo profesor cuando pregunten por lo que vean —le avisó Séverin.

Enrique se sintió enormemente ofendido.

—¿En modo profesor? —Levantó las manos y movió los dedos—. ¿A eso llamas conseguir abrir los horizontes del mundo en el que viven?

Séverin se lo quedó mirando.

—Creo que ya hemos abierto demasiados horizontes en esta vida y en la siguiente.

—Mmpf —murmuró Enrique. Mientras se giraba hacia la puerta, le echó una miradita cáustica a Argos, que dormitaba junto a la chimenea—. Eres un pollo sobrevalorado y demasiado colorido, y tienes suerte de no ser ni remotamente comestible. Que lo sepas.

Argos siguió durmiendo.

Séverin se rio. Cuando Enrique se marchó, le acarició el plumaje a Argos y luego regresó a su escritorio. Sobre la superficie de madera yacía un uróboros deslustrado que antaño había lucido su padre en la solapa de su chaqueta. Séverin pasó los dedos despacio por su forma redondeada, recordando el desdén en la voz de Lucien Montagnet-Alarie mientras compartía con su hijo el consejo más valioso según él:

«No podemos escapar de nosotros mismos, hijo mío. Somos nuestro principio y nuestro final, y estamos a merced de un pasado que está abocado a repetirse».

—Te equivocas —musitó Séverin.

Pero mientras lo decía, no sabía realmente si había dicho la verdad. Había muchas cosas que no sabía, como, por ejemplo, lo que quería decir Laila cuando dijo que siempre estarían conectados mientras ella viviera. Tampoco sabía si mantendría su promesa y regresaría con él. Ni si sus esfuerzos marcarían la diferencia o si el mundo seguiría indiferente y dejaría su legado en el olvido.

Fuera empezaron a oírse cascos de caballo sobre la gravilla. A Séverin se le aceleró el corazón cuando miró a través del cristal y vio por primera vez en meses a Luca y Filippo, los hermanos huérfanos de Venecia. Le había costado muchísimo encontrarlos, y apenas habían tardado un mes en redactar los papeles de la adopción. Séverin había estado preparándose para este momento durante la mayor parte del último año, pero justo entonces, la sola imagen de lo que estaba a punto de hacer le arrebató el aire de los pulmones.

Tragó saliva y, mientras aguantaba la respiración y veía cómo Luca y Filippo se bajaban del carruaje, se aferró con tanta fuerza al alféizar de la ventana que hasta los nudillos se le pusieron blancos. El escalón no era muy alto, pero, aun así,

Luca le tendió una mano a su hermano pequeño y no lo soltó ni siquiera después de haber bajado los dos. Aunque les había dado comida y cobijo, todavía estaban demasiado delgados y menudos para su edad. Con esa ropa tan grande y el nuevo corte de pelo que llevaban, parecían niños extraviados que acabaran de llegar al mundo mortal. Cuando Luca le echó un brazo por encima a su hermano, Séverin sintió un dolor punzante en las costillas.

Despacio, soltó el aire.

Poco a poco, soltó el alféizar.

A su espalda, Argos chilló con curiosidad.

—Ha llegado la hora —sentenció.

Séverin echó un último vistazo al broche de uróboros. Tal vez su padre tuviera razón. Tal vez se estuviera engañando y lo único que estaba haciendo era ocupar su lugar en el círculo infinito de la vida, uno que escapaba a su control. Tal vez su último beso con Laila no fuera más que una ilusión procedente del templo derruido. Tal vez solo existiera en sus sueños y nada más.

Pero la fe era difícil de someter, y el girar del mundo solo actuaba como un torno que lo pulía conforme atravesaba la niebla de lo desconocido.

¿Podría vivir con lo desconocido?

¿Podría contentarse con ello?

«Sí», pensó, aunque se sentía más seguro unos días que otros. Aun así, haría lo mismo que la mayoría de los mortales.

Lo intentaría.

EPÍLOGO

La primera vez que Séverin horneó una tarta usó sal en vez de azúcar.

Fue, como dijo muy amablemente Enrique, un completo desastre.

Aun así, Séverin se sentía contento. Laila creía imposible que él fuera a hacer una tarta. Por muy mal que hubiera salido, le hizo creer que tal vez otras cosas, a priori imposibles, también podían llegar a cumplirse.

Y, en parte, así fue.

El tiempo trató bien a Séverin. Con cada año que pasaba, empezó a entender lo que había querido decir Laila con lo de que siempre estarían conectados.

No le salieron canas. Ni arrugas. Algo que asombraba a Enrique y molestaba sobremanera a Hypnos, que creía que de todos ellos era él quien más se merecía la juventud eterna.

A Séverin no le importaba. En todo caso, le complicó la vida en París y también con la custodia de Luca y Filippo, pero también fue una señal. Una señal que no comprendió del todo hasta que habló con Zofia.

—Significa que sigue viva —dijo Zofia—. Te prometió una conexión y lo ha cumplido.

«Mientras yo viva, tú también lo harás».

Zofia le sonrió. Por primera vez vio líneas de expresión en torno a sus ojos y boca, y se alegró de que viviera una vida llena de dicha y felicidad.

—Séverin..., creo que eso significa que también mantendrá su otra promesa.

La otra promesa.

Ninguno se había atrevido a volver a hablar de ella. Como si fuese tan endeble que, de volver a mencionarla, supusiera perder la oportunidad de hacerla realidad.

Y, sin embargo, albergaba la esperanza todos los días.

«Volveré contigo».

Con el paso de los años, empezó a soñar con Laila. A veces lo visitaba en sueños durante toda la semana, y otras desaparecía durante años. Sin embargo, cada vez que volvía le decía lo mismo: «No terminé lo que empecé a decirte aquella noche».

Sabía a qué se refería. Había pronunciado un «Te quie...» y entonces el mundo la había separado de su lado.

«Dímelo ahora», le pedía, y ella siempre negaba con la cabeza.

«No, *majnun*, yo también necesito algo con lo que soñar».

EL MUNDO CAMBIÓ. Se libraron guerras, se hundieron reinos, las modas cambiaron. Los años se desdibujaron, pero a pesar del paso inexorable del tiempo, Séverin conseguía encontrar momentos que lo anclasen. Como la primera vez que Luca lo abrazó, o cuando Filippo se quedó dormido con la cabeza en su hombro. Al igual que él, parecía como si los niños tuvieran muchos padres, aunque en este caso era imposible saber a cuál querían más.

Zofia llevaba a cabo experimentos científicos y le enseñó matemáticas a Filippo cuando a este le costaba aprobar en el colegio. En secreto, Hypnos le dio a probar a Luca su primera bebida alcohólica a los dieciséis y se pasó toda la noche a su lado mientras vomitaba y juraba no volver a beber. Enrique les contaba historias que los mantenían en vilo por la noche, y Séverin hizo lo que su madre, Tante Feefee y Tristan habían intentado hacer durante todos esos años: protegerlos.

Incluso a Argos acabaron cayéndole bien y no pareció importarle que se metieran las plumas que se le caían de la cola en los pantalones y lo imitasen.

Al principio, Séverin pudo ocultar su juventud con maquillaje, pero, con el paso de los años, se volvió más difícil. Veinte años después resultó una tarea imposible. Ese día, cedió las riendas de L'Éden a sus hijos adoptivos.

Junto con Hypnos, levantó museos y archivos, fundó becas y prestó sus artefactos por todo el mundo. Enrique siguió impartiendo clases y escribió libros que terminaron siendo éxitos internacionales. Zofia creó y patentó nuevos y populares inventos y la nombraron alumna honoraria de L'Ecole des Beaux Arts. Séverin estuvo presente en la boda de Luca y cuando Filippo se subió a bordo de un barco que lo llevaría hacia las Américas. Jugó con sus hijos y nietos y pasó innumerables tardes junto a la chimenea donde Zofia, Enrique e Hypnos habían construido un hogar para los tres.

Pasó el resto de su vida a su lado y siguió al lado de sus descendientes cuando estos pasaron de este mundo al siguiente.

En el trabajo mantuvo vivo el legado de sus amigos y, mientras tanto, aguardaba a que Laila mantuviese su promesa.

EN OCTUBRE DE 1990, Séverin se apeó del metro de París y se dirigió a su casa, en el octavo distrito. Hacía un aire helado. Los artistas cantaban en la calle y las estudiantes pasaban por su lado peleándose por usar un *walkman*.

Su apartamento era el ático del renovado L'Éden Hôtel. El gobierno lo había declarado *monument historique* hacía unos años por ser una renombrada residencia del siglo diecinueve con una arquitectura excepcional, así como el lugar donde nació la rosa L'Énigme, una de las flores más populares de París.

Para Séverin, L'Éden era su hogar en apariencia... y nada más. Ya no había jardines y las habitaciones ocultas de su despacho las habían convertido en un bar de postín lleno de supermodelos y actores durante los fines de semana. Sin embargo, al igual que hacía todos los días, se detuvo delante de las puertas que él mismo había diseñado... y esperó que aquel fuera el día que ella regresara a su lado. Sentía que llevaba esperándola una eternidad, y con cada año que pasaba, su esperanza se afianzaba aún más. La esperanza lo llevó de la mano mientras proseguía con su trabajo en varios museos. Dicha esperanza lo hacía levantar la cabeza. Lo persuadía a despertarse por las mañanas y a enfrentarse al día erguido y con los hombros bien encuadrados.

Y, como siempre, con el corazón rebosante de esperanza..., Séverin abrió las puertas.

EN CUANTO ENTRÓ EN L'Éden, sintió que se le erizaba el vello de la nuca. Contempló el vestíbulo con recelo, pero no vio nada fuera de lo normal. Sin embargo, la luz que se colaba por las ventanas parecía titilar. Sin saber por qué, cuando entró en su ascensor privado, se le empezó a acelerar el corazón. Dentro se calmó. Tal vez el hambre le hubiera provocado un mareo, o quizá hasta fiebre…, pero entonces se abrieron las puertas del ascensor.

Lo primero en lo que reparó Séverin al salir al pasillo no fue en una persona, sino en un perfume. El aroma inconfundible a agua de rosas y azúcar. Aguantó la respiración, reticente a soltar el aire por si nada de aquello era real. Pero a continuación se abrió la puerta de su apartamento. Una sombra esbelta se asomó por la alfombra. Séverin no pudo ni levantar la cabeza. La esperanza le pesaba y le dolía. Cuando se vio obligado a volver a respirar, sintió que era el primer aliento de una nueva vida.

DURANTE AÑOS, no ha vivido ni como dios ni como hombre, sino como un fantasma, y con dos palabras siente como si hubiera resucitado. Dos palabras que hacen que casi crea en la magia, porque el tiempo, que le ha parecido estático durante tanto, ahora al levantar ansioso la cabeza ante aquel sonido, empieza a transcurrir de nuevo.

—Hola, *majnun*.

AGRADECIMIENTOS

El final...

No me puedo creer que la trilogía de *Los lobos de oro* se haya terminado oficialmente. La historia ha vivido tanto tiempo en mi corazón que me siento un poco vacía y extremadamente sensible al saber que la historia ha llegado a su fin.

Más abrumadora que esta tristeza catártica es la deuda de gratitud que he contraído con todos los que me habéis ayudado a dar vida a esta historia. Mi mayor agradecimiento va a los lectores, que me han escrito sobre esta trilogía desde todos los rincones de internet. Gracias por vuestras ilustraciones, listas de reproducción, memes, mensajes, reseñas en Instagram y entusiasmo. En especial, gracias a los miembros del indómito grupo Lobos de Oro. No sabría deciros cuánto me han inspirado y animado vuestras increíbles (y a veces graciosísimas) imágenes editadas, y también vuestro apoyo. Un agradecimiento especial para Mana, una de las primeras lectoras y defensoras de esta trilogía, y quien tan amablemente me ha prestado su humor impecable y su talento creativo para compartir esta historia con más lectores todavía.

Como siempre, me siento en deuda con los distintos equipos de personas que supervisan las ventas, los aspectos editoriales, las grabaciones de los audiolibros y la producción. Vaya, básicamente TODAS LAS PERSONAS que trabajan en Wednesday Books. Eileen, gracias por apoyarme siempre y por todas las «trifulcas románticas». DJ, gracias por celebrar la magia en esta historia. Mary, ¡gracias por darle mucha más publicidad! Gracias a Christa Desir por corregir la novela y por ayudarme a dominar esa manía de Querer Ponerlo Todo En Mayúsculas Porque Sí.

A mi familia de la agencia literaria Sandra Dijkstra, ¡gracias! A Thao, un agente extraordinario y el mayor campeón del mundo. A Andrea, por todos los pasaportes y la minuciosa documentación sobre decorados de Halloween. A mi asistente, Sarah, que se asegura de que siga viva y coleando.

Las amigas que he hecho en la comunidad escritora son mi aquelarre favorito de brujas. Renee, JJ, Lemon, vuestra amistad es una magia que valoro profundamente. Lyra, gracias por tu ojo crítico a la hora de leer los manuscritos. Ryan, gracias por tu apoyo constante. Jennifer, por levantarme el ánimo cada vez que paso por varios días malos de escritura.

A los amigos que me recuerdan al mundo fuera de mi cabeza: gracias. Niv, la mejor de las amigas y soñadoras. Bismah, tan enigmática y sabia como un gato. Marta, más cálida que el mejor jersey de lana. Cali, por las conversaciones sobre Stitch. Ali, por las tardes que nos hemos pasado bailando. McKenzie, por esos paseos por los cementerios con una copa o dos de más. Cara-Joy, la animadora más estilosa e intimidante. A todas las Horas de Oro (Kaitlin, MeiLin, Nico, Hailey, Katie, Natasha); me siento en deuda por vuestro buen humor y compañía, y por consentir mis curiosidades históricas. También debo agradecer a los muchos Erics de mi vida: Eric Lieu, que accedió a prestarme su nombre; Eric Lawson, por titular el final de esta trilogía (lo siento, McKenzie, sé lo que he hecho).

Mil gracias a mi familia, que me inspira, me anima y también, menos mal, me alimenta. Momo, Dodo, Mocha, Puggy, Cookie, Poggle y Rat: os quiero. A Ba y Dadda, que me contaban historias y me llevaban a librerías, gracias. A Lalani y Daddy Boon, ojalá hubiéramos tenido tiempo para más historias, pero vuestro recuerdo me guía igualmente. A Panda, que protegió el inicio de esta trilogía, y a Teddy, que lo hizo con el final.

Y, por último, pero no por eso menos importante, a Aman. Gracias por ayudarme en las buenas y en las no tan buenas. No hay viaje al que no quisiera ir contigo.